Buch

Als Arabella Darracott England verläßt, um zu ihrem Vormund nach Australien zu reisen, überfällt sie eine dunkle Vorahnung. Jahre zuvor hatten ihr Zigeuner von einem purpurblühenden Baum an einer fernen Küste erzählt, wo ein wahrer Teufel von Mann auf sie warten würde. Nun, da sie sich ihrem Bestimmungsort nähert, wirft sie das Schicksal durch ein Schiffsunglück an jenen einsamen Meeresstrand – und in die Arme des Abenteurers Lucien Sinclair, der in den Goldfeldern von New South Wales zu Reichtum gekommen ist. Lucien, wild und sündhaft attraktiv, verdreht Arabella den Kopf – für sie ist er der gefallene Erzengel ihrer Träume. Doch Luciens Vergangenheit birgt ein gefährliches Geheimnis, das beide Liebende vor eine schwere Entscheidung stellt ...

Autorin

Rebecca Brandewyne ist im Genre des leidenschaftlich-romantischen Liebesromans *die* Bestsellerautorin schlechthin – die Gesamtauflage ihrer Bücher beträgt über sieben Millionen Exemplare! Bereits mit ihrem ersten Buch *Wer die Liebe flieht* errang sie überwältigenden Erfolg, und die Zeitschrift *Romantic Times* hat sie mehrfach als »Autorin des Jahres« preisgekrönt.

Bei Goldmann von Rebecca Brandewyne lieferbar:

Wer die Liebe flieht. Roman (9813)
In mondheller Nacht. Roman (41000)
Heiße Stürme. Roman (42031)
Wildes Blut. Roman (42053)
Verschwörung der Herzen. Roman (42213)
Im Rausch der Nacht. Roman (42408)
Desperado der Liebe. Roman (42576)

Rebecca Brandewyne

Purpurblüten

Roman

Aus dem Amerikanischen
von Ursula Maria Röder

GOLDMANN VERLAG

Die Originalausgabe erschien unter dem Titel
»The Jacaranda Tree« bei Warner Books, Inc., New York.

*Für Jerry und Hedy Davis,
gute Freunde, gute Gefährten.*

Umwelthinweis:
Alle bedruckten Materialien dieses Taschenbuches
sind chlorfrei und umweltschonend.
Das Papier enthält Recyclinganteile.

Der Goldmann Verlag
ist ein Unternehmen der Verlagsgruppe Bertelsmann

Deutsche Erstveröffentlichung Juli 1996

Umschlaggestaltung: Design Team München
Umschlagillustration: Daeni/Schlück, Garbsen
Satz: deutsch-türkischer fotosatz, Berlin
Druck: Elsnerdruck, Berlin
Verlagsnummer: 43409
Lektorat: Silvia Kuttny
Redaktion: Elke Bartels
Herstellung: Heidrun Nawrot
Made in Germany
ISBN 3-442-43409-2

1 3 5 7 9 10 8 6 4 2

Der Jacarandabaum

Die Unschuld der Jugend und der Mädchenträume
ist verflossen, das Schicksal liegt in ihrer Hand.
Wüste Winde, brausender Sturm und wahres Entzücken
erwarten sie am Korallenriff im fernen Land,
weit von zu Hause weg, auf der anderen Seite der Welt
im goldenen Sand an stürmischeren Küsten.
Da eilen Schritte über den von Wellen umtosten Strand,
und ein tasmanischer Teufel zieht sie magisch in seinen Bann.

Beeil dich, mein Schatz! Der Mond ist aufgegangen,
die Sterne tanzen über dem weißen Meeresschaum,
und die Musik der Nacht erklingt für die,
die sich vereinen unterm Jacarandabaum.
Purpurrote Blüten regnen auf den nach Erde duftenden Boden,
wo die Liebenden sich finden, vereinen und auseinandergehen.
Nicht für lange, denn zu stark ist das zarte Band,
das wie von Zauberhand um die wildklopfenden Herzen
geschlungen.

Keine Fessel der Vergangenheit bindet so stark,
keine Gefängnismauer bildet eine solch uneinnehmbare Festung
wie das Nest, das der Tasmanische Teufel mit den Blüten der
Liebe bereitet,
worauf er die Geliebte bettet und sich öffnen läßt.
Stürmisch war die Vereinigung; süß der Stich
der Unschuld, die ihr geraubt in einem flüchtigen Augenblick.
Jedoch gern geopfert für den uralten Traum
vom endlosen, bis über den Tod hinaus währenden Glück.

PROLOG

In Unschuld

Der Jahrmarkt und das Schicksal

Yorkshire, England, 1845

Obwohl oft davon die Rede ist, welche Auswirkung das Leben eines Menschen auf das anderer hat, wird selten sein Tod aus dieser Sicht betrachtet. Deshalb war auch nicht anzunehmen, daß das stille Dahinscheiden eines älteren, gebrechlichen Gutsherrn in Yorkshire weitreichende Folgen haben und das Leben mehrerer Menschen rund um den halben Erdball verändern würde. Arabella Darracott war, im Gegensatz zu den anderen, die es noch betraf, wenigstens vorgewarnt im Hinblick auf das, was auf sie zukommen würde. Aber später erinnerte sie sich nur schwach – und glaubte noch viel weniger – an das rätselhafte Gemurmel einer weisen alten Zigeunerin, die ihr in dem Sommer, als sie neun war, ihr Schicksal vorhergesagt hatte.

Der Nachmittag, an dem jenes rasch vergessene Ereignis stattfand, war heiß. Der kühle graue Morgennebel, der in der Frühe durch die Straßen Scarboroughs, eines alten beliebten Badeortes an der Nordseeküste, gezogen war, hatte sich längst durch die Wärme der kräftigen Sonnenstrahlen aufgelöst. Obwohl von der See her eine leichte Brise landeinwärts wehte, war die Luft salzhaltig und drückend. Sie milderte jedoch nur wenig die schwüle Hitze, die über den Kurhäusern und den Geschäften, den Hotels und dem Bahnhof lag. Letzterer hatte das ehemals ruhige Fischerstädtchen in einen lärmenden Ferien- und Erholungsort für Kurgäste und Touristen verwandelt.

Hinter der alten, halbzerfallenen normannischen Burg, die auf einem Felsvorsprung hoch über der Stadt aufragte, glänzte das Meer wie ein Spiegel im Sonnenlicht. Die nur leicht mit Schaum gekrönten Wellen umspülten träge die langen, durchnäßten

Badekostüme der vorsichtig hineinwatenden und der kühneren Schwimmer. Der ehemals urwüchsige Strand war jetzt kultiviert, und es herrschte eine Überfülle dessen, was jeder rechtschaffene, vorausdenkende Mensch jener Zeit stolz als den »Fortschritt« schlechthin bezeichnet hätte: Badekabinen, Sonnenschirme, Decken, Handtücher, Picknickkörbe, Muschelsucher, Sandburgenbauer und schläfrige Sonnenanbeter. Weiter davon entfernt, an den Anlegeplätzen vor den Holzstegen, schaukelten zahlreiche Fischerboote mit leeren Rümpfen hoch auf dem sacht plätschernden Wasser. Die Segel waren eingerollt, das blanke Holz der Maste und Holme hob sich seltsam dürr vom Horizont ab.

Wo der Strand in Straßen, Gehwege und Geschäfte überging, die sich über die Jahrhunderte an der Stätte der ehemaligen Wikinger-Dorfgemeinde Skarthi angesiedelt hatten und durch die die Stadt ihren Namen erhalten hatte, herrschte großer Lärm im Trubel und Gedränge des Jahrmarkts von Scarborough. Das schrille Pfeifen der ankommenden und abfahrenden Züge am Bahnhof hob sich mißtönend vom Klappern der Hufe und dem Rattern der Kutschenräder auf dem Kopfsteinpflaster, den bimmelnden Glocken über den Ladentüren und den laut schreienden Straßenhändlern ab, die ihre unzähligen Waren feilboten. Das schwache Aroma von warmen Fleischpasteten und frischgebackenem Brot vermischte sich mit dem schärferen Geruch eines geschlachteten Schafes, frischem Fisch und dem Schweiß vieler in der Hitze dicht zusammengedrängter Menschen, die sich einen Weg durch die Menge bahnten. Sie strömten zu den luxuriösen Hotels, die von den Feriengästen wiederbelebt worden waren, zu den malerischen Geschäften, die über Nacht wie Pilze aus dem Boden zu sprießen schienen, zu den vornehmen Kurhäusern, die seit dem sechzehnten Jahrhundert für ihr Heilwasser bekannt waren, und zum Jahrmarkt, der im kommenden Jahrhundert in einem melodiösen Folksong verewigt und dadurch bis weit über die bescheidenen Grenzen von Scarborough hinaus berühmt werden sollte.

Arabella war an diesem schicksalhaften Sommertag in Begleitung ihrer besten Freundin, Christine Wyndham, und deren Familie zum Jahrmarkt gekommen. Nichts hätte Arabella jedoch an diesem Tag ferner liegen können als der Gedanke, daß sie in Kürze etwas Entscheidendes über ihr Schicksal erfahren sollte. In der Tat, hätte ihr jemand das vorhergesagt, hätte sie sich sicherlich köstlich darüber amüsiert und, obwohl sie noch jung war, überaus skeptisch darauf reagiert. Denn Arabella, die von Geburt an die ungeteilte, liebevolle Aufmerksamkeit der Erwachsenen in einem ansonsten kinderlosen Haushalt genossen hatte, war reifer, als es ihrem Alter entsprach.

Gern hätte sie allerdings Geschwister gehabt, und ihr Vater, Tobias Darracott, Gutsherr auf Darracott Hall, hatte sich nicht minder einen Sohn ersehnt, der den Familiennamen weitertragen würde. Aber Umstände, die Jahre zurücklagen, hatten es anders bestimmt. Damals hatte Tobias, gerade Mitte Zwanzig, nicht nur das ziemlich vernachlässigte, heruntergewirtschaftete Gut Darracott Hall, den Wohnsitz seiner Vorfahren, beim Ableben seines verschwenderischen Vaters geerbt, sondern leider auch dessen hohe Spielschulden. Da er mehr von dem ehrlichen und geradlinigen Charakter seiner Mutter besaß als von dem schäbigen seines Vaters, hatte Tobias seine besten Mannesjahre damit zugebracht, Darracott Hall instand zu setzen und neues Vermögen anzuhäufen, so daß er schließlich in der Lage war, die Verpflichtungen seines verstorbenen Vaters zu begleichen und seiner Mutter einen sicheren und geruhsamen Lebensabend zu ermöglichen.

Als Tobias glaubte, endlich in der Weise für eine Frau und eine eigene Familie sorgen zu können, wie es seinem Stand entsprach, mußte er enttäuscht feststellen, daß die jungen Damen seines Bekanntenkreises, von denen er gern eine zur Braut genommen hätte, von anderen, besser aussehenden und verwegeneren Männern erobert worden waren, die weniger als er gezögert hatten, zum Altar zu schreiten. Daß er nun als Folge davon kaum die Aussicht hatte, einem Sohn den Darracott-Namen und alles das zu vermachen, wofür er so hart gearbeitet hatte, war bitter. Dennoch ertrug Tobias dieses Schicksal mannhaft und fand sich mit seinem Junggesellendasein sowie dem Mangel an Nachkommen ab. Um so mehr freute er sich natürlich, als er sich dann, schon im vorgerückten Alter, völlig unerwartet in die auf den ersten Blick unscheinbare Victoria Mayfield mit den hübschen, ausdrucksvollen dunkelbraunen Augen, dem vollen kastanienbraunen Haar und dem bezaubernden Lächeln verliebte.

Victoria selbst hatte nach drei trüben Saisons in London keinen Mann gefunden, und die Mayfields waren schon überzeugt gewesen, sie werde sich auf Dauer mit dem einsamen Leben einer alten Jungfer abfinden müssen. Deshalb hätte sie es sehr überrascht zu erfahren, daß Victoria Tobias' inbrünstig gestammelten Heiratsantrag nicht nur deshalb angenommen hatte, um diesem unglücklichen Schicksal zu entfliehen. Vielmehr hatte Victoria in dem ernsten, untersetzten, fast kahlköpfigen Gutsherrn, der einen Kopf kleiner und an die zwanzig Jahre älter war als sie, einen klugen, freundlichen Menschen gefunden, der ihr wesensverwandt war. Trotz des ungleichen Äußeren und des großen Altersunterschieds war die Verbindung zwischen Tobias Darracott und Victoria Mayfield eine Liebesheirat. Der einzige Schatten über ihrem Glück war, daß Victoria zu schmale Hüften hatte und sich nie ganz von der schwierigen Entbindung ihrer Tochter Arabella erholte. Obwohl man ihr gesagt hatte, daß sie keine Kinder mehr bekommen konnte, ließ sie sich aus Liebe zu Tobias und in dem Wissen, daß er, auch wenn er es zu verbergen versuchte, sehr betrübt darüber war, nicht davon abbringen, erneut den Versuch zu wagen, ihm doch noch den ersehnten Erben zu schenken. Es folgte eine Fehlgeburt nach der anderen. Mit jeder verlor sie etwas mehr von ihrer Lebenskraft, bis sie schließlich ausgezehrt und entkräftet bei der Geburt eines schwächlichen kleinen Jungen starb, der ebenfalls nicht überlebte, obwohl sie es geschafft hatte, ihn fast bis zum Termin auszutragen.

Ein anderer Mann als Tobias hätte in seinem großen Kummer mit der herben Enttäuschung das einzige Kind, das lebte, vielleicht abgelehnt: die Tochter, die das Abbild ihrer Mutter war und damit eine ständige Erinnerung an den schmerzlichen Verlust seiner Frau und des so lange ersehnten Sohnes. Aber das war nicht Tobias' Art. Es gab keinen Tag, an dem er sich nicht freute, Arabella um sich zu haben. Für ihn war sie das Licht seines Lebens, das in gewisser Weise Victoria ersetzte. Wäre Arabella nicht gewesen, hätte Tobias in der Tat mißmutig einem traurigen Lebensabend entgegengesehen.

So wie er war auch Arabella von Natur aus kräftig veranlagt. Darüber war Tobias heilfroh. Von der Körpergröße, dem langgestreckten, graziösen Knochenbau, dem herrlich dichten kastanienbraunen Haar und den erstaunlich strahlenden rehbraunen Augen her kam sie dagegen auf ihre Mutter. Sie besaß die gleiche gerade Nase und vollen sinnlichen Lippen, die für ihr herzförmiges Gesicht eher zu breit waren. Wie auch bei Victoria ließ ihr gewinnendes Lächeln vergessen, daß sie eigentlich keine Schönheit im herkömmlichen Sinne war. Aber ihre geschwungenen Brauen konnte sie auf erstaunlich erwachsene Art zusammenziehen, wenn sie an etwas gehindert wurde oder verärgert war. Ihr ernster, ruhiger Blick, dem kindliche List und Schelm fehlten, und ihr kantiges kleines Kinn, das sie so entschieden anheben und eigensinnig vorrecken konnte ... waren etwas, das sie von Tobias mitbekommen hatte. Ihr Gesicht erhielt dadurch einen in gewisser Weise fesselnden Charakter und eine Ausdrucksstärke, die Victoria gefehlt hatte.

Von beiden Eltern hatte Arabella die schnelle und verständige Auffassungsgabe, den unersättlichen Wissensdurst, ihr unbeeinflußbares Gewissen, ihre feste Überzeugung und das klare Urteilsvermögen sowie ihre großzügige und warmherzige Art. Das alles, zusammen mit einem eisernen Willen, half ihr, viele Prüfungen in ihrem langen Leben zu bestehen. Sie war weder jemand, der andere ausnutzte, noch ließ sie sich ausnutzen. Sie war nicht vollkommen und scheiterte zumeist an ihren eigenen Schwächen – ihrem Stolz, ihrer Gesinnung, ihrem Temperament, ihrem Eigensinn. Feigheit kannte Arabella nicht. In ihrem ganzen Leben lernte sie aber auch nicht, daß es manchmal von Vorteil sein konnte, einfach davonzulaufen, statt stehenzubleiben und zu kämpfen. Von dem Zeitpunkt an, wo sie alt genug war, um laufen und sprechen zu können, zögerte sie niemals einzugreifen, wo Ungerechtigkeit herrschte, gleichgültig, was sie dafür opfern mußte.

Erst in späteren, reiferen Jahren begann sie zu erkennen, daß es zwischen Schwarz und Weiß unzählige Grauschattierungen gibt.

Sie dürstete nach Wissen wie ein Beduine in der Wüste nach Wasser. Sehr früh lernte sie lesen und verschlang begierig nicht nur die Klassiker, sondern auch Bücher über Ackerbau, Land- und Hauswirtschaft. Die Ausbildung und Erziehung, mit der Tobias einen Sohn auf das Erbe von Darracott Hall vorbereitet hätte, ließ er Arabella angedeihen. Falls er jemals auch nur einen Moment bedauerte, daß sie und nicht der schwächliche kleine Junge überlebt hatte, so verdrängte Tobias diesen abscheulichen Gedanken aufs entschiedenste. Arabella erfuhr nie jemals etwas davon.

Lange bevor sie allein reiten konnte, hob Tobias sie vor sich auf seinen großen Rotbraunen und galoppierte mit ihr über die weitläufigen Wiesen und Felder von Darracott Hall. Dabei flößte er ihr eine tiefe Liebe zur Natur ein, die sie für immer behielt. Ihr ganzes Leben freute sie sich, wenn sie den Wind im Gesicht spürte, ihr der Duft der fruchtbaren Erde in die Nase stieg, die Landschaft sich endlos vor ihr erstreckte – ob es nun die einsame, hügelige Moorlandschaft ihres heimatlichen Yorkshire war oder die urwüchsigeren Küstenstriche der australischen Kolonien, die sie eines Tages kennenlernen sollte.

Seinen ältesten und engsten Freund, Philip Wyndham, kannte Tobias schon von Kindheit an. Wyndham Grange war das nächstgelegene Nachbargrundstück von Darracott Hall. Außerdem besuchten sich die zwei Familien regelmäßig. Als Tobias, der durch seine Vorliebe für reichhaltiges Essen und Trinken nicht nur stetig zugenommen hatte, sondern mit den Jahren auch von der Gicht geplagt wurde, Arabella traurigerweise nicht mehr zum Jahrmarkt begleiten konnte, war es nur selbstverständlich, daß sie von den Windhams in deren Kutsche mitgenommen wurde. So passierte es, daß sie plötzlich mit ihrer Freundin Christine Wyndham unschlüssig vor dem buntgestreiften Zelt der Zigeuner stand, das ihr Vater ihr nie erlaubt hätte zu betreten. Doch Chrissie setzte Arabella so lange zu, bis sie ihre anfängliche Entschlossenheit, daran vorbeizugehen, vergaß.

»Zigeuner sind Heiden und Diebe, Chrissie – hat Papa gesagt.« Arabellas Stimme klang eindeutig vorwurfsvoll, als sie dem Vorschlag ihrer Freundin, doch hineinzugehen, widersprach. »Sie gehen nicht in die Kirche. Und die wenigen Male, wo sie es gewagt haben, auf dem Grund und Boden von Darracott Hall zu übernachten, haben sie Vögel in den Wäldern geschossen und Fisch aus dem Fluß gestohlen. Ihren ganzen Unrat haben sie achtlos in der Gegend verstreut, ehe unser Waldhüter sie überrascht und weggejagt hat. Papa war danach außer sich und hat geschworen, das nächste Mal werde er sie rechtlich verfolgen.

Komm lieber hier weg, Chrissie! Wahrsagerei ist sowieso nichts als Betrug. Niemand außer den Propheten Gottes kann wirklich die Zukunft vorhersagen, weil es so etwas wie das Zweite Gesicht nicht gibt. Das sind Altweibergeschichten. Wir verschwenden nur unser Geld für eine Menge Lügen. Bestimmt wird uns nichts anderes als eine Reise in ein exotisches fernes Land, die Heirat mit einem reichen, gutaussehenden Mann und ein glückliches Leben bis zum Tod verheißen. Mehr erzählen diese gerissenen Wahrsagerinnen sowieso niemandem, weißt du? Würden sie den Leuten nämlich die Wahrheit sagen, die nicht immer angenehm sein kann, da das Leben aus einem ständigen Auf und Ab besteht, wie Papa immer sagt, bekämen sie bestimmt kein Geld mehr. Dann wären sie gezwungen, sich ihren Lebensunterhalt so zu verdienen wie alle anderen ehrbaren Menschen auch.«

»Oh, Arabella, du bist genauso eine dumme Gans wie Norah. Mit dir macht nichts mehr Spaß!« beschwerte sich Chrissie verdrossen, zog die vornehm geschwungenen Brauen unschicklich zusammen und zeigte einen rosa Schmollmund. Norah war Chrissies ältere Schwester und, den Aussagen der Mutter nach, ein Ausbund an Tugend, während Chrissie, überraschend spät gezeugt und zur Welt gekommen, verwöhnt, halsstarrig und widerspenstig, vor allem aber des Vaters liebstes Kind war. »Was macht das schon, wenn wir uns eine Menge romantischen Unfug anhören? Wem schadet das denn? Und was ist, wenn du doch nicht recht hast? Was ist, wenn wir wirklich etwas Wichtiges über unser Leben erfahren? Wäre das nicht einen Shilling wert? Gib doch zu, du bist genauso neugierig darauf wie ich, was die Zukunft dir bringt, und stell dir nur vor, wie wir damit bei dieser gehässigen Ziege Sarah Jane Hartley angeben können, daß wir unser Schicksal von einer echten Zigeunerin vorhergesagt bekommen haben! Sie wird auf jeden Fall grün werden vor Neid. Wetten, daß sie niemals so mutig wäre und sich das trauen würde? O bitte, Arabella!«

Danach fiel es Arabella besonders schwer, der Freundin die Bitte abzuschlagen. Chrissies Argumente klangen überzeugend, und der Gedanke, daß sie der hochmütigen Sarah Jane, der Tochter eines reichen Mühlenbesitzers, die Geschichte später brühwarm erzählen konnten, war sehr verlockend. Denn diese würde mit Sicherheit auf ihr einmaliges Erlebnis neidisch werden.

Dennoch widerstrebte es Arabella im tiefsten Innern, das Zelt zu betreten, und in der Hoffnung, die Entscheidung würde ihr erspart bleiben, schaute sie sich sehnsüchtig nach Norah Wyndham um, die, da sie älter war, auf die beiden aufpassen mußte und, so vernünftig, wie sie war, Chrissie sicherlich vor dieser Dummheit bewahren würde. Aber zu Arabellas Bestürzung verhandelte Norah noch immer an dem Stand eines Webers ganz in der Nähe um einen Ballen Stoff. Dem vertraut energischen Tonfall Norahs hörte Arabella an, daß sie mit dem Preis für das Material nicht einverstanden war. Erfahrungsgemäß mochte es noch eine Weile dauern, bis Norah ihren Handel abgeschlossen hatte. Als ihr das klar wurde, entschlüpfte Arabella ein abgrundtiefer Seufzer. Chrissie fühlte sich siegesgewiß und hob den Kopf so ruckartig an, daß ihre dicken blonden Schillerlocken munter tanzten. Eigensinnig reckte sie ihr Kinn vor, was ganz und gar nicht zu ihrem zarten Puppengesicht passen wollte.

»Meinetwegen warte doch hier auf Norah, wenn du Angst hast«, verspottete sie Arabella. »Ich gehe hinein und lasse mir mein Schicksal vorhersagen, ob dir das paßt oder nicht!« Mit diesen Worten riß Chrissie die Zeltplane am Eingang hoch und stapfte hinein.

Der Vorwurf, ein Feigling zu sein, kränkte Arabella. Und genau das hatte Chrissie beabsichtigt. Mit diesen Worten trieb sie Arabella am Ende dazu, ihr doch noch in das Zelt zu folgen, in dem eine alte Zigeunerin auf einem Hocker thronte, wie ein Raubvogel, der auf Beute lauert. Im Gegensatz zu draußen, wo strahlender Sonnenschein herrschte, war es hier drinnen im Zelt düster, so daß Arabellas Augen sich erst an die plötzliche Veränderung der Lichtverhältnisse gewöhnen mußten. Im ersten Moment klopfte ihr das Herz vor Furcht bis zum Hals, und der erschreckende Gedanke befiel sie, daß sie hier gar keine Zigeunerin erwartete, sondern ein Ungeheuer oder eine Mißgeburt, wie man sie in den anderen Zelten bestaunen konnte und auf die nicht mal Chrissie neugierig gewesen war. Als sich Arabellas Augen dann an das dämmerige Innere gewöhnt hatten, entdeckte sie das alte Weib, das an einem kleinen, wackeligen Holztisch saß, auf dem zwei dicke, billige Talgkerzen in trüben, wachsverkrusteten Messingkerzenhaltern brannten. Die Luft war schier erdrückend, vermischt mit Qualm und dem starken Geruch nach einem orientalischen Weihrauch, der Arabella bei der Hitze schwindlig machte. Da sie vorhin an einem der Stände mehr Muscheln gegessen hatte, als vielleicht gut gewesen war, fürchtete sie jetzt fast, daß ihr übel würde. Sie wünschte sich sehnlichst, sie hätte nicht doch noch gegen jede bessere Vernunft Chrissies Betteln nachgegeben.

Arabella hatte mehr als nur ein bißchen Angst vor der Zigeunerin und der unheimlichen Atmosphäre, die diese Frau umgab. Unweigerlich beschlich sie das Gefühl, sie wäre mit der Freundin in eine andere Zeit und an einen anderen Ort geraten, weit vom England des neunzehnten Jahrhunderts entfernt. Selbst Chrissie schluckte schwer, wich zurück und klammerte sich schutzsuchend an Arabellas Arm, als wollte sie zugeben, daß sie einen Fehler gemacht hatten und lieber auf der Stelle umkehren sollten. Aber da die Zigeunerin spürte, daß ihr die begehrten zwei Shillinge entgehen mochten, bemühte sie sich um ein freundliches Lächeln, das eher orakelhaft wirkte und bei dem ihr blitzender Goldzahn sichtbar wurde. Mit ihrer gelblichen, klauengleichen Hand winkte sie die beiden Mädchen zu sich heran.

»Kommt, kommt näher und seid mir willkommen, ihr jungen

Damen«, krächzte sie so heiser wie ein finsterer Rabe und bedeutete den beiden, sich an den altersschwachen Tisch zu setzen, der mit einem schäbigen, fransenbesetzten Seidentuch bedeckt war, damit man nicht sehen konnte, wie verschrammt die Platte war.

Vor ihr lag ein Stapel seltsamer, abgegriffener Karten, die in dem flackernden Kerzenlicht wenig sauber erschienen. Offenbar waren sie schon von zahllosen Händen gemischt worden. Arabella überlegte betroffen, ob sie und Chrissie, wenn sie die Karten anfaßten, sich nicht eine ansteckende Krankheit holen konnten. Doch beide waren zu wohlerzogen und höflich, um sich von der Zigeunerin abrupt zu verabschieden und sie zu kränken, nachdem sie sie willkommen geheißen hatte. So nahmen sie denn gehorsam Platz und reichten ihr jeder den erforderlichen Shilling, worauf die Alte kräftig in die Münzen biß, um sicherzugehen, daß es keine Fälschungen waren, bevor sie das Geld rasch in ihrer schmutzigen Rocktasche verschwinden ließ. Dann wies sie Chrissie an, den Stapel Karten an sich zu nehmen und gut zu mischen.

Zu Chrissies großer Enttäuschung erfuhr sie nicht mehr über ihr Schicksal als das übliche langweilige Geschwätz, wie Arabella es ihr prophezeit hatte. Als die Zigeunerin jedoch Arabellas Karten betrachtete, die sie nach alter Sitte auf dem Tisch ausgelegt hatte, wurde ihnen bald schon klar, daß sie wesentlich mehr erwartete. Arabella kroch ein kalter Schauer über den Rücken, und eine Gänsehaut lief ihr über den Nacken. Plötzlich wollte sie nichts mehr über ihr Schicksal erfahren. Aber dazu war es schon zu spät. Die Zigeunerin begann zu sprechen. Ihre erschreckend dunklen Augen wirkten leer in dem schwachen Kerzenschein. Es sah aus, als wäre sie erblindet oder befände sich in einem tranceartigen Zustand. Ihre Stimme klang wie ein heiseres Flüstern, wie das Schaben von Krallen auf Stein.

»Bei dir, mein Kind, wird es in naher Zukunft einen Todesfall geben. Ein mächtiges Unwetter, mit Regen und Sturm, wird dich ereilen, das tosende Meer wird dich zum Korallenzauber hinunterreißen und auf von uralter Zeit her gebleichten Sand spülen, in einem Land voll Gold und Feuer, mit fruchtbaren blauen Bergen und kahlen, geisterhaften Bäumen, Paradies und Hölle zugleich ...

Ja, es ist ein Ort der Träume und Alpträume, auf der anderen Seite der Welt, mit unsäglichen Gefahren … Dort wirst du eine Gefangene sein wie die anderen armen Schweine, die mit Eisenketten in die Verliese gesperrt werden. Denn obwohl du keines Verbrechens schuldig bist, wirst du die Hölle erleiden für die Missetaten eines anderen … Ja, und hüte dich vor dem tasmanischen Teufel und dem vom Mondlicht erhellten Geflecht unter dem purpurrot blühenden Baum …«

Die alte Vettel streckte ihre Hände aus und umfaßte Arabellas schmale Gelenke so hart, daß das Kind zusammenzuckte und sich am liebsten losgerissen hätte, um sich Hals über Kopf aus dem Zelt zu stürzen, so groß war ihre Furcht vor der Zigeunerin und den geheimnisvoll dahergemurmelten Worten. Chrissie war kreidebleich geworden und hatte ihre kornblumenblauen Augen weit aufgerissen vor Angst. Ihr Atem ging rasch und flach, wie bei einem kleinen Tier, das sich erschrocken in seinem Bau versteckt hält. Sie zuckte auf ihrem Stuhl zusammen, als wäre sie bereit, sofort aufzuspringen. Der Gedanke, mit der Zigeunerin allein gelassen zu werden, war entsetzlich für Arabella. Das alte Weib war verrückt! Ja, zweifellos war das der Fall. Die Frau war wahnsinnig und bestimmt aus einer Irrenanstalt entlaufen. Man brauchte sich ja nur ihr langes, zotteliges, ungepflegtes Haar anzusehen – oder zumindest das, was davon unter dem schmutzigen Tuch hervorlugte, das sie sich nach Piratenart um den Kopf geknotet hatte – und den Speichel, der ihr von den aufgesprungenen Lippen tropfte, um zu wissen, daß es so war.

Aber gerade als Arabella glaubte, Chrissie werde sie im Stich lassen, werde sie mit der Zigeunerin und deren irrem Gerede allein lassen, da verstummte die alte Frau plötzlich und sackte auf ihrem Stuhl in sich zusammen. Gleichzeitig löste sie den verkrampften Griff um Arabellas Handgelenke und blickte ganz benommen und verwirrt drein, so als wäre sie aus tiefem Schlummer erwacht. Arabella und Chrissie warteten nicht erst ab, ob sie noch irgend etwas sagen würde, sondern flüchteten aus dem Zelt, überzeugt, daß sie nur ganz knapp mit dem Leben davongekommen waren.

Erst als sie Norah am Verkaufsstand des Webers sicher erreicht hatten, hielten die beiden Mädchen inne und rangen mit heftig klopfenden Herzen nach Luft. Sie schauten sich erschrocken an, bis Chrissie nervös kicherte und keuchte:

»Oh ... Arabella! Solche Angst ... hatte ich noch nie ... in meinem Leben! Was für eine furchtbare, schreckliche alte Schnepfe! Und all diese seltsamen, entsetzlichen Dinge, die sie über deine Zukunft gesagt hat. Was kann sie nur damit gemeint haben? Das ganze Geschwätz von Tod und Verließen, einem Teufel und einem purpurrot blühenden Baum ... Glaubst du, du wirst ... na ja, verschifft und von einem Henker hingerichtet oder so etwas – irrtümlich, meine ich, für ein Verbrechen, das du nicht begangen hast?«

»Sei nicht albern, Chrissie!« entgegnete Arabella in scharfem Tonfall. Sie ärgerte sich über Chrissies Worte und natürlich über sich selbst. Sie hätte sich nicht von ihrer Freundin überreden lassen dürfen, das Zelt zu betreten. »Natürlich nicht. Wahrscheinlich hat die alte Frau gehört, was wir draußen vor dem Zelt miteinander besprochen haben, und hat diese schrecklichen Dinge nur gesagt, um mir angst zu machen, weil ich erwähnt habe, daß Zigeuner Heiden und Diebe sind und daß es Betrug ist, jemandem das Schicksal vorherzusagen. Aber es ist so, und das stimmt!« behauptete sie nachdrücklich, wie um sich und Chrissie davon zu überzeugen. Der trancegleiche Zustand der Zigeunerin war wohl nicht vorgetäuscht gewesen. Ihr unheimliches Geschwafel schien geheimnisvollerweise einen Funken Wahrheit zu besitzen, und das beunruhigte Arabella selbst jetzt noch. »Meiner Ansicht nach jedenfalls haben wir unser Geld verschwendet!«

»Mag ja sein«, gab Chrissie zögernd zu, hatte aber wohl ihre Zweifel. »Trotzdem bin ich froh, daß sie dir und nicht mir dieses entsetzliche Schicksal vorhergesagt hat.« Sie senkte ihre Stimme zu einem verschwörerischen Flüsterton. »Ich darf eigentlich nichts davon wissen, weil Papa sich bemüht hat, den furchtbaren Skandal zu vertuschen, aber vor ein paar Jahren ist ein Cousin von mir verschifft worden. Er hatte seine Frau ermordet, und hätte Papa sich nicht darum gekümmert, wäre er gehängt worden. Aber weil Papa als Offizier eine gewichtige Position beim Militär bekleidet, kennt er eine Menge einflußreicher Männer. Und so wurde mein Cousin statt dessen zu vierzehn Jahren harter Arbeit verurteilt und in ein gräßliches Gefängnis an einen furchtbaren Ort gebracht, der Van Diemen's Land heißt. Zufällig habe ich mitbekommen, wie Papa Mama erzählt hat, das wäre das reinste Höllenloch auf der anderen Seite der Welt. Ich an deiner Stelle hätte deshalb jetzt Todesangst.«

»Ich nicht«, erklärte Arabella und verdrängte entschieden ihre Zweifel und Nöte. Chrissies Erzählung hatte ihr jedoch einen größeren Schrecken eingejagt, als sie zugeben wollte.

»Ja, aber du warst schon immer tapfer, Arabella, und ich nicht. Und sag Norah lieber nichts davon, was passiert ist, versprichst du mir das? Sie würde sich verpflichtet fühlen, es Papa und Mama zu erzählen. Und die würden es dann wohl oder übel deinem Vater berichten. Wir würden beide bestraft werden, denn ich glaube nicht, daß wir uns das Schicksal hätten vorhersagen lassen dürfen, wo die Zigeuner einen so schlechten Ruf haben und so ...« Chrissies erhitztes Gesicht spiegelte deutlich Reue und schlechtes Gewissen wider.

»Davon hast du vorher nichts wissen wollen«, hielt Arabella ihr schonungslos vor. Dann, als sie merkte, daß Chrissie ihr widersprechen wollte, sie aber keine Lust hatte, sich erneut bedrängen zu lassen, fügte sie kurzerhand hinzu: »Aber ist schon gut, weißt du? Ich verspreche es. Es ist ja nichts Schlimmes passiert. Ehrlich gesagt, möchte ich die ganze Angelegenheit auch lieber vergessen!«

Da Chrissie sich anschließend ordentlich benahm, verlief der Rest des Nachmittags ohne weiteren Zwischenfall. Und Arabella vergaß tatsächlich mit der Zeit den ereignisreichen Ausflug zum Jahrmarkt und die Vorhersage ihres Schicksals bis zu dem Tag, als ihr Vater starb und sie gleich nach der Beerdigung erfuhr, daß sie nach Australien reisen mußte, dem Land der Strafkolonien auf der anderen Seite der Welt.

ERSTES BUCH

Eine stürmischere Küste

1. KAPITEL

Zwischenfall im Stadtteil The Rocks

Sydney, Kolonie New South Wales, Australien, 1855

Hinter zwei mächtigen, hochaufragenden Felsen, bekannt als *Heads*, lag Port Jackson, ein Küstengebiet, das sich an rauhen Klippen vorbei landeinwärts zog, zu Hunderten von Höhlen und Buchten geformt worden war und kleine Hafeninseln umspülte, um sich dann mit dem Frischwasser des Parramatta River zu vereinen, der die Stadt Sydney in zwei Hälften teilt. Diese Teilung war nicht nur rein äußerlicher Natur, sondern stellte auch eine unsichtbare Barriere dar, die die Besitzenden von den Habenichtsen in der Stadt trennte. Denn wenn es irgendwo auf der Welt überzeugtere Engländer gab als in England, dann mit Sicherheit in Australien, dessen Kolonialisten sich mit den Jahren sehr bemüht hatten, nicht nur Sträflinge an den stürmischeren Küsten anzusiedeln, sondern hier ebenso eine Lebensart zu verankern, die sie besser zurückgelassen hätten. Überwiegend das Militär und die jüngeren Söhne und Töchter des englischen Landadels, die durch das veraltete Erstgeburtsrecht in ihrem Heimatland keine Ansprüche geltend machen konnten, bildeten die aristokratische Schicht in den Kolonien. Gott und Ihrer Königin hatten sie die gebührende Hochachtung gezollt, indem sie solche prunkvollen Bauwerke wie das Rathaus, die Strandarkade und verschiedene andere Gebäude errichtet hatten. Sich selbst bedachten die Aristokraten nicht weniger großzügig, legten sich Herrenhäuser und Stadthäuser zu, auf deren mit schmiedeeisernen Geländern verzierten Veranden sie englische Zeitungen und Modemagazine verschlangen, die zumeist ein Jahr alt waren, ehe sie ihre Empfänger nach dem Weg um die halbe Welt erreichten.

Es gab jedoch nicht nur Annehmlichkeiten und Abendgesellschaften in Sydney. Mit den Jahren hatte der ursprüngliche und damit älteste Stadtteil, am Rand des Hafens von Sydney Cove gelegen und unter *The Rocks* wohlbekannt, eine eigene, ebenso auffallende Bevölkerungsschicht hervorgebracht – die aus den Slums stammte, wo Prostitution, Alkoholsucht, Verbrechen und Krankheiten herrschten. Hier, an einem Ort, der weit und breit als sehr gefährlich galt, drängten sich trostlose Behausungen und schäbige Wirtshäuser auf den schmalen Kopfsteinpflasterstraßen dicht bei dicht. Die Hauptsorge im Leben der Anwohner war nicht etwa, welches Kleid sie zum Ball des Gouverneurs tragen, sondern wovon sie die nächste Mahlzeit bestreiten sollten, falls es überhaupt eine solche gab. Dennoch war der Anblick eines gutgekleideten Mannes, der durch dieses Elendsviertel schlenderte, nicht so ungewöhnlich, daß er besondere Aufmerksamkeit auf sich zog. Viele junge Soldaten und Offiziere der Oberschicht, die oft die zwielichtigeren Etablissements aufsuchten, waren bei der Unterschicht anzutreffen. Insbesondere drehte sich in Sydney die Welt um den Rum. Beiderlei Geschlecht beider Schichten sprach dem Getränk kräftig zu – ein Umstand, den das New South Wales Corps, das bereits seit längerem den Spitznamen *Rum Corps* trug, kräftig ausnutzte und sich damit bereits um die Jahrhundertwende praktisch ein Monopol im Rumhandel verschaffte. So gelang es ihnen, auf ehrliche und weniger ehrliche Art, die eigenen Kassen zu füllen, indem sie zuerst vom Rumgeschäft profitierten und dann an den Pflichtversäumnissen, die sich daraus ergaben.

Zur Zeit breitete sich die Schwärze der Nacht über *The Rocks* aus wie die Schwingen einer Aaskrähe, mit dem feinen Unterschied, daß hier nicht alles tot und reglos war wie die Beute dieses Vogels. Endlos rauschten die Wellen des Meeres an den Strand, und die salzhaltige Luft fegte durch die gewundenen, schwach erleuchteten Straßen und die noch dunkleren Gassen, in denen Abfälle verstreut herumlagen, mit ihrem widerwärtigen Gestank die unangenehme Feuchtigkeit noch verschlimmerten. Petroleumlampen glommen in den Fenstern der trostlosen, schmutzigen Kneipen, aus denen rauhe Stimmen und wüstes Gelächter bis nach draußen in die stinkenden Gossen schallten.

Ehemalige Sträflinge und vorzeitig entlassene Gefangene standen Schulter an Schulter neben angeblichen Gentlemen und Offizieren, gleichermaßen begierig, die verschiedenen Laster zu kosten, die es in *The Rocks* im Überfluß gab: Alkohol, Glücksspiel und Huren.

Auf je sieben Männer, die in die Kolonien verschifft wurden, kam im Durchschnitt eine Frau – nicht weil sie in England eines der ältesten Gewerbe der Welt ausgeübt hatte, das war kein Anlaß zur Deportation, sondern zumeist wegen eines geringfügigen Diebstahls. Dennoch, wenn sie nicht schon auf der Straße angeschafft hatte, bevor sie England verließ, wurde eine Strafgefangene unweigerlich dazu gezwungen, bis sie Australien erreichte. Zwar konnten sich die verurteilten Männer durch harte Arbeit und Buße oftmals loskaufen, doch den Frauen blieb diese Möglichkeit verwehrt. Denn diese Frauen wurden von allen Männern als Freiwild betrachtet. Die ersten Vergewaltigungen und schlimmsten Mißhandlungen mußten sie schon auf der Schiffsreise über sich ergehen lassen, und später, nach ihrer Ankunft, erging es ihnen bei ihren Arbeitgebern und den Wachen auch nicht viel anders.

Zur Zeit der Transporte nach New South Wales wurden die Frauen, die sich bei der Ankunft im Hafen von Sydney nicht sofort entweder durch Bestechungen oder Verbindungen loskaufen konnten oder aber einen männlichen Beschützer unter den sogenannten Gentlemen und Offizieren fanden, die häufig die Anlegestellen besuchten, in einer Barkasse weiter flußaufwärts zur Frauenfabrik in Paramatta geschifft. In den Gasthäusern unterwegs, die überwiegend von ehemaligen Sträflingen geführt wurden, bekamen die Frauen jedesmal zuviel Rum eingeschenkt, wurden vergewaltigt und ihrer letzten dürftigen Habseligkeiten beraubt – ein Treiben, vor dem die Barkassenbesatzung geflissentlich die Augen verschloß. Die eigentliche Frauenfabrik war ein dreistöckiges Gebäude im georgianischen Baustil, wo die Hauptarbeit der Frauen im Spinnen und Weben des groben »Paramatta-Leinen« bestand, aus dem die Winterkleidung der Sträflinge geschneidert wurde. Die Frauen, die es nicht hatten einrichten können, ihr eigenes Bettzeug vom Schiff aus mitzubringen, mußten auf Stapeln nicht verarbeiteter Wolle schlafen, die zumeist von Zecken verseucht war, da die Regierung den Frauen in Parramatta weder Matratzen noch Decken zur Verfügung stellte. Die, für die es keinen Platz in dem überfüllten Gefängnis gab, waren gezwungen, sich bei den Anwohnern für vier Shilling pro Woche einzumieten, eine Summe, die die Mehrheit der Frauen nur aufbringen konnte, indem sie sich den Sträflingen verkauften. Da diese jedoch ebensowenig Geld hatten, stahlen sie jedes Jahr in Parramatta mehr als £ 1560, wovon sie die Frauen, die ihnen zu Diensten waren, bezahlten. Nach der Entlassung hatte eine Frau mit einem solchen Lebenswandel kaum eine andere Wahl, als sich ganz der Prostitution zu verschreiben, wenn sie überleben wollte. Einige, grausamer und skrupelloser als andere, waren in Sydney als »Hafenfrauen« bekannt. Sie paßten jedes ankommende Schiff ab, lockten die männlichen Passagiere und die Mannschaft mit ihren Reizen, flößten ihren Opfern Drogen ein, um sie bewußtlos zu machen und dann auszurauben. Andere ehemalige Strafgefangene, die nicht so hart waren, arbeiteten in den Kneipen und Straßen.

Letzteres war das unselige Schicksal einer gewissen Sally Wheeler, einer ehemals anständigen jungen Frau, die in England als Stubenmädchen gearbeitet und das große Pech gehabt hatte, so hübsch zu sein, daß sie die Aufmerksamkeit ihres reichen Arbeitgebers auf sich zog. Seine kaltherzige, eifersüchtige Frau, die sich der Rivalin entledigen wollte, hatte Sally fälschlicherweise des Diebstahls bezichtigt und dafür gesorgt, daß ein paar ihrer Schmuckstücke unter Sallys Habseligkeiten gefunden wurden, ein »Verbrechen«, für das Sally zu sieben Jahren Zwangsarbeit verurteilt und nach Australien transportiert wurde. Nach ihrer Freilassung zog Sally, wie so viele andere vor ihr, nach Sydney zurück, wo sie in *The Rocks* landete. Jetzt, während sie über das Kopfsteinpflaster der düsteren Straßen hastete, das von den Exkrementen aus den Nachttöpfen und der feuchten Seeluft naß und rutschig war, schlang sie ihren abgetragenen Mantel fester um ihren mageren Körper und blickte sich ein paarmal unruhig über die Schulter um.

Ihr Haar, das man ihr für einen geringfügigen Verstoß in der Frauenfabrik abrasiert hatte, war nachgewachsen, und sie hatte eine Spur ihres früheren guten Aussehens, das ihr schließlich zum Verhängnis geworden war, zurückgewonnen. So mangelte es ihr denn auch selten an Kunden, und die meisten Nächte verbrachte sie in einem kleinen, schmutzigen Raum über einer heruntergekommenen Kneipe, flach auf dem Rücken, die zerschlissenen Röcke bis zu den Schenkeln hochgerafft, während ein Mann nach dem anderen sich an ihrem Körper befriedigte. Der heutige Abend war keine Ausnahme, bis auf die Tatsache, daß sie sich erschöpfter fühlte als sonst. Und so hatte sie es gewagt, mit einem tröstlichen Griff nach den Münzen in ihrer Tasche, den letzten Freier abzuweisen. Ein echter Gentleman war das gewesen, dunkelhaarig, in einem feinen, maßgeschneiderten, teuren Anzug aus schwarzem Tuch und einem schwarzen Umhang, mit rotem Satin verziert. Er hatte auch einen vornehmen Malakkaspazierstock mit einem silbernen Knauf bei sich gehabt. Aber irgend etwas in seinen wässerigen Augen hatte Sally einen kalten Schauer über den Rücken gejagt. Instinktiv spürte sie, daß er zu der Sorte gehörte, die sie schlagen würde, und deshalb hatte sie seinen Annäherungsversuch nervös lächelnd zurückgewiesen und in ihr verschmutztes Taschentuch gehustet, um ihn glauben zu machen, sie hätte eine ansteckende Krankheit.

In Wirklichkeit fühlte sie sich schon seit ein paar Tagen nicht mehr richtig wohl und fürchtete, sich eine Grippe oder, schlimmer noch, Tuberkulose zugezogen zu haben – das große Risiko in dem Gewerbe, dem sie gezwungen war, nachzugehen. Zu Anfang hatte sie gegen die Ungerechtigkeit aufbegehrt und sich gewehrt. Aber am Ende forderten die wiederholten Vergewaltigungen und Mißhandlungen ihren Tribut, und übrig blieb nur mehr eine schwache, entmutigte Hülle der kräftigen, lebhaften Frau, die sie einmal gewesen war. Jetzt sehnte sie sich nur nach einer Tasse heißen Tees und der Wärme des kleinen Feuers in dem Herd der winzigen Ein-Zimmer-Unterkunft, die sie mit zwei anderen weiblichen ehemaligen Strafgefangenen teilte, denen es nicht anders erging als ihr. Noch einen Häuserblock weiter, und sie war da – zu

Hause, sofern man es so nennen konnte. Ich hätte mich viel früher auf den Heimweg machen sollen, dachte sie bei sich. Der Wind hatte sich verstärkt und fegte kräftig durch die Straßen von *The Rocks.* Gegen seine klamme Kälte bot der Mantel, den Sally fest zudrückte, recht wenig Schutz. Sie keuchte schwer, als sie die Straße hinunterhastete, blieb aber nicht stehen, denn sie war sicher, daß sie verfolgt wurde. Vorhin noch, als sie kurz haltgemacht hatte, war es ihr so vorgekommen, als hätte sie verstohlene Schritte hinter sich gehört, die jedoch verstummten, sobald sie innehielt. Unwillkürlich dachte sie an den dunkelhaarigen Mann mit den wässerigen Augen, der im Kings Cross zu ihr gewollt hatte, und bekam Angst. Daß eine Hure in *The Rocks* – oder auch sonstwo in den Kolonien – ermordet wurde, war nichts Ungewöhnliches. Vor ein paar Monaten jedoch war gerade hier in dieser Gegend eine Prostituierte auf – auch für *The Rocks* – besonders bestialische Weise umgebracht worden. Ihr Hals war von einer Seite zur anderen aufgeschlitzt, und noch andere unaussprechliche Dinge waren ihr mit dem Messer zugefügt worden. Der Gedanke daran trieb Sally vorwärts. Mit einem neuerlichen raschen Blick über die Schulter bog sie in die dunkle, verlassene Gasse, die zu ihrer Wohnung führte.

Eine Ratte jagte über das Kopfsteinpflaster, und aus einem der Mülleimer in den Hauseingängen sprang eine streunende Katze mit so lautem Gepolter und rannte so kläglich miauend über ein paar Holzfässer, in denen sie wohl nach etwas Freßbarem suchte, daß Sally fast zu Tode erschrak und im ersten Moment stehenblieb. Ihr Herz raste wie wahnsinnig, und sie faßte sich entsetzt an den Hals. Dann erspähte sie die Katze und seufzte erleichtert. Ihr nervöses Auflachen verstummte sofort, als zwei starke Hände sie ohne Vorwarnung von hinten packten, herumwirbelten und gegen die Wand schleuderten. Eine Hand legte sich brutal über ihren Mund und erstickte jeglichen Entsetzensschrei. Das Messer, das im Mondlicht silbern an ihrem Hals blitzte, hieß sie schweigen. Mit einem leisen, drohenden Knurren schob der Mann mit den wässerigen Augen, vor dem sie sich im Kings Cross gefürchtet hatte, grob ihre Röcke hoch und drang, nachdem er sich geschickt die Hose geöffnet hatte, so gewaltsam in sie, daß ihr Tränen über die Wangen strömten. Rücksichtslos stieß er sie gegen die Wand, bis sein rascher Erguß kam. Danach zog er gleichmütig seine Kleidung zurecht, ehe er schließlich in einem so seltsam heiseren Flüsterton mit Sally sprach, daß sie fröstelte.

»Das hat dir gefallen … nicht wahr, Mädchen? Weil du eine Hure bist, Verity. Du warst schon immer eine Hure, und du wirst immer eine bleiben. Das weißt du doch, nicht wahr?«

Der Mann ist verrückt, vollkommen wahnsinnig, dachte Sally und war vor Schrecken wie gelähmt. Sie starrte in seine kalten, unbarmherzigen Augen. Ihr war bewußt, daß er nicht sie, sondern eine andere in ihr sah … Verity hatte er sie genannt. Aus Furcht, ihn noch mehr gegen sich aufzubringen, und in der verzweifelten Hoffnung, mit dem Leben davonzukommen, nickte Sally rasch zustimmend. Da lachte der Mann leise und so spöttisch, daß Sally eine Gänsehaut bekam. Es war das letzte, was sie hörte, ehe das Messer sie traf und ihr der Hals aufgeschlitzt wurde. In einem plötzlichen Anfall riß der Mann ihr sämtliche Kleider vom Leib und stach immer wieder mit dem Messer zu, bis er schließlich schweratmend aufhörte. Endlich hatte er alles Böse aus ihr herausgeschnitten, und sie war wieder so rein, wie sie es einmal gewesen war, bevor sie sich *ihm*, dem verhaßten und gefürchteten anderen, hingegeben hatte. Auf dem dunklen Gesicht des Mannes breitete sich eine eigenartige Mischung aus Trauer und Reue aus, als er auf sein Opfer hinunterstarrte, langsam seinen blutgetränkten rotumrandeten schwarzen Umhang von den Schultern nahm und behutsam über die zerstümmelte Leiche ausbreitete. Nachdem er in seine Taschen gefaßt hatte, drückte er ihr ein Kupferpfennigstück auf jedes Auge, damit sie den Fährmann für die Überfahrt in das Reich der Toten bezahlen konnte. Dann wusch er sich in einem der nahe stehenden Regenfässer Gesicht und Hände und säuberte sein Messer. Er bückte sich nach seinem Malakkaspazierstock, den er vorhin hatte auf den Boden fallen lassen, und schob die Klinge zurück in den Schaft, der so gefertigt war, daß der Griff des Messers als Knauf des Spazierstocks diente.

Ohne einen Blick zurück verließ er die Gasse und schlenderte so gleichmütig daher, als hätte er eben nicht das abscheulich brutale Verbrechen begangen. Der ganze Vorfall hatte nicht länger als eine Viertelstunde gedauert. Niemand hatte ihn beobachtet. Niemand, bis auf sein Opfer – und das konnte nicht mehr sagen, was es gesehen hatte.

2. KAPITEL

Sturm auf hoher See

Yorkshire, England, 1855

An dem Abend, bevor Arabella Darracott die erste Etappe ihrer Reise nach Australien antreten sollte, erwachte sie plötzlich schweißgebadet aus einem tiefen, mit Laudanum herbeigeführten Schlaf, aufgeschreckt von einem entsetzlichen Alptraum. Das Herz klopfte ihr bis zum Hals. Zuerst war sie ganz benommen und wußte nicht, wo sie war. Denn sämtliche Möbel in ihrem Schlafzimmer – bis auf das Himmelbett, in dem sie sich jetzt kerzengerade aufrichtete – waren in Erwartung ihrer baldigen Abreise und der geplanten längeren Abwesenheit von Darracott Hall bereits mit Tüchern zugedeckt worden. In panischer Angst tastete sie in der Dunkelheit mit zitternden Händen nach der Petroleumlampe auf ihrem Nachttisch und schaffte es schließlich, sie anzuzünden. Die Schatten in ihrem Schlafzimmer wurden langsam erkenntlich. Erleichtert seufzte sie auf. In dem matten Lichtschimmer entpuppte sich das, was Arabella für ein dunkles, lauerndes Ungeheuer gehalten hatte, das aus einem schwarzen Abgrund aufgestiegen war, um sie zu verschlingen, als ihr riesiges Gepäck. Sämtliche Koffer und Taschen waren bereits zurechtgestellt worden, damit die Bediensteten sie am kommenden Morgen nach unten tragen und in der Kutsche ihres Vaters verstauen konnten, mit der sie bis zum Hafen von Kingston-on-Hull reisen würde, um von dort aus nach Australien zu segeln. Beim Anblick ihres Reisegepäcks kamen Arabella, wie das in letzter Zeit so leicht geschah, unweigerlich kummervolle Tränen. Sie brannten ihr in den rotumränderten Augen, und nur mit Mühe vermochte sie ihr Schluchzen zu unterdrücken.

Die vergangenen Monate erschienen ihr so unwirklich wie der

Alptraum, der sie aufgeschreckt hatte. Selbst jetzt konnte sie es kaum fassen, daß ihr geliebter Vater nicht mehr in dem großen Schlafzimmer im Flur weilte, sondern gestorben und im Mausoleum auf Darracott Hall begraben worden war, wo bereits Generationen der Familie ihre letzte Ruhestätte gefunden hatten. Tobias Darracotts leises, unerwartetes Dahinscheiden hatte sich für seine Tochter als schwerer Schicksalsschlag erwiesen. Noch immer fühlte sie sich wie betäubt und war vollkommen untröstlich. Mit den Jahren hatte seine Gicht ihn so sehr geplagt, daß er invalide geworden war. Dennoch hatte sie nicht angenommen, daß er sterben würde. Kaum hatte sie den Schock über den Tod ihres Vaters verarbeitet, als seine Anwälte auf Darracott Hall auftauchten, um sie, wenn auch freundlich, darauf hinzuweisen, daß sie jetzt, da sie noch nicht volljährig war, nach den Bedingungen in Tobias' letztem Willen und Testament rechtlich das Mündel seines lebenslangen Freundes Colonel Philip Wyndhams sei. Das hätte ihr ein wenig Trost schenken müssen, fand Arabella benommen, als sie die Nachricht erhielt. Denn der Colonel war für sie stets wie ein Onkel gewesen, und so hatte sie ihn auch, solange sie sich erinnern konnte, angesprochen. Aber obwohl sie mit den Wyndhams in Briefkontakt stand, hatte sie die Familie seit ihrer Abreise aus England vor vier Jahren, als der Colonel nach Australien versetzt worden war, nicht mehr gesehen.

Dort, im Kreis Wellington der Kolonie von New South Wales, im April 1851, hatte ein Mann namens Edward Hammond Hargraves Gold entdeckt. Er hatte sein Gebiet nach dem biblischen Ophir benannt. Die Zeitungen hatten es als »ein einziges, riesiges Goldfeld« beschrieben. Und schon im Mai desselben Jahres waren Tausende Goldgräber an die Ufer des Summerhill Creek geschwärmt, und Hunderte von Möchtegerngoldsuchern hatten die Straßen über die Blue Mountains verstopft. Port Phillip Bay war ein Meer von verlassenen Schiffen geworden, und andere ehemals blühende Häfen lagen ebenfalls über Nacht brach und waren praktisch unbewohnt, bis auf die wenigen Male, wenn die Männer, die ihr Glück gefunden hatten, zurückkehrten und im Freudentaumel durch die Straßen und die Kneipen zogen. Wäre das

Militär, die Verstärkungstruppen, die rasch nach Australien gesandt worden waren, nicht gewesen, hätten Gesetz und Ordnung sich in Chaos verwandelt.

Der Colonel hatte sich mit seiner Familie in Sydney, an der Südostküste von New South Wales, angesiedelt, und dort waren sie auch geblieben. Daher war es notwendig, wie Tobias' Anwalt Arabella erklärt hatte, Darracott Hall zu schließen und nach Australien zu reisen, wo sie so lange unter den Fittichen ihres Vormunds, des Colonels, bleiben sollte, bis sie in zwei Jahren volljährig würde. Trotz der Zuneigung, die sie für die Wyndhams empfand, und der Tatsache, daß beide Familien seit ihrer Geburt gehofft hatten, sie würde eines Tages den Sohn und Erben des Colonel, Gervase, heiraten, war Arabella entsetzt, daß sie nun, nach dem Tod ihres Vaters, auch ihr Zuhause verlieren würde. Zutiefst bekümmert hatte sie schließlich einen für sie vollkommen uncharakteristischen Weinkrampf erlitten, worauf der Arzt der Familie herbeigerufen worden war. Der gute Mann hatte sie nur angesehen, ihr eine Dosis Laudanum verordnet und erklärt, daß »eine längere Reise mit viel frischer Seeluft genau das richtige Rezept« für die Erholung seiner Patientin wäre.

Schließlich, als ihre Lebensgeister und Sinne von Trauer und Laudanum getrübt waren, hatte Arabella es aufgegeben, sich den vereinten und wohlmeinenden Bemühungen des Anwalts, des Arztes und der Haushälterin, Mrs. Ingrahm, die bereits seit über vierzig Jahren auf Darracott Hall arbeitete und sich befugt fühlte, zu allem und jedem ihre Meinung zu äußern, zu widersetzen.

»Na, na, Kindchen«, hatte Mrs. Inghram gleich auf sie eingeredet, als sie Arabella eines Abends ein Tablett mit heißer Schokolade ins Schlafzimmer brachte und ihre junge Herrin zusammengekauert auf dem Fenstersitz hockend antraf, wo sie sich das Herz aus dem Leibe weinte und ihr Gesicht an die kalte, regennasse Fensterscheibe preßte. Hastig hatte die Haushälterin ihre Last auf dem Ankleidetisch abgestellt und sich neben die junge Herrin auf die Seidenkissen gesetzt. Beschwichtigend hatte sie Arabella über das offene lange Haar gestrichen. »Man müßte ja taub oder blind sein, um nicht gehört und gesehen zu haben, wie sehr Sie Ihren Vater geliebt haben, und sein Tod ist für uns alle bedrückend. Doch es würde ihm nicht gefallen, wenn er jetzt sähe, wie es Ihnen geht, Miss Arabella. Er hat sein Leben wirklich in vollen Zügen genossen, und gleichgültig, wie Sie sich jetzt fühlen, Ihres beginnt doch erst. Sie sind noch jung …«

»Ich fühle mich aber nicht jung. Mir kommt es so vor, als wäre ich hundert Jahre alt, und ich wünschte, ich wäre auch tot!«

»Nicht doch, da spricht das allein gelassene, ängstliche Kind aus Ihnen, Miss Arabella. Bedenken Sie, das Leben gehört den Lebenden, und als die starke junge Frau, die aus Ihnen geworden ist, werden Sie das früher oder später erkennen. Ich verstehe Sie gut, aber Ihr Vater hätte auch gewollt, daß Sie so handeln – und in Ihrem Herzen wissen Sie das.«

Trotz ihres tränenreichen Protests wußte Arabella im tiefsten Herzen, daß Mrs. Inghram recht hatte. Ihr Vater hätte wirklich nicht gewollt, daß sie sein Dahinscheiden betrauerte. Ihm wäre sicherlich lieber gewesen, daß sie sich mit dem Gedanken tröstete, wie reich, erfüllt und glücklich sein Leben gewesen war, und daß sie sich darum bemühte, ihr eigenes Leben ebenso zu gestalten. Er hätte sie dazu ermuntert, das Schließen von Darracott Hall und die Reise nach Australien nicht als Verlust all dessen zu betrachten, was ihr lieb und teuer geworden war, sondern als ein wunderbares, aufregendes Abenteuer zu begrüßen. Ja, er wäre sogar schwer enttäuscht gewesen, daß sie Laudanum genommen und sich im Bett verkrochen hatte, um in dieser Benommenheit, die ihren Verstand und ihre Sinne benebelte, Trost zu finden. Obwohl sie inzwischen getan hatte, was ihr Vater von ihr erwartet hätte, nämlich in Darracott Hall, wenn auch widerstrebend, alles mit Laken abzudecken und die Reise auf der *Heather Rose,* die in wenigen Tagen aus dem Hafen Kingston-on-Hull nach Australien auslaufen sollte, buchen zu lassen, vermochte Arabella nicht diese seltsame schwache Ahnung nahenden Unheils abzuschütteln, die sie seit dem Tod ihres Vaters befallen hatte.

Da sie befürchtete, man würde sie nicht nur für hysterisch halten, sondern für verrückt vor Kummer, hatte sie mit niemandem über ihre Ahnung gesprochen. Aber jetzt, als sie daran dachte und an den Alptraum, der sie geweckt hatte, fröstelte sie, und sie zog die Bettdecke fester um sich. Das Feuer im Kamin war bereits niedergebrannt, und in ihrem Schlafzimmer war es ein wenig kühl. Sie hatte sich in ihrem Alptraum in einem seltsamen Wald befunden, war zwischen kahlen, geisterhaften Bäumen umhergeirrt, von deren mondbeschienenen Ästen verurteilte Männer herabhingen. Unglückselig baumelten sie im Wind an den Schlingen, die eng um ihre Hälse lagen, und streckten bedrohlich die Hände nach ihr aus, als sie an ihnen vorbeieilte. Dabei hallte ein geheimnisvoller Gesang und das Klopfen primitiver Trommeln in ihren Ohren wider, trieb sie an, schneller und schneller zu laufen, bis sie schwer nach Atem rang und sich vor heftigen Seitenstichen fast gekrümmt hätte. Dann war es in dem tristen, labyrinthähnlichen Wald plötzlich vollkommen still geworden. Und als sie, weniger erschrocken über diese abrupte Stille als über das, was sie erzeugt haben mochte, aufgeschaut hatte, war ihr inmitten der entlaubten Gehölze ein Baum aufgefallen, der ganz anders war als alle anderen, nämlich wohlriechend und reich behangen mit schweren, blaßvioletten Blüten. Unter diesem Baum, inmitten der zarten Blütenblätter, die herabgefallen waren, hatte sich ein Teufel zu Pferd gezeigt und gewartet … auf sie gewartet. Bei seinem Anblick hatte sie einen entsetzten Schrei ausgestoßen und sich zur Flucht gewandt. Doch mit einem leisen, spöttischen Lachen war ihr der Dämon gefolgt, hatte sie wie nichts in seine starken Arme gehoben und wehrlos, wie sie gegen ihn war, in seinen großen Umhang gehüllt, der sie wie ein Schleier umwehte.

Es war mehr als nur ein Alptraum gewesen, befand Arabella nun und erschauerte erneut, als ungebetenerweise eine längst vergessene Erinnerung aus der Tiefe ihres Gedächtnisses aufstieg, um sie zu quälen. Sie saß wieder in dem schummrigen, nur von Kerzen erhellten Zelt auf dem Jahrmarkt von Scarborough und hörte, wie die alte Zigeunerin ihr eine rätselhafte Zukunft weissagte. *… und hüte dich vor dem Tasmanischen Teufel und dem vom Mondlicht erhellten Geflecht unter dem purpurrot blühenden Baum.* Obwohl Arabella nicht an das Zweite Gesicht glaubte, vermochte sie nicht ganz die beunruhigende Erkenntnis zu verdrängen, daß die Zigeunerin offenbar hellseherische Fähigkeiten besessen hatte und ihr bereits vor zehn Jahren ein flüchtiger Einblick in Arabella Darracotts Zukunft gewährt worden war. Diese Überlegung entmutigte Arabella so kurz vor der Abreise nach Australien sehr. Hätten sowohl sie als auch Tobias' Anwalt nicht schon vor Wochen an den Colonel geschrieben, um ihn vom Tod ihres Vaters und ihrer baldigen Ankunft in Sydney zu unterrichten, wäre Arabella versucht gewesen, auf Darracott Hall zu bleiben. Aber ihre Taschen waren gepackt, die Reise gebucht. Was immer sie auch auf der anderen Seite der Welt erwartete, nun würde sie es wohl oder übel erfahren.

Als würde es ihr Schutz vor dem unbekannten Schicksal bieten, schloß Arabella die Augen und verkroch sich unter ihrer Bettdecke. Und obwohl sie sich zwang, tief durchzuatmen, ihre Furcht und Unsicherheit vor der Ungewißheit zu vergessen, dauerte es lange, bis sie in der Nacht wieder einschlief.

Leutnant Harry Palliser stand an der Reeling der *Heather Rose,* die bereits vor Monaten aus dem Hafen von Kingston-on-Hull ausgelaufen war. Er gehörte dem New South Wales Corps an und kehrte nun im Anschluß an den Urlaub, den er anläßlich der Hochzeit seiner jüngsten Schwester erhalten hatte, pflichtbewußt auf seinen Posten in der Armee zurück. Nachdenklich musterte er seine Begleiterin. Arabella Darracott war für ihn keine Schönheit im klassischen Sinne. Schon als er sie vor der Abreise im Hafen inmitten ihres Gepäcks hatte stehen sehen, war sie ihm ganz schlicht und wenig anziehend erschienen. Sie mußte seit kurzem verwitwet sein, so hatte er zuerst angenommen, da sie einen schwarzen Hut mit Schleier und Trauerkleidung trug. Ein plötzlicher Windstoß hatte jedoch ihren modischen Umhang so dicht an sie gepreßt, daß er sehen konnte, was für eine schlanke, wohlgeformte Figur sie besaß, die seiner Meinung nach ihr einziger Vorzug war. Ansonsten war sie zu groß – immerhin würde sie ihm schätzungsweise bis ans Kinn reichen – und zu blaß. Ihre Nase und ihre Wangen hatten wohl von dem scharfen Wind etwas Farbe bekommen, es hatte jedoch den Anschein, als hätte sie kräftig mit Rouge nachgeholfen. Sie hielt den Blick gesenkt. Doch ihre Augen waren gerötet vom Weinen. Und ihre Lippen, zu voll für ihr schmales Gesicht, bebten schwach, als sie sich nach der Abfahrt der Kutsche, die sie samt ihrem Gepäck zum Kai gebracht hatte, verlassen umschaute und ihn ansah. Wenn es eine Situation gab, der Harry sich absolut nicht gewachsen fühlte, dann war es diese, bei der es um weinende Frauen ging. Da ihn das ungute Gefühl beschlich, er könnte gezwungen sein, sich um sie kümmern zu müssen, war er hastig an ihr vorbeigeschritten, ohne einen weiteren Blick auf sie zu riskieren. Er war eine fröhliche, mitfühlende Seele, und Witwen deprimierten ihn. Bei der langen Fahrt, die ihnen bevorstand, wollte er sie nicht Abend für Abend in ihr Kissen weinen hören und hoffte deshalb inständig, daß sie nicht die Kabine direkt neben ihm zugeteilt bekäme.

Diese Hoffnung jedoch erwies sich als vergebens. Arabella war tatsächlich die Kabine neben seiner zugewiesen worden. Aber falls sie geweint hatte, dann so leise, daß er zu seiner großen Erleichterung nichts davon mitbekommen hatte. Und als sie dann am dritten Abend, den sie an Bord der *Heather Rose* waren, schließlich aus ihrer selbstgewählten Isolation auftauchte – die nicht nur mit ihrer Trauer zusammenhing, sondern auch mit einem akuten Anfall von Seekrankheit –, um mit den übrigen Passagieren in dem eleganten Rosenholzsalon zu Abend zu speisen, mußte er seine ursprüngliche Einschätzung ihrer äußeren Erscheinung revidieren. Ihr dichtes, kastanienbraunes Haar, das sie mit einem feinmaschigen schwarzen Netz umhüllt aufgesteckt trug, glänzte wie poliertes Kupfer im Lichterglanz. Ihre dunklen Augen, umrahmt von dichten Wimpern, funkelten unter den feingeschwungenen Brauen, die erstaunlich schräg zu ihrer Stirn standen, wie alte spanische Doublonen versunkener Schätze, und im Dekolleté ihres vornehmen schwarzen Trauerkleides, das Busen und Schultern eher knapp bedeckte, wurde ihre milchigweiße Haut, die gleich einer makellosen Perle schimmerte, sichtbar. Arabella Darracott besaß, wie Harry in dem Moment zweifellos erkannte, etwas Undefinierbareres, Reizvolleres als bloße Schönheit – eine unerklärlich faszinierende Eigenschaft, die ihr Leben lang währen und Männer stets aufs neue anziehen würde. Da sie beim Essen neben ihm saß, stellte er alsbald fest, daß sie kein bißchen kokett oder affektiert war, sondern eher erfrischend ehrlich, und daß sie einen auffallend scharfsinnigen Verstand besaß, der sie zu einer angenehmen Zuhörerin machte. Aufmerksam folgte sie den Ausführungen des Sprechers und gab ihm das Gefühl, bei jedem Wort, das er äußerte, handele es sich um eine Perle der Weisheit, die es aufzufangen und festzuhalten galt. Harrys Uniform hatte ihr Interesse geweckt und diente als Aufhänger für eine Unterhaltung, durch die Harry erfuhr, daß Arabellas Vater erst kürzlich verstorben war und sie sich nun auf der Reise zur Kolonie von New South Wales befand, um zu ihrem gesetzlichen Vormund, Colonel Philip Wyndham, zu gelangen, der das Kommando über das New South Wales Corps führte und somit auch Harrys befehlshabender Offizier und Vorgesetzter war.

Durch diese Gemeinsamkeit hatte sich zwischen ihm und Arabella in den vergangenen Wochen eine so herzliche Freundschaft entwickelt, daß Harry arg versucht gewesen wäre, sie zu umwerben, wenn sie ihm nicht offen zu verstehen gegeben hätte, daß sie, obwohl es bislang noch keine offizielle Verlobung gegeben hatte, damit rechnete, eines Tages seinen Kameraden, Leutnant Gervase Wyndham, zu ehelichen. Jetzt, während er sie so anschaute, wie sie neben ihm an der Reling der *Heather Rose* stand, das Gesicht dem Wind dargeboten, konnte er nicht anders, als sich erneut zu fragen, warum Gervase sie nie erwähnt hatte.

»Erzähl doch mal, Harry«, bat Arabella und riß ihn damit aus seiner Gedankenverlorenheit. »Erzähl mir mehr über Australien und die Kolonie von New South Wales. Ich will alles über dieses fremde Land wissen, in dem ich jetzt bald zu Hause sein werde. Es wird nicht mehr allzu lange dauern, bis wir dort ankommen, soweit ich Captain Beckett verstanden habe, falls der Wind auffrischt und das Barometer fällt.«

»Also, nachdem wir jetzt die Meerenge von Torres passiert und Kap York umrundet haben, steuern wir auf die Korallensee zu. Sieh mal dort drüben in der Ferne. Kannst du den Unterschied in der Färbung des Wassers etwas weiter weg von der Küste erkennen?« Auf ihr Nicken hin fuhr Harry fort: »Dort liegen unter der Oberfläche lange Korallenriffe, die das Great Barrier Reef bilden, das sich längs der gesamten Nordostküste von New South Wales erstreckt. Es gehört mit zu den größten Gefahren dieser Gewässer, wie die Haie, die es hier gibt. Aber du brauchst dir keine Sorgen zu machen, Arabella«, versicherte er ihr sofort, als sich ihre Augen leicht entsetzt weiteten. »Captain Beckett versteht sein Handwerk. Er wird die Riffe in großem Abstand umschiffen, und an Bord der *Heather Rose* sind wir ohnehin vor den größten und gefährlichsten Haifischen in Sicherheit.«

»Das will ich aber auch hoffen«, erklärte sie inbrünstig und wußte nicht recht, ob Harry sie vielleicht nur etwas necken wollte. Zugetraut hätte sie es ihm jedenfalls, so wie sie ihn inzwischen kannte. Und da er zwei Brüder und vier Schwestern hatte, war es durchaus wahrscheinlich, daß er zu solchen kleinen Bosheiten neigte, während sie als Einzelkind diese Art Streiche nicht gewohnt war und noch weniger ahnen konnte, daß die »besten« darunter eben oft angsteinflößend waren. Und zum größten Teil fühlte sie sich gerade deshalb zu Harry hingezogen, weil er sich ihr gegenüber nun mal so brüderlich verhielt. So bekam sie eine Vorstellung davon, wie es für sie hätte sein können, hätte ihr kleiner Bruder überlebt. Sie war Harry dankbar, daß er sich mit ihr angefreundet hatte. Seine fröhliche Gegenwart hatte ihren schlimmsten Kummer gemildert. »Aber zweifellos waren es gerade diese Gefahren, wie die Riffe und die Haie, die mit den Ausschlag gaben, daß man sich, als Amerika seine Unabhängigkeit von England deklarierte und keine Sträflinge mehr aufnehmen wollte, für Australien als wesentlich passenderes Ziel entschied«, bemerkte sie trocken. »Stell dir vor, so waren diese Menschen zwar dem Gefängnis entronnen, aber gezwungen, auf einer riesigen, relativ unerforschten Insel solche Gefahren wie die Riffe und die Haie zu überstehen, um ihre Freiheit zu erlangen. Eine entmutigende Aussicht selbst für den furchtlosesten Verbrecher, denke ich mal.«

»Auf jeden Fall«, pflichtete Harry ihr amüsiert bei. »Andere wiederum würden dagegenhalten, daß die Überlegung, Australien mit Sträflingen zu besiedeln, von England nicht mehr als ein raffiniertes Mittel war, um auf diesem Kontinent eine Bastion für den Handel im Osten zu errichten. Was immer die Wahrheit sein mag, bestehen bleibt die Tatsache, daß nach den anfänglichen Expeditionen von Tasman, Cook, Bass und Flinders im Mai 1787 die erste Flotte nach Australien in See stach, mit elf Schiffen, von denen allein sechs der Deportation dienten. Zunächst gingen sie in Botany Bay vor Anker, einem trostlosen Hafen, der vom Boden und vom Wasser her arm war, und von dem aus sie sich deshalb rasch nach Port Jackson aufmachten. Dort hißten sie den Union Jack und gründeten in der Bucht den Ort, aus dem später Sydney wurde. Seit damals hat sich die Stadt enorm vergrößert. Also trotz allem, was du auch gehört haben magst, brauchst du nicht zu befürchten, daß du zu irgendeinem kleinen Provinzort unterwegs bist, Arabella. Du wirst merken, daß Sydney zumindest ebenso gepflegt und kultiviert ist wie viele englische Städte, wenn nicht sogar noch mehr. Allerdings wäre das vielleicht ohne den Goldrausch nicht passiert, das muß ich zugeben. Von überall aus der Welt sind die Menschen zu der Zeit nach Australien geströmt.«

»Davon habe ich auch gehört. Denn das Chaos, das dadurch entstanden ist, war der Grund, warum der Colonel nach New South Wales versetzt wurde. Auch sein Vorgänger, so scheint es, war nicht immun gegen das Goldfieber.« In Arabellas Stimme schwang ein leicht spöttischer Unterton mit.

»Kaum ein gesunder Mann war dagegen immun – nicht mal ich, obwohl ich als Goldsucher eher ein trauriger Versager war, fürchte ich«, gestand Harry ihr lachend. »Aber immerhin entstand dabei die südliche Kolonie Victoria, denn um die Mitte des Jahres 1852 waren es bestimmt mehr als fünfzigtausend Menschen, die nach Gold gruben. Einmal belief sich allein die Ladung der Goldbegleitschutztruppen von den Städten Ballarat und Bendigo auf mehr als eine halbe Tonne Gold in einer Woche, und ein einziges Schiff, das nach London unterwegs war, mag zehneinhalb Tonnen an Bord gehabt haben. Stell dir vor, ein Aborigine-Viehhüter, der nicht auf Goldsuche war, sondern nur mal so mit seiner Axt an einem Vorsprung nicht mehr als achtzig Kilometer von Bathurst entfernt herumgehackt hat, hieb einen Brocken Quarz ab, der über tausend Unzen Gold wert war! Als Eingeborener durfte er ihn natürlich nicht behalten. Doch sein Arbeitgeber, Dr. Kerr, auf dessen Grund und Boden der Fund gemacht wurde, hat ihm und seinem Bruder ein paar Hektar Land, einige Schafe und ein paar Pferde dafür gegeben. Das war ziemlich großzügig, mußt du zugeben, und sicherlich mehr, als einer dieser Ureinwohner erwarten durfte. Ein anderer Mann, der noch nie in seinem Leben Champagner probiert hatte, hat den gesamten Lagerbestand eines Hotels aufgekauft und in einen Pferdetrog schütten lassen. Dann hat er sämtliche Leute dazu eingeladen, diesen Trog leerzutrinken. Andere erfolgreiche Goldgräber haben mit ihrem neuerworbenen Reichtum geprahlt, indem sie aufgeputzte Kleider und protzige Juwelen für ihre Mädchen – ehm, ich meine, ihre ... eh ... Freundinnen ... kauften«, korrigierte Harry sich hastig und errötete bis an seine blonden Haarwurzeln, weil er in der Gegenwart einer Lady über Mätressen gesprochen hatte. »Und indem sie mit Fünfpfundnoten ihre Pfeifen anzündeten.«

»Wie entsetzlich!« rief Arabella und stellte sich diese übertrieben derben Szenen vor, die sie nur mit der Dekadenz und Liederlichkeit in Verbindung bringen konnte, die in London und Paris herrschten, soweit sie gehört hatte. Sie war eher wohlbehütet aufgewachsen und selten mit derart vulgärem Benehmen in Berührung gekommen. »Solch ein Mangel an Anstand und Moral kann doch nur als schändlich und verachtenswert gelten. Ich bin überrascht und erschüttert zu hören, daß ein Gentleman durch den Fund von Gold offenbar seinen Verstand und seine gute Erziehung ...«

»Nein, das wäre zu voreilig, Arabella. Du kannst uns nicht alle zum Teeren und Federn verurteilen«, tadelte Harry sie leichthin und amüsierte sich über ihre Empörung. »Denn viele Vermögen wurden nicht von ehrbaren Männern gemacht, weißt du, sondern mehr von gemeinen Schurken und ehemaligen Sträflingen, besonders von denen, die aus dem Van Diemen's Land kommen, das heute Tasmanien heißt. ›*Vandemonian*‹ wurden sie zuerst genannt, später dann schlicht Tasmanische Teufel. Diese Verbrecher, darüber mußt du dir im klaren sein, hatten natürlich durch die Jahre harter körperlicher Arbeit ihre Muskeln gestählt und konnten ohne weiteres einen sechs Meter tiefen Schacht in derselben Zeit ausheben, die ein ›neuer Kumpel‹, wie die Gentlemen oft verächtlich genannt wurden, brauchte, um einen Meter tief im Lehm zu graben. Viele der Teufel, die die Bass Strait von Tasmanien durchquert haben, wurden in Victoria erneut für Verbrechen verurteilt, die sie im Goldrausch begingen. Aber andere, wie dieser Teufel Lucien Sinclair zum Beispiel, ein blutrünstiger, widerlicher Emporkömmling, haben es tatsächlich gewagt, sich als die ›neue Aristokratie‹ zu bezeichnen. Mein Gott! ... entschuldige meinen Ausdruck, Arabella ... und sich mit ihrem Reichtum in die Reihen der Großgrundbesitzer der Kolonien einzukaufen!«

»Tatsächlich? Aber bei solchen Leuten muß man wohl mit einer derartigen Unverschämtheit rechnen, da sie nicht in den Stand hineingeboren wurden und daher, wie man sich denken kann, es auch nicht besser wissen. Dennoch denke ich, daß uns ein gewisses Gerechtigkeitsgefühl zwingt zuzugeben, daß einem Mann, der sein Verbrechen gesühnt hat, auch die Belohnung zusteht, die er später durch eigene Initiative und ehrliche harte Arbeit erwirbt.«

»Das mag ja sein, aber die Mehrheit der australischen Kolonialisten würde dir in der Hinsicht widersprechen. Und ich warne dich, Arabella, du wirst keine Freunde finden, wenn du eine solche vollkommen unbeliebte Meinung in New South Wales von dir gibst. Kolonialistische Gouverneure sind für derartige Äußerungen nach England zurückbeordert worden, zu Recht. Die Gentlemen wollen sich weder mit ehemaligen Sträflingen an einen Tisch setzen«, erklärte Harry offen, »noch möchten sie, daß ihre Frauen mit ihnen Umgang pflegen oder ihre Schwestern und Töchter einen von ihnen heiraten. Von deiner Herkunft und Bildung her neigst du bestimmt weniger als viele andere junge Frauen heutzutage dazu, dich in eine romantische Phantasiewelt zu flüchten, wie sie in den jetzt so modernen *Gothic Novels* dargestellt wird, die meine Schwestern heiß und innig lieben, und wirst das sicherlich verstehen, Arabella!«

»Ja, natürlich«, pflichtete sie bei ihm. »Denn ehrlich gesagt, würde ich nicht unbedingt einen Mann heiraten wollen, der mal wegen irgendeines gemeinen Verbrechens im Gefängnis war. Ich meinte ja auch nur, Harry, daß ein Mann, der einen Fehler begangen hat, aber die Konsequenzen trägt und somit auch sein Vergehen eingesteht, nicht weiterhin dafür bestraft werden dürfte, daß es ihm früher mal an einer gewissen Vernunft gemangelt hat. Das wäre mindestens ebenso ein Justizirrtum wie die Verurteilung eines unschuldigen Mannes für ein Verbrechen, das er nicht begangen hat. Findest du nicht?«

»Theoretisch gesehen, ja, in Wirklichkeit jedoch nicht. Denn in Wahrheit, gleichgültig, wie sehr man sich darum bemüht, läßt sich das angeborene Wesen eines Verbrechers ebensowenig ändern wie das eines Aborigine. Das eine ist eine schlechte Saat, von der du nie etwas anderes als eine schlechte Ernte erhalten wirst, so sehr du sie auch hegst und pflegst. Und das andere ist ein unwissender Wilder, einfach unfähig, die Grundlagen der Zivilisation zu erlernen, so sehr du dich auch bemühst, sie ihm beizubringen. Wenn du erst einmal eine Weile in den Kolonien bist, wirst du das verstehen. Seit Jahren haben Missionare nicht nur versucht, die Ureinwohner Australiens zum Christentum zu bekehren, sondern auch, sie zu zivilisieren – ohne Erfolg. Zwangsläufig kehrt der Aborigine eines Tages zu seiner heidnischen Religion zurück und ›wandelt umher‹, das heißt, er verschwindet einfach in den Busch und folgt den ›Gesängen‹, den wilden Pfaden seiner Vorfahren. Ebenso zwangsläufig wird ein ehemaliger Sträfling, wie zum Beispiel dieser Lucien Sinclair, trotz scheinbarer Besserung nach außen hin eines Tages ein neues Verbrechen, einen neuen Mord, begehen. Es ist eigentlich nur eine Frage der Zeit – bestimmt.«

»O Harry! Allein der Gedanke ist schon abscheulich!« Arabella seufzte und fühlte sich angesichts der Logik seiner Argumentation enttäuschter, als sie sich eingestehen mochte. »Wenn es nämlich so wäre, würde das bedeuten, alle guten Taten sind im Kern wertlos, vollkommene Zeitverschwendung. Kein Mensch könnte dann von einem anderen gerettet werden, sogar nicht mal von Gott. Das wäre ja eine – eine furchtbar hoffnungslose Aussicht.

So gesehen wären wir alle hilflos dem Schicksal ausgeliefert.« Bei dem Gedanken kam ihr ungebeten die Erinnerung an die alte Zigeunerin in den Sinn, die ihr auf dem Jahrmarkt von Scarborough die Zukunft vorhergesagt hatte. Ganz kurz hörte Arabella die krächzende Stimme, die rätselhaften Worte, spürte den umklammernden Griff der Alten und erschauerte. »Ich hätte nicht gedacht, daß du solch ein Pessimist bist, Harry.«

»Kein Pessimist, sondern ein Realist, würde ich sagen – während du, meine liebe Arabella, doch mehr eine Romantikerin bist, als ich vermutet habe! Aber ... genug jetzt davon.. Dir ist schon kalt, und der Wind wird stärker – und falls ich mich nicht irre, fällt das Barometer noch. Wir müssen mit ziemlich rauhem Wetter rechnen. Ich sage es nur ungern, aber die Wolken am Horizont deuten auf Sturm hin.«

»Ja, offensichtlich«, stimmte Arabella zu und betrachtete plötzlich beunruhigt den sich ausbreitenden Fleck, der den Himmel in der Ferne verdunkelte – hatte die Zigeunerin nicht etwas von einem mächtigen Unwetter gemurmelt, das sie, Arabella, mit sich zum Korallenzauber hinunterreißen würde? War es Schicksal oder nur Zufall, daß die *Heather Rose* auf das Korallenmeer zusteuerte, während sich ein Sturm zusammenbraute? Die Antwort auf diese Frage wollte Arabella gar nicht wissen. Von einer unguten Ahnung beschlichen, wandte sie sich an Harry: »Wenn du mich bitte entschuldigst, ich glaube, ich werde lieber meine Kabine aufsuchen.« Dort bin ich in Sicherheit, tröstete sie sich. Wenn sie sich einschloß, konnten ihr die Naturgewalten nichts anhaben, gleichgültig, was kommen mochte.

»Eine hervorragende Idee. Mach die Bullauggen dicht. Ich glaube, das werde ich auch tun, nachdem ich mich bei unserem guten Captain Beckett erkundigt habe, womit wir rechnen müssen – obwohl ich mir sicher bin, daß wir uns keine Sorgen machen müssen, Arabella«, beteuerte er ihr, als er ihren ängstlichen Blick sah. »Die *Heather Rose* ist ein robustes, seetüchtiges Schiff. Zweifellos ist sie schon in eine Menge andere Stürme geraten, die sie auch überstanden hat.«

Das war tatsächlich der Fall, wie Arabella von Captain Beckett erfuhr, als sie sich gegen acht Uhr an dem Abend, nachdem der Steward bei ihr angeklopft hatte, um sie zu informieren, daß das Abendessen trotz des zunehmend rauheren Wetters wie sonst im Salon serviert werden würde, noch einmal aus ihrer Kabine wagte. Es hatte zu regnen begonnen, ein feiner Nieselregen, der jedoch nur ein Vorzeichen für das war, was noch kommen würde, prophezeite der Steward düster, als er Arabella von ihrer Kabine in den Salon geleitete. Der stärker werdende Wind peitschte so heftig über Deck, daß ihm ein paarmal fast der Schirm aus der Hand gerissen worden wäre, mit dem er sie vor den Unbilden schützte, bis sie wieder unter Deck kamen. Die anderen Passagiere waren schon im Salon versammelt und hörten Captain Beckett aufmerksam zu, der ihnen versicherte, daß sie sich trotz des Sturms nicht zu fürchten bräuchten. Die *Heather Rose* hätte bereits andere Stürme überstanden und würde es auch diesmal schaffen. Dennoch vermochte Arabella ihr ungutes Gefühl nicht abzuschütteln. Und statt nach der hastig servierten und verspeisten Mahlzeit noch im Salon zu bleiben, um mit Harry zu plaudern oder ein paar Runden Whist oder Lu am Kartentisch zu spielen, wie sie es sonst immer getan hatte ... kehrte sie wieder in ihre Kabine zurück.

Wie um ganz sicherzugehen, verschloß sie die Tür, und nachdem sie die Öllampen angezündet hatte, überzeugte sie sich davon, daß die Bullaugen fest geschlossen waren, obwohl sie sie am liebsten aufgemacht hätte, um den frischen Wind hereinzulassen. Denn in der Kabine war es bei dem drückenden Wetter heiß und stickig. Haarsträhnen, die sich aus ihrem Knoten gelöst hatten, umrahmten lockig ihr Gesicht. Schweißperlen rannen ihr vom Nacken über den Rücken, vom Hals über den Busen. Der Stoff ihres Kleides klebte unangenehm auf ihrer Haut. Arabella öffnete Knöpfe, Haken und Schnüre, entledigte sich ihres Kleides, der Reifen, der Krinoline und der Unterwäsche. Die allabendliche Schüssel Wasser, die der Steward ihr in die Kabine gestellt hatte, erlaubte es ihr, sich mit dem Schwamm zu erfrischen. Danach zog sie ihr Nachthemd an, entfernte die Spangen aus ihrem Haar, bürstete es und flocht es zu einem Zopf. Dann klopfte sie ihre Kissen zurecht, kletterte in die Koje und nahm das Buch zur Hand, das sie zur Zeit las. Nachdem sie dreimal hintereinander dieselbe Seite gelesen hatte, wurde Arabella klar, daß sie sich nicht auf die Geschichte konzentrieren konnte und sogar Schwierigkeiten hatte, die Worte überhaupt zu entziffern, da das Schiff stark schaukelte.

Sie legte das Buch beiseite und stolperte von der Koje zum Bullauge, gegen das – jetzt, wo das Unwetter zur vollen Wucht angewachsen war – der Regen so hart prasselte, daß sie hinter der runden Glasscheibe in der pechfarbenen Schwärze kaum noch etwas erkennen konnte und nur mehr schwach den erschreckenden Eindruck einer dunklen, aufgewühlten See mit hohen Schaumkronen mitbekam. So wie der heftige Sturm stöhnte und ächzte, so krachten und knirschten als Reaktion darauf die Planken und Hölzer der *Heather Rose.* Arabella kam es so vor, als müsse das Schiff jeden Moment gewaltsam auseinandergerissen werden, gleichgültig, was Captain Beckett behauptet hatte. Hatte sie nicht ihr Leben lang Geschichten über Fischerboote gehört, die, vom Sturm überrascht, vor der Küste Yorkshires gesunken waren? Hatte sie nicht ebenso Geschichten über Meeresungeheuer gelesen, die ihr jetzt, als sie an die tödlichen großen weißen Haie dachte, von denen Harry gesprochen hatte, nicht mehr ganz so märchenhaft und legendär erschienen wie zuvor. Zusätzlich zu diesem Entsetzen ging Arabella unwillkürlich das durch den Sinn, was ihr die alte Zigeunerin über ihr Schicksal vorhergesagt hatte.

Dabei sollte sie versuchen zu schlafen, wie sie selbst überlegte, obwohl sie genau wußte, daß sie trotz des Laudanums, das ihr der Doktor verschrieben hatte, kaum ein Auge zutun würde, ehe das Unwetter nicht vorübergezogen war. Über ihr an Deck hörte sie Männer brüllen. Ihr Rufen wurde förmlich vom Wind mitgerissen. Und von unten aus dem Rumpf dröhnte das Rauschen der Pumpen, die unaufhörlich arbeiteten, um das Schiff vom Wasser zu befreien, das hereinschwappte und es zu versenken drohte. Wie ein ungezähmter, zügelloser Meeresdrache trieb das Schiff selbst – die Segel gestrichen, den Mast kahl, das Stag erhoben – auf den schäumenden Wellen, hochgestemmt von jedem neuen

Wellenberg, so daß es für eine Weile bedenklich in der Luft hing, ehe es in das tosende Wasser zurücksank und von hohen Wogen überspült wurde, die sich auf Deck ergossen und die Flanken hinunterrannen.

Ich hätte stärker sein und mich weigern sollen, Darracott Hall zu schließen, dachte Arabella. Sie hätte zu Hause bleiben sollen, statt sich auf diese weite Reise nach Australien zu wagen. Hätte sie das getan, wäre sie jetzt in Sicherheit. Doch so gab es für sie keine Möglichkeit mehr, zu entkommen. Im Geiste stellte sie sich schon alptraumgleich vor, wie die Meereswogen gewaltsam durch ihre Kabinentür hereinstürzen, das Bullauge zerdrücken, ihre Kabine füllen und sie ertränken würden. Sie sehnte sich nach Harry Pallisers fröhlichem Gesicht, seiner tröstlichen Gegenwart, aber sie wußte natürlich, daß es Wahnsinn wäre, ihre Kabine zu verlassen. Verärgert über die Hilflosigkeit, das eigene Schicksal in die Hand nehmen zu können, blieb sie deshalb, wo sie war, und kehrte in ihre Koje zurück, um sich dort unter die Decken zu kauern, und wenn sie auch trotz der schwülen Luft fröstelte, hoffte sie so, doch wenigstens etwas Schlaf zu finden.

Tatsächlich mußte sie eine geraume Weile gedöst haben, denn das nächste, was Arabella bewußt mitbekam, war, daß sie aus der Koje geworfen wurde und mit einem schmerzhaften Aufprall auf dem Boden landete. Während sie dort vollkommen verblüfft und verwirrt lag, das Blut aus einer Wunde über ihrer Braue tröpfelte, spürte sie, wie das Schiff sich heftig aufbäumte und erzitterte, hörte das entsetzliche Krachen und Zerbersten von Holzdielen, das Schaben und Knirschen des Rumpfes, der sich an irgendeinem unbekannten Objekt scheuerte, das Tosen des Windes und des Meeres, die Schreie der Männer und Frauen, ihr stampfendes Laufen. Durch den Gang draußen vor ihrer Kabine rauschte das Wasser in Massen, als wäre ein Damm gebrochen, und langsam sickerte es unter ihrer Tür hindurch. Machtlos gegenüber den Elementen der Natur, mußte die *Heather Rose* vom Kurs abgetrieben worden sein, mutmaßte Arabella. Das Schiff war wohl auf eines dieser tödlichen Riffe aufgelaufen, von denen Harry ihr noch heute erst erzählt hatte. Ihr blieb nicht mal die Zeit, sich einen

Überwurf um die Schultern zu legen, da hämmerte Harry schon mit der Faust gegen ihre Tür und schrie, sie solle aufmachen. Captain Beckett habe befohlen, daß alle Frauen an Bord in die Rettungsboote gebracht werden sollten. Als sie die Tür öffnete, schoß ihr eine hohe Woge entgegen und riß sie mit. Das Schiff schaukelte heftig, wurde entsetzlich geschüttelt und kippte gefährlich zur Seite.

»Arabella!« Harry stürzte herein, fing sie auf, hob sie auf die Arme und watete mit ihr in den engen Korridor zurück, der mit ängstlichen Passagieren und dem schwarzen, beißenden Rauch gefüllt war, der von dem Feuer stammte, das durch die zerbrochenen Öllampen an Bord ausgebrochen war.

Die Tür oben an der Treppe, die an Deck führte, war vom Sturm weggerissen worden, und jetzt drang mit gewaltigem Getöse eine weitere Welle durch die Öffnung und stürzte mit solcher Wucht die Treppe hinunter, daß Harry und Arabella gegen die Wand geworfen und fast davongeschwemmt wurden. Bis auf die Haut durchnäßt, zitterte Arabella in ihrem feuchten Nachthemd vor Furcht und Kälte und klammerte sich in stummer Verzweiflung an Harrys Hals, während er es irgendwie schaffte, Boden unter den Füßen zu gewinnen und vorwärtszustolpern. Doch gleich darauf wurde er erneut von der Gewalt des Sturms und des Meeres zurückgedrängt. Der Gang durch den dunklen, nassen und rauchgefüllten Flur und die kurze Treppe hinauf erschien schier endlos. So muß es sein, wenn man stirbt, dachte Arabella wie benommen und war überrascht, daß sie sich jetzt, wo der Augenblick des Todes sie ereilt hatte, kein bißchen fürchtete, sondern, im Gegenteil, seltsam ruhig und eher neugierig war, da sie sicher wußte, sie würde bald mit ihren Eltern im Himmel vereint sein. Aber dann, wundersamerweise, schaffte Harry es. Zusammen standen sie mit jenen auf Deck, die noch an Bord waren, klammerten sich an die Rettungsleine und wurden gnadenlos vom Sturm geschüttelt, der drohte, sie von dem Schiff, das starke Schlagseite hatte, ins aufgewühlte Meer zu zerren.

Die *Heather Rose* würde jeden Moment auseinanderbrechen und sinken. Es waren von Anfang an nicht genügend Rettungsboote vorhanden gewesen. Manche waren aus ihren abgebrochenen Halterungen gerissen und davongetragen worden und an den Riffen in Stücke zerschellt. In der Ferne, durch den dichten Regen, konnte Arabella gerade noch ein kleines, wild auf den Wellen tanzendes Boot erkennen, das mit angstvoll schreienden Frauen besetzt war. Genau im selben Augenblick wurde den grimmig dreinblickenden Männern plötzlich ein zweites Rettungsboot, das sie mit aller Kraft an den Tauen festgehalten hatten, entrissen und tanzte gleich darauf wild auf den Wellen. Hastig zog Harry Arabella über das schrägliegende Deck zur Reling und schrie ihr ins Ohr: »Gott sei mit dir, Arabella!« Dann, ehe sie begriff, was er vorhatte, hob er sie hoch und warf sie mit seiner letzten Kraft über die Seite des untergehenden Schiffes in das winzige, leere Boot, ehe es vom Wind und vom Meer ganz davongetrieben wurde.

Sie landete hart auf dem Boden des Rettungsbootes und bekam im ersten Schreck nicht mal mehr Luft. Das Fallen war ihr endlos erschienen, obwohl es in Wirklichkeit nicht tiefer als knapp zwei Meter gewesen war, so stark war die Neigung der *Heather Rose* und die Tiefe, auf die das verlorene Schiff bereits abgesunken war. Aber kaum hatte Arabella Luft geholt, da stieg eine riesige Woge auf, stürzte über das kleine Boot auf sie herab und nahm ihr erneut den Atem. Während sie keuchte, hustete und fast erstickte, wurde ihr schwach bewußt, daß Harry sein Leben geopfert hatte, um ihr die Chance zu geben, ihr eigenes zu retten. Instinktiv schlang sie ihre Arme um eine der Ruderbänke, klammerte sich verzweifelt daran fest, um nicht aus dem Rettungsboot geschwemmt zu werden, das jetzt einige Meter von der *Heather Rose* entfernt wüst übers Wasser sprang.

»Harry!« schrie sie, als ein Blitz den bedrohlich finsteren Himmel zerriß und sie kurz sein blasses, ausdrucksloses Gesicht im strömenden Regen erblickte. »Harry!«

Es war das letzte, was Arabella jemals von ihm sah. In dem Moment löste sich die *Heather Rose* mit einem furchtbaren Ächzen und einem mächtigen Stöhnen und Aufbäumen des zerborstenen Rumpfes von den Riffen, auf denen sie festgesessen hatte, neigte sich langsam zur Seite und tauchte in den riesigen klaffenden Schlund des schäumenden Meeres. Nur Minuten später war das Schiff mit allen, die an Bord gewesen waren, versunken, und erschrocken erkannte Arabella, daß sie vollkommen allein über das tosende Meer trieb. Denn auch das andere Rettungsboot mit den Frauen war verschwunden. Die Ruder ihres winzigen Bootes waren längst davongetrieben und wären ohnehin nutzlos gewesen. Es war nur eine Frage der Zeit, bis auch sie für immer vom Meer verschlungen würde. Noch während ihr diese lähmende Erkenntnis kam, stieg eine weitere horrende Woge auf. Eine Ewigkeit, so erschien es Arabella, hing sie wie das todbringende, scharfe Schwert eines Henkers über ihr, ehe sie mit voller Wucht auf sie herabstürzte und ihr erneut den Atem nahm. Das letzte, woran Arabella sich erinnerte, war das kalte, dunkle Wasser, das sie umspülte, durchnäßte, packte, mit sich in die Tiefe riß und ihre Lungen bis zum Zerbersten füllte, ehe gnädige Dunkelheit sie einhüllte und ihr das Bewußtsein raubte.

3. KAPITEL

Der Tasmanische Teufel

Kolonie von New South Wales, Australien, 1856

Ich muß gestorben sein. Aber ich bin nicht in den Himmel gekommen, sondern in die Hölle, dachte Arabella, halbwahnsinnig vor Hitze, und erspähte in der Dunkelheit gräßlich tanzende Flammen eines wahren Infernos. Der Teufel persönlich neigte sich über sie.

»Irgendwie habe – habe ich immer … gedacht, Ihr hättet … Hörner«, krächzte sie schwach. Ihre trockenen, geschwollenen Lippen waren aufgeplatzt, ihr Hals war rauh und kratzte. Seltsam … sie hatte geglaubt, wenn sie starb, würde sie nichts mehr empfinden, aber nicht nur ihre Lippen und ihr Hals taten weh. Ihre Haut brannte. Jeder röchelnde Atemzug war eine Qual für sie. Einfach alles stach und schmerzte, als wäre sie gnadenlos geschlagen und verprügelt worden. Da sie sich in der Hölle befand, mutmaßte sie schläfrig, mußte sie wohl mit einer angemessenen Strafe rechnen, wie brutal auch immer sie ausfallen mochte. »Und eine – eine Mistgabel.«

Daraufhin warf der Teufel den überraschend schönen Kopf in den Nacken und lachte laut auf – widerlich, wie ihr schien, obwohl der Klang an sich eher leise, spöttisch und anziehend war –, und seine Zähne, die weiß blitzten, sahen gerade und ebenmäßig aus, nicht raubtierhaft, blutsaugerisch, wie sie eigentlich erwartet hatte.

»Ich bin ein Teufel, jawohl – das will ich nicht leugnen –, aber nicht *der* Teufel, Mädchen«, erklärte er, und seine kühlen grauen Augen funkelten amüsiert, als er sich besorgt neben sie kniete. »Ebensowenig, wie Sie sich als Meerjungfrau entpuppt haben, die hilflos an den Strand gespült wurde. So, fürchte ich, sind wir beide gleichermaßen enttäuscht.«

»Sie – Sie meinen ... dies ist nicht die ... Hölle?« In einem zwecklosen Versuch, ihre Lippen zu benetzen, strich Arabella mit der Zunge darüber und schmeckte das Blut aus den winzigen Wunden, die durch das Sprechen erneut aufplatzten.

»Nein«, entgegnete der Teufel knapp und lachte leise, ehe er ihre heiße Stirn befühlte. »Aber ich schätze, Sie werden mir nicht zustimmen, wenn Sie sich erst einmal so weit erholt haben, daß Sie mir widersprechen können.«

»Erholt?« In ihrem wirren Zustand begriff sie nur dieses eine Wort, obwohl sie sich wunderte, daß sich seine Hand auf ihrer Haut so kühl anfühlte, statt sie bis auf die Knochen zu verbrennen, wie das beim Teufel hätte der Fall sein müssen. »Dann ... bin ich nicht ... tot, nur – nur ... krank?«

»Ja, Sie haben noch sehr hohes Fieber. Aber wenigstens sind Sie wieder bei Bewußtsein. Eine Zeitlang fürchtete ich, daß Sie es nicht schaffen würden.« Er fügte nicht hinzu, daß er zuerst, als er sie bewußtlos und halbnackt an der stürmischen, einsamen Küste des Korallenmeeres entdeckt hatte, überzeugt gewesen war, sie würde sterben. Es hatte auch keinen Sinn, sie weiter zu beunruhigen, indem er ihr erzählte, daß sie eigentlich die ganze Zeit über zwischen Leben und Tod geschwebt hatte. Er wandte sich ab und schüttete aus einem Feldkessel, den er über dem Feuer warmhielt, ein dunkles Gebräu in einen Blechnapf. Dann hob er sie mit seinem Arm an, stützte sie und setzte ihr den Rand des Gefäßes an die Lippen. »Trinken Sie«, befahl er in einem Ton, dem Arabella selbst in ihrem geschwächten Zustand entnahm, daß er Gehorsam gewohnt war. Sie war zu durstig und schwach, um seine Autorität in Frage zu stellen oder dagegen zu protestieren, wie sie es normalerweise getan hätte. Es war nicht der Tee, den zu bekommen sie erwartet hatte, sondern ein bitteres, übelschmeckendes Gebräu – Gift, dachte sie und erschrak instinktiv. Trotz ihrer Schwäche wehrte sie sich nach dem ersten Schluck weiterzutrinken. Doch er hielt sie eisern fest und zog seine Hand mit dem Napf nicht weg. Herrisch und ungeduldig verlangte er: »Trinken Sie! Es wird helfen, Ihr Fieber zu senken und den Schleim in Ihren Lungen zu beseitigen.« Und schließlich, da sie keine andere Wahl hatte, als dem Befehl des Teufels zu folgen, trank sie widerstrebend die scheußliche Flüssigkeit, hustete und verschluckte sich fast daran.

Anschließend ließ er sie auf die Decken zurücksinken. Dann legte er ihr ein kühles, feuchtes Tuch auf die Stirn. Einen Moment lang schaute sie noch angsterfüllt und verwirrt zu ihm auf. Doch wie von selbst fielen ihre Augen langsam zu. Ihr schwerer Atem wurde gleichmäßiger. Sie schlief ein.

Der Mann, den Arabella irrtümlicherweise für den Teufel gehalten hatte, fand jedoch nicht so leicht seinen Schlaf. Ein schwaches, spöttisches Lächeln spielte um seine Lippen, als er sich an ihre Reaktion auf ihn erinnerte, die allein ihrer Fieberphantasie entsprungen war. Er wußte genau, daß es genügend Leute gab, die ihre Annahme nicht für so irrig gehalten hätten. Auch sie wird nicht anders denken, sobald sie erfährt, wer und was ich wirklich bin, überlegte er. Trotz der Heiserkeit hatte er ihrer Stimme angehört, daß sie wohlerzogen und gebildet war. Sie mochte nicht die Meerjungfrau sein, für die er sie zunächst wunderlicherweise gehalten hatte, als er sie auf dem Strand, an den sie geschwemmt worden war, erspäht hatte. Ihr langes, wirres Haar und ihr fast nackter Körper waren mit Seegras, Salz und Sand bedeckt gewesen. Aber obwohl sie kaum mehr als die dünnen Reste eines Nachthemdes getragen hatte, erkannte er, daß sie von Geburt und Herkunft eine Lady war. Obwohl er selbst die materiellen Güter eines Gentleman besaß, galt er nicht als ihrer Klasse zugehörig und würde auch nie dazu zählen. Es war nicht nur die Tatsache, daß er nicht mit einem silbernen Löffel im Mund geboren war. Schlimmer war, daß er den größten Teil seines jungen Lebens als Sträfling verbracht hatte, nachdem man ihn wegen eines gräßlichen Mordes verurteilt hatte. Daß er verschifft und eingekerkert worden war, statt gehängt zu werden, verdankte er dem Reichtum und Einfluß der Familie, die ihn trotz allem seit seiner Geburt verstoßen hatte und ihn nur vor dem Galgen rettete, um den schrecklichen Skandal und die Schande zu vertuschen, die ihnen sonst gedroht hätte.

Wie immer, wenn er daran – und an Van Diemen's Land, ein

Paradies, ein Gefängnis – dachte, wurde sein Blick kalt, und um seine sinnlichen Lippen erschien ein verbitterter Zug. Höllische zehn Jahre hatte er dort verbracht, ehe er genug Geld zusammengespart hatte, um die offizielle Strafverkürzung zu erlangen. Wie ein Sklave hatte er auf der herrlichen Insel geschuftet, die Brutalitäten der Wächter über sich ergehen lassen müssen, die erfolglos versucht hatten, seinen Stolz zu brechen. Vergessen würde er das nie – ebensowenig, da war er sicher, wie die Frau, die auf seinen Decken lag, auch wenn er ihr das Leben gerettet hatte. Wie die übrigen Aristokraten – abgesehen von ein paar wenigen gierigen, geizigen, die sich an verbotenen Früchten und seinem Vermögen, das er in Ophir während des Goldrauschs 1851 gemacht hatte, ergötzten – würde seine Meerjungfrau ihn verachten und entsetzt sein, daß sie einem Tasmanischen Teufel ihr Leben verdankte, wie jene genannt wurden, die im Port Arthur Prison auf Van Diemen's Land, heute Tasmanien, eingekerkert worden waren.

Wer sie wohl war? Darüber dachte er nicht zum ersten Mal nach. Während er einen frischen Breiumschlag für ihre rasselnden Bronchien zubereitete, schaute er zwischendurch immer mal zu ihr hinüber. Sie schlief unruhig, aber ihr übel zugerichtetes Gesicht, wenn auch nicht schön, besaß eine auffallende Ausdrucksstärke. Die Wrackteile und Abfälle, die längs der Küste verstreut lagen, ließen darauf schließen, daß sie von einem Schiff stammte, das während des Sturms in der Nacht, bevor er sie gefunden hatte, auf die Riffe aufgelaufen sein mußte. Mehr wußte er nicht über sie. Er kannte nicht mal ihren Namen. »Meerjungfrau« nannte er sie bei sich. Denn einer solchen ähnelte sie mit ihrem langen, üppigen Haar, so rotbraun wie vertrocknetes Seegras, ihren großen leuchtenden Augen, goldbraun wie feuchter Sand, ihrem schlanken, sinnlichen Körper, alabasterweiß wie Perlen, ihren vollen, runden Brüsten mit verführerischen Knospen, so schwach rosafarben wie das Innere einer Muschelschale. Auch diese hatte der tasmanische Teufel gesehen, ohne sich dafür zu genieren, als er Arabella die durchnäßten Reste ihres Nachthemdes abstreifen mußte. Anschließend hatte er sie in eine seiner Wolldecken gehüllt, in die er ein Loch geschnitten hatte, damit sie sich wie ein grober Poncho überstreifen ließ. Das hatte er jedoch nur getan, um sie vor der Unterkühlung zu bewahren, die sie durch den Sturm und das Meer erlitten hatte, nicht etwa aus Schamgefühl. Ebensowenig hatte er – genau wie jetzt – gezögert, ihr den Poncho über den Kopf zu heben und sie somit zu entblößen. Daß seine Gedanken bei dieser Tätigkeit nicht unbedingt die eines unpersönlichen Helfers blieben, bereitete ihm keine Schwierigkeiten. Über zehn Jahre hatte er keine Frau mehr gehabt, an der er seine männlichen Gelüste hätte befriedigen können, und darüber hinaus hatte er die vergangenen Monate allein in der Wildnis zugebracht. Der Körper dieser Frau hätte einen Heiligen in Versuchung geführt. Um wieviel mehr dann einen Teufel? Daß er sie, als sie hilflos und bewußtlos gewesen war, entkleidet und berührt hatte, würde sie ihm, wie der tasmanische Teufel genau wußte, kaum je vergessen oder verzeihen. Eher würde sie ihn dafür mehr als für alles andere verachten und sich von Herzen wünschen, sie wäre statt dessen gestorben – ein dummer, unsinniger Gedanke für einen Mann wie ihn, der trotz aller Gemeinheiten, die er hatte erdulden müssen, hart gekämpft hatte, um zu überleben.

Doch das Bewußtsein, daß seine Meerjungfrau seiner Fürsorge den Tod vorziehen würde, hielt ihn nicht davon ab, den alten Breiumschlag, den er ihr vorhin gemacht hatte, von ihrer Brust zu lösen und einen neuen dafür aufzulegen, auch wenn er dabei unabsichtlich ihren Busen streifte. Wie von selbst verhärteten sich ihre Spitzen und richteten sich auf. Sie stöhnte leise auf, warf sich im Fieber unruhig auf den Decken hin und her und stemmte die Hüften leicht hoch. Nicht zum ersten Mal rätselte er, ob sie bereits einen Mann gehabt hatte oder nur von reiner Sinnlichkeit getrieben wurde, derer sie sich in wachem Zustand schämen würde. Den anständigen Damen wurde schließlich beigebracht, daß es zwar die Pflicht einer Ehefrau war, ihrem Mann die ehelichen Rechte zu gewähren, daß aber nur eine liederliche, zügellose Frau Vergnügen am Akt hatte. Wie leicht könnte ich sie vom Gegenteil überzeugen, sollte ich die Gelegenheit haben, dachte der tasmanische Teufel und griff nach einem Gefäß mit Heilsalbe, mit der er ihre schlimmsten Schnitte und Schürfwunden versorgte. Wie jedesmal erregte es ihn, wenn er sie berührte und sie unbewußt wimmerte, ihre Schenkel unabsichtlich öffnete, ihn einlud, ihre flaumige Spalte zu erkunden. Aber auch wenn er kein Gentleman war, so war er doch ebensowenig ein gewissenloser Schurke, der sich einer fiebernden, todkranken Frau aufzwang. Deshalb bedeckte er sie, nachdem er ihre Wunden behandelt hatte, sofort wieder mit dem Poncho, ohne sie anzufassen, so sehr er sich auch danach sehnte.

Er schob ein paar Holzscheite ins Feuer, um sicherzugehen, daß sich ihnen keine Raubtiere näherten, und legte sein Gewehr zusammen mit dem Revolver in Reichweite neben sich. Damit sie sich in der Nacht gegenseitig wärmen konnten, zog er sich bis auf seine Lederhose aus, und legte sich in dem grobgezimmerten Unterschlupf, den er aus Zweigen gebaut hatte, um sie, so gut es ging, vor den Naturgewalten zu schützen, neben die Frau. Dieser dürftige Schutz war bestimmt nicht die Art Unterkunft, die sie gewohnt war. Dennoch mußte sie sich damit begnügen. Selbst wenn sie gesund genug gewesen wäre, um zu reisen, waren sie noch einige hundert Kilometer von Brisbane, der nächstgelegenen Stadt, entfernt. Also welche Annehmlichkeiten sie auch immer in der Vergangenheit für selbstverständlich gehalten haben mochte, in den kommenden Wochen auf ihrer Reise nach Süden längs der Küste von New South Wales würde diese Frau gezwungen sein, sich an alle Unbilden zu gewöhnen – so wie sie sich an ihn würde gewöhnen müssen, wenn sie von ihm in die Zivilisation zurückgeführt werden wollte. Endlich schloß auch der tasmanische Teufel seine Augen und fiel in einen ruhelosen Schlaf, der von einer anderen Art Fieber im Blut herrührte.

4. KAPITEL

Ein Garten Eden

Wie lange sie fieberte und krank daniederlag, wußte Arabella nicht. Es mochten Tage, Wochen oder gar Monate vergangen sein. Sie hatte keinerlei Zeitgefühl, nahm nur das dunkle Gesicht des tasmanischen Teufels wahr, wenn er sich über sie beugte, hörte seine Stimme – leise, arrogant, anmaßend –, sein spöttisches Gelächter, wenn sie etwas sagte, spürte seine Hände, wenn er sie hochhob, abstützte und ihr die Tasse mit dem scheußlichen Gebräu an die Lippen hielt oder kalte Umschläge auf ihrer heißen Stirn machte. Manchmal träumte sie davon, nackt in seinen Armen zu liegen, seine Hände auf ihren Brüsten und anderen Körperstellen, die brannten und schmerzten, zu fühlen, was seltsam aufregende Empfindungen bei ihr weckte, die sie nie zuvor gekannt hatte und sie zur Zügellosigkeit, ja zur Verruchtheit verleiteten. Ganz gleich, was er ihr auch versicherte, sie glaubte, daß er in Wirklichkeit doch der Teufel war. Sie mußte gestorben und in die Hölle gekommen sein. Welche Sünden habe ich in meinem Leben begangen, daß ich nach dem Tod derart bestraft werde? fragte sie sich mehrmals. Dann erinnerte sie sich jedoch schwach an den Jahrmarkt in Scarborough, das Zelt der Zigeunerin, das sie nicht hätte betreten sollen, und an das rätselhafte Schicksal, das ihr die alte Frau vorhergesagt hatte. Da wurde ihr bewußt, daß bereits damals die Schuld Kains auf ihr gelastet hatte, daß sie vom Beginn ihres Lebens an dazu ausersehen war, für das Verbrechen eines anderen verurteilt zu werden.

Mehr noch als der an ihrem Lager wachende Teufel jagte Arabella die urzeitliche, düstere Wildnis, in der sie sich befand, Furcht ein. Daheim in Yorkshire war sie einen endlosen Himmel über der Weite der fast baumlosen Moore gewohnt. Von diesen fremdartigen dichten Urwäldern, die sie im flackernden Feuerschein des Infernos sehen konnte, fühlte sie sich bedroht, halb erstickt, als würde sie von ihrem üppigen Wildwuchs, ihrem kräftigen Grün, ihrer Fruchtbarkeit und ihrer ebenso reichhaltigen Fäule und ihrem Humus erdrückt. Nie zuvor hatte sie dergleichen gesehen. Hochgewachsen, ineinander verschlungen und verwoben, mußten die Bäume unglaublich alt und urtümlich sein wie das frühgeschichtliche Land, das sie dicht bewucherten und über dem sie den Himmel auslöschten. Obwohl an diesem ewig verdammten Ort eine jenseitige Sonne scheinen mochte, bemerkte Arabella nur die langen Schatten der Dämmerung und der Nacht, wenn über den dichten Baumkronen funkelnde Sterne sichtbar wurden. Da sie kein vertrautes Muster bildeten, war Arabella überzeugt, sich nicht mehr auf der Erde zu befinden. Später, als es ihr nicht mehr so schwer fiel, Luft zu holen, roch sie auch den starken exotischen Waldduft, das kräftige Aroma unbekannter Früchte und Blumen, den frischen Wohlgeruch fremder Bäume und Gräser, den feuchtwarmen Dunst stehender Gewässer und schwarzen Lehms, den salzhaltigen Geruch nassen Sandes und des nahe gelegenen Meeres und wie immer den rauchhaltigen Gestank eines ständig flackernden Feuers. Sie hörte die Schreie wilder Tiere, deren Stimmen sie nicht kannte und die sich mit der vermischten, die sie kannte – nämlich der des Teufels, des Herrschers dieser paradiesischen Hölle.

Einmal, in einem Traum, küßte er sie. Er preßte seinen sinnlichen Mund hart und begierig auf ihre zarten Lippen, die sich beim behutsamen, aber fordernden Eindringen seiner Zunge willig öffneten. Kein Mann hatte je zuvor ihren Mund erkundet. Nicht in ihren kühnsten Phantasien hätte Arabella vermutet, daß es so sein würde, wie es war, als er ihr den Mund verschloß – heiß und unbeherrscht, eine übermächtige, uralte Besitzgier, die bei ihr eine ähnlich elementare Hingabe weckte. Instinktiv schmiegte sie sich an ihn, stöhnte leise und öffnete erwartungsvoll ihre Lippen. Leidenschaftlich umtanzte und umschlang seine Zunge ihre, suchte und fand die feuchte, unbekannte Süße in ihrem Mund, kostete und genoß davon, als wäre es wilder Honig, der ihm auf der Zunge zerging. Er schmeckte nach Rum und Tabak, maskuliner Kost, die ihrer Zunge bislang fremd gewesen war und die sie daher zugleich erschreckte und erregte, eine starke, unerwartete Lust in ihr erzeugte, wieder und wieder, während er mit seiner Zunge hitzig in sie stieß. Aus eigenem Antrieb schlang sie ihre Arme um seinen Nacken und faßte in sein glänzendes schwarzes Haar, um ihn enger an sich zu ziehen. Daraufhin löste er sich von ihr und küßte sie auf die Wange, die Schläfen, ins Haar und aufs Ohr, ehe er ihren Hals bis hinunter zu ihren Brüsten mit brennenden kleinen Küssen bedeckte. Wohlig fühlte Arabella, wie seine bloße, feuchte Brust sich gegen sie drängte, spürte sein feines Haar über ihre Knospen streifen und merkte, daß sein Herz so ungestüm klopfte wie ihres.

Drängend streichelte er ihre bloße Haut, griff rauh in ihr langes, offenes Haar, legte seine Hände auf ihren Po, preßte verlangend ihre Hüften an sich, umfaßte ihre Brüste, strich über ihre Knospen, bis sie sich steil aufrichteten und ein lustvolles Gefühl ihren Körper durchflutete. Sein Atem streifte heiß ihre Haut, als er sich über ihre Brüste beugte und eine harte rosige Spitze mit seinen Lippen umschloß, kräftig und begierig daran saugte, sie ganz in den Mund zog, spielerisch hineinbiß und aufreizend mit der Zunge darüberstrich. Wie willenlos bog Arabella sich ihm entgegen, und ein unerträglicher, verzehrender Schmerz, der sie wie eine Art Fieber befiel, keimte in ihrem tiefsten Innern auf. Trotz ihrer flehenden Bitten und obwohl sie sich immer stärker gegen seine männliche Kraft wehrte, die sie deutlich zwischen ihren Schenkeln spürte, stillte der Teufel nicht ihr glühendes Verlangen.

»O nein!« stöhnte er schwer gegen ihre Brüste. »Wie sehr du mich auch in Versuchung führst, Meerjungfrau, ich bin noch nicht so tief gesunken wie der Luzifer, für den du mich hältst.«

Dann war sie allein in ihrem Traum, wußte gar nicht, ob sie noch lebte oder tot war, was Wirklichkeit war und was nicht, ob er sie tatsächlich geküßt und gestreichelt hatte, oder ob sie es nur geträumt hatte.

Schließlich aber kam der Abend, da erwachte Arabella zu vollem Bewußtsein. Ihre Wimpern hoben sich langsam, und obwohl sie sich zunächst verwirrt fühlte, war ihr Blick lange nicht mehr so klar gewesen. Im ersten Moment regte sie sich kein bißchen, sondern betrachtete stirnrunzelnd die schemenhafte Umgebung und versuchte herauszufinden, wo sie war und was geschehen sein mochte. In ihrem Schädel pochte es dumpf, als sie den Kopf bewegte, und ihr Körper war ungelenk und schmerzte, als wäre sie schwer mißhandelt worden, auch wenn sie sich daran nicht erinnern konnte. Dennoch stand für sie auf den ersten Blick fest, daß sie nicht auf Darracott Hall war, sondern an einem fremden Ort, in einer groben Behausung in der Wildnis, einem seltsam tropischen Garten Eden, soweit sie das im Schein des knisternden Feuers, das mitten auf einer kleinen Lichtung im Wald loderte, erkennen konnte. Silbern glänzendes Mondlicht schimmerte durch die ineinander verflochtenen grünen Zweige fremder, von Lianen umschlungener Bäume – Gummibäume, Mangroven, Palmen und Jacarandas, wie sie später erfahren sollte. Von einem dieser Zweige aus beäugte sie interessiert ein großer, aufgeplusterter weißer Vogel, der gelegentlich ein lautes Kreischen von sich gab, was auch das schrille Geräusch war, das sie geweckt hatte. Nur das Wiehern zweier Pferde, die an einem Busch am Rande der Lichtung angebunden waren, die gellenden, einsamen Schreie der Möwen, die am nächtlichen Sternenhimmel ihre Kreise zogen, und das rhythmische Rauschen des nahen Meeres waren ihr vertraut. Während Arabella diese Klänge zum ersten Mal bewußt erkannte, stieg plötzlich dumpf eine entsetzliche Erinnerung an das Schiffsunglück in ihrem Gedächtnis auf, und ein rauhes, angstvolles Schluchzen entfuhr ihr.

»Harry!« schrie sie wie in Panik, richtete sich abrupt auf den Wolldecken, auf denen sie lag, auf und schaute sich schockiert in einer Umgebung um, von der sie jetzt wußte, daß es Australien sein mußte. »Harry!«

»Eigentlich heiße ich Lucien«, antwortete ihr ein unbekannter Mann. Arabella rang entsetzt nach Atem und schrie leise auf, weil sie sein offenbar verstohlenes Näherkommen nicht gehört hatte. Er betrat die schwach erhellte Lichtung, warf ein Bündel frischerlegter Tiere in Kaninchengröße neben das Feuer auf den Boden und lehnte sein Gewehr gegen den nächstgelegenen Felsen. »Lucien Sinclair.«

Das war er – der Teufel ihrer verworrenen, zusammenhanglosen Träume! Arabella war so überrascht, daß sie ihn nur wie gelähmt anstarren konnte. Nie zuvor in ihrem Leben hatte sie einen so dunkelhäutigen, dämonischen und doch gutaussehenden Mann gesehen, der tatsächlich dem gefallenen Erzengel glich, wie man ihn sich vorstellte und weshalb sie ihn in ihrem Fieberwahn auch mit ihm verwechselt hatte. Sein Gesicht war kühn und schön, rauh und verführerisch anzusehen, seine Bewegungen waren geschmeidig, leise und doch kraftvoll wie die eines wilden Tieres. Das lange, zerzauste Haar, das ihm bis auf die Schultern hing, war schwärzer als der Rauch des Infernos, in dem sie sich geglaubt hatte, und glänzte, wo der Schein des flackernden Feuers die seidenen Strähnen traf, als wäre es von ungebührlicher Pracht. Seine Haut war dunkler als dickflüssiger Honig, stark gebräunt von einer Sonne, die Arabella noch erst kennenlernen würde, aber von der sie bald erfahren sollte, daß sie ebenso feurig war wie das Temperament dieses Mannes, sobald er erzürnt war. Dichte schwarze Brauen schwebten wie die ausgebreiteten Schwingen eines Raben über seinen tiefliegenden Augen, die so grau schimmerten wie der Nebel und der Regen über der Weite der Moore in der unerreichbaren Ferne Englands. Unter seiner markanten, gebogenen Nase zeigte sich eine Sinnlichkeit und Enttäuschung um seine Lippen, die von Erfahrung und Resignation sprach. Während sie ihn stumm und erstarrt vor Furcht musterte, befiel sie erneut eine ungute Vorahnung. Groß – etwas größer wohl als einen Meter achtzig – und kräftig gebaut, war er sehnig, muskulös, hatte massige Schultern und einen breiten Oberkörper, einen festen, flachen Bauch, kräftige, schmale Hüften und durchtrainierte Schenkel. Man sah ihm gleich an, daß er harte körperliche Arbeit gewohnt war. Die grobe Kleidung, die er trug – einen fleckigen Mantel aus Öltuch, einen flachen Hut, ein Baumwollhemd, eine Lederhose und schwarze Schaftstiefel –, bestärkte sie in der ursprünglichen Annahme, daß er kein Gentleman war, und falls er nicht der Teufel in Person sein sollte, mußte er ein Schurke, ein übler Geselle sein.

Wäre sie dazu in der Lage gewesen, hätte Arabella, allein durch die Erinnerung an ihre Fieberphantasien, sofort die Flucht vor ihm ergriffen. Zu ihrer Verzweiflung war sie jedoch viel zu schwach, um auch nur aufzustehen. Davonlaufen war einfach unmöglich. Auch machte der Mann, zu ihrer leisen Verwunderung, keinen drohenden Schritt auf sie zu. Und nach einer Weile erkannte sie, daß sie ihm zweifellos ihr Leben verdankte. Er mußte es gewesen sein, der sie aus dem sturmumtosten Meer gerettet und zu dieser Lichtung gebracht hatte. Bei dem Gedanken schwand ein wenig von ihrer Furcht. Denn warum sollte er sie gerettet haben, wenn er ihr jetzt ein Leid zufügen wollte? Möglicherweise war er hier in Australien so etwas wie ein Wildhüter. Jedenfalls würde das seine derbe Erscheinung erklären – obwohl dann nicht verständlich war, warum er sie nicht gleich zum Sitz seines Herrn und Gebieters gebracht oder zumindest Hilfe von dort geholt hatte. Arabella entschied, daß es wohl besser wäre, ihre Erkenntnisse zunächst für sich zu behalten, bis sie genauer wußte, was er tatsächlich mit ihr gemacht hatte. Sie konnte nicht glauben – wollte auch nicht glauben –, daß ihre seltsam verzerrten Träume irgendwelche Beziehung zur Realität besaßen. Dennoch mußte sie sich im stillen eingestehen, daß dieser Mann sie womöglich vergewaltigt hatte, während sie hilflos und bewußtlos darniederlag.

Lucien Sinclair. Der Name kam Arabella irgendwie bekannt vor, obwohl sie nicht wußte, warum. Sie vermochte die Erinnerung, die recht verschwommen war, nicht genau zu erfassen.

»Sie waren – Sie waren nicht an Bord der *Heather Rose?*« erkundigte sie sich, als sie schließlich ihre Stimme wiederfand und überlegte, daß er vielleicht ein zurückgezogener Passagier gewesen war, der sich überwiegend in seiner Kabine aufgehalten hatte und ihr deshalb auf der monatelangen Reise von England nach Australien nicht vorgestellt worden war.

»Der *Heather Rose?* Das war der Name Ihres Schiffs, das während des Sturms auf die Riffe aufgelaufen und untergegangen ist?« Auf ihr bestätigendes Nicken trat Lucien behutsam näher, um sie nicht weiter zu erschrecken, und ging neben ihr in die Hocke, da sie sich offensichtlich ziemlich vor ihm fürchtete und argwöhnisch blieb. Auch wenn sie nicht hysterisch geworden war, wie er erwartet hatte, zuckte sie unwillkürlich zusammen, als er in ihre Nähe kam. »Nein, glücklicherweise war ich nicht an Bord. Ich war es jedoch, der Sie bewußtlos am Strand entdeckte, und soweit ich weiß, sind Sie die einzige Überlebende des Unglücks, da ich sonst niemanden gefunden habe. Sie können sich wirklich sehr glücklich schätzen, Miss ...?«

»Darracott. Arabella Darracott«, ergänzte sie, und heiße Tränen schossen ihr in die Augen. Ohne jegliche Vorwarnung erinnerte sie sich plötzlich an Harry, wie sie ihn zuletzt auf dem Deck des sinkenden Schiffes hatte stehen sehen, das Gesicht noch vom Blitz erhellt, und ihr wurde klar, daß er umgekommen, auf dem untergehenden Schiff ertrunken war.

»Es tut mir leid, ich sehe, ich hätte Sie besser auf diese traurige Nachricht vorbereiten sollen«, sagte Lucien, als er ihre Tränen bemerkte. »Hatten Sie Familie oder Freunde an Bord?«

»Einen ... einen Freund ... zumindest war er das während der Reise geworden. Er ... hat sein Leben für mich gegeben. Er war es, der mich aus meiner Kabine gerettet und auf Deck getragen hat, nachdem wir auf die Riffe aufgelaufen waren. Es ... es waren von Anfang an nicht genug Rettungsboote da, verstehen Sie, und das ... das letzte war den Seeleuten, die versuchten, es festzuhalten, aus den Händen gerissen worden. Aber Harry – das war der Name meines Freundes, Harry Palliser – hat mich gepackt, hochgehoben und über die Seite des Schiffs in das Rettungsboot geworfen, ehe es davongetrieben wurde. Die *Heather Rose* ist gleich danach gesunken, und was ... dann geschah, davon weiß ich nichts mehr. Ich kann mich nur noch an eine riesengroße Welle erinnern, die sich vor mir aufgetürmt hat und auf mich herabgestürzt ist. Ich kann nur vermuten, daß ich dadurch bewußtlos geworden bin, denn was danach passiert ist ... ist wie ausgelöscht. Ich ... ich weiß nicht mal, wo ich bin ... in Australien, nehme ich an, aber wo? Und ... und wie lange ich schon hier bin. Es sieht so aus, daß ich … als wäre ich krank gewesen …« Arabella brach ab und biß sich nervös auf die Unterlippe. Denn zu ihrem größten Entsetzen erkannte sie in diesem Augenblick, daß das, was sie für ihr Nachthemd gehalten hatte, in Wirklichkeit ein grober, aus einer Decke gefertigter Poncho war und daß sie darunter gar nichts anhatte. Ungebeten stieg die Erinnerung an ihre lebhaften, erotischen Träume in ihrem Bewußtsein auf und quälte sie. Ein leiser Aufschrei entfuhr ihr, und sie umklammerte das behelfsmäßige Kleidungsstück, als böte es ihr in irgendeiner Weise Schutz vor dem Mann neben ihr. Lieber Gott, er hat doch nicht … »Wir sind … ganz allein hier? Sie waren es … der sich um mich gekümmert hat, der … der mich ausgezogen hat?« stieß sie mit halberstickter Stimme hervor und wartete verzweifelt auf die Antwort, auf eine Bestätigung, daß er ihre Situation nicht skrupellos ausgenutzt hatte, wie sie fürchtete.

»Ja.« Obwohl das Wort knapp klang, erkannte Lucien durchaus ihre plötzliche Betroffenheit und verstand die unausgesprochene Frage in ihrem entsetzten, bestürzten Blick, den er auffing, ehe sie den Kopf senkte. »Miss Darracott, bitte verstehen Sie, daß ich mir über die peinliche Situation im klaren bin, was Ihr Schamgefühl und Ihre weiblichen Befürchtungen betrifft. Sie müssen jedoch auch in Betracht ziehen, daß Sie, bewußtlos und mit einer schweren Lungenentzündung, wie ich Sie am Strand fand, dem Tod nahe waren. Deshalb war es notwendig, die Reste Ihres völlig durchnäßten Nachthemdes zu entfernen. Auch wenn wir uns hier an der Küste von New South Wales befinden, fürchte ich, liegt die nächste Stadt, Brisbane, Hunderte von Kilometern weit weg, und Sie waren auf jeden Fall viel zu krank, um zu reisen. Deshalb habe ich selbstverständlich seit vierzehn Tagen getan, was ich für notwendig hielt, um Ihnen das Leben zu retten.«

»Selbstverständlich«, echote Arabella benommen und erschrocken, wie lange sie krank und halbwegs bewußtlos gewesen war. Selbst wenn Lucien Sinclair nicht mehr getan hatte, als er behauptete, wäre es besser gewesen, sie wäre umgekommen. Gleichgültig, wie schlecht ihr körperlicher Zustand gewesen war, sobald jemand erfuhr, daß sie mit diesem Mann viele Wochen mitten im Niemandsland allein verbracht hatte, war ihr Ruf für immer ruiniert. Der Gedanke war zutiefst bestürzend.

Warum mußte ich nur die einzige Überlebende der *Heather Rose* sein? fragte sie sich wie betäubt. Sie hätte mit den anderen, die an Bord gewesen waren, sterben sollen – um mit ihrem Vater vereint zu sein. Warum hatte Gott sie statt dessen zu einem Leben in Verdammnis verurteilt? Sie wußte nur, daß ihr Schicksal irgendwie durch das Legen der uralten Karten an jenem längst vergessenen Tag auf dem Jahrmarkt von Scarborough festgelegt worden war. Bei dem Gedanken fröstelte Arabella, denn auch wenn die Worte der Zigeunerin sie in letzter Zeit verfolgt hatten, war sie bisher nicht überzeugt gewesen, daß es das Zweite Gesicht, Mächte außerhalb ihres Erfahrungsbereichs, ein unwiderrufliches Schicksal also, gab.

»Ist Ihnen kalt?« fragte Lucien besorgt und faßte nach ihrer Stirn, die sich bei seiner Berührung plötzlich heiß anfühlte. »Ihr Fieber ist heute morgen endlich gesunken und auch nicht wieder gestiegen. Ich habe gedacht, daß Ihr Schüttelfrost dadurch auch nachläßt.«

»Es ... es war auch nichts ... nur ein vorübergehendes Zucken, mehr nicht«, log Arabella, damit er seine Hand wegnahm. Was sie dabei empfand, war zu vertraut für ihren inneren Frieden und gemahnte sie, daß er weitaus mehr als nur ihre Stirn berührt hatte, während sie gefiebert hatte, auch wenn er es nur getan hatte, um ihre Verletzungen zu versorgen – obwohl sie sich in der Beziehung nicht sicher sein konnte und es auch nicht wagte, ihn danach zu fragen.

Wäre Lucien Sinclair von Geburt und Herkunft ein Gentleman gewesen, hätte sie sich unberührt gewußt, wie beunruhigend auch immer die Situation sein mochte. Daß er das ganz offensichtlich nicht war, verschlimmerte ihre Lage. Als spürte er ihr Unbehagen, zog er abrupt seine Hand zurück, erhob sich und begann das Feuer zu schüren. Er hängte einen Feldkessel voll Wasser zum Erhitzen darüber. Dann öffnete er seine Ledertaschen, die neben dem Feuer lagen, und entnahm ihnen ein paar Kleidungsstücke, die er Arabella zusammen mit einem zugekorkten Tongefäß und einer Bürste reichte.

»Das Gefäß enthält die Heilsalbe für Ihre Schnittwunden und Abschürfungen – obwohl das Schlimmste schon abgeklungen ist.« Lucien bemühte sich um einen auffallend gleichmütigen Ton. Dennoch konnte Arabella nicht verhindern, daß allein der Gedanke, wie er ihren bloßen Körper mit seinen Händen berührt hatte, ihr die Röte in die Wangen trieb. »Die Kleidungsstücke habe ich zwischen Wrackteilen auf dem Sand gefunden. Sie fallen bestimmt nicht so aus, wie Sie es gewohnt sind. Doch bis auf meine eigenen Sachen habe ich nichts anderes bei mir, was ich Ihnen geben könnte. Die Bürste gehört mir, aber Sie dürfen sie gern benutzen.« Danach hob er den Kessel vom Feuer und brachte ihn zusammen mit einem Waschlappen und einem Handtuch in den Unterschlupf. »Hier ist Wasser zum Waschen, wenn Sie es allein schaffen.« Als er sich bückte, um Arabella eine der Decken wegzunehmen, wich sie angstvoll vor ihm zurück. »Aber Miss Darracott«, meinte Lucien amüsiert, und das zynische Lächeln, an das sie sich zu gut aus ihren Träumen erinnerte, huschte um seine Lippen. »Sollte ich etwas von Ihnen wollen, werde ich nicht zögern, das deutlich zum Ausdruck zu bringen. Jetzt hatte ich nur vor, eine Decke vor den Unterschlupf zu hängen, damit Sie wenigstens ein bißchen ungestört sind.«

»Oh«, machte sie und fühlte sich plötzlich elend und klein. »Tut … tut mir leid. Ich weiß nicht, was müssen Sie jetzt von mir denken! Ich … ich habe mich nicht mal dafür bedankt, daß Sie mir das Leben gerettet haben, wofür ich Ihnen natürlich … sehr dankbar bin. Ich fürchte, Sie müssen meine schlechten Manieren entschuldigen, aber ich bin … noch nicht ganz ich selbst.«

»Das ist verständlich. Ich bin überzeugt, daß das Schiffsunglück bestimmt ein schwerer Schock für Sie war. Und dann wachen Sie obendrein noch aus einem starken Fieber auf und befinden sich allein mit einem fremden Mann Hunderte von Kilometern von der nächsten Stadt entfernt. Die meisten Frauen an Ihrer Stelle wären entweder hysterisch geworden oder in Ohnmacht gefallen. Ich finde das nicht nur außergewöhnlich, sondern löblich, wie vernünftig Sie reagieren. Offenbar sind Sie eine junge Frau, die intelligent und mutig ist – Eigenschaften, die ich bewundere und die Sie in den kommenden Tagen brauchen werden. Das kann ich Ihnen schon jetzt versichern. Denn ich glaube nicht, daß die Reise nach Brisbane für Sie ein leichtes sein wird.«

»Mr. Sinclair, ich ... ich will nicht so erscheinen, als würde ich Ihnen ... nicht vertrauen. Aber wenn es, wie Sie behaupten, keine nähere Stadt als Brisbane gibt, wie kommt es dann, daß Sie selbst sich so weit von der Zivilisation entfernt haben? Ist nicht irgendein Gutsbesitz hier in der Nähe? Ich meine, Ihrem Äußeren nach zu urteilen, vermute ich – obwohl ich mich da irren kann –, daß Sie, nun ja ... eine Art Wildhüter sind.«

Da lachte er laut auf. Den leicht ironischen Unterton, der durch ihre Träume gegeistert war, erkannte sie sofort.

»Ich muß mich wohl geschmeichelt fühlen, da diese Annahme zweifellos etwas besser ist als das, was Sie ursprünglich vermuteten, als Sie mich für den Teufel hielten.« Seine Augen funkelten amüsiert im Feuerschein, während sie erneut errötete. »Aber nein, Miss Darracott, ich bin kein Wildhüter, sondern eher ein ... ein Abenteurer, der die Gunst der Stunde nutzt, würde ich mal sagen. In New South Wales ist noch eine Menge Land zu haben, und da ich überlegt hatte, in dieser Gegend etwas zu erwerben, erschien es mir nur klug, mich zu vergewissern, daß ich nicht die Katze im Sack kaufe, wie man so sagt. Obwohl diese Gegend der Kolonie bewohnt ist, handelt es sich bei der Bevölkerung um Eingeborene – nicht alle von ihnen sind uns freundlich gesonnen, das war auch ein Grund, warum ich mich mit Ihnen, einer weißen Frau, keinem der Stämme anschließen wollte.«

»Ich verstehe. Dann muß ich mich ja wirklich glücklich schätzen, daß Sie gerade in der Nähe waren«, bemerkte Arabella und wurde für ihre Mühe erneut ausgelacht.

»Meine liebe Miss Darracott, mir ist vollkommen klar, daß allen wohlgeborenen Damen beigebracht wird, es sei ihre Pflicht, den Tod der Entehrung vorzuziehen – meiner Ansicht nach eine alberne Einstellung, aber dennoch eine, die Sie wahrscheinlich teilen. Deshalb möchte ich Sie noch in einem Punkt beruhigen:

Trotz der Tatsache, daß Sie sich seit über zwei Wochen allein mit mir in der Wildnis befinden, ist Ihre Keuschheit so unberührt, wie sie es, Ihrem Verhalten nach zu urteilen, war, ehe ich Sie am Strand gefunden habe. Außerdem, obwohl ich da hinsichtlich des Erfolgs keine Versprechen abgeben kann, werde ich mich sicherlich darum bemühen, daß Ihr Ruf trotz dieses furchtbaren Erlebnisses nach unserer Rückkehr in die Zivilisation weiterhin unbeschadet bleibt.«

»Mr. Sinclair! Es ... ist sehr ungehörig von Ihnen, so ... mit mir zu reden«, erklärte Arabella, einer Ohnmacht nahe und entsetzt, daß er in Worte gefaßt hatte, was ihr am meisten Kopfzerbrechen machte.

»Ja ... aber sind Sie nicht froh, daß ich es gesagt habe?« erkundigte er sich kühn und bedachte sie mit einem anzüglichen Lächeln, an dem sie erkannte, daß er kein Gentleman war.

Dann, nachdem er die Decke mit einem Seil befestigt hatte, um die offene Seite des Unterschlupfs abzuschirmen, kehrte er zum Feuer zurück, wo er sich daranmachte, die zwei unbekannten Tiere, die er vorhin erlegt hatte, zu enthäuten. Durch den schmalen Spalt zwischen der Decke und der einen Seite des Unterschlupfs musterte Arabella ihn eine geraume Weile, ehe sie sich langsam und unter Schmerzen den Poncho auszog. Noch vermochte sie sich kaum zu bewegen. In dem schwachen Licht, das durch diesen Spalt fiel, betrachtete sie die Schnittwunden, Schürfungen und blauen Flecken, von denen ihr Körper übersät war. Obwohl alles gut abheilte, sah es noch häßlich und abstoßend aus. Kein Wunder, daß sie sich so fühlte, als wäre sie fürchterlich mißhandelt worden. Das Meer hatte ihr schlimmere Verletzungen zugefügt, als es jemals ein Mann hätte tun können. Nach diesem Anblick glaubte Arabella Lucien Sinclair. Er hatte wohl die Wahrheit gesagt, als er behauptete, sie wäre noch unberührt. Kein Mann konnte sie in diesem Zustand anziehend finden. Arabella griff nach dem Waschlappen und dem Feldkessel, um sich, so gut sie konnte, zu waschen. Dabei merkte sie, daß sie stark nach Schweiß und einem eigenartigen Waldduft roch. Als sie das Tongefäß entkorkte und die Heilsalbe, die es enthielt, auf ihre Haut auftrug, entdeckte sie, daß die Salbe für den nicht unangenehmen Wohlgeruch nach grünen Wäldern verantwortlich war, den sie vorhin schon an sich gerochen hatte. Dann sah sie sich die Kleidungsstücke an, die Lucien Sinclair ihr gegeben hatte. Es waren eigentlich nur Unterkleider – ein dünnes weißes Baumwollhemd, Biedermeierhosen und ein gerüschter Unterrock, der zwar sauber, aber oft geflickt war und bestimmt einer armen, unglückseligen Frau gehört hatte, die auf dem Zwischendeck mitgereist und wohl als eine der ersten ertrunken war, als der Rumpf der *Heather Rose* gegen die Riffe geprallt und zerspalten worden war.

Bei der Erkenntnis wurde Arabella kalt. Tränen füllten erneut ihre Augen. Unwillkürlich dachte sie an Harry Palliser und daran, daß sie, wäre er nicht gewesen, auch hätte sterben müssen. Daß sie dennoch lebte, machte ihr eigenartigerweise sehr zu schaffen, ebenso wie sie sich nur schwer damit abfinden konnte, daß sie die Sachen der verstorbenen Frau anziehen sollte. Hätte Arabella sie nicht so bitter nötig gehabt, hätte sie es abgelehnt, die Kleidungsstücke zu tragen. So wie die Dinge jedoch standen, konnte sie nur hoffen, daß die verstorbene Frau sie verstehen und ihr verzeihen würde, wenn sie etwas an sich nahm, was ihr nicht gehörte. Die Sachen paßten ihr recht gut, doch trotzdem kam Arabella sich nackt vor. Auch wenn sie sich ins Gedächtnis rief, daß Lucien Sinclair nicht nur ihren Körper bereits gesehen, sondern auch berührt hatte, kam es ihr so vor, als wäre sie unzüchtig gekleidet. Deshalb zögerte sie, zu ihm hinauszugehen, als er nach ihr rief. Doch schließlich, wenn auch widerstrebend, zog sie die Decke beiseite, die als Vorhang zwischen ihnen gedient hatte.

»Ich dachte, Sie wären vielleicht eingeschlafen«, erklärte Lucien auf ihren fragenden Blick hin. »Da Sie seit Tagen nicht mehr Nahrung bekommen haben als die Flüssigkeit, die ich Ihnen einflößen konnte, wäre es ganz gut, wenn Sie etwas feste Nahrung zu sich nähmen, damit Sie wieder zu Kräften kommen. Haben Sie keinen Hunger?«

»Doch«, erwiderte Arabella und bemerkte plötzlich zu ihrer Überraschung, daß sie sich wie verhungert fühlte. »Es duftet gut … was Sie da kochen.« Sie deutete auf den gußeisernen Topf, der an einem Spieß über dem Feuer hing.

»Rattenkänguruheintopf.«

»Ratten!« schrie sie entsetzt auf.

»Nein, Miss Darracott. Keine Ratten. Rattenkänguruh. Das ist eine kleine Tierart, die Sie nicht kennen werden, da sie nur in Australien heimisch ist. Diese besondere Art gleicht eigentlich mehr einem Kaninchen – ein Tier übrigens, das in den Kolonien nicht heimisch ist, aber über die Jahre zusammen mit Rehen und anderen Tierarten von den Kolonialisten mitgebracht wurde, die sich, soweit das menschenmöglich ist, hier denselben Lebensraum schaffen wollen, wie sie ihn in England kannten.« Seine Stimme klang trocken.

»Sie … sagen das, als würden Sie das nicht gutheißen, Mr. Sinclair.«

»Tue ich auch nicht.« Die Aussage war schonungslos offen. »Sehen Sie, Miss Darracott, ich bin der Ansicht, daß Gott den Menschen in Harmonie und Eintracht mit der Natur leben sehen will. Er soll nichts trennen und zerstören. Und werden Tiere in einem für sie fremden Lebensraum angesiedelt, wird dadurch die natürliche Ordnung zerstört. Das kann schließlich nur ins Chaos führen.«

»Nun, das ist wohl eine recht … recht eigenartige Vorstellung, Mr. Sinclair.«

»Gar nicht – da sie von vielen alten Völkern, zu denen auch Australiens Aborigines zählen, geteilt wird. Trotz ihrer sogenannten Unwissenheit, ihrer Wildheit und ihres heidnischen Glaubens habe ich oft erlebt, daß sie weitaus mehr wissen, zivilisierter und gottesfürchtiger sind als der englische Gentleman, der sich schlechthin für das Musterbeispiel hält, dem die weniger Begünstigten in der Welt folgen sollten.«

»Wirklich?« erwiderte Arabella leise und war verwundert, welche Verachtung in seinem Ton gegenüber solchen Männern wie ihrem Vater und Harry Palliser mitschwang, Männer, die zu respektieren man ihr ein Leben lang beigebracht hatte.

»Das schockiert Sie, Miss Darracott, nicht wahr? Und zweifellos werden Sie jetzt glauben, daß Sie einem Heiden in die Hände gefallen sind, was gar nicht so weit von der Wahrheit entfernt ist, wie ich zugeben muß. Trotzdem lassen Sie sich versichern – die Justiz mag vielleicht blind sein, aber ich bin es nicht. Und meine Art ist es nicht, andere für Verbrechen zu verurteilen, die sie nicht begangen haben.« Einen Moment lang erschien ihr sein Gesicht erschreckend hart und verbittert. Dann verschwand der Schatten so rasch, wie er gekommen war, und Arabella glaubte, sich ihn nur eingebildet zu haben. Lucien griff nach einer Holzschale, füllte eine Portion des dampfenden Gerichts hinein und brachte sie ihr zusammen mit einem Löffel. »Probieren Sie es wenigstens«, bat er, als sie in die Schale starrte und einfach nicht glauben wollte, daß das Fleisch darin kein Rattenfleisch war. »Abgesehen davon, daß mein Eintopf wirklich gut schmeckt, wäre es schon besser für Sie, damit Sie zu Kräften kommen. Desto eher werden wir uns nämlich auf den Weg nach Brisbane machen können, werden Sie meinen heimtückischen Fängen entkommen.« Ein zynisches Grinsen glitt um seine Lippen, als sie sich über seine Worte entsetzt zeigte.

Da merkte Arabella, daß er sie nur neckte, und sofort wich die Spannung aus ihrem Körper. Ein Mann, der über sich selbst lachen konnte, war bestimmt nicht so schlecht, wie er ihr auf den ersten Eindruck erschienen war. Auch würde ein Mann, der wirklich etwas Böses gegen sie im Schilde führte, keine Scherze über seinen zwielichtigen Charakter machen. Außerdem, wenn es wirklich stimmte, daß sie Hunderte von Kilometern von jeglicher Zivilisation entfernt waren, was blieb ihr dann anderes übrig, als ihm zu vertrauen? Vielleicht wäre es für sie besser gewesen, wenn sie umgekommen wäre. Aber kaum daß ihr der Gedanke durch den Sinn ging, erwachte ihr Überlebensinstinkt und gewann die Oberhand über die Vorstellung von jungfräulicher Ehre und Pflicht.

»Ich werde Ihr Gericht probieren, Mr. Sinclair.« Ob sie wollte oder nicht, Arabella konnte sich ein völlig unerwartetes Lächeln nicht verkneifen. »Und wenn auch nur, weil es unhöflich von mir wäre, es nicht zu tun.«

Lucien warf den Kopf in den Nacken und lachte schallend darüber.

»Miss Darracott, ich habe das Gefühl, ich werde es sehr bedauern, daß Sie tatsächlich eine Lady sind.« Er hielt seine Lider gesenkt und musterte sie auf eine Art und Weise aus seinen funkelnden hellgrauen Augen, bei der ihr plötzlich überdeutlich bewußt wurde, aus welch dünnem Baumwollstoff die Unterwäsche war, die sie trug, und wie gut er den Ansatz ihrer Brüste über dem Rand des Unterhemdes sehen konnte.

Sie errötete, senkte nervös ihren Blick und widmete sich dem Essen. Obwohl es ihr vom Geschmack her fremd war, wie er gesagt hatte, mundete ihr das zarte, saftige Fleisch sehr, wie auch die Knollen Beeren und anderen Wildfrüchte, die sie in ihrer Schale fand. Dazu gab es hartes, braunes Brot, das sie in den Eintopf tunkte, um es besser kauen zu können, und starken Tee. Auch wenn es ihr äußerst peinlich war, so griff Arabella wie halbverhungert zu. Sie konnte sich nicht erinnern, jemals bei einer einzigen Mahlzeit so viel gegessen zu haben. Das enggeschnürte Korsett, das sie sonst trug, hinderte sie daran, mehr als ein paar Häppchen zu essen. Aber Lucien meinte nur, es sei ein gutes Zeichen, daß sie nach ihrer zehrenden Krankheit einen solchen Appetit verspürte, und füllte ihre Schale zweimal nach, ehe sie schließlich wirklich satt war.

Nach dem Abendessen, während Lucien das Geschirr mit Sand ausschrubbte, abwusch und wegpackte, versuchte Arabella vergebens, ihr langes Haar von Salz, Sand und Knoten zu befreien, die durch das schreckliche Unglück hineingeraten waren.

»Ich glaube, es muß abgeschnitten werden«, bemerkte sie schließlich sehr niedergeschlagen, denn natürlich war ihr beigebracht worden, daß das Haar einer Frau ihre größte Zierde sei. Wenn Arabella insgeheim auf etwas stolz war, dann auf ihr dichtes, schweres kastanienbraunes Haar, das sie als ihren einzigen Vorzug betrachtete. »Haben Sie eine Schere, Mr. Sinclair? Wenn nicht, müßte ich es mit einem scharfen Messer auch schaffen.«

»Das bezweifle ich nicht, Miss Darracott, da Sie eine fähige junge Frau sind. Dennoch widerstrebt es mir seltsamerweise sehr, zu diesem Verbrechen beizutragen. Und ein solches wäre es, würden Sie sich das Haar abschneiden. Mal sehen, ob ich Ihnen behilflich sein kann, oder?«

Er nahm ihr die Bürste ab, ehe sie ihm widersprechen konnte, hocke sich hinter sie und übernahm die Aufgabe, die sie nicht hatte bewältigen können. Überraschend behutsam und doch sicher, teilte und glättete er die verfilzten Strähnen. Daß seine Hände bei dieser schwierigen Aufgabe zunächst leicht zitterten, bemerkte Arabella nicht. Sie war viel zu sehr damit beschäftigt, wie sie sich bei jeder Berührung nervös verspannte. Denn was er da tat, war eigentlich eine sehr intime Handlung, die ein Mann einer Frau nur abnehmen würde, wenn er mit ihr verheiratet war oder sie liebte. Doch dann rief Arabella sich ins Gedächtnis, daß ihre Überlegung albern war. Hätte Lucien Sinclair ihre Nähe gesucht und mehr von ihr gewollt, hatte er sicherlich genügend Gelegenheit dazu gehabt. Im Moment konnte sie nur wenig tun, entweder ihn abwehren oder davonlaufen, sollte er die Situation jetzt ausnutzen wollen. Er tat jedoch nichts anderes, als geduldig ihr Haar zu bürsten, bis er schließlich damit fertig war. Einen Moment lang fühlte sie, wie seine Hände leicht auf ihren Schultern ruhten, spürte seinen warmen Atem im Nacken, und gleich darauf legte er die Bürste beiseite.

»So, das ist erledigt. Legen sie sich jetzt schlafen, Miss Darracott.«

Es schwang ein rauher, heiserer Unterton in Luciens Stimme mit, der Arabella dazu veranlaßte, genau das zu tun, was er gesagt hatte. Nachdem er sich von ihr abgewandt hatte, legte sie sich auf die Decken. Aber obwohl sie erschöpft war, konnte sie nicht so leicht einschlafen. Statt dessen beobachtete sie still und verstohlen, wie Lucien sich, nachdem er den beiden Pferden wie auch dem weißen aufgeplusterten Vogel – der offenbar zahm war und den er »Mate« nannte – zu fressen und zu trinken gegeben hatte, ans Feuer setzte und sein Gewehr zu reinigen begann.

Ein Abenteurer, der die Gunst der Stunde nutzt, hatte er behauptet zu sein, doch sie spürte, daß er mehr war als nur das. Er redete wie ein gebildeter Mensch. Nur jemand ihres eigenen Standes hätte an seinem Akzent erkannt, daß sämtliche Bildung und Kultiviertheit, die er besaß, erworben und ihm nicht von Hause aus mitgegeben worden waren. Trotz seiner wilden, etwas kunterbunten Erscheinung mußte er über einige Mittel verfügen, denn sonst, fand Arabella, würde er wohl kaum in der Lage sein, sich Land zu kaufen. Vielleicht war er Verwalter auf einem englischen Gut gewesen, hatte seinen Herrn und Gebieter verlassen und war in der Hoffnung nach Australien gereist, daß er eines Tages seinen eigenen Herrensitz in einem Land haben würde, in dem Klassenunterschiede immer weniger eine ausschlaggebende Rolle spielten. Harry hatte ihr von der neuen sozialen Struktur berichtet, schlicht entsetzt und in seinem Ehrgefühl verletzt bei der Vorstellung, weshalb er es auch für die Pflicht des New South Wales Corps hielt, nicht nur das englische Gesetz zu vertreten, sondern auch die englischen Maßstäbe zu erhalten.

Gern hätte Arabella gewußt, worüber Lucien angestrengt nachdachte, während er da so gedankenverloren im Schein des Feuers saß. Zum ersten Mal kam ihr dabei in den Sinn, daß er sie vielleicht als Last betrachtete. Er fand sich leicht zurecht in der Wildnis, während sie kaum eine Ahnung vom Leben außerhalb von Darracott Hall hatte und gewohnt war, bei jeder Kleinigkeit von einer Reihe Bediensteter versorgt zu werden. Selbst an Bord der *Heather Rose* hatte sie Mrs. Beckett, die Frau des Kapitäns, als Begleiterin gehabt, und eines der jungen Mädchen vom Zwischendeck war ihr, wenn nötig, beim Ankleiden zur Hand gegangen. Der Steward hatte sich um solche Dinge gekümmert wie ihr abendliches Badewasser. Auch wenn sie kein hilfloses Kind war, so hatte sie sich doch noch nie selbst versorgen müssen, wurde ihr plötzlich bewußt. Ihr ganzes Leben war sie als Tochter des Gutsherrn stets von anderen umsorgt und bedient worden. Daß Lucien Sinclair diese Aufgabe, die ihm nun zugefallen war, möglicherweise nicht gern übernahm, beschäftigte sie sehr, während sie den dunklen, dichten Wald betrachtete, der sie umgab, und allen Ernstes überlegte, ob sie nicht versuchen sollte, sich allein durchzuschlagen.

Abrupt ertappte Arabella Lucien dabei, wie er von seinem Platz am Feuer zu ihr herüberspähte. Hastig schloß sie ihre Augen und zwang sich, tief durchzuatmen, damit er glaubte, sie schlafe schon. Wie von selbst fiel sie dann auch in einen leichten Schlummer.

Lucien blieb noch wach und dachte daran, wie seidenweich sich ihr langes Haar in seinen Händen angefühlt hatte. Mehr als zwanzig Jahre war es her, daß er einer Frau die Haare gebürstet hatte. Etwa zu dem Zeitpunkt war seine Mutter gestorben – damals war er noch ein kleiner Junge gewesen – und hatte ihn nur mit der Erinnerung und einer Locke ihres süßlich duftenden Haares zurückgelassen.

Arabella Darracott bedeutete ihm nichts, ebensowenig wie er ihr. Doch aus irgendeinem unerfindlichen Grund hatte das Schicksal sie zusammengeführt. Er stand auf und zog sich bis auf seine Hose aus, legte sich neben sie und hatte das seltsame Gefühl, sie gehöre irgendwie zu ihm, so wie sie, ohne es zu merken, leise im Schlaf vor sich hin murmelte und sich unbewußt in die vertrauten, starken, schützenden Arme schmiegte.

5. KAPITEL

Sterneninferno

Als Arabella am nächsten Morgen aufwachte, fand sie sich ganz allein. Zuerst erschrak sie und fürchtete, Lucien hätte sie im Wald zurückgelassen, und sie müßte selbst ihren Weg in die Zivilisation finden. Aber dann entdeckte sie seine Pferde und Packtaschen, sah, daß das Feuer vor dem Unterschlupf noch brannte, und stellte erleichtert fest, daß nur sein Gewehr fehlte. Daraus schloß sie, daß er auf die Jagd gegangen sein mußte. Als sie sich langsam aufrichtete, spürte sie, daß das dumpfe Klopfen in ihrem Kopf beträchtlich nachgelassen hatte und daß ihre Schmerzen im Körper wesentlich weniger stark waren als gestern noch. Und dieser Zustand würde sich weiter bessern, wenn sie sich bewegte. Deshalb zwang sie sich, aufzustehen, und zog sich an einem der abgeschabten Äste hoch, die den Unterschlupf stützten. Sie fühlte sich noch schwach, und ihr war ein wenig schwindlig, doch schon einen Augenblick später merkte sie, daß sie die kurze Entfernung zum Feuer zurücklegen konnte.

Als sie dort ankam, stellte Arabella fest, daß Lucien einen »Feldkessel«, wie er die Behälter am Abend davor genannt hatte, daneben hatte stehenlassen, damit das Wasser und der starke Tee warm blieben. Einen Blechnapf hatte er ihr auch dazugetan. Offensichtlich hatte er damit gerechnet, daß sie heute morgen versuchen würde, ihr behelfsmäßiges Bett zu verlassen, oder aber er hatte gehofft, sie dadurch herauszulocken. Bei dem letzteren Gedanken sanken ihre Mundwinkel betrübt herab. Es spielte keine Rolle, daß er ihr das Leben gerettet hatte, zweifellos mißfiel ihm die Rolle der Krankenschwester, wie sie vermutet hatte. Er sah aus wie ein Mann, der ein hartes Leben hinter sich hatte und nichts von Verzärteln wußte. Auch schien er nicht zu der

Sorte zu gehören, die den Launen einer Frau nachgab. Na ja, und was macht mir das schon aus? fragte sich Arabella ein wenig ungeduldig. Welches Recht hatte sie denn, mehr von einem Fremden zu erwarten? Sie konnte sich glücklich schätzen, daß er sich um sie kümmerte. Ein anderer Mann hätte sie vielleicht für tot gehalten und am Strand liegenlassen oder, sobald sie ihr Bewußtsein erlangt hatte, im Wald zurückgelassen. Dennoch war es sicherlich klug, alles zu tun, was sie konnte, um möglichst schnell auf die Beine zu kommen, damit sie Lucien nicht länger zur Last fiel. Daß er sie nicht weiterhin verwöhnen wollte, war offensichtlich, fand sie, da er ihr Wasser und Tee einfach hingestellt hatte. Dennoch war sie ihm dankbar für beides. Sie schenkte sich eine Tasse Tee ein, nahm den Feldkessel an sich und kehrte mit beidem in den Unterschlupf zurück.

Mit dem Waschlappen und dem Handtuch wusch Arabella sich so gut es ging. Dann fuhr sie sich mit der Bürste, die Lucien ihr gegeben hatte, durchs Haar, flocht es zu einem einzigen langen Zopf und band ihn am Ende mit einem Rüschenstreifen zusammen, den das Meer schon halbwegs von dem Unterrock, den sie trug, abgerissen hatte. Als sie sich ungewollt daran erinnerte, wie Luciens Hände sich gestern abend auf ihrem Haar angefühlt hatten, stiegen Hitze und Farbe in ihre Wangen. Es berührte sie mehr als seltsam, daß diese intime, einem Ehemann vorbehaltene Handlung sie derart aus der Fassung brachte, besonders wenn sie in Betracht zog, daß er ihren bloßen Körper womöglich mehr als nur in helfender Absicht angefaßt hatte, sollten ihre fiebrigen Träume in irgendeiner Weise einen Bezug zur Realität haben, was sie nicht ganz ausschließen konnte.

Auch wenn sie keine mütterliche Ratgeberin gehabt hatte, so war Arabella auf einem Landgut groß geworden und mit klassischer Literatur vertraut. Daher war ihr nicht unbekannt, was sexuell zwischen einem Mann und einer Frau geschah. Ihre Kenntnisse gingen jedoch nicht über gewisse Grundlagen hinaus, und sie mußte sich auf Luciens Wort verlassen, daß sie nach wie vor noch Jungfrau war. Doch trotz allem glaubte sie auch jetzt, daß er die Wahrheit gesagt hatte. Instinktiv hatte sie, als er gestern abend mit ihrem Haar fertig war, an dem rauhen, heiseren Ton seiner Stimme gehört, daß es nicht der Klang eines vor kurzem körperlich befriedigten Mannes war, sondern eher der eines erregten und begierigen.

Arabella schauderte bei dem Gedanken und begriff, daß sie achtgeben mußte, ihn nicht ungewollt aus seiner freiwilligen Reserviertheit zu locken. Sie würde etliche Wochen mit ihm allein zubringen, wenn Brisbane tatsächlich so viele hundert Kilometer von hier entfernt war, wie er behauptet hatte – und warum sollte er lügen? Selbst wenn eine Stadt gleich hinter dem nächsten Hügel gelegen hätte, mußte ihm klar sein, daß sie keine Möglichkeit hatte, das je zu erfahren.

Schiffbrüchig und gestrandet, war sie vollkommen auf ihn angewiesen. Sobald die Behörden erfuhren, daß die *Heather Rose* gesunken war, würde sie, wie alle anderen an Bord, für tot erklärt werden, fiel Arabella jetzt ein – was Lucien mit seinem klaren Verstand wohl gleich erfaßt hatte. So gesehen hätte er in den vergangenen Wochen leicht mit ihr machen können, was er wollte, ohne befürchten zu müssen, daß er entdeckt oder verklagt werden würde. Denn wer hätte jemals etwas davon erfahren, besonders wenn er sie anschließend, um ihres Schweigens gewiß zu sein, einfach umgebracht hätte?

Das konnte er natürlich immer noch tun. Es wäre naiv, würde sie etwas anderes annehmen. Daß er sie gestern abend statt dessen zu Bett geschickt hatte, war sicherlich ein Zeichen dafür, daß er wohl doch nicht ganz der gemeine Mensch war, für den sie ihn anfänglich gehalten hatte. Dennoch entschied Arabella, die Wyndhams besser nicht zu erwähnen – besonders Onkel Philip nicht. Als Kommandeur des New South Wales Corps war sein Status mindestens so wichtig wie der des Gouverneurs. Lucien Sinclair hatte zugegeben, ein Abenteurer zu sein, der es verstand, die Gunst der Stunde zu nutzen. Vergewaltigung mochte nicht sein Stil sein, aber Lösegeld für sie zu verlangen, machte ihm vielleicht nichts aus. Obwohl Arabella überzeugt war, daß der Colonel Lucien freiwillig dafür belohnen würde, wenn er sie sicher in die Zivilisation geleitete, so wollte sie doch nicht, daß Onkel Philip in eine Lage geriet, in der er begreiflicherweise genötigt war, das zu tun. Klüger wäre es, wenn sie Lucien glauben ließ, daß sie selbst Geld hatte, was immerhin der Wahrheit entsprach, und ihn angemessen bezahlen würde, wenn er sie nach Brisbane brachte. Von dort aus konnte sie die Passage nach Sydney buchen, obwohl der Gedanke, noch einmal an Bord eines Schiffes gehen zu müssen, ihr wenig behagte.

Nachdem sie das überdacht hatte, fühlte Arabella sich Herr ihrer unangenehmen Situation und vermochte Lucien, als er schließlich erschien, annähernd mit Gleichmut zu begrüßen.

»Guten Morgen, Mr. Sinclair. Wie ich sehe, war Ihre Jagd erfolgreich.« Sie deutete auf das Kleinwild, das er bei sich trug und das sie jetzt als Rattenkänguruhs erkannte.

»Meine Jagden sind das immer, Miss Darracott.« Sein Ton klang leicht arrogant und war mindestens so einschüchternd wie der durchdringende Blick, den er ihr zuwarf. »Sie sollen nicht hungern, zumindest nicht unter meiner Obhut. Wie ich sehe, fühlen sie sich heute morgen wesentlich besser. Es scheint, ich bin doch nicht so ein schlechter Arzt, wie ich fürchtete.« Er ließ die erlegten Tiere zu Boden fallen und setzte sich hin, um sie mit dem Messer zu enthäuten.

»Ja – nein ... das heißt, ich fühle mich wirklich besser, danke – vielen Dank auch, daß Sie mir Wasser und Tee hingestellt haben. Das war zuvorkommend.« Arabella hielt einen Moment inne, nahm all ihren Mut zusammen und holte tief Luft. Dann fuhr sie fort: »Mr. Sinclair, ich habe ... reichlich über die Umstände nachgedacht, in denen wir uns befinden, und dabei ist mir klargeworden, daß ich für Sie in den vergangenen vierzehn Tagen mehr oder weniger eine Belastung gewesen sein muß und Sie wahrscheinlich sogar daran gehindert habe, den Grund und Boden zu besichtigen, den Sie in dieser Gegend kaufen wollten. Und sollten Sie mich außerdem nach Brisbane geleiten, was, wenn ich Sie richtig verstanden habe, eine langwierige, schwere Reise von zumindest mehreren Wochen wird, ist das eine weitere Zumutung. Da Sie an meiner augenblicklichen mißlichen Lage nicht schuld sind, erscheint es mir nur recht und billig, Sie für Ihre Zeit und

Mühe zu entschädigen. Die Mittel dafür stehen mir zur Verfügung.«

»Tatsächlich, Miss Darracott?« Höhnisch hob er eine Braue, und Arabella erkannte, warum sie Lucien Sinclair in ihrem Fieberwahn für den Teufel gehalten hatte. Das plötzliche Funkeln seiner Augen wirkte geringschätzig und amüsiert zugleich, während er sie in einer Art und Weise musterte, die sie zum Erröten brachte. »Bitte, fahren Sie ruhig fort. Ich finde die Unterhaltung sehr interessant, wie ich gestehen muß.«

»Ich sprach von finanziellen Mitteln, Mr. Sinclair«, erklärte Arabella rasch und senkte sittsam ihren Blick. »Vor ein paar Monaten ist mein Vater, ein Landjunker, gestorben und hat mir als alleiniger Erbin sein Vermögen hinterlassen, und obwohl es natürlich noch treuhänderisch verwaltet wird, bis ich volljährig bin, werde ich zweifellos, sobald wir sicher in die Zivilisation gelangt sind und meine Vermögensverwalter erfahren, daß ich den Sturm, in dem die *Heather Rose* untergegangen ist, überlebt habe, die Zustimmung erhalten, meinen Retter entsprechend angemessen zu entlohnen.«

»Tatsächlich, Miss Darracott?« wiederholte Lucien zu ihrer Überraschung recht trocken. Dann glitt ein spöttisches Lächeln um seine Lippen, und er erwiderte leichthin: »Na ja, ich will nicht leugnen, daß ein paar Groschen immer willkommen sind. Dennoch brauchen Sie nicht unbedingt das Gefühl zu haben, Sie müßten mich bestechen, damit ich Sie nach Brisbane bringe. Meine Besichtigung dieser Gegend hier war bereits abgeschlossen, und ich befand mich schon auf dem Rückweg nach Süden, als ich Sie fand.«

»Ja, das mag ja sein. Mir wäre jedoch … wohler, Mr. Sinclair, wenn wir eine Art Geschäftsvereinbarung treffen würden.«

»Ich werde Sie nicht in der Wildnis hier zurücklassen, Miss Darracott, falls Sie das befürchten. Aber wenn es Sie beruhigt, werde ich mich Ihnen, sagen wir mal, als Führer nach Brisbane zur Verfügung stellen, und als Gegenleistung zahlen Sie mir hundert Pfund. Was halten Sie davon?«

»Ich … ich kann nicht beurteilen, ob das ein angemessenes

Honorar für einen Führer in den Kolonien ist«, gab Arabella widerstrebend zu. »Deshalb gehe ich mal davon aus, daß der Betrag eine entsprechende Entschädigung darstellt. Leider besitze ich zu wenig oder gar keine Erfahrung, was für eine Reise uns erwartet, und kann mir anhand Ihrer Pferde und Packtaschen nur ein ungefähres Bild davon machen. Mir fehlt es jedoch nicht an Vernunft, Mr. Sinclair, und ich besitze eine rasche Auffassungsgabe. Deshalb werden Sie nicht erleben, daß ich zögere oder unwillig bin, Ihnen zur Hand zu gehen, gleichgültig was getan werden muß. Wenn Sie es mir zeigen, bin ich auch bereit, das Wild zu zerlegen und zu kochen, das Sie mitbringen. So schwer kann es nicht sein, Töpfe und Pfannen zu säubern und andere ähnliche alltägliche Pflichten zu übernehmen.«

»Nicht für jemanden, der diese Arbeiten gewohnt ist, Miss Darracott. Sie haben jedoch, nehme ich an, mit Ihren Händen eher Klavier gespielt oder feine Stickereien ausgeführt. Ist es nicht so?

»Ja, schon, aber bitte lassen Sie sich nicht davon abhalten, mir alles zu zeigen, Mr. Sinclair«, erklärte Arabella etwas steif. »Ehrliche, harte Arbeit ist nicht verwerflich. Und ich bin nicht so unvernünftig zu leugnen, daß sich mein Leben zur Zeit drastisch verändert hat und ich mich dadurch auch umstellen muß ... Was mir vorher angebracht schien, kann in der jetzigen Situation zweifellos nicht mehr als nützlich gelten. Deshalb seien Sie bitte so gut und zeigen Sie mir, wie ich das zweite Rattenkänguruh enthäuten soll, ja?«

»Meinetwegen, wie Sie wollen«, erwiderte Lucien, und obwohl ihn ihre Entschlossenheit, angesichts ihres Mißgeschicks weiterzukämpfen, zu belustigen schien, schwangen Respekt und Bewunderung in seinem Tonfall mit. Es gab nicht viele Frauen, die sich unter den gegebenen Umständen so umsichtig und mutig verhalten hätten, und das bei den erst kürzlich erlittenen seelischen Erschütterungen, dachte er. Sie hatte weder mit Hirngespinsten, Hysterie, Getue, Gejammer noch mit Anmaßung reagiert. Es machte ihm nichts aus, Verantwortung für eine Frau zu tragen, aber er mußte sich eingestehen, daß es seine Vorteile hatte, wenn sie so war wie Arabella Darracott.

Sie selbst jedoch konnte sich des Gefühls nicht erwehren, daß sie mit ihrem Angebot, ihm zu helfen, etwas zu vorschnell gewesen war. Lucien hatte sich hinter sie gehockt und seine Arme um sie gelegt, damit er ihr das Enthäuten des zweiten Rattenkänguruhs vorführen konnte. Er hatte nichts Unschickliches getan. Dennoch konnte sie nicht umhin, seine Nähe, seine maskuline Ausstrahlung wahrzunehmen. Sein sehniger Körper war kräftig und muskulös. Seine Hände, die er über ihre gelegt hatte, bewegte er sicher und ruhig, als er ihr zeigte, wie sie das Messer ansetzen und den ersten Schnitt machen sollte. Ihre Hände jedoch bebten, als sie fühlte, wie seine Bartstoppeln ihr Haar streiften, sein Atem an ihrem Ohr und an ihrer Wange vorüberstrich. Dadurch war der Schnitt ungleichmäßig, nicht sauber und glatt wie sein Anritzen bei dem ersten Rattenkänguruh. Trotzdem hielt Arabella an ihrem Vorsatz fest und bemühte sich angestrengt, sich auf die Arbeit zu konzentrieren und ihre innere Unruhe in Luciens Nähe zu ignorieren sowie das ekelerregende Gefühl beim Enthäuten des Tieres zu unterdrücken. Nachdem sie fertig war, zeigte er ihr, wie das Fell von Fleischresten und Blut gesäubert wurde, dann, wie man es dehnte und mit Riemen auf einen groben, rechteckigen Rahmen spannte, den er aus kleinen Ästen gefertigt hatte, und anschließend in den Schatten legte, damit die Haut trocknete.

»Die Haut darf nie in der prallen Sonne liegen«, erklärte er ihr, »sonst dörrt sie aus. Obwohl man sie auch über dem Feuer trocknen kann, wird sie dabei meist brüchig, und das Fell vergilbt durch den Rauch. Es erzielt dann nicht mehr so einen hohen Preis. Ein kühler, luftiger Platz ist besser geeignet. Und da Sie jetzt recht blaß aussehen, Miss Darracott, würde ich vorschlagen, daß Sie sich etwas hinlegen und ausruhen. Für heute morgen haben Sie sich genug abgeplagt. Bedenken Sie, daß Sie sich noch nicht ganz erholt haben, und es hat keinen Sinn, dermaßen zu übertreiben, daß Sie einen Rückschlag erleiden.«

Arabella war nur zu glücklich, seiner Aufforderung nachzukommen. Beides zusammen, Luciens Nähe und die gräßliche Arbeit des Enthäutens, hatte sich tatsächlich als zuviel für sie erwiesen. Obwohl sie mitbekommen hatte, wie Rinder, Schafe und

Schweine auf Darracott Hall geschlachtet wurden, hatte sie jedoch nie selbst mit angefaßt und sich bis jetzt nicht vorstellen können, wie anstrengend das war.

Der Gedanke, daß der Mann es ihr beigebracht hatte, der sie mit seinen Händen berührt und gepflegt hatte, so wie er die beiden Rattenkänguruhs anfaßte, setzte ihr mehr zu als die blutige Arbeit selbst. Sie fühlte sich recht elend, legte sich auf die Decken und kehrte Lucien den Rücken zu, damit er ihr Gesicht nicht sehen konnte. Ihr Mund war wie ausgetrocknet, und ihr Puls hämmerte ungleichmäßig. Vielleicht hat das heftige Fieber mein Gehirn angegriffen, überlegte Arabella. Denn ihr fiel keine andere Erklärung dafür ein, daß seine Nähe sie so aus der Fassung brachte und solch merkwürdige Gefühle in ihr weckte. Sein glänzendes schwarzes Haar, so unmodisch lang, zerzaust und ungepflegt, hatte sich dennoch seidig angefühlt, als es ihre Haut gestreift hatte. Seine Hände, kraftvoll und sehnig, aber wettergegerbt und schwielig von jahrelanger, körperlicher Arbeit an der Sonne, hatten sich wie heiße Eisenfesseln um ihre gelegt. Sein warmer Atem hatte ihren Körper wie ein elektrisierender Strom durchflutet.

Niemals hatte ein Mann ähnliches bei ihr bewirkt. Andererseits war sie bisher nie länger als ein paar Minuten allein gewesen, und selbst dann hatten sich andere Leute in Rufweite aufgehalten. War es so gesehen nicht möglich, daß jeder andere Mann unter den gegenwärtigen Umständen dieselben Gefühle bei ihr ausgelöst hätte wie Lucien Sinclair? Irgendwie spürte sie instinktiv, daß das nicht der Fall war.

Auch wenn ich durch die Fieberphantasien nicht meinen Verstand verloren habe, so bin ich doch in einem geschwächten Zustand, redete Arabella sich nachdrücklich ein und wies die Tatsache weit von sich, daß, so grob seine äußere Erscheinung sein mochte, Lucien Sinclair unleugbar ein sehr gutaussehender Mann war, wesentlich anziehender als irgendein Mann das Recht hatte zu sein. Zweifellos gab es in seiner Vergangenheit zahlreiche Frauen, die sich seinem unwiderstehlichen Charme, seiner magischen Anziehungskraft gegenüber nicht abgeneigt gezeigt hatten. Sie wäre dumm, sich selbst dazuzuzählen. Mit der ihr eigenen

Ehrlichkeit hatte Arabella sich längst eingestanden, daß sie keine Schönheit war. Sollte Lucien Sinclair in irgendeiner Weise Interesse an ihr finden, dann bestimmt nur, weil keine andere Frau in der Nähe war.

Trotzdem durchzuckte sie, sobald er sie an der Schulter berührte, ein Stromstoß, so ähnlich, wie sie es einmal erlebte, als sie sich auf einem Streifzug durch die Gärten von Darracott Hall versehentlich ihre Ferse an einem Baumstumpf gestoßen hatte. Er rüttelte sie sacht.

»Miss Darracott, falls Sie Hunger haben und sich danach fühlen, gibt es jetzt etwas zu essen.«

»Ja, danke.«

Sie stand auf und setzte sich zu ihm ans Feuer. Er hatte wieder einen Eintopf zubereitet. Sie griff mit gesundem Appetit zu und sprach ebenso wie er wenig. Nachdem sie gegessen hatten, bestand sie darauf, die Töpfe und Pfannen auszukratzen und zu waschen. Anschließend zeigte Lucien ihr, wie die Sachen in seinen Packtaschen verstaut wurden. Dann holte er frisches Wasser aus einem »Billabong«, wie er die Wasserstelle in einem ausgetrockneten Seitenarm eines Flusses nannte.

»Wäre es nicht einfacher, das Lager näher am Wasser aufzuschlagen, Mr. Sinclair?« erkundigte sich Arabella verwirrt, als sie darüber nachdachte, warum er einen Platz ohne Teich oder Fluß auf einer Lichtung ausgewählt hatte.

»Doch, Miss Darracott, wäre es. Leider gibt es hier in der Gegend jedoch Krokodile, und während Krokodile, die sich im Süßwasser aufhalten, eine relativ geringe Gefahr darstellen, sind die Arten, die im Salzwasser oder in Meeresbuchten leben, bekannt dafür, daß sie Menschen angreifen und töten. Sie werden annähernd sieben Meter lang, sind in dieser Küstenregion weit verbreitet und halten sich besonders gern dort auf, wo man Wasser findet. Um ganz sicherzugehen, ist es daher das beste, sein Lager mindestens fünfzig Meter von jeglicher Wasserstelle entfernt aufzuschlagen. Wie ich Ihnen schon gesagt habe, können Sie sich sehr glücklich schätzen, daß Sie nicht nur den Untergang der *Heather Rose* überlebt haben, sondern auch den Haien und Krokodilen nicht zum Opfer gefallen sind. Außerdem gibt es hier in den Kolonien einige Arten von Schlangen, zu denen auch die Pythonschlangen gehören, die ihre Opfer ersticken, und andere, von denen dreiviertel zu den giftigsten Arten der Welt zählen, ganz abgesehen von Spinnen, Skorpionen, Zecken und Blutegeln und solchen Raubtieren wie den Dingos, einer äußerst heimtückischen und listigen Wolfshundart, die in Rudeln jagen.« Er deutete auf das flackernde Feuer. »Jetzt können Sie vielleicht verstehen, warum ich das Feuer nicht ausgehen lasse und Ihnen nicht vorgeschlagen habe, im Billabong oder im Meer zu baden. Letzteres ist besonders während der Sommermonate eine Zufluchtsstätte für Würfelquallen, Kegelschnecken und Stachelrochen. Die Stiche oder Bisse sämtlicher Arten sind giftig, und manche davon können einen erwachsenen Mann töten.«

Arabella erschrak, als er diese gefährlichen Tierarten aufzählte, von denen sie nicht einer einzigen in England je begegnet war und sich deshalb auch kein Bild davon machen konnte.

»Das ... wußte ich nicht«, gab sie entsetzt zu. »Mr. Sinclair, sind Sie ... dann auch ganz sicher, daß hundert Pfund ein angemessenes Honorar für den Geleitschutz bis Brisbane sind? Ich hätte nichts dagegen, Ihnen eine zusätzliche Gefahrenzulage zu ...«

»Danke, Miss Darracott, für Ihre Besorgnis. Aber das ist nicht nötig. Ich lebe seit über zehn Jahren in den Kolonien und kenne mich mit den Gefahren aus – und wie Sie sehen, habe ich es auch geschafft zu überleben«, versetzte er trocken. Dann nahm er ein paar Feldkessel und sein Gewehr an sich, verschwand im Wald und ließ Arabella allein zurück.

Jetzt fiel es ihr schwer, sich einfach hinzulegen und auszuruhen. Statt dessen hockte sie sich auf die Decken, lauschte den fremdartigen Geräuschen und Klängen des Waldes, dem lauten Gezwitscher und Gekreische unbekannter Tiere, dem Säuseln des Windes, das sich in ihrem aufgewühlten Geiste in das leise Anschleichen einer furchtbaren Kreatur verwandelte, die sich ihr durch das dichte, verwachsene Unterholz näherte.

Luciens Pferde, die in ihrer Nähe angebunden waren, stampften und schnaubten, verjagten mit ihrem Schweif Fliegen und andere Insekten. Und Mate – sein Kakadu, wie die Vogelart genannt wurde, zu der er gehörte – sträubte und putzte seine Federn und kreischte, während er von einem Ast eines ihr unbekannten Baumes zu ihr herunteräugte. Als eine eigenartige Stimme krächzte: »Hübsches Mädchen!« erstarrte Arabella vor Schreck und merkte erst dann, daß es der Kakadu war, der sprechen konnte.

»O Mate, du hast mich fast zu Tode erschreckt«, murmelte sie und lachte leise. Dann hielt sie ihre Hand lockend hoch, wie sie es bei Lucien gesehen hatte. Daraufhin breitete Mate seine weißen Flügel aus, kam zu ihr und ließ sich auf ihrer Hand nieder. Sofort jedoch spürte sie seine scharfen Krallen auf ihrer Haut. »Hübscher Vogel«, sagte sie zu ihm.

»Hübsches Mädchen!« wiederholte Mate.

»Nun, es ist nett von dir, so etwas zu sagen, aber ich kenne die Wahrheit – und ich nehme an, schlimmer als jetzt habe ich in meinem ganzen Leben noch nicht ausgesehen!« Unsicher strich sie sich eine Haarsträhne hinters Ohr, die sich aus ihrem Zopf gelöst hatte, und blickte auf die verblassenden blauen Flecken, die noch auf ihren bloßen Armen sichtbar waren. Da sie keinen Spiegel besaß, konnte Arabella sich nur annähernd vorstellen, wie ihr Gesicht aussah, das, wie sie vom Berühren wußte, stellenweise noch sehr empfindlich war und ebenfalls Schürfwunden abbekommen hatte.

Da sie seit dem schrecklichen Unglück das erste Mal an ihr Äußeres dachte, fiel ihr auch Onkel Philips Sohn Gervase ein. Unwillkürlich überlegte sie, welchen Eindruck sie wohl auf ihn machen würde, wenn sie sich wiederbegegneten. Er war einige Jahre älter als sie und mußte jetzt Anfang dreißig sein. Leider hatte sie ihn nie besonders gut kennengelernt. Bevor die Wyndhams von England nach Australien gezogen waren, war sie noch zu jung gewesen, als daß er ihr den Hof hätte machen können. Dennoch wußte sie seit jeher, daß ihr Vater und Onkel Philip hofften, sie und Gervase würden eines Tages heiraten. Da sie trotz ihrer Einführung in die Londoner Gesellschaft nur Männer anzog, die mehr an ihrem Vermögen als an ihr selbst interessiert gewesen waren, war sie froh darüber, mit Gervase verheiratet zu werden.

Schließlich war er der Bruder ihrer besten Freundin Chrissie. Wie konnte sie da anders als ihn lieben, sobald sie ihn näher kennenlernte? Da Gervase bisher noch nicht geheiratet hatte, wertete sie das als Zeichen dafür, daß er warten wollte, bis sie erwachsen war, und nichts gegen die Vorstellung einzuwenden hatte, sie zur Braut zu nehmen.

Doch jetzt würde er sie für tot halten. Und wenn er erfuhr, daß sie noch lebte, aber so viele Wochen mit Lucien Sinclair allein in der Wildnis verbracht hatte, würde Gervase sie wahrscheinlich nicht mehr wollen, besonders auch deshalb nicht, weil sie keine Frau war, der ein Mann dieses Pech aufgrund ihrer Schönheit nachsehen würde. Der Gedanke entmutigte sie.

Gleichgültig, was Lucien gesagt hatte, Arabella fürchtete, daß es schwer sein würde, ihr skandalöses Abenteuer zu vertuschen. Ihre Jungfräulichkeit mochte unangetastet sein, aber ihr Ruf war es bestimmt nicht mehr – und selbst wenn das nicht der Fall sein sollte, fühlte sie sich in ihrer aufrichtigen Art verpflichtet, zumindest Onkel Philip und Gervase die Wahrheit über ihre Eskapade zu berichten. Sie wünschte sich, sie wüßte, wie Gervase darauf reagieren würde. Nicht zum ersten Mal in ihrem Leben wäre sie gern hübscher gewesen und sehnte sich nach mehr Vorzügen als nur dem kastanienbraunen Haar und den ausdrucksvollen Augen, die sie besaß.

»Hübsches Mädchen«, krächzte der Kakadu erneut. Arabella seufzte schwer, vergaß ihre Tagträumereien und beachtete den Vogel.

»O Mate, wenn es doch nur wahr wäre!« flüsterte sie mit halberstickter Stimme und unterdrückte die Tränen, die ihr in die Augen sprangen. Niemals hatte sie zu der Gruppe der einsamen alten Jungfern gehören wollen. Sicherlich aber erwartete sie jetzt dieses Schicksal, sollte Gervase sie nicht mehr heiraten wollen.

Daß sie wesentlich schwerer definierbare und anziehendere Eigenschaften als Schönheit besaß, war Arabella nicht wirklich bewußt, Lucien jedoch um so mehr. Als er sie vom Rand der Lichtung aus mit dem Kakadu agieren sah, stellte er fest, daß sie tatsächlich sehr einer Meerjungfrau ähnelte, wie er sie zunächst bei sich genannt hatte. Sie besaß etwas Seltenes und Fesselndes, eine unbewußte Sinnlichkeit, die faszinierend war. Leidenschaft mußte sie noch erst kennenlernen. Das wußte er jetzt – und wenn er daran dachte, daß sie irgendwann mit einem Mann schliefe, der nichts anderes von ihr erwarten und verlangen würde, als daß sie im Bett ihrer ehelichen Pflicht nachkam und somit ihre ureigene stürmische Natur unterdrückte, erfaßte Lucien ein unwiderstehlich heftiger Drang, sie einfach zu packen und ihr zu zeigen, was es außerhalb der engen Grenzen ihrer wohlgeordneten Welt zu erleben gab.

Daß sie, falls er das tat, keinerlei Mittel gegen ihn hatte, war ein Gedanke, der ihm mehr als einmal durch den Sinn gegangen war, besonders wenn er daran dachte, wie sich ihr nackter Körper unter seinen Händen angefühlt hatte, wie selbstvergessen sie im Fieber auf ihn reagiert hatte. Lange würde sie sich nicht gegen ihn wehren. Am Ende würde sie ihn wollen. Dafür würde er schon sorgen. Aber wenn er an die tiefe Beschämung dachte, die sie hinterher quälen würde, dann wußte er, daß er es niemals über sich bringen würde, einen so tapferen, stolzen Geist auf solch grausame Weise zu brechen.

Seine wüsten Phantasien keimten auf dem Boden einer harten, wenig erquicklichen Vergangenheit und waren natürlich auch durch die Tatsache bedingt, daß er ein gesunder Mann im besten Alter war und schon viel zu lange keine Frau mehr gehabt hatte. Verdammt, Arabella Darracott war nicht mal sein Typ. Höflich, ordentlich, rechtschaffen und schlicht, war sie eine jener Frauen, die sich in Sydneys eleganten Salons von ihm abwandten und ihn eiskalt schnitten, um nicht durch den Kontakt mit ihm in Verruf zu kommen. Wären sie nicht in der Wildnis zusammengetroffen, wäre ihm nie aufgefallen, welche Hitze unter ihrem so kühlen, ruhigen Äußeren brodelte, und er hätte sie keines zweiten Blickes gewürdigt.

Ich muß noch einmal den Strand abkämmen und nachsehen, ob keine weiteren Kleidungsstücke angeschwemmt worden sind, überlegte Lucien. Die Reise nach Brisbane würde ihm wesentlich länger und schwieriger erscheinen, wenn er sie jeden Tag so vor Augen sah, wie sie jetzt gekleidet war. Das Unterhemd war ein wenig zu knapp und spannte sich daher über ihren vollen, runden Brüsten. Der tiefe, runde Ausschnitt gewährte einen viel zu freizügigen Blick auf ihre üppigen Brustansätze und das Tal dazwischen. Der Baumwollstoff war so dünn, daß ihre dunkelrosa Knospen hindurchschimmerten, ihre Taille so schmal, daß er sie leicht mit seinen Händen umspannen konnte. Der eine Unterrock, den sie trug, durch und durch feucht von der schwülen Luft der tropischen Wälder, klebte förmlich an ihren langen schlanken Beinen, die sie – wie er sich erinnerte –, ohne es zu wollen, einladend für ihn gespreizt hatte, so daß er seither davon träumte, sie zu besitzen.

Wenn er abends neben ihr lag, kostete es ihn seine ganze Kraft, sich zurückzuhalten und sie nicht mit Gewalt zu nehmen. Nur der Gedanke, daß sie sich mit Sicherheit hinterher schämen und er sich selbst zu solch einem Tier degradieren würde wie die brutalen Wächter im Port Arthur Prison in Van Diemen's Land, hielt ihn davon ab, sie zu packen und sich an ihr zu vergehen, während sie schlief. Dennoch wußte er genau, daß ein räuberisches Wesen in ihm schlummerte und er ihr deshalb wesentlich gefährlicher werden konnte als alle anderen Kreaturen, vor denen er sie gewarnt hatte.

An seinem angespannten Kiefer zuckte verdächtig ein Muskel, als er auf die Mitte der Lichtung zuschritt, wo er die mit Wasser aufgefüllten Feldkessel und sein Gewehr abstellte. Er griff in die Tasche seines Ölhautmantels und holte eine Handvoll Erdnüsse heraus.

»Hier.« Er gab sie Arabella. »Mate mag sie.«

Sie hatte sich über Luciens Auftauchen erschrocken, da sie ihn nicht hatte kommen hören. Er bewegt sich wie ein geschmeidiges wildes Raubtier, dachte sie jetzt, was ihr schon aufgefallen war, als sie das erste Mal bei vollem Bewußtsein gewesen war und ihn erspäht hatte – leise, geschickt, so als wäre er eins mit der Natur. Er besaß auch eine gewisse animalische Anziehungskraft, als würde sich hinter seiner geschliffenen Fassade eine Wildheit verbergen, die sie nur annähernd erahnen konnte, da sie so etwas noch bei keinem anderen Mann gespürt hatte.

Wenn sie versuchte, sich ihren Vater oder Onkel Philip in dieser exotischen Hölle vorzustellen, wollte es Arabella nicht gelingen, und vielleicht war es besser, daß ein Mann wie Lucien Sinclair, der fähig war, in der Wildnis zu überleben, sie gefunden hatte. Die meisten anderen Männer wären wahrscheinlich umgekommen; jemand wie Harry Palliser mit seinem jungenhaften Charme hätte es bestimmt nicht geschafft.

Lucien Sinclair hatte nichts Jungenhaftes an sich. Selbst jetzt, während er zusah, wie Mate sich eine Erdnuß aus ihrer offenen Hand holte und mit seinem harten Schnabel die Schale aufknackte, ließ Luciens Lächeln seine herben, hageren Gesichtszüge nicht weicher erscheinen. Zum ersten Mal entdeckte sie nun bei Tageslicht, daß er auf der linken Wange eine lange, gezackte weiße Narbe trug. Wo mag er die wohl herhaben? fragte sie sich.

»Was sagst du jetzt, Mate?« wollte Lucien wissen.

»Danke«, krächzte der Kakadu, und zu Arabellas größter Freude verneigte er sich leicht, ehe er seine Kralle nach der nächsten Erdnuß ausstreckte.

»Oh, er kann ja auch Kunststücke!« rief sie.

»Ja, ein paar.« Lucien stellte eine Blechwanne auf den Boden, in die er zuvor das Wasser aus den Feldkesseln gegossen hatte, damit die Pferde es trinken konnten. Dann holte er einen Striegel aus seinen Packtaschen, zog den Hut sowie den Mantel aus Ölhaut aus und begann die beiden Tiere abzubürsten. »Man braucht Zeit und Geduld, um einem Kakadu etwas beizubringen. Ich habe Mate erst vor ein paar Jahren in der Wildnis gefunden. Er hatte einen gebrochenen Flügel, den ich ihm gerichtet habe, und seither ist er bei mir geblieben. Da er auch noch sprechen gelernt hat, leistet er mir … in gewisser Weise Gesellschaft.«

»Haben Sie keine Familie, Mr. Sinclair?«

»Nein.«

Die Antwort klang so kurz und abweisend, und Luciens Gesicht wurde plötzlich so finster und verschlossen, daß Arabella sofort erkannte, sie hatte einen wunden Punkt berührt. Natürlich unterließ sie es, ihn weiter danach zu fragen. Statt dessen hob sie ihren dicken Zopf an, wischte sich mit der Hand den Schweiß vom Nacken, der ihr bereits den Rücken hinunterlief, und erkundigte sich:

»Ist es hier in den Kolonien immer so heiß und drückend im Herbst, Mr. Sinclair? Ich könnte mir vorstellen, in dem langen Mantel da müssen Sie ersticken.« Sie deutete auf den Mantel aus Ölhaut, den er über einen Felsen auf der feuchten, grasbewachsenen Lichtung geworfen hatte.

»Die Ölhaut ist notwendig in der Wildnis, Miss Darracott – und was die Jahreszeit betrifft, irren Sie sich. Ich hoffe, es ist keine Auswirkung ihres hohen Fiebers, sondern Sie haben nur vergessen, daß man auf der Reise von England nach Australien von der nördlichen Halbkugel auf die südliche gelangt.«

»Ja, Sie haben recht, selbstverständlich. Ich hatte es tatsächlich vergessen. Wie dumm von mir. Hier ist alles umgekehrt oder läuft andersherum, wie man es auch immer sehen mag. Natürlich muß in den Kolonien jetzt Frühling sein. Deshalb stehen die Sterne auch nachts ganz anders … Ja, als ich krank war, dachte ich, ich wäre gestorben und in die Hölle gekommen. Ich weiß noch, ich habe die Sterne gesehen und fand den Himmelswagen nicht mehr. Deshalb glaubte ich, ich wäre nicht mehr auf der Erde, ich würde nicht mehr leben …«

»Und deshalb haben Sie mich für den Teufel gehalten?« Eine schwarze Braue ging leicht hoch, und unweigerlich glitt bei der Erinnerung an jenen Moment das höhnische Lächeln um Luciens Mundwinkel.

»Zum Teil … ja«, gab Arabella errötend zu und senkte ihren Blick in der Hoffnung, er würde nicht weiter in sie dringen. Nur der Gedanke an die sündigen, lüsternen Träume, die sie während ihres Fieberwahns von ihm gehabt hatte, machte ihr sofort zu schaffen. Wieviel schwerer wäre es ihr gefallen, darüber zu sprechen? »Und zum Teil durch das Feuer. Jetzt verstehe ich allerdings, daß Sie es zum Schutz gegen Raubtiere brennen lassen mußten und daß Sie es wahrscheinlich stärker entfacht haben, damit mein Fieber sinkt. Aber zu dem Zeitpunkt kam es mir so vor, als läge ich mitten in einem Inferno.«

»›*Nel mezzo del cammin di nostra vita/Mi ritrovai per una*

selva oscura, Che la diritta via era smarrita‹?«, zitierte er in fließendem Italienisch.

»›Mitten auf der Reise unseres Lebens/kam ich zu mir in einem dunklen Wald, in dem es keinen geraden Weg gab‹?«, übersetzte sie das Zitat und war überrascht, daß er es kannte, obwohl ihr längst aufgefallen war, daß er gebildeter war als die meisten seinesgleichen. »Dantes *Inferno.* Ja, so ähnlich war das.«

»Und haben Sie auch ›alle Hoffnung aufgegeben‹, Miss Darracott?« Luciens graue Augen funkelten amüsiert, und seine Stimme klang leicht spöttisch – eindeutig kannte er, genau wie sie, die Zeile aus dem *Inferno*, auf die er anspielte, wie auch noch eine weitere, die besagte: »Ohne Hoffnung bleibt uns nur das Verlangen.«

»Noch nicht, Mr. Sinclair«, erklärte sie, und plötzlich klopfte ihr Herz schnell und heftig, ihre Hände zitterten ein wenig, als sie die Erdnußschalenreste von ihrem Schoß abklopfte. Mate hatte seine Leckerbissen aufgefressen und war auf seinen Platz im Baum zurückgekehrt.

»Schade, Miss Darracott«, erwiderte Lucien belustigt.

Aber der Blick, den er ihr unter gesenkten Lidern zuwarf, löste bei Arabella den unwiderstehlichen Drang aus, zu fliehen und sogar in den dichten Wald zu tauchen, aus Angst vor ihm. Nur der Gedanke an menschenfressende Krokodile und Giftschlangen hielt sie davon ab. Falls ihm der rasende Puls an ihrem Hals, das heftige Heben und Senken ihrer Brüste auffiel, so ließ er sich nichts anmerken und widmete sich seiner Arbeit, striegelte die Pferde, packte die Bürste weg und begann seinen Sattel und seine Stiefel zu säubern und einzufetten.

»In diesen tropischen Gegenden vermodert Leder rasch, wenn man es nicht vor Stockflecken schützt«, erklärte er wie beiläufig, als wären die Worte, die sie eben noch gewechselt hatten, nie gesprochen worden. »Und Sie haben recht, der Mantel aus Ölhaut kann in der Hitze und Schwüle erdrückend sein, aber er schützt vor stacheligem Bambusrohr und Kletterranken, die es in dieser Gegend im Überfluß gibt. Tiefer im Süden, wo die Wälder gerodet wurden, ist der Stachelbaum aufgeschossen. Man sollte ihn ebenfalls meiden.« Stirnrunzelnd blickte er auf ihre bloßen Füße. »Wollen wir hoffen, daß wir wenigstens ein Paar Schuhe für Sie finden. Morgen oder übermorgen, wenn Sie sich besser fühlen, machen wir uns auf den Weg nach Süden und sehen uns mal um, welche Schätze wir noch unterwegs von den Wrackteilen der *Heather Rose* auftreiben können.«

Der Rest des Tages verging ruhig, wenn auch langsam. Die meiste Zeit schlief Arabella, noch müde von der Schwäche und der drückenden Luft. Lucien weckte sie zum Abendessen, für das er kleine Jagdvögel mit Wildbeeren und Feigen gegrillt hatte. Nach dem Abendessen holte er ein Schachbrett aus seiner Packtasche, aber sie war zu müde, um sich richtig auf das Spiel zu konzentrieren. Außerdem hatte sie ihn unterschätzt und verlor das erste Spiel kläglich. Das Revanchespiel lief besser, obwohl er das auch gewann.

»Ich fürchte, ich habe Ihre Müdigkeit ausgenutzt«, bemerkte er, als er die Figuren einsammelte und sie zusammen mit dem Schachbrett in der Ledertasche verstaute. »Wir spielen noch mal, wenn Sie sich besser fühlen.«

Arabella ärgerte sich über sich selbst, da sie wesentlich besser spielen konnte. Aber sie wußte, selbst wenn sie ihr Bestes dabei gab, wäre Lucien ein stärkerer Gegner gewesen. Beim Schachspielen konnte man eine Menge über einen anderen Menschen erfahren, und eines stand für sie fest: Sie würde sich Lucien unter keinen Umständen zum Feind machen wollen. Denn von der Strategie her ging er brillant und gleichzeitig ungeheuer rücksichtslos vor. Er hatte ihre Dame ohne Vorwarnung geschlagen, und obwohl sie natürlich wußte, daß das durchaus die Regel unter ernsthaften Spielern war, hatte sie sich an die scherzhafte Ankündigung ihres Vaters gewöhnt: »Schach der Dame, Arabella«, hatte er immer gesagt.

Bei der Erinnerung an ihren Vater traten ihr unwillkürlich Tränen in die Augen. Nie wieder würde sie seine Stimme hören. Ohne seinen Schutz war sie vollkommen allein auf der Welt. Und doch, fand sie seltsamerweise, wäre er wohl froh, daß Lucien Sinclair sie gerettet hatte. Tobias Darracott hätte ihn respektiert, bewundert und sogar gemocht. Denn da es ihrem Vater nicht viel anders ergangen war, hatte er nie, wie so viele seines Standes, etwas gegen einen Mann gehabt, der sich aus eigener Kraft emporgearbeitet hatte.

Die Sterne, die Lucien ihr in der Dunkelheit zeigte – darunter waren das Kreuz des Südens und die Regenbogenschlange, die, wie er ihr erzählte, die Aborigines für einen ihrer Traumzeit-Vorfahren hielten und die die Welt geboren haben sollte –, funkelten und flimmerten vor ihren Augen, bis sie schließlich verschwammen und Arabella langsam einnickte.

Wie er es jeden Abend getan hatte, seit er sie am Strand gefunden hatte, blieb Lucien noch lange am Feuer sitzen und dachte nach. So unerwartet für Arabella Darracott sorgen zu müssen, hatte ihn auf eine Art und Weise berührt, die er nicht mehr für möglich gehalten hätte. Er hatte sich innerlich tot gefühlt. Daß mit ihrem Auftauchen irgend etwas in ihm wiederbelebt worden war, beunruhigte ihn mächtig. Für solche Gefühle, wie er sie jetzt verspürte, gab es in der Welt, die er sich in den Kolonien mit Schweiß und Blut so mühsam aufgebaut hatte, keinen Platz. Niemals würde er vergessen, daß er zehn Jahre der Hölle im Port Arthur Prison verbracht hatte – ebensowenig durfte er jedoch darauf hoffen, daß sie jemals darüber hinwegsehen würde, sollte sie erfahren, wer er war und für welches gräßliche Verbrechen er so schwer gebüßt hatte.

6. KAPITEL

Marschieren mit Matilda

Es dauerte tatsächlich noch ein paar Tage, ehe Arabella ausreichend bei Kräften war, um zu reisen. Dennoch, als sie sich zu erholen begann, machte sie rasche Fortschritte, da sie jung und abgehärtet war durch die langen Ausritte und ausgedehnten Wanderungen, die sie von Kindheit an durch die Moorlandschaft von Yorkshire gemacht hatte. Außerdem war sie vor dem schrecklichen Unglück kerngesund gewesen. Zusätzlich regten die schwierigen, unbekannten Aufgaben, die sie übernommen hatte, ihren Appetit an und verhalfen ihr gleichzeitig zu der körperlichen Bewegung, die sie brauchte, um ganz zu genesen. Wie von selbst ergab sich zwischen ihr und Lucien schon bald eine traditionelle Rollenverteilung, nach der er der Ernährer und Beschützer war und sie den Herd hütete. Später, als sie mehr von der Nahrungssuche verstand – Lucien brachte ihr in der Hinsicht in den folgenden Wochen allerhand bei –, wurde sie auch noch zur Sammlerin.

Beide Pferde, die er besaß, waren weder prächtig noch feurig, dafür jedoch gesunde, kräftige Tiere, die er wegen ihres Durchhaltevermögens ausgewählt hatte. Arabella ritt mit Lucien zusammen auf dem einen, während das andere die Packtaschen trug. Das war die einzig mögliche Lösung, sagte sie sich. Doch sein starker Arm um ihre Taille und seine unmittelbare Nähe beunruhigten sie. Seinen muskulösen Körper spürte sie überdeutlich im Rücken, sein warmer Atem streifte beständig ihren Nacken, sein maskuliner Geruch nach Tabak und Rum wehte ihr in die Nase. Der schwache Dunst der Stumpen, die sie ihn ein oder zweimal hatte rauchen sehen, erinnerte sie an das Aroma, das in der Luft gelegen hatte, wenn ihr Vater seine Pfeife genoß, ein vertrauter Wohlgeruch in einer Welt voller Düfte, die ihr so fremd und exotisch vorkamen, angefangen vom feuchten Geruch der Mangrovensümpfe in ihrem dicken grauen Schlamm, bis hin zu dem süßlichen Parfüm schwerduftender Blüten und Kletterpflanzen, die sich um die hohen Bäume rankten, und dem salzhaltigen, würzigen Aroma des Korallenmeeres, das ihnen entgegenwehte, nachdem Lucien die Pferde aus dem tropischen Wald an den Strand geführt hatte, wo das Vorwärtskommen leichter war.

Nach einiger Zeit entdeckte Arabella Wrackteile, die auf den Sand gespült worden waren, vom Rumpf der *Heather Rose* abgerissene Planken, ein zersplittertes Faß, das entweder Wasser oder Rum enthalten hatte, eine zerbrochene Kiste, in der wohl ein paar lebendige Hühner transportiert worden waren, die zur Verpflegung auf der monatelangen Reise gedient hatten. Ihr Herz krampfte sich schmerzlich zusammen, als sie die verstreuten Teile des so tragisch verunglückten Schiffes sah. Ein Stück weiter stießen sie auf einen kleinen Überseekoffer, der vom Meer auseinandergerissen worden war und dessen durchnäßter Inhalt verstreut am Strand herumlag. Hier zügelte Lucien die Pferde, band sie an einem Stück Treibholz fest und half Arabella beim Absitzen. Scheinbar gleichmütig beugte er sich über den Koffer, wühlte darin herum und begutachtete die nassen Kleidungsstücke, die daneben lagen, während Arabella stumm zuschaute und sich schäbig vorkam.

»Dies ist nicht der rechte Zeitpunkt für Gewissensbisse, Miss Darracott«, bemerkte Lucien trocken, als er ihre Reglosigkeit, ihren Widerwillen und ihr Unbehagen sah. »Sie leben und brauchen Sachen zum Anziehen, während jene armen Seelen, deren Hab und Gut dies einmal war, auf dem Meeresgrund liegen. Hier, probieren Sie mal, ob die Ihnen passen.« Er goß das Wasser aus einem Paar Lederstiefel, die einem Jungen gehört haben mußten, und reichte sie ihr.

»Ich ... habe keine Strümpfe«, stammelte sie zögernd.

Aber die fand Lucien ebenfalls in dem Überseekoffer, der offenbar Mutter und Sohn gehört hatte, wie Arabella betroffen erkannte, und bei dem Gedanken, daß der Junge schon als Kind gestorben war, ohne richtig etwas vom Leben erfahren zu haben, traten ihr Tränen in die Augen. Am liebsten hätte sie die Sachen, die Lucien ihr so entschieden in die Hand drückte, abgelehnt. Doch sein finsterer Blick sagte ihr, daß er keinen Einwand gelten lassen würde. Deshalb setzte sie sich schließlich hin, zog Strümpfe und Stiefel an und fand, daß sie einigermaßen gut paßten. Die Stiefel waren nur ein wenig zu groß für ihre zierlichen Füße. Ein schlichter Rock, eine passende, kurzärmelige Überjacke und ein breitkrempiger Hut waren durchnäßt, aber sonst in halbwegs ordentlichem Zustand. Von den übrigen Sachen war kaum etwas brauchbar. Die paar Kleidungsstücke, die sie mitnahmen, breitete Lucien über den Taschen des Packpferdes aus, damit sie an der Sonne trockneten, wie auch die Stiefel, die er an den Lasten des Tieres festschnürte.

»Das ist besser als nichts, Miss Darracott. Geben Sie es zu«, drängte er und band die letzte Schlinge. »Oder haben Sie inzwischen nicht nur den Sinn fürs Notwendige, sondern auch für Sitte und Anstand verloren?«

»Sicherlich nicht, Mr. Sinclair«, erwiderte sie nachdrücklich. Hitze stieg ihr in die Wangen, als er seinen Blick langsam über ihre Finger gleiten und auf dem Ansatz ihrer Brüste ruhen ließ. »Ich habe keins von beiden verloren. Trotzdem fühle ich mich nicht besser als eine gemeine Grabschänderin!«

»Die Missetat wird Ihnen sicher verziehen, da sie unabsichtlich geschah und von der Notwendigkeit diktiert wurde«, erklärte er und half ihr in den Sattel zurück.

Darauf fiel ihr keine Erwiderung ein, und deshalb hielt sie den Mund. Ihre Mühe wurde mit einem leisen Lachen belohnt, was sie veranlaßte, ihr Rückgrat zu straffen, so daß sie seine Brust nicht länger berührte. Sofort verstärkte er seinen Griff um ihre Taille und zwang sie, sich bei ihm anzulehnen.

»Ich will nicht, daß Sie herunterfallen, Miss Darracott.« Belustigung schwang in seiner Stimme mit.

»Die Wahrscheinlichkeit ist gering. Ich bin eine ausgezeichnete Reiterin, Mr. Sinclair.«

»Aber nicht Sie halten die Zügel in der Hand, sondern ich.«

Trotz seines leicht spöttischen Tonfalls schwang eine Warnung darin mit, die Arabella lieber nicht ignorieren wollte.

Lucien Sinclair konnte, wenn er gereizt wurde, bestimmt sehr wütend werden, und erzürnen wollte sie ihn auf keinen Fall. Schließlich hatte sie keine Ahnung, was er ihr dann antun mochte. So allein, wie sie mit ihm in der Wildnis war, schien ihr das einfach zu gefährlich. Mit dem Angebot, ihm ein Honorar für den Geleitschutz zu zahlen, hatte sie gehofft, ihre Beziehung auf eine mehr geschäftliche Basis zu stellen, aber ihr war klar, daß das nur ein Verschleiern der unangenehmen Situation war, in der sie sich befand. Außerdem – so gut sie sich schon erholt hatte, so mußte sie doch noch erst zu vollen Kräften kommen, und obwohl es sonst nicht ihre Art war, den geringeren Weg des Widerstands zu wählen, verzichtete Arabella diesmal auf einen weiteren Einspruch und lehnte sich bei ihm an.

Sengend schien die hellgelbe Frühlingssonne von einem klarblauen, fast wolkenlosen Himmel auf sie herab. Gen Osten erstreckte sich das schaumgekrönte, saphirblaue Korallenmeer bis ins Unendliche, und die leichte Brise, die von dort herüberwehte, machte die Hitze und Schwüle etwas erträglicher. Trotz ihres Zögerns, die Kleidungsstücke aus dem zerborstenen Überseekoffer an sich zu nehmen, war Arabella in Wirklichkeit froh, wenn sie bald trocken waren. Sie hatte ihre Haut immer vor den Elementen der Natur geschützt, und in Australien brannte die Sonne besonders gnadenlos, hatte Lucien ihr gesagt. Die Männer, die in der Vergangenheit mutig genug gewesen waren, sich in das unbekannte Innere des Kontinents zu wagen – das *Never Never,* wie die Aborigines den australischen Busch nannten, wo die Temperaturen noch höher lagen –, waren nie mehr zurückgekehrt. Vermutlich waren sie dort umgekommen, durch die Hitze und wer weiß was sonst noch. Australien war eine urtümliche, unbarmherzige Wildnis, wie Arabella erkennen mußte, grundverschieden von England, wo sie bisher ihr Leben verbracht hatte, mit seinem kühlen Klima, dem feinen Nebel, dem unumgänglichen Regen und seinen riesigen, sich dahinziehenden Mooren, in denen Heidekraut und Ginster üppig wuchsen.

Sie wünschte sich von Herzen, wieder zu Hause in Darracott Hall zu sein, wo sie sicher und geborgen gewesen war. Denn jetzt fühlte sie sich dem Schicksal so hilflos ausgeliefert wie in dem Rettungsboot den Gewalten der Natur, obwohl es sich als ihr Heil erwiesen hatte. Aber wie sie von Beginn ihrer Reise an gewußt hatte, gab es keine Rückkehr mehr für sie. Was immer sie erwartete, sie mußte sich ihm stellen – und obwohl Lucien kein Märchenprinz war, mußte sie in den kommenden Tagen und Wochen dankbar sein, daß er sie gefunden hatte. Ohne ihn, das war ihr klar, hätte sie niemals überlebt.

Er erlegte die Tiere, deren Fleisch sie aß – nicht nur Rattenkänguruhs und Wildvögel, sondern auch igelähnliche, ameisenfressende Tiere, Schnabeltiere und fette Echsen. Er fing Schildkröten und Fische aus dem Meer. Auch lernte sie von ihm, wie man die Eier solcher Vögel wie des Helmkasuars und des Kiwis bekam, wo man wilde Früchte und Beeren, eßbare Knollen und Wurzeln fand. Er zeigte ihr die Pflanzen und Gewächse, die heilende Wirkung hatten, wie den Gummibaum, der auf dem ganzen Kontinent vorkam, und das in so vielen verschiedenen Arten, daß sie sich gar nicht alle merken konnte.

Sie sahen riesige Banyanbäume, behangen mit Orchideen, Elchgeweihgewächsen und anderen Schmarotzern, die in den tropischen Wäldern gediehen; dann, als sie weiter nach Süden kamen, herrschten Akazien, Palmen, Kohlkopfbäume und baumartige Farne mit riesigen, eingerollten Wedeln vor. Kookaburras und Scharen von Kleinpapageien sowie Fledermäuse tummelten sich in dem Geäst, und es herrschte ein endloses, heiseres Stimmengewirr in den Wäldern, das ganz plötzlich verstummen konnte, um vor einem nahenden Raubtier zu warnen. Lucien brachte Arabella bei, sich in solchen Fällen still und ruhig zu verhalten, bis er herausgefunden hatte, welche Gefahr, falls es überhaupt eine gab, sie bedrohte, und er Holz ins Feuer nachgelegt hatte, um wilde Tiere abzuschrecken. Er bestand darauf, daß sie mit seinem Gewehr und seinem Revolver, den er ihr für den Notfall daließ, wenn er auf Jagd ging, schießen lernte. Als weitere Vorsichtsmaßnahme zeigte er ihr, wie sie das grobgezimmerte Lager abbauen, die Pferde bepacken und satteln mußte, damit sie, falls ihm etwas zustoßen sollte, diese Arbeiten allein verrichten konnte. Die Packtaschen nannte er »Ranzen« oder »Matilda«, und manchmal, wenn sie unterwegs waren, sang er einen melodischen Folksong vom »Marschieren mit Matilda«, der davon erzählte, wie jemand seinen Ranzen schnürt und sich damit auf den Weg macht, ähnlich wie die Aborigines es taten, wenn sie umherwanderten.

Abends trugen sie wilde Schlachten über Luciens Schachbrett aus. Er gewann öfter als er verlor – obwohl längst nicht mehr so leicht, nachdem Arabella jetzt voll und ganz genesen war. Wenn sie sich schlafen legte, blieb er noch nachdenklich am Feuer sitzen und rauchte manchmal eine seiner Zigarren. Bei solchen Gelegenheiten musterte sie ihn stumm und hätte gern gewußt, was ihm durch den Kopf ging. Über das Leben, das er geführt hatte, ehe sie ihm begegnet war, erfuhr sie nichts. Das erwähnte er nicht, und auch wenn sie neugierig war, so war sie doch zu wohlerzogen, um ihn danach zu fragen. Sie vermutete, daß seine Erinnerungen an die Vergangenheit schmerzlicher Natur waren, daß er einen tragischen Verlust erlitten hatte, an den er nicht gern erinnert werden wollte.

In ihrer stets lebhaften Phantasie wurde eine romantische, tragische Geschichte unerwiderter Liebe daraus, die bei ihr ein gewisses Mitleid mit ihm weckte. Lucien hätte sie allerdings laut ausgelacht, hätte er das gehört, und sie natürlich für ihr Mitgefühl verspottet. Aber das erfuhr sie nicht, da sie es nicht fertigbrachte, ihre Vermutungen laut auszusprechen. Sie trat ihm nur freundlich entgegen, weil sie instinktiv fühlte, daß er eine solche Behandlung schon seit Jahren nicht mehr erlebt hatte. Daß sie sich selbst damit in eine gewisse Gefahr begab, erkannte sie nicht, begriff sie auch nicht, ehe es zu spät war.

Obwohl Arabella nicht Luciens Opfer war, sondern mehr das Opfer unglücklicher Umstände, war sie nicht weniger von ihm abhängig als eine Gefangene oder eine Sklavin. Daß diese Tatsache unweigerlich ihre Auswirkung auf ihr Denken haben würde, ahnte sie nicht. Sie merkte nur, daß sie noch nie zuvor eine so enge und intime Beziehung zu einem Mann gehabt hatte, wie sie sich zwischen ihr und Lucien Sinclair entwickelte. Sie gewöhnte sich an seine finstere Miene, erkannte seine Stimmungen am Gesichtsausdruck und fand sich damit ab, daß er sie gelegentlich befremdend aufmerksam musterte, so daß sie sich eigenartig schwach fühlte und ihr fiebrig warm wurde, als würde sie innerlich zerfließen und wäre nahe daran, einen Rückfall zu erleiden. Ebenso gewöhnte sie sich an seine starken Hände, wenn er sie in den Sattel hob und sie unterwegs an sich gedrückt hielt. Durch diese Vertrautheit, die sich zwischen ihnen entwickelt hatte, war Arabellas Schock nur gering, als sie eines Nachts aufwachte und feststellte, daß Lucien zusammen mit ihr unter den Decken im Schutz des Unterschlupfs lag, den sie am Nachmittag aufgebaut hatten.

So wie er den Arm um sie gelegt hatte, fühlte sich das natürlich an und erschien ihr so merkwürdig behaglich, daß ihr sofort klar wurde, er mußte jede Nacht so neben ihr verbracht haben, wahrscheinlich schon von dem Tag an, seit er sie am Strand gefunden hatte. Es ist sicherlich auch die einzig richtige Lösung, sagte sie sich. Sollte er etwa im Freien schlafen, ohne Schutz vor der Witterung oder den wilden Tieren? Bestimmt wäre es unsinnig gewesen, zwei Lager aufzuschlagen, wenn eines reichte. Wenn sie ihn jetzt weckte und zu Recht verlangte, daß er sich einen anderen Schlafplatz suchen sollte, würde er sie wohl nur auslachen und sich weigern, von ihr wegzurücken. Das wäre schlimmer für sie, als die Situation vorher gewesen war, wo sie nichts von seiner Gegenwart gewußt hatte. Außerdem hätte er, wenn er ihr etwas hätte antun wollen, die Situation längst ausgenutzt, so reichlich Gelegenheit er dazu gehabt hatte.

Deshalb blieb Arabella am Ende still und ruhig in Luciens Armen liegen, lauschte seinem gleichmäßigen Atem und dem kräftigen Schlag seines Herzens, bis sie irgendwann wieder einnickte. Ihr letzter Gedanke, ehe der Schlaf sie übermannte, war noch, daß sie jetzt wenigstens wußte, warum er immer wartete, bis sie zu Bett gegangen war, ehe er sich hinlegte, und warum er morgens schon vor ihr aufgestanden war. Außerdem konnte sie morgen noch mit ihm über die Schlafstättenregelung sprechen.

Als die graue Morgendämmerung, die Regen verhieß, anbrach, fand Arabella seltsamerweise nicht den Mut, das Thema anzusprechen. Feigheit war sonst ganz und gar nicht ihre Art, und sie ärgerte sich auch sehr darüber, aber das half wenig. Trotz des inneren Konflikts, den sie mit sich ausfocht, gestand sie sich ein, es wäre lächerlich, sich gegen etwas zu wehren, das offenbar schon so lange andauerte, daß es zu einer Gewohnheit geworden war, und ihr zudem gar nicht geschadet hatte. Und sie ahnte, daß Lucien gerade auf diese Tatsachen spöttisch hinweisen würde. Auch würde er nicht zögern, das spürte sie, ihr sämtliche vernünftigen Gründe aufzuzählen, warum er neben ihr schlief – und über die hatte sie selbst schon nachgedacht.

Und was hätte sie auch tun sollen, wenn er es schlicht ablehnte, sich woanders schlafen zu legen? Ihn verlassen? Die Reise nach Brisbane allein und zu Fuß auf sich nehmen? Der Gedanke war mindestens ebenso absurd, wie zu glauben, sie hätte irgendwelche Macht über ihn in ihrer augenblicklichen Lage, obwohl sie tief in ihrem Innern genau wußte, daß das nicht der Fall war. Nie zuvor in ihrem Leben hatte Arabella sich jemals so hilflos gefühlt. In ihrer schweren Enttäuschung und Verzweiflung versuchte sie mit frostigem Schweigen, stolz gestrafften Schultern und angriffslustig funkelnden Augen dem Unabänderlichen zu trotzen. Keine dieser Regungen entging Lucien, der ihr zusah, wie energisch sie ihr Haar bürstete und ihren Zopf flocht, ehe sie sich zu ihm ans Feuer gesellte.

»Na, sind Sie heute morgen mit dem verkehrten Fuß aufgestanden, Miss Darracott?« erkundigte er sich kühl, als sie beide mit den Feldkesseln zu dem ausgetrockneten Flußarm hinunterschritten, auf den sie gestern abend noch gestoßen waren, ehe sie ihr Lager aufgeschlagen hatten.

»Eigentlich war das eher heute nacht, Mr. Sinclair!« entfuhr es Arabella. Die verdrossenen Worte rutschten ihr unbeherrschterweise heraus, ehe sie sich auf die Lippen beißen konnte. Sie ärgerte sich gewaltig über ihre unglückselige Zunge. Hatte sie jetzt doch verraten, was sie bereits entschieden hatte, für sich zu behalten.

»Aha, das ist es also, ja? Sie sind letzte Nacht aufgewacht und haben mich in Ihrem Bett gefunden.«

»Ja, ganz richtig – und Sie brauchen gar nichts weiter dazu zu sagen, weil ich bereits sämtliche Gründe dafür kenne.«

»Sind Sie sicher?« Kaum hatte er die herausfordernden, spöttischen Worte ausgesprochen, wurde Lucien klar, daß er sie besser heruntergeschluckt hätte. Aber waren die vergangenen Wochen auch hart für Arabella gewesen, so waren sie für ihn schließlich kein bißchen leichter.

»Mr. Sinclair!« Ihre ehemals weiße Haut – jetzt trotz der beschränkten Vorkehrungen, die sie unter den Umständen treffen konnte, leicht gebräunt von der Sonne, was den leuchtenden Ausdruck ihrer Augen noch unterstrich – nahm eine tiefdunkle Färbung an, hervorgerufen von zutiefster Empörung und schwerster Kränkung. »Sie sind kein Gentleman, da Sie so mit mir reden!«

»Das haben Sie mir schon mal gesagt. Aber ich habe auch nie behauptet, ich wäre einer, oder?«

Da ihr darauf keine zufriedenstellende Erwiderung einfiel, beschleunigte Arabella ihren Schritt und stapfte einfach voraus zum *Billabong.* Innerlich war sie so schockiert, daß sie sich nicht, wie Lucien es ihr beigebracht hatte, vorsichtig dem Wasser näherte und sich Zeit ließ, die Umgebung genau in Augenschein zu nehmen, sondern sich gleich am Rand des stehenden Gewässers niederkniete und begann die Feldkessel ins Wasser zu senken. Was sie in ihrer Unachtsamkeit für einen vermoderten Holzstamm gehalten hatte, der ruhig auf der Oberfläche dahinglitt, erwachte urplötzlich zum Leben und schnellte wie ein Blitz aus dem Wasser hervor, das Maul weit aufgerissen, die scharfen Zähne drohend gebleckt.

Arabella schrie laut auf vor Entsetzen, warf die Feldkessel ziellos nach der matschverklebten Schnauze des Krokodils und wirbelte herum, um davonzulaufen – mußte jedoch erschrocken feststellen, daß das Ungeheuer bereits mit seinen mächtigen Zähnen nach ihrem Unterrock geschnappt hatte und sie so heftig zum *Billabong* zurückriß, daß sie stolperte und hinfiel. Verzweifelt krallte sie sich in die feuchte Erde, schluchzte, schrie, suchte wie wahnsinnig Halt zu finden und spürte nur, daß der Tod unvermeidlich war.

Ihr Unterrock war so verfangen, daß Lucien nicht erkennen konnte, wie weit das Krokodil sie erwischt hatte, ob es ihre Beine geschnappt hatte und bereits daran riß, oder ob es nur den bauschigen Stoff im Maul hielt. Er hatte Angst, von seinem Gewehr Gebrauch zu machen, weil er befürchtete, Arabella zu treffen. Zu allem Unglück war ihr Unterrock so verdreht, daß er den Kopf des Tieres, das einzig sichere Ziel, nicht mal deutlich sehen konnte. Auf seine Haut mochte er nicht schießen; so dick und hart, wie sie war, würde eine Kugel, auf den Körper des Ungetüms abgefeuert, es nur verwunden und in Rage bringen.

Es blieb ihm nichts anderes übrig, als sich auf einen Nahkampf mit dem Krokodil einzulassen. Kaum hatte er das erkannt, ließ Lucien ohne Zögern das Gewehr fallen, riß sich den Hut vom Kopf und streifte den Ölhautmantel ab. Sofort zog er das Messer aus der Scheide an seinem Taillenbund, stürzte sich auf den ledernen, runzeligen Rücken des Tieres, schwang sich rittlings darauf und suchte nach dessen Kopf, um sein Messer hineinzustoßen.

Zu Luciens riesiger Erleichterung gab das Krokodil Arabella bei seinem Auftauchen fast augenblicklich frei, bevor es seine Aufmerksamkeit wütend auf ihn richtete und sich wie wild hin- und herwälzte und heftig mit dem Schwanz nach ihm schlug. Als er erkannte, daß die Kreatur ihn unter Wasser drücken wollte, holte Lucien noch rasch tief Luft. Er wußte nur zu gut, wie hart er ums Überleben würde kämpfen müssen. In dem trüben Wasser konnte er kaum etwas sehen und nur blindlings nach dem Krokodil stechen, während er sich gleichzeitig an ihm festklammern mußte, weil es sich ständig drehte. Sobald er es losließ, würde es ihn sofort erwischen und erledigen. Der einzig klare Gedanke, der ihn in dieser Situation beherrschte, war, daß er die Oberhand behalten mußte, nicht nur um seinetwillen, sondern auch um Arabellas willen.

Am ganzen Körper so sehr zitternd, daß sie sich kaum noch auf den Beinen halten konnte, hatte Arabella es inzwischen geschafft, sich aus dem Wasser zu schleppen, und lag jetzt benommen und vor Schreck erschöpft am grasbewachsenen, schmutzigen Ufer. Sie wußte nur eins, so knapp, wie sie mit dem Leben davongekommen war, glich es einem Wunder, daß sie trotz des furchtbar zerfetzten Unterrocks unversehrt geblieben war. Als sie sah, wie Lucien und das Krokodil untertauchten, rang sie entsetzt nach Luft, und Tränen liefen ihr übers Gesicht. Jetzt, dachte sie dumpf, wird er sicherlich umkommen, und das war dann allein meine Schuld. Meine Unachtsamkeit wird ihn das Leben kosten.

Eine entsetzliche Furcht durchzuckte sie, scharf wie ein Messerstich, und drang tief bis in ihr Innerstes, erzeugte einen unerträglichen Schmerz. Durch den Schleier ihrer Tränen erspähte sie das Gewehr, das er auf den Boden gelegt hatte. Mit bebenden Fingern griff sie nach der Waffe und erschrak, als sie merkte, daß ihr Gedächtnis plötzlich wie ausgelöscht schien. Trotz Luciens vieler Lektionen konnte sie sich nicht mehr erinnern, wie sie mit dem Karabiner umgehen sollte. Aber dann kehrte die Erinnerung an Luciens Anweisungen irgendwie zurück. Sie fiel auf die Knie und führte automatisch die richtigen Bewegungen aus. Gleich darauf begriff sie, daß sie nicht schießen konnte, weil sie fürchten mußte, Lucien zu treffen. Im selben Moment brach die wogende Wasseroberfläche auf, und er schoß zusammen mit der Kreatur aus der Tiefe hoch, warf sich das lange, triefende Haar aus dem Gesicht und schnappte dankbar nach Luft.

Mensch und Tier waren in erbittertem Kampf, in tödlicher Umarmung aneinandergekettet, während jeder von ihnen ums Überleben rang. Wasser spritzte in sämtliche Richtungen, und so abrupt, wie sie hochgekommen waren, tauchten sie wieder unter, und Arabella blieb fast das Herz stehen. Sie konnte nicht sagen, wie oft sich dieser Vorgang wiederholte. Zu ihrer Bestürzung schien sich der Kampf jedoch endlos lange hinzuziehen, bis sie glaubte, daß Lucien, wenn das Krokodil ihn nicht tötete, ertrinken müsse, so sehr keuchte er bereits, und so schwer rang er jedesmal nach Atem, wenn sein Kopf aus dem Wasser tauchte.

Aber dann tauchte er schließlich in dem aufgewühlten Wasser wieder auf, jetzt auf dem Rücken des Ungetüms, und stach mit dem Messer auf den Kopf des Tieres ein, immer wieder, während das Krokodil sich verzweifelt im Todeskampf wand und das Schlagen seines Schwanzes langsamer wurde, bis das grausige Geschöpf endlich tot war. Erleichtert und keuchend glitt Lucien von dessen Rücken. Steif rollte der Kadaver im Wasser herum. Mit letzter Kraft versetzte er dem Tier einen Schubs, so daß es davonglitt. Danach stand er einen Moment reglos im *Billabong,* vornübergebeugt, hustete, spuckte Wasser und rang nach Luft. Ganz vage merkte er, daß es leicht zu nieseln begonnen hatte und daß ihm nicht nur das schlammige Wasser des *Billabong* übers Gesicht und in die Augen lief. Dann, ganz plötzlich, richtete er sich auf, schritt finster und grimmig auf Arabella zu, riß sie so heftig auf die Füße, daß ihr der Karabiner aus der Hand fiel, während eine dumpfe, uralte Gefühlsaufwallung sie beide plötzlich erfaßte. Sie starrten einander an, und ihr Puls raste wie verrückt.

»Ist alles in Ordnung?« verlangte Lucien barsch und stach sein Messer kraftvoll in den Boden.

Erschrocken und noch zitternd von dem erlittenen Schock, nickte Arabella stumm, während ihr Herz wie wahnsinnig klopfte. Aber das war nicht mehr nur die Folge des schrecklichen Erlebnisses. Bisher war sie nicht dabeigewesen, wenn Lucien Tiere gejagt und getötet hatte, und sie hatte ihn noch nie so wütend wie in diesem Moment erlebt. Es kam ihr so vor, als hätte er sich in ein ebenso primitives und wildes Wesen verwandelt, wie es das Krokodil war, als hätte ihn etwas verborgen Barbarisches, das sie in ihm spürte, gepackt. Seine nasse Kleidung klebte wie eine zweite Haut an ihm, machte ihr noch mehr als sonst bewußt, wie sehnig, stark und muskulös er war, und betonte die Kraft, die von ihm ausging, als wäre er ein räuberisches Wesen, das bereit war, jeden Moment zuzuschnappen. Regen und Wasser rannen ihm übers Gesicht. Seine hellgrauen Augen funkelten wie kalter Stahl im grauen Morgenlicht. Durch den unaufhörlich zuckenden Muskel an seinem Kiefer fiel die zackige weiße Narbe auf seiner linken Wange auf, die sich deutlicher als sonst von seiner gebräunten Haut abhob. Daß Arabella unversehrt war, schien ihn noch wütender zu machen. Mit einem unwilligen Brummen schüttelte er sie so rauh, daß sie zusammenzuckte und leise aufschrie, erschrocken über die gefährliche, raubtierhafte Aura, die ihn auf einmal fast greifbar umgab.

»Verdammt, Weib!« stieß er zähneknirschend hervor und wechselte unvermittelt zum Du über. »Wag dich hier draußen nie, *nie* mehr so einfach von mir weg! Hast du verstanden? Mein Gott, wenn ich nur daran denke, was um ein Haar geschehen wäre ...« Er brach jäh ab. Seine Augen verfinsterten sich, seine Nasenflügel weiteten sich vor Empörung und Erregung, während er seinen Blick von den zerzausten Strähnen, die aus ihrem Zopf gerutscht waren, zu dem Puls, der heftig an ihrem zarten Hals klopfte, bis hinunter zu ihren wogenden Brüsten gleiten ließ. Der dünne nasse Stoff ihres Unterhemdes spannte sich über ihnen und ließ ihre dunkelrosa Brustspitzen durchschimmern, die sich aus Furcht und wohl auch Erregung aufgerichtet hatten.

Ehe Arabella wußte, was geschah, hatte er sie an sich gerissen, faßte in ihr Haar und zwang sie, zu ihm aufzuschauen. Ganz plötzlich preßte er seine Lippen besitzergreifend auf ihren Mund. Dies war ein Kuß, wie sie ihn noch nie erlebt hatte – heiß, wild, verlangend und derart packend, daß sich etwas so Heftiges, Wildes und Ungestümes in ihr regte, wie der Mann es besaß, der es auslöste. Nicht mal in ihrem schlimmsten Fieberwahn hatte sie davon geträumt, daß Lucien sie so küssen würde, als wäre er selbst das Fieber, das sie nicht nur verzehrte und ihr die letzte Kraft nahm, sondern zugleich auch das Leben und die Seele raubte und ihr gleichzeitig alles wiederschenkte. Nie zuvor in ihrem Leben hatte ein Mann es gewagt, ihr so unvermittelt nahezutreten. Sie war nicht gefaßt auf diesen Schock, auf das plötzliche, hartnäckige, tiefe Eindringen seiner Zunge,womit er sie kühn zwang, die Lippen zu öffnen, und sich erdreistete, das feuchtwarme Innere ausgiebig zu erkunden und zu plündern. Er ließ kein bißchen der Süße unerforscht, ungekostet.

Es war ein Kuß, den sie bis an das Ende ihres Lebens nicht vergessen würde – nicht nur wegen des finsteren Teufels, der sich rauh nahm, was er haben wollte, sondern auch wegen ihrer

Reaktion auf ihn. Es schien, als wäre sie urplötzlich von einer heftigen Sturmböe mitgerissen worden, die ihr den Atem nahm, den Verstand raubte und ihre Sinne so erschütterte, wie die *Heather Rose* von dem Unwetter erschüttert worden war. Sie fühlte sich ebenso schwach und hilflos wie in dem Moment, als sie in den tropischen Wäldern wieder zu Bewußtsein gekommen war. Der Boden schien ihr unter den Füßen weggerissen zu werden. Ihre Knie zitterten, und sie wäre mit Sicherheit hingefallen, hätte Lucien sie nicht so fest in den Armen gehalten. Sehnsüchtig streichelte er ihren Rücken, preßte ihren zarten Körper unmißverständlich an sich und ließ sie so seine Kraft, seine Männlichkeit und sein Verlangen spüren.

Arabella war so verwundert über seinen Gefühlsausbruch, über die ihr bislang unbekannten Empfindungen, die er so geschickt bei ihr geweckt und mit denen er sie erschreckt, aber unverständlicherweise auch erregt hatte, daß sie keinen Widerstand leistete und sich den süßen Forderungen seiner Lippen und seiner Zunge hingab und sich von ihm umarmen ließ, als hätte er jedes Recht dazu. Kein Mann hatte sie je so berührt, und in diesem fast prophetischen Augenblick erkannte sie instinktiv, daß sie es hier mit einem Mann zu tun hatte, der sich nehmen würde, was er haben wollte, der das Leben beim Schopf packte und sich zu Willen machte, so wie er sie gepackt und sich zu Willen gemacht hatte, mit einer Leidenschaft, die sie wie ein Blitz aus heiterem Himmel traf und entflammte.

Wie von selbst schmiegte sie sich an ihn, öffnete ihren Mund und ließ das wüste Eindringen seiner forschenden Zunge, die heftig gegen ihre stieß, willig geschehen, bis sie alles um sich herum vergaß und hilflos seine feurige Hingabe erwiderte. Ihre Hände bebten von der noch unbekannten Sehnsucht, die er bei ihr geweckt hatte, doch sie konnte sich nicht zurückhalten, ihre Arme um seinen Nacken zu schlingen, in sein langes, triefendes Haar zu fassen, während er sie stürmisch küßte, sich dann von ihr löste, seine heißen Lippen auf ihre Wangen, ihren Hals und schließlich die Vertiefung zwischen ihren Brüsten preßte. Rauh faßte er nach den breiten Trägern ihres Unterhemdes, streifte sie über ihre

Schultern, entblößte ihre vollen Brüste, die prall waren vor Verlangen und wie überreife, schwere Früchte in seinen Händen ruhten. Zärtlich massierte und drückte er sie, ließ seine Daumen um ihre Spitzen kreisen, bis die Knospen hart waren. Sie spürte seine Bartstoppeln auf ihrer zarten Haut, als er sich über sie beugte und eine dunkelrosa Knospe sanft zwischen die Zähne nahm, mit den Lippen umschloß und daran zu saugen begann, zuerst behutsam, dann heftiger, begieriger, und schließlich mit der Zunge darüberstrich, daß prickelnde Wogen der Erregung sie durchströmten.

Sie wimmerte und stöhnte, merkte kaum, daß die leisen Laute von ihr stammten. Ihr war, als hätte sie erneut ein hohes Fieber gepackt, als wäre sie wieder im Wahn. Aber diesmal war es kein Traum, erkannte sie plötzlich, als der Regen stärker wurde, auf ihr emporgewandtes Gesicht tröpfelte, auf die geschlossenen Lider und ihre Brüste, die Lucien entblößt hatte und so verlangend liebkoste, daß er Gefühle in ihr erweckte, von deren Existenz sie nie zuvor etwas geahnt hatte. Um Gottes willen, was tat er da mit ihr? Ich muß verrückt oder vollkommen schamlos geworden sein, dachte sie benommen und tief betroffen, während sie sich bemühte, wieder zu Verstand zu kommen. Gleich würde er sie in den Schlamm werfen, sie ganz ausziehen und einfach nehmen. Zu ihrer tiefen Beschämung wurde ihr jetzt klar, daß sie nichts getan hatte, um ihn davon abzuhalten, ihm Freiheiten erlaubt hatte, die niemandem außer einem Ehemann zustanden.

Mit einem leisen Entsetzensschrei begann sie sich verspätet gegen ihn zu wehren und überraschte ihn damit so sehr, daß es ihr gelang, sich seiner drängenden Umarmung zu entziehen. Sie wich zurück, sah ihn bestürzt an, noch erregt von den Gefühlen, die er in ihr geweckt hatte. Ihre Lippen bebten, als sie sich mit zitternden Fingern ihr Unterhemd wieder anzog, um ihre Blöße zu bedecken. Dabei spürte sie den glühenden Blick, mit dem er sie unentwegt musterte, während sein Atem ebenso schwer ging wie ihrer.

»Arabella.« Seine Stimme klang belegt und heiser vor Verlangen. Er machte einen Schritt auf sie zu, aber sie hob sofort abwehrend beide Hände, als könnte sie ihn damit aufhalten, auch wenn sie wußte, daß die Geste recht unnütz war.

»Bitte … nicht, Lucien … tun Sie … das nicht.« Sie ging nicht auf die vertraute Anrede ein, hätte sich am liebsten auf der Stelle umgedreht und wäre geflohen, aber im nächsten Moment erinnerte sie sich daran, was zuvor geschehen war, was zu ihrem Kuß geführt hatte. Wie angewurzelt stand sie auf dem sumpfigen Boden, voller Angst vor den wilden Kreaturen der Wälder, vor dem Mann vor ihr und noch mehr vor dem, was er in ihr wachgerufen hatte – das Dunkle, Primitive, das sich als ebenso tückisch zu erweisen schien wie die Büchse der Pandora, die sich nicht wieder verschließen ließ. »Sie sind ja verletzt!« rief sie plötzlich in die angespannte Stille, die sich zwischen ihnen ausgebreitet hatte, und bemerkte zum ersten Mal das Blut, das sich an seinem linken Ärmel abzeichnete, ein Fleck, dunkler als der Rest seines nassen Hemdes, der sich immer weiter ausbreitete.

»Ich schätze, ich war nicht schnell genug bei dem Kampf mit dem Krokodil«, stellte Lucien langsam fest und spürte jetzt auch, daß die Wunde schmerzte. Vorhin, als seine Lust ihn beherrscht hatte, war sie ihm gar nicht aufgefallen. Aber jetzt, beim Anblick von Arabellas bestürztem Gesicht, ihrem blassen Hals und den starken Schluckbewegungen, die er noch sehen konnte, ehe sie sich bückte, um einen Streifen von ihrem halbzerrissenen Unterrock abzureißen, flachte ein wenig von seinem Zorn und seiner Erregung ab. Statt dessen spürte er die Schmerzen und die Erschöpfung, die auf solche starken körperlichen Anstrengungen folgen, wie er sie gerade erlebt hatte. Vor wenigen Minuten noch der Kampf auf Leben und Tod mit dem Krokodil und gleich darauf das wilde Verlangen nach Arabella, das ihn übermannt hatte.

Sie hat mich gewollt, dachte er, als sie zögernd auf ihn zukam und ihm die Wunde locker verband, bis sie im Lager richtig behandelt werden konnte. Selbst jetzt konnte er sie noch haben, wenn ihm danach war, erkannte er, als er sie anschaute und seinen Blick von ihrem langen, gelösten Haar, das verworren und triefendnaß war vom Regen, zu ihrer durchnäßten Unterwäsche gleiten ließ, die an ihr klebte. Der dünne Baumwollstoff ihres Unterhemdes war fast durchsichtig. Deutlich zeichneten sich darunter ihre vollen Brüste ab und die rosigen Knospen, noch fest und aufgerichtet, wenn nicht vor Leidenschaft, dann durch die Angst und die Kälte. Er erinnerte sich, wie sie sich in seinem Mund angefühlt hatten, und es kostete ihn seine ganze Beherrschung, nicht das zu Ende zu führen, was er angefangen hatte. Abrupt wandte er sich ab und holte die Feldkessel, seinen Hut und seinen Mantel aus Ölhaut, seinen Karabiner und sein Messer, wohl wissend, daß bald andere Raubtiere von der Witterung des toten Krokodils angelockt werden würden, sogar Artgenossen, und natürlich wäre es klüger, wenn er und Arabella bis dahin diesen Platz verlassen hätten – ein Gedanke, der ihm recht spät einfiel. Im stillen verfluchte er sein ungezügeltes Verlangen nach ihr, denn damit hatte er sie beide erneut unnötigerweise in Gefahr gebracht.

Wortlos marschierten sie zum Lagerplatz zurück. Das Feuer war durch den strömenden Regen ausgegangen. Ein neues konnte nur im Unterschlupf entfacht werden. Zu diesem Zweck holte Lucien eine Ölhautplane aus seinen Packtaschen und befestigte sie über den Zweigen, die das Dach des groben Unterschlupfs bildeten, den er und Arabella am Abend zuvor gebaut hatten, während sie die Steine hereintrug, die das erloschene Feuer umringten. Alsdann grub sie mit seinem Messer eine neue flache Vertiefung in den weichen Boden. Mit den abgestorbenen Blättern und verrotteten Zweigen, die er aus dem dichten Unterholz des tropischen Waldes geholt hatte, wo sie vor dem Regen einigermaßen geschützt gewesen waren, vermochte Lucien ein neues Feuer zu entfachen. Er blies sacht auf das Zündholz, um die Flamme zu vergrößern, und nachdem er drei kostbare Streichhölzer verschwendet hatte, sprang der Funke schließlich über, und das Feuer entflammte.

Arabella hatte eine der Decken um sich gelegt und benutzte ein Ende davon, um ihr nasses Haar zu trocknen, bemüht, seinem Blick auszuweichen, und froh, etwas zu tun zu haben, womit sie vollauf beschäftigt war. Sie sehnte sich danach, die nasse Unterwäsche auszuziehen und in die trockenere Jacke mit dem Rock zu schlüpfen, aber das war unmöglich, solange Lucien mit ihr im Unterschlupf saß und jede ihrer Bewegungen so aufmerksam verfolgte, daß ihr klar war, wie wenig Unachtsamkeit ihrerseits nötig war, um ihn erneut über sie herfallen zu lassen. Bei dem Gedanken fröstelte sie. Sie konnte es nicht wagen, ihm den Rücken zuzukehren, weil sie nicht wußte, was er dann tun würde. Wenn sie ganz ehrlich war, konnte sie ihm jedoch auch nicht allein die Schuld an dem geben, was zwischen ihnen vorgefallen war. Als er sie zuerst geküßt hatte, hatte sie nicht reagiert, wie eine Dame es sollte. Sie hatte weder protestiert noch geschrien, sich gewehrt oder ihm eine Ohrfeige verpaßt.

Statt dessen hatte sie dagestanden und ihn gewähren lassen. Allein bei der Erinnerung daran brannte ihr Gesicht vor Beschämung und Verlegenheit. Sie konnte ihm nicht in die Augen sehen, als er den notdürftigen Verband abnahm und den Ärmel aufrollte, um die Bißwunden freizulegen, die das Krokodil an seinem Arm hinterlassen hatte. Sie vermochte auch nicht ihren Entsetzensschrei bei dem schrecklichen Anblick zu unterdrücken. Doch ebensowenig zögerte sie, sich ihm zu nähern, nachdem sie Lappen, Seife und Medizin aus seinen Packtaschen geholt hatte. Er hatte ihr nicht nur einmal, sondern zweimal das Leben gerettet. Gleichgültig, was er sonst getan hatte, das konnte sie nicht vergessen, und sie hatte von Lucien gelernt, wie tödlich eine Wunde im Tropenwald sein konnte, wenn sie nicht sofort gründlich behandelt wurde. Nur allzu leicht konnte Wundbrand einsetzen, und das Fleisch würde abfaulen.

»Es ... es wäre sicher einfacher, Ihre Wunden zu säubern, wenn Sie ... wenn Sie ... das Hemd ausziehen würden«, schlug sie vor und senkte ihren Blick. Darauf bedacht, daß die Decke, in die sie sich gehüllt hatte, nicht wegrutschte, setzte sie einen Kessel Wasser aufs Feuer.

»Mag sein, aber ich will es lieber anbehalten, danke.« Luciens finstere Miene und der grimmige Tonfall seiner Stimme sagten ihr deutlich, daß er sich selbst nicht sicher war, inwieweit er kontrollieren konnte, was immer es war, was durch den Kampf mit dem Krokodil in ihm geweckt und in seiner leidenschaftlichen Reaktion auf sie zum Ausdruck gekommen war.

Arabella biß sich auf die Unterlippe und nickte zustimmend.

Froh über dieses kleine Entgegenkommen, griff sie nach dem Feldkessel, befeuchtete den Lappen mit heißem Wasser, nahm etwas Seife und begann Luciens Verletzungen auszuwaschen. Zu ihrer Erleichterung waren die Bißwunden nicht tief. Während seines Kampfes mit dem Krokodil hatte Lucien es geschafft, dem Ungetüm das mächtige Maul aufzureißen, bevor es ihn am Arm erwischt hatte. Dennoch bluteten die Verletzungen stark, waren geschwollen und mußten ihm Schmerzen bereiten. Sorgfältig säuberte Arabella sie und betupfte sie mit Karbol, ehe sie die Heilsalbe auftrug, die er bei ihren Schnittwunden und Abschürfungen verwendet hatte. Dann verband sie ihm den Arm mit Bandagen aus seinen Packtaschen. Während der ganzen Prozedur sagte er nichts, zuckte nicht mal zusammen, obwohl zumindest das Karbol fürchterlich gebrannt haben mußte. Als Arabella fertig war und er seinen Hemdsärmel über den Verband hinuntergerollt hatte, sagte er schließlich: »Arabella, wir müssen miteinander reden.«

»Wir haben uns nichts zu sagen, Mr. Sinclair«, erwiderte sie sofort förmlich und zwang sich, ruhig zu bleiben, obwohl ihr das nicht leichtfiel. Das Beben in ihrer Stimme und das Zittern ihrer Hände, als sie die Seife und die Medizin verstaute und eine unbenutzte Bandage aufrollte, verrieten ohnehin ihre Nervosität. »Ich hoffe bloß, daß das … was … was am *Billabong* passiert ist, nicht wieder geschehen wird.«

Lucien verstand sie nicht falsch. Er wußte sofort, daß sie nicht von dem Angriff des Krokodils, sondern von seinem Überfall auf sie sprach.

»Du wolltest es genauso sehr wie ich.« Er sprach leise, aber barsch und benutzte weiterhin die vertraulichere Anrede. Das Zucken eines Muskels an seinem Kiefer verriet seine widerstreitenden Gefühle und vor allem auch, wie sehr er sich zurückhalten mußte. Eine Kleinigkeit hätte seinen Zorn und seine Erregung womöglich sofort erneut ausgelöst.

Arabella erschauerte bei dem Gedanken. Ihr Herz klopfte so kräftig, wie der Regen auf die Ölhautplane trommelte, die Lucien über dem Blätterdach ihres Unterschlupfs befestigt hatte. Nie zuvor hatte sie sich so allein mit ihm gefühlt wie in diesem Augenblick. Es schien, als gäbe es nur sie beide auf der ganzen Welt und die Zeit würde stillstehen. Der üppige Tropenwald, der sie umgab, war nicht viel anders als die dichte, reich verzweigte Dornenhecke, die das Schloß überwuchert hatte, in dem Dornröschen sich den Finger an der Spindel gestochen hatte und in ihren hundertjährigen Schlaf versunken war. In diesem Augenblick kam es Arabella auch so vor, als würde sie tief schlafen und müsse jeden Moment auf Darracott Hall aufwachen, um festzustellen, daß die vergangenen Monate wirklich nicht mehr als ein langer, wirrer, schrecklicher Traum gewesen waren und Lucien Sinclair nur ein Produkt ihrer Phantasie.

»S-s-sie irren sich. Ich will nichts anderes von Ihnen, als sicher nach Brisbane geführt zu werden.«

Bei seinem kurzen, trockenen Auflachen zuckte sie zusammen und errötete.

»Das ist eine Lüge, Mädchen – und du weißt das ganz genau! Du wolltest mich vorhin auch – nein, versuch nicht, es zu leugnen, denn wir wissen beide die Wahrheit. Ich könnte dich auf der Stelle nehmen, niemand außer uns würde wissen, wie es dazu gekommen wäre, und am Ende würdest du mich auch wollen – ich würde dich dazu bringen –, und glaub ja nicht, daß mir der Gedanke nicht schon mehr als einmal kam, seit ich dich am Strand gefunden habe. Oh, sieh mich nicht so schockiert an, Arabella. Du willst mir doch nicht sagen, du hättest nicht auch schon daran gedacht, obwohl Damen von solchen Dingen noch nicht mal etwas wissen dürfen, geschweige denn darüber nachdenken sollten. Ob sich das ziemt oder nicht, du hast dich mit dem Gedanken befaßt – und das sagt auch etwas über dich, findest du nicht? Ich finde es jedenfalls interessant, das muß ich zugeben!« Seine grauen Augen funkelten unter seinen leicht gesenkten Lidern, als er sie abschätzend musterte.

Die Farbe, die Arabellas Wangen überzog, verstärkte sich noch, denn so sehr sie seinen Vorwurf auch leugnen mochte, so mußte sie sich doch eingestehen, daß Lucien recht hatte und sie tatsächlich über so etwas nachgedacht hatte. Dennoch, daß er ihre Gedanken in Worte faßte und sie zwang, sich damit auseinanderzusetzen, war schockierend und demütigend. Am liebsten wollte sie sterben. Niemand in ihrem Leben hatte jemals zuvor so mit ihr geredet. Sie wußte nicht, was sie darauf erwidern, wie sie darauf reagieren sollte. Wie sie bereits erkannt hatte, blieb ihr nicht die Möglichkeit, ihn einfach zu verlassen und sich selbst auf den Weg zu machen.

»Ich bin nun mal von Ihnen abhängig, Mr. Sinclair«, bemerkte sie daher steif und umklammerte die Decke, in die sie sich gehüllt hatte. »Deshalb kann ich nur darauf vertrauen, daß Sie, obwohl Sie kein Gentleman sind, sich wenigstens so verhalten werden.«

»Sieh mich an, Arabella. Sieh mich an!« verlangte er, als sie ihren Blick eigensinnig gesenkt hielt und sich weigerte, zu ihm aufzuschauen. Er faßte unter ihr Kinn und hob ihr Gesicht an. »Ich werde dich nicht vergewaltigen ... ich werde dir nicht weh tun. Hast du mich verstanden?« Jetzt klang seine Stimme sanfter. Seine Finger, wenn auch unnachgiebig, ruhten zärtlich auf ihrer Haut. »Ich habe die Beherrschung verloren, und so wenig ich versprechen kann, daß es nicht wieder vorkommen wird, so werde ich mich doch bemühen, mich zurückzuhalten. Doch es wäre dumm von mir – sowie es dumm von dir ist – zu ignorieren ... zu leugnen, was zwischen uns passiert. Ich begehre dich – sehr –, und ob du es zugeben willst oder nicht, du willst mich auch.«

In ihrem tiefsten Innern spürte Arabella, daß er die Wahrheit sagte. Das grauenvolle Entsetzen, das sie empfunden hatte, als sie glaubte, Lucien würde von dem Krokodil gefressen werden, hatte sie noch nicht vergessen, ebensowenig, wie untröstlich und verlassen sie sich bei der Aussicht, ihn für immer zu verlieren, gefühlt hatte. Was für eine Närrin sie doch war! Trotz allem hatte sie sich, ohne es zu wollen, irgendwie in ihn verliebt, wie ihr nun zu ihrem größten Erstaunen bewußt wurde. Deshalb hatte sie sich auch von ihm umarmen lassen und das stürmische Drängen seines besitzergreifenden Kusses genossen. Sie wollte zu ihm gehören. Bei dieser Erkenntnis wurde ihr ganz schwer ums Herz, denn er war doch nur ein Abenteurer, der die Gunst der Stunde nutzte. Und während sie fühlte, daß ihr Vater ihn gemocht hätte, wußte sie ebensogut, daß Tobias Darracott ihn nie und nimmer als Ehemann für sie akzeptiert hätte, und daß der sittenstrenge Onkel Philip, ihr Vormund, es sicherlich auch nicht tun würde. Es gab keine Zukunft für ihre Liebe zu Lucien Sinclair – und er hatte ja auch gar nicht von Liebe gesprochen, nur von Lust. Das war für sie das Bedrückendste von allem.

»Was Sie sich wünschen, ist … unmöglich, Lucien – wie Ihnen sicher auch klar ist«, erwiderte sie leise. »Wir kommen aus zwei verschiedenen Welten …«

»Und ich bin nicht gut genug für deine … für dich, Arabella.« Die Feststellung war offen, zynisch, bitter. Er lachte kurz auf. Ein Schatten glitt über sein Gesicht, und er wirkte mit einemmal verschlossen, so daß sie seine Gedanken nicht mehr erraten konnte. Sehr förmlich fuhr er fort: »Ja, natürlich, Sie haben recht. Das hätte ich erkennen müssen … ich habe es auch erkannt. Doch ich wagte zu hoffen – Nun, das spielt keine Rolle mehr. Sagen wir einfach, ich war vorübergehend unbeherrscht und habe mich jetzt wieder in der Gewalt. Sie brauchen sich keine Sorgen zu machen, daß ich mich noch mal so gehenlasse, weil es nicht mehr vorkommen wird.«

Mit dieser knappen Erklärung stand er abrupt auf, zog sich seinen Mantel aus Ölhaut über, setzte seinen Hut auf und griff nach seinem Karabiner. Ohne sich daran zu stören, daß es in Strömen regnete, schritt er gesenkten Hauptes, um nicht an das Dach des Unterschlupfs zu stoßen, nach draußen.

»Wo – wo wollen Sie hin?« fragte Arabella angstvoll und fürchtete schon, er wollte sie allein zurücklassen. Sein Gesichtsausdruck war so verschlossen und mokant, daß sie dachte, selbst wenn er nichts für sie übrig hatte, sie nur begehrte, so hatte ihre Ablehnung ihn doch schwer gekränkt.

»Haben Sie keine Angst, Miss Darracott.« Das schmale Lächeln, das er ihr schenkte, war höhnisch und spiegelte sich kaum in seinen kalten Augen wider. »Ich lasse Sie nicht allein … und werde Sie auch nicht, so sehr ich versucht bin, das zu tun, wie ich zugeben muß, mit einer solchen Drohung zwingen, sich mir hinzugeben. Wir haben vereinbart, daß Sie mir hundert Pfund zahlen, damit ich Sie nach Brisbane geleite – und da ich zu meinem Wort stehe, werde ich mich an diese Abmachung halten. Ich will nur auf Jagd gehen und werde mich danach wie gewohnt um die Pferde kümmern. Auch wenn ich nicht darauf bestehe, daß Sie in diesem Regen weiterreisen, so bedeutet das nicht, daß sämtliche anderen Pflichten entfallen. Sie jedoch täten gut daran, im Schutz des Unterschlupfs zu bleiben. Zweifellos ist es ein armseliger Ersatz für Ihre Welt, aber wenn Sie ihn verlassen, betreten Sie meine.«

Falls sich in den letzten Worten eine Warnung verbarg, so sah er sich nicht dazu bereit, sie näher zu erklären, sondern verschwand im Wald und ließ Arabella mit ihren Gedanken allein. Natürlich war es das einzig Vernünftige, ihn zurückzuweisen, redete sie sich verzweifelt ein. Etwas anderes war schlicht undenkbar. Er liebte sie ja nicht. Er begehrte sie nur.

Erst als sie Salz auf ihren Lippen schmeckte, wurde ihr klar, daß es nicht der Regen, sondern Tränen waren, die ihr über die Wangen rannen.

7. KAPITEL

Korallenzauber

Was habe ich erwartet? Etwa, daß Arabella in meine Arme sinkt, nur weil ich es mir so wünsche? fragte sich Lucien, verärgert über sich selbst, als er sich vom Lager entfernte. Du liebe Güte, was bin ich doch für ein Narr!

Wie hatte er nur einen Moment lang daran glauben können, daß sie anders war als all die anderen Frauen ihrer Sorte, daß sie einen Mann wie ihn – einen ehemaligen Sträfling – wollen würde? Nicht, daß sie die Wahrheit über seine Vergangenheit wußte. Natürlich nicht! Er hatte ihr ja nichts darüber erzählt. Aber selbst wenn er nicht zehn Jahre Schwerstarbeit in Port Arthur Prison hätte ableisten müssen, ehe er seine vorzeitige Strafentlassung bekommen hatte, wäre sie für ihn unerreichbar gewesen. Daher war es sinnlos, weiterhin an ihr langes, schweres kastanienbraunes Haar zu denken, an die großen, warmen rehbraunen Augen und den wohlgerundeten Körper, der einen Heiligen in Versuchung geführt hätte. Um wieviel mehr dann einen Teufel, und gar so einen, wie er einer war? Unzweifelhaft gehörte er nicht zu den Männern, die für Arabella Darracott bestimmt waren. Niemals hätte er sie küssen und ihr sein Verlangen gestehen sollen. Sie war nun mal eine Dame, und zu ihr paßte nur etwas Besseres, ein Gentleman. Und ein solcher hätte einen Abendspaziergang mit ihr gemacht, ihr Blumen geschenkt, ihr zärtlich Liebesgedichte ins Ohr geflüstert – und sie dann verführt, dachte Lucien verächtlich.

Er war etlichen solcher Gentlemen und Offiziere in Sydney und Brisbane begegnet, korrupte, skrupellose Männer, moralisch verkommener als manch einer, den er im Gefängnis kennengelernt hatte. Auch war ihm wohlbekannt, wo sie ihr nächtliches Vergnügen suchten, in Gegenden wie *The Rocks* in Sydney, und in welche Lasterhöhlen sie sich begaben. Er war selbst mehr als einmal dort gewesen. Aber er hatte nie eine unschuldige Frau wie Arabella benutzt. So etwas würde er auch nie tun. So sehr er sie begehrte, haben wollte er sie, wenn er konnte – aber nur auf dem ehrlichen Weg.

Was diese Gefühle für sie in ihm ausgelöst hatten, wollte Lucien lieber nicht näher erkunden. Er war ein harter Mann, der ein noch härteres Leben hinter sich hatte. Es hatte viele Jahre gedauert, ehe er überhaupt eine der zarteren Gefühlsregungen hatte zeigen können, so sehr hatte er sich innerlich verschanzt. Daß es Arabella irgendwie gelungen war, diese Barriere zu durchbrechen, war etwas, was er sich noch nicht eingestehen mochte. Die Frau, die er mal geliebt hatte, hatte ihn betrogen. Für die Strafe, die sie dafür bekommen hatte, war er zu vierzehn Jahren Gefängnis und Deportation nach Australien verurteilt worden. Er hatte das weder vergessen, noch jemals verziehen – und würde es auch nie können. Wenn Arabella von der Vergangenheit erfuhr, die ihn quälte, wieviel heftiger noch hätte sie ihn dann verschmäht? Sie hatte recht. Es gab keine Hoffnung, keine Zukunft für das, was zwischen ihnen aufgekeimt war. Er würde sie sicher nach Brisbane bringen, seine hundert Pfund entgegennehmen und froh sein, daß er sie los war. Daß er sie niemals wieder würde vergessen können, den Gedanken verdrängte Lucien entschieden.

Zwischen ihr und Lucien war jetzt ein neues Bewußtsein erwacht, das merkte Arabella, und ihr Verhalten zueinander hatte sich dadurch sehr verändert. Sie fürchtete nicht mehr, daß er sie mit Gewalt nehmen würde, und litt nur mehr wenig darunter, daß er nachts weiterhin neben ihr schlief. Was ihr jedoch zu schaffen machte, war die Art und Weise, wie er sie unentwegt musterte, so aufmerksam und ohne sein Verlangen nach ihr länger zu verbergen. Rücksichtslos verschlang er sie mit Blicken. Sie empfand so viel Liebe für ihn und war derart bekümmert über die Kluft zwischen ihnen, daß es ihr, wenn er ihr gegenüber nicht so äußerst kühl und höflich gewesen wäre, leid getan und sie wahrscheinlich in den kommenden Tagen auf ihrer Weiterreise nach Brisbane von selbst nachgegeben hätte.

Obwohl sie noch stellenweise Tropenwälder und Sümpfe antrafen, zogen sie jetzt mehr durch Forste und über Savannen, riesige, überschaubare Graslandschaften, die eine herrliche Aussicht auf baumbewachsene Plateaus, Hügel und plötzlich auftauchendes Vulkangestein boten und die sich bis zu Schlammzonen und langen Küstenstreifen erstreckten, deren Sanddünen so vielfarbig waren wie ein Regenbogen – durch die Mineralien, erklärte Lucien, als Arabella ihn danach fragte und die urwüchsige Schönheit der gewundenen Strände bewunderte, bei deren Anblick sie an Moomdagytta, die Regenbogenschlange der Aborigines, denken mußte, von der er ihr auch berichtet hatte und zu deren Entstehen die Regenbogenstrände vielleicht vor langer Zeit beigetragen hatten. In den Bergen, so erzählte er ihr, gäbe es einen Ort, an dem Moomdagytta zu Hause wäre und der den Eingeborenen deshalb heilig sei. Er selbst hatte ihn noch nicht gesehen, aber er hatte viel darüber von den Aborigines gehört. Mit den Jahren hatte er sich mit ihnen angefreundet, ihre Sprache erlernt und viel über ihr Volksgut erfahren. Es waren ihre Heilmittel, mit denen er sie versorgt hatte, als sie im Fieber gelegen hatte.

Das schien Arabella weit zurückzuliegen. Bald – ein oder zwei Tage noch, wie Lucien meinte – würden sie in Brisbane ankommen. Sie vermochte kaum zu glauben, daß das Ende ihrer Reise so greifbar nah lag. Ebensowenig konnte sie die Verzweiflung abstreifen, die sie bei dem Gedanken ergriff, daß sich ihre und Luciens Wege trennen würden, was sicherlich der Fall sein würde. Vielleicht würde sie ihn nie wieder sehen. Auch wenn es das beste sein sollte, so wurde ihr ganz schwer ums Herz bei dieser Erkenntnis. Warum mußte ausgerechnet er von allen Männern auf der Welt derjenige sein, in den ich mich verliebt habe? ging es ihr bitter durch den Sinn, und sie kam sich vor wie eine Närrin. Er war nicht mal ein anständiger Mensch, mit dem sie Umgang pflegen sollte. Doch als sie langsam ihre Jacke und ihren Rock ablegte, beide Sachen sorgfältig auffaltete, wie jeden Abend, dachte sie unwillkürlich daran, daß er, Abenteurer oder nicht, ihr das

Leben gerettet hatte, nicht nur einmal, sondern immerhin zweimal – und nichts von ihr dafür verlangt hatte. Vielleicht mochte er sie ja doch. Er war wohl nicht der Mann, dem die Worte, die sie gern gehört hätte, leichtfielen. Und selbst wenn er sie aussprach, was würde es ihr am Ende bringen?

Onkel Philip würde kaum seine Zustimmung zu ihrer Heirat mit einem Mann wie Lucien Sinclair geben. Als ihr Vormund hatte der Colonel das Recht, ihr das Erbe vorzuenthalten, bis sie fünfundzwanzig war, sollte sie ohne seine Zustimmung heiraten. Jedoch, falls es Lucien nach ihrer Erbschaft und nicht nach ihr gelüstete, hätte er sicher, da er die Bedingungen aus dem Testament ihres Vaters nicht kannte, dafür gesorgt, daß sie kompromittiert war, ehe sie Brisbane erreichten, damit sie gezwungen war, ihn zu heiraten.

»Miss Darracott, wir haben Besuch.«

Als Arabella, von Luciens leiser Ankündigung aus ihren Überlegungen aufgeschreckt, mit dem Bürsten ihres Haares innehielt und aufschaute, rang sie unwillkürlich entsetzt nach Luft. Ein Dutzend oder mehr bewaffneter Männer und Frauen tauchten aus dem Schatten auf, der das Lager umhüllte. Wie lange die Eingeborenen dort wohl gestanden und sie beobachtet hatten, wußte Arabella nicht. Immerhin war ihre Haut so stark gebräunt, daß sie leicht eins mit der Finsternis wurden, und die wenige Kleidung, die sie trugen, verhüllte kaum ihre dunkle Nacktheit. Angstvoll schaute Arabella instinktiv schutzsuchend zu Lucien. Aber zu ihrer Überraschung zeigte er keine Besorgnis, sondern begrüßte die Aborigines in ihrer Sprache, hieß sie wohl willkommen und lud sie ein, sich um das Feuer zu setzen. Dann wandte er sich an Arabella.

»Kein Grund zur Beunruhigung, Miss Darracott. Diese Eingeborenen sind freundlich. Ein paar von ihnen kenne ich schon länger. Ich sollte Sie jedoch warnen, so wenig wie Sie zweifellos einen Mohren aus der Nähe gesehen haben, werden unsere Freunde hier einer weißen Frau begegnet sein. Besonders die Frauen werden sich für Ihre Haare und Ihre Kleidung interessieren, möglicherweise werden sie Sie anfassen wollen. Ich will nur darauf hinweisen, daß jetzt nicht der rechte Zeitpunkt ist, ablehnend zu reagieren.«

Daraus schloß Arabella mit Erleichterung, daß Lucien auf der Hut sein würde, auch wenn er glaubte, es bestände keine große Gefahr. Als sie den Unterschlupf verließ, umringten die Frauen sie tatsächlich sofort ganz aufgeregt, bewunderten ihr Haar und streckten scheu ihre Hände aus, um es anzufassen, wie auch ihre Haut und ihre Kleidung zu berühren. Sie war froh, daß Lucien sie vorgewarnt hatte, denn sonst hätte sie sich jetzt furchtbar erschrocken. Aber die Frauen lächelten sie an, und jetzt, angesichts ihrer Neugier, Herzlichkeit und Freundlichkeit, verlor Arabella die Beklemmung, die sie zuerst empfunden hatte. Trotz ihres schockierend primitiven Äußeren waren sie nicht so viel anders als sie, sondern hatten wie alle Frauen der Welt die gleichen Interessen an Kleidung, Schmuck, Haushalt und Kindern. Einige der Aborigines trugen Babys bei sich, in weiten Tüchern umgebunden, so daß die Kleinen auf dem Bauch, der Hüfte oder dem Rücken hingen. Ein kräftiger, herzhafter Eintopf kochte über dem Feuer, und Arabella bedeutete den Frauen, sich etwas zu nehmen und ihr zu helfen, während sie Teller und Schalen aus Luciens Packtaschen holte. Sie hatten natürlich nicht annähernd genug Geschirr, aber den Aborigines machte es nichts aus zu teilen. Auch zögerten sie nicht, ihren eigenen Beitrag zur Mahlzeit hervorzuholen: getrocknetes Fleisch und geräucherten Fisch, eine Mischung getrockneter Früchte, Knollen, Wurzeln und Nüsse, wie Arabella sie bei Lucien gelegentlich auch schon gesehen hatte. Und einen kräftig gegorenen Fruchtwein.

Irgendwie saß sie trotz all dem Durcheinander schließlich neben Lucien, teilte mit ihm eine Schale und einen Blechnapf, eine Handlung, die ihr so bedeutungsvoll und intim erschien, daß sie kaum einen Bissen herunterbrachte. Infolgedessen trank Arabella, nach dem ersten Schock, den der starke Alkohol auf ihrem Gaumen verursachte, weitaus mehr, als sie hätte sollen. Ihre Wangen röteten sich im Feuerschein, wohltuende Wärme breitete sich in ihrem ganzen Körper aus, und im Kopf wurde ihr leicht schwindlig. Dennoch fürchtete sie, die Eingeborenen könnten bestürzt reagieren, sollte sie ihren Wein ablehnen. Deshalb nippte sie immer wieder an der Tasse, wenn eine der Aborigines-Frauen ihr nachschenkte. Die ganze Zeit während des Essens unterhielt sich Lucien freundlich mit den Männern, manchmal übersetzte er die eine oder andere Bemerkung für Arabella. Er saß so dicht neben ihr, daß sie seine Körperwärme deutlich spürte, sich seiner Nähe bewußt war, sein anziehendes Profil musterte und ab und zu bemerkte, wie er sie anschaute, so bewundernd und mit diesem fremdartigen, hungrigen Blick, der ihr so vertraut geworden war. Obwohl sie vermutete, daß ihm Alkohol nicht viel ausmachte, konnte sie sich kaum vorstellen, daß er die Wirkung dieses starken Weins nicht auch spürte – ein Gedanke, der sie erschauern ließ vor Freude und einer eigenartigen, gefährlichen Erregung, da er dadurch den Kopf verlieren mochte und sie erneut küssen könnte. Wenn Arabella ehrlich zu sich war, mußte sie sich jedoch eingestehen, daß ein verräterischer Teil ihres Ichs sich sehnsüchtig danach verzehrte.

»Amüsieren Sie sich gut, Miss Darracott?« erkundigte er sich zwischendurch einmal bei ihr.

»Ja, allerdings. Überrascht Sie das, Mr. Sinclair?«

»Ein wenig schon. Die meistenDamen Ihres Standes würden es nicht als erfreuliche Erfahrung werten, sondern wären geschockt und beleidigt über die Blöße der Aborigines.«

»Ich ... muß sagen ... ich finde es primitiv und verwirrend – allerdings nicht annähernd so sehr, wie ich es vor dem Schiffsunglück getan hätte. Die Hitze dieser Region ist so erdrückend, daß sie jedes zusätzliche Kleidungsstück fast unerträglich macht. In ein Korsett und mehrere Unterröcke sowie Unterwäsche gezwängt, hätte ich kaum über solche Entfernungen mitreisen können, wie wir sie zurückgelegt haben.«

»Dann sind unsere Besucher ja wohl vollkommen passend gekleidet, oder?« bemerkte Lucien und musterte sie, wie sie neben ihm saß. Ob ihr bewußt war, welch reizenden Anblick sie ihm bot, wie erhitzt sie aussah, als hätte Australien bereits irgendwie eine Spur bei ihr hinterlassen, so daß sie ähnlich primitiv und verwirrend auf ihn wirkte, wie sie die Blöße der Eingeborenen empfand.

Arabella hatte keine Gelegenheit gehabt, ihr Haar zur Nacht zu flechten, da die Aborigines sich ihnen so leise genähert hatten. Jetzt hing es ihr lose über die Schultern bis tief auf den Rücken hinunter, voll und locker, hübsch zerzaust von der kräftigen Brise, die vom Meer herüberwehte. Ihr sonnengebräuntes Gesicht und ihre bloßen Arme glühten vom Wein und vom Lagerfeuer. Ihre großen Augen schimmerten wie zwei Goldmünzen in dem weichen Licht des flackernden Feuerscheins. Ihre rosigen Lippen waren feucht vom Wein und leicht geöffnet. Lucien erinnerte sich daran, wie sie sich unter seinem Mund angefühlt hatten, wie sie geschmeckt hatten. Seine Lenden verkrampften sich vor Verlangen, wenn er Arabella nur ansah.

In ihrer leichten Beschwipstheit fiel ihr gar nicht auf, daß einer der breiten Träger ihres Unterhemdes von der Schulter gerutscht war, sie entblößte und ihm einen großzügigen Einblick auf ihren vollen Brustansatz bot. Wie sehr sehnte er sich danach, ihre Brüste erneut zu berühren und zu liebkosen, auch wenn er versucht hatte, sich einzureden, daß er nichts als Verachtung für sie und ihresgleichen empfand. Jedesmal wenn er daran dachte, daß ihre Leidenschaft von irgendeinem kalten oder ungeschickten Ehemann erstickt werden könnte, daß sie zur Ehe mit demjenigen, der das meiste für ihre Hand bot, gezwungen werden könnte, rebellierte etwas Wildes und Fürchterliches in Lucien. Sie hatte etwas Besseres verdient als das, auch einen besseren Mann als ihn, wie sie selbst wußte, ungeachtet der Tatsache, daß ihre Ablehnung ihn verletzt und erzürnt hatte. Zumindest würde er nicht ihr innerstes Wesen verformen, sie zwingen, ihre natürliche Sinnlichkeit zu unterdrücken, etwas zu werden, was sie nicht war und niemals sein könnte, ohne innerlich langsam zu sterben. Sie hatte eine Kostprobe der Freiheit bekommen, wie es den Frauen ihres Standes nur selten vergönnt war. Ob sie wohl wußte, wie schwer es ihr fallen würde, darauf zu verzichten, sobald sie in den Schoß der Zivilisation zurückkehrte?

Doch wie Arabella Darracotts Zukunft aussehen wird, geht mich nichts an, erinnerte sich Lucien hartnäckig. Er wußte nicht mal, warum er überhaupt darüber nachdenken sollte. Das einzige, was ihn nach wie vor beschäftigte, war, daß er sie begehrte, gleichgültig, wie nachdrücklich sie erklärt hatte, ihn zu verachten.

Das Abendessen war zu Ende. Und jetzt, während Arabella und ein paar der älteren Frauen die Teller und Schalen einsammelten, sie mit Sand reinigten, abspülten und wegpackten, holten die Männer Instrumente hervor, die sie zusammen mit ihren Bumerangs und Speeren bei sich trugen: ein paar kleine, simple Trommeln und eine Reihe Flöten. Die Aborigines tanzten gern, hatte Lucien ihr erzählt, und nun, wie es schien, würde sie eine solche Darbietung miterleben.

Während die Musiker zu spielen begannen, bewegten sich die anderen Männer und Frauen zu dem fremdartigen, gleichmäßigen Rhythmus. Von da an kam Arabella der Abend leicht unwirklich vor, wie die Träume in ihrem Fieberwahn. Dumpf war ihr bewußt, daß sie zuviel Wein getrunken hatte. Ihr war schwindlig, und nachdem das Geschirr weggepackt war, kehrte sie vorsichtig zu Lucien zurück und setzte sich neben ihn, um sich die überraschende Vorführung anzusehen. Die Trommeln waren aus kurzen, hohlen Baumstücken gefertigt und an einem Ende mit straff gespannten Tierhäuten überzogen. Ihr Klang war urtümlich, ein Klopfen, das etwas gleichermaßen Urzeitliches in Arabella ansprach. Es kam ihr vor, als hallte der Rhythmus in ihrem Kopf wider und beschleunigte ihren Puls. Die Flöten waren dünne Schilfinstrumente, deren hohe pfeifende Töne dem Atem des brausenden Sturms, der zu Urzeiten getobt hatte, glichen. Den Tanz der Eingeborenen vermochte sie mit nichts zu vergleichen, was sie bislang gesehen hatte, so schockierend zügellos, ungehemmt, sexuell auffordernd war er, daß ihr heiß wurde und sie sich so benommen und entrückt fühlte wie im schlimmsten Fieber.

Eine der jungen Aborigine-Frauen, schön auf eine fremde, exotische Art mit ihrem langen braunschwarzen Haar und ihrer dunklen Haut, tanzte vor ihnen – aber es war eindeutig zu erkennen, daß ihre Vorführung nur für Lucien gedacht war, so wie sie ihn mit auffordernden Gesten lockte und animierte, ihre vollen, bloßen Brüste mit den dunklen Spitzen vor ihm schaukeln ließ, ihre mit einem Grasrock bedeckten Hüften wiegte und ihm dabei einen verführerischen Einblick auf das nackte Fleisch darunter bot. Sein lüsternes Interesse an ihr stand ihm deutlich ins Gesicht geschrieben, und Arabella, als sie das sah, versetzte es einen entsetzlichen, unerwarteten Stich der Eifersucht, der ihr durch und durch ging.

Plötzlich konnte Arabella den Abend nicht länger ertragen. Alles war einfach schrecklich; die Eingeborenen waren schrecklich; Lucien war schrecklich! Daß er sie, eine wohlbehütete Dame der Gesellschaft, diesen grobschlächtigen, verabscheuungswürdigen Heiden und ihrem obszönen Verhalten aussetzte war die Höhe der Barbarei und Gemeinheit! Keine Sekunde länger wollte sie das erdulden! Vergessen hatte sie, daß sie sich bis jetzt mit den Aborigines gut amüsiert und den Abend trotz allem genossen hatte. Wankend richtete Arabella sich auf. Sie faßte sich mit einer Hand an den Kopf, der so heftig und wild pochte wie die Trommeln, stolperte auf den Unterschlupf zu, verfluchte Lucien Sinclair und ärgerte sich über sich selbst, daß sie solch eine Närrin war, sich in einen vollkommen ehrlosen, unanständigen und unpassenden Mann wie ihn zu verlieben. Was für ein Glück, daß sie bald nichts mehr mit ihm zu schaffen haben mußte!

»Arabella? Was ist? Arabella?«

»Lassen Sie mich in Ruhe!« fauchte sie, riß sich heftig von Lucien los, der ihr gefolgt war, kroch in das schützende Dunkel des Unterschlupfs, um ihm zu entkommen, und zog die Decke vor, die an einer Schnur vor der Öffnung hing, um den Eingang zu versperren. »Gehen Sie weg und lassen Sie mich allein! Haben Sie gehört? Sie sind der … der abscheulichste Mann, dem ich je begegnet bin, und ich will nichts mehr mit Ihnen zu tun haben … nie wieder! Hiermit sind Sie aus meinen Diensten entlassen! Den restlichen Weg nach Brisbane werde ich allein zurücklegen und Ihnen das Geld per Post schicken, sobald ich in Sydney angekommen bin!« So außer sich, daß sie ihre unbeherrschten Worte kaum noch deutlich aussprechen konnte, warf sie sich auf die Decken und vergrub ihr Gesicht darin, um das haltlose Schluchzen, das unweigerlich in ihr aufstieg, zu dämpfen.

Aber zu ihrer Verblüffung scherte sich Lucien nicht im geringsten um ihre entrüstete Forderung. Statt dessen kroch er unter der Decke, die den Eingang des Unterschlupfs versperrte, hindurch, lachte leise und spöttisch in der Dunkelheit und nahm die sich heftig wehrende Gestalt einfach in seine Arme. Wütend trommelte Arabella mit ihren Fäusten gegen seine Brust, bis er ihre Handgelenke umfaßte und mit einer Hand hinten auf ihrem Rücken festhielt, während er ihr mit der anderen unters Kinn griff und sie zwang, ihm ihr empörtes, tränenüberströmtes Gesicht zuzuwenden.

»Was ist denn das, Miss Darracott? Ich glaube, Sie sind betrunken«, stellte er belustigt fest, was sie noch mehr aufbrachte, während ihr der Atem stockte und ihr Herz wie wahnsinnig zu hämmern begann.

»Eine Dame ... ist niemals ... betrunken.« Sie sprach jedes Wort langsam und bedächtig aus, hegte dabei jedoch den Verdacht, daß er trotz ihres Widerspruchs vollkommen recht hatte, und wünschte sich, sie könnte ihm das Gegenteil beweisen.

»Was für ein ... Unfug. Ich habe bereits eine Menge betrunkener Damen gesehen, das versichere ich Ihnen, und augenblicklich gehören Sie auf jeden Fall dazu. Ich dachte, Sie amüsieren sich gut. Warum sind Sie dann weggelaufen? Hmm?«

»Als ob Sie das nicht wüßten!«

»Aha. Eifersüchtig sind wir, wie?«

»Sicherlich nicht.«

»Natürlich waren Sie das. Eingeborene oder nicht, sie ist eine sehr hübsche, anziehende junge Frau.«

»Und ich nicht? Nein, sagen Sie nichts dazu! Ich bin nicht eitel – zumindest nicht mehr. Ich weiß ... und habe es schon immer gewußt, seit meiner Kindheit ... daß ich nicht schön bin.«

»Ich weiß, daß du das glaubst, aber du irrst dich, Arabella«, widersprach Lucien und wechselte unvermittelt zur vertrauteren Anrede über. »Du bist wunderschön ... wunderschön, klug, anziehend, verführerisch ... Ein Mann müßte ein Narr sein, um das nicht zu erkennen – und ich bin kein Narr, Mädchen, das glaube mir. Deshalb wollte ich dich die ganze Zeit so sehr. Nun, trotz allem, will ich dich immer noch …«

Er hielt ihr Gesicht noch umfaßt. Seine Lippen waren in der Dunkelheit nur wenige Zentimeter von ihren entfenrt, sein Atem streifte warm ihre Haut. Ihre Arme hielt er noch auf ihrem Rücken fest, so daß sie wie von selbst gegen ihn stieß und ihre empfindsamen Brustspitzen schwach seinen Oberkörper berührten. Bei seinen Worten – die bei ihr Staunen und Freude auslösten – und dem rauhen Verlangen, das in seiner leisen, heiseren Stimme mitschwang, erschauerte sie am ganzen Körper, und ihre rosigen Knospen drängten sich ihm hart entgegen. Das Reiben seines rauhen Leinenhemdes gegen ihr baumwollenes Unterhemd erzeugte ein herrliches Gefühl, das sich prickelnd in ihrem Körper ausbreitete. Draußen vor dem Unterschlupf donnerten die Trommeln der Aborigines in einem Rhythmus, so heftig und wild, wie ihr Herz schlug. Die Flötentöne kletterten in die Höhe und sanken in die Tiefe, lockten, verführten, umgarnten sie, wie es die Tänzer mit ihren sinnlichen Bewegungen getan hatten. Als Arabella an ihre Vorführung dachte, durchflutete sie eine heiße Woge, die ihr Blut entflammte. Lucien würde sie küssen, das wußte sie, und sie wünschte es sich in diesem Augenblick mehr denn je.

Sie schloß die Augen, und ihre Lippen öffneten sich bereitwillig, als er sich unnachgiebig über sie beugte und seinen Mund rauh und verlangend auf ihren preßte, als würde er verhungern und sie verschlingen wollen. Er saugte an ihren Lippen, strich mit seiner Zunge langsam und genießerisch über ihren Mund, ehe er hineindrang, um das dunkle, feuchte Innere zu erkunden. Süßer als Nektar schmeckte sie für ihn, während er sie erforschte und von ihr kostete. Seine Zunge wand sich um ihre, bis Arabella wimmerte, stöhnte und nach Atem rang. Lucien bedeckte ihre Wangen bis hinauf zur Schläfe und ins Haar mit feurigen Küssen, so daß sie erschauerte und heftige, stürmische Empfindungen in ihr entflammten, die sie so benommen machten wie der starke Wein. Wille und Vernunft schienen plötzlich wie ausgelöscht. Sie war unfähig, einen klaren Gedanken zu fassen, unfähig, richtig von falsch zu unterscheiden. Für sie gab es nur noch Lucien und das Verlangen, das sich ihrer bemächtigt hatte.

»Ich bin nicht gut genug für dich, Mädchen«, raunte er ihr mit belegter Stimme ins Ohr. »Und in deinem tiefsten Innern weißt du das. Deshalb sag mir sofort, daß du mich nicht willst, Arabella. Sag es mir ... denn wenn du es nicht tust, werde ich dich hier und jetzt auf diesem harten Boden nehmen. Ich schwöre es! Ein Zurück wird es dann für mich nicht mehr geben – und auch für dich nicht. Betrachte das als letzte Warnung. Sprich, oder halt für immer den Mund, wie man so sagt. Sag mir, daß du es nicht willst, daß du mich nicht willst ...«

»Aber ich will doch, Lucien. Ich will dich doch.« War das tatsächlich meine Stimme, fragte sich Arabella, so leise, so undeutlich, so atemlos? Er hatte behauptet, sie sei betrunken, und sicherlich mußte das der Fall sein, sonst wären ihr diese Worte nicht über die Lippen gekommen. Oder vielleicht war sie auch verrückt. Aber irgendwie wollte sie ihre Worte nicht widerrufen und vermochte es auch nicht. »Ich liebe dich. Gott möge mir beistehen, aber es ist die Wahrheit. Nimm mich! Lieb mich! Bitte ...«

Sehnsüchtig flüsterte Lucien ihren Namen, als er erneut ihren Mund mit seinen Lippen bedeckte und sie wieder und wieder stürmisch küßte, als könnte er nicht genug von ihr bekommen. Seine Lippen fühlten sich hart und fordernd an, seine Zunge weich und verlockend. Seine Zähne schrammten unabsichtlich ihre Unterlippe, und sie schmeckte Blut. Ein leichter Schmerz durchzuckte sie, gefolgt von wilder, unbändiger Lust, als er sie auf die Decken preßte und sich auf sie legte. Der Schock, als sie den Beweis seines starken Verlangens zwischen ihren Schenkeln fühlen konnte, ließ sie erschrocken und erwartungsvoll zugleich erbeben, während sie sich verzweifelt wünschte, über ihre Unkenntnis und Unsicherheit reden zu können. Das nagende Gefühl, daß sie ihm nicht genügen und die Furcht, daß, wenn der Zeitpunkt käme, er ihr weh tun würde, plagten sie. Denn sie hatte gehört, daß es für eine Frau beim ersten Mal schmerzhaft sein sollte.

Aber nun war es zu spät. Brennende Küsse regneten auf ihren

Mund, ihren Hals, ihre schwellenden Brüste nieder, und schon öffnete er die Knöpfe ihrer Weste, einen nach dem anderen, dann schob er das Kleidungsstück beiseite und enthüllte ihre vollen Brüste, straff gespannt vor Begierde. Aufseufzend umfaßte er sie mit beiden Händen, drückte und massierte sie, preßte sie hoch, um sie mit seinen Lippen berühren zu können, und beugte sich zu ihr hinunter, strich mit seiner Zunge zuerst über die eine rosige Knospe, dann über die andere, umkreiste und liebkoste sie, ehe er ihre Spitzen in den Mund nahm und so ungestüm daran saugte, daß sie dunkler, fester und angeschwollen waren, als er sie schließlich freigab. Wogen hinreißender Wonne durchströmten sie bei diesen verführerischen Zärtlichkeiten. Ohne es überhaupt zu merken, schlang Arabella ihre Arme um seinen Nacken, spielte mit ihren Fingern in seinem langen, zerzausten schwarzen Haar, während sie ihn mit leisen, unbewußten Seufzern drängte, sich instinktiv nach mehr sehnte.

Vage ging ihr auf, daß sie die Wahrheit gesagt hatte, als sie ihm vorhin gestanden hatte, daß sie dies wollte, daß sie ihn wollte. Vielleicht hatte sie ihn von Anfang an begehrt, als sie in ihrem Fieberwahn davon geträumt hatte, daß er sie so lieben würde. Jetzt würde sie wirklich erfahren, was sie sich zuvor nur vorgestellt und ersehnt hatte, würde unmittelbar die Geheimnisse und Mysterien kennenlernen, von denen sie bislang nur in den Büchern ihres Vaters gelesen hatte, Bücher, in die sich zu vertiefen er ihr sicherlich nicht empfohlen hätte. Sie würde die Dinge entdecken, die andere junge Frauen sich hinter ihren Fächern und vorgehaltenen Händen zugeflüstert und heimlich bekichert hatten, manche mit weitaufgerissenen, ungläubigen Augen oder aber andere mit wissendem Blick – so wie Lucien sie anschaute, als er den Kopf hob und erneut besitzergreifend ihre Lippen küßte, sie mit der Zunge teilte, damit sie seinen eindringenden Stößen willig nachgaben.

So stark waren die Gefühle, die er bei ihr erzeugte, daß sie kaum merkte, wie er ihr das Unterhemd von den Schultern streifte, den Unterrock über die Hüften zog und beides beiseite warf. Mit heißen Küssen bedeckte er ihren Hals, fand die empfindsame Körperstelle zwischen Hals und Schulter und biß sie dort sacht in die Haut. Aus dem spielerischen Biß wurde ein Kuß, von dem ein elektrisierender Strom auszugehen und durch ihren ganzen Körper zu fließen schien, als er mit seiner Zunge ihre Haut zu massieren begann. Dann beugte er sich tiefer und fuhr mit der Zunge liebkosend zwischen ihren Brüsten hindurch, massierte und liebkoste die verführerischen Brüste erneut, ehe er ihren Bauch küßte, ihre Hüften und ihr, trotz ihres leisen Protestschreis, die Biedermeierhose auszog, so daß sie vollkommen nackt unter ihm lag.

Trotz der Dunkelheit im Unterschlupf, nur schwach erhellt vom Mondlicht und vom Feuerschein, der durch die dicht ineinander verflochtenen Zweige fiel, wollte Arabella sich gleich bedecken. Sie hatte nicht damit gerechnet, daß Lucien sie vollkommen entblößen würde, und war im ersten Moment entsetzt und beschämt über sein Tun. Denn sie war in dem Glauben gewesen, daß nicht einmal ihr Ehemann sie so zu Gesicht bekäme, daß er nicht mehr tun würde, als ihr Nachthemd anheben, um seine ehelichen Pflichten auszuüben.

»Schsch!« raunte Lucien gegen ihre Lippen und küßte sie beruhigend, während er ihre Handgelenke umfaßte und ihr die Arme über den Kopf hob, damit sie sich nicht bedecken konnte. »So will ich dich, so wollte ich dich seit dem ersten Tag, als ich dich am Strand fand. So habe ich es mir vorgestellt: Du solltest nackt und offen für mich sein ... so wie jetzt, Arabella ...« Unerbittlich ließ er seine freie Hand über ihre Hüften und ein Stück über ihre Beine gleiten, ehe er sie zwischen ihre Schenkel schob, so daß Arabella, obwohl sie sich plötzlich angstvoll gegen ihn stemmte, gezwungen war, sich zu öffnen. »Schsch!« wiederholte er, küßte sie erneut und suchte ihr die jungfräuliche Furcht zu nehmen, während er mit einem bekleideten Bein ihre Schenkel weit spreizte. »Ich werde dir nicht weh tun, nur Lust bereiten, damit es für dich beim ersten Mal, wenn ich dich nehme, leichter sein wird.«

Bei diesen Worten zuckte sie zusammen, denn bedeuteten sie doch, daß es tatsächlich weh tun würde, wenn auch nur ein bißchen –, und daß er sie nicht nur einmal, sondern mehrmals, unzählige Male vielleicht, auf unaussprechliche Weise ... Erregende Vorstellungen gingen ihr durch den Kopf, die gleich darauf schon begannen, Wirklichkeit zu werden, als er ihren Hügel mit seiner Hand bedeckte, sie berührte, wo noch kein Mann sie angefaßt hatte, und ihr durch die intime Zärtlichkeit ein leichtes Keuchen entlockte. Sie konnte ihm nicht ausweichen. Er hielt sie fest, sanft, aber unnachgiebig, während er zuerst nur seine Hand auf ihr ruhen ließ, sie innig küßte, ein Zungenspiel entfachte und ihre widersprüchlichen Protestlaute und Sehnsuchtsseufzer erstickte. Dann ließ er seine Hand leicht auf ihr kreisen, streichelte mit den Fingern behutsam den schmalen Spalt, der ihre Schamlippen teilte, ließ den Daumen über ihren kleinen Wonnepunkt schnellen, bis er spürte, wie ihre zarten Falten sich wie von selbst öffneten, erzitterten und einladend ihr geheimstes Inneres gleich einer aufblühenden Knospe freigaben. Ihr leises Stöhnen zeugte von einer anderen Art Qual, als sie sich hilflos gegen ihn preßte, im tiefsten Kern ihrer Weiblichkeit gepackt von einer heftigen, fast schmerzhaften Leere, die nach Erfüllung schrie. Luciens Lippen brannten auf ihrem Hals, ihren Brüsten, saugten sich gierig an einer der Knospen fest, während er langsam, bedächtig und in sinnlich qualvoller Weise so behutsam, daß Arabella sich wünschte zu sterben, mit einem Finger tief in sie drang, ihn ebenso behutsam zurückzog, doch ohne ihre drängende Begierde zu stillen. Aber zu seiner Befriedigung stellte er fest, daß sie bereits einladend feucht für ihn war, und drang erneut in sie, diesmal mit zwei Fingern, dehnte und weitete sie, bis er schließlich die rhythmische Bewegung machte, die sie zum Höhepunkt bringen würde. Mit wilden Küssen bedeckte er ihren Bauch bis hinunter zu ihrer Weiblichkeit, fand mit der Zunge den harten kleinen Knoten ihres Verlangens, beleckte ihn und saugte daran, während er mit den Fingern wieder und wieder in sie stieß, um ihre Begierde nach ihm bis aufs äußerste zu entfachen.

Meine Güte, wie unanständig ... was er da mit mir macht, dachte Arabella benommen und gleichzeitig entsetzt, daß sie es so genießen konnte, sich wie eine Verrückte unter ihm wand, vor Lust wimmerte, ihm unbeherrscht die Hüften entgegenhob, während er sie mit seiner Zunge leckte und eine nie geahnte Empfindung in ihr weckte, ein verzehrendes Bedürfnis nach etwas, das sie nicht kannte und dennoch haben mußte, sonst würde sie sterben. Nur wie in weiter Ferne hörte sie noch das primitive Hämmern der Trommeln, das draußen andauerte und dem Hämmern ihres Pulses entsprach. Mit ihren jetzt freien Händen griff sie wild in Luciens Haar, klammerte sich verzweifelt an ihn, als urplötzlich die Ekstase in ihr aufstieg und sich in heftigen, fast unerträglich starken Wellen in ihrem Körper ausbreitete, bis ihr schwindelig und schwach wurde und ihr Atem in keuchenden Stößen ging.

Langsam zog Lucien seine Finger zurück, küßte Arabellas Bauch, ihre Brüste und ihren Mund. Dann kniete er sich hin und begann sein Hemd aufzuknöpfen. Seine Augen schimmerten dunkel vor Leidenschaft, und sein Blick glitt begierig und zufrieden zugleich von ihrem zerzausten Haar, das locker ihr Gesicht umrahmte, zu ihren halbgeschlossenen Lidern, ihren bebenden Lippen, gerötet und leicht geschwollen von seinen heftigen Küssen, dem klopfenden Pulsschlag, der an ihrem Hals sichtbar war, und zum Schluß über ihren ermatteten und schweißglänzenden Körper, ihre vollen, wogenden Brüste mit den erregten, aufgerichteten Knospen, die feuchte, flaumige Öffnung ihrer gespreizten Schenkel. Er warf sein Hemd beiseite, faßte nach dem Hosengürtel und öffnete ihn.

»Das hat dir gefallen … nicht wahr, Mädchen? Es hat dir sogar sehr gut gefallen.«

»Ja«, hauchte Arabella kraftlos, beschämt von ihrer hemmungslosen Reaktion auf ihn und entsetzt darüber, wie lüstern und begierig sie wirken mußte, so nackt und hingebungsvoll, wie sie vor ihm lag und – trotz ihrer momentanen Befriedigung – auch noch wollüstig und sehnsüchtig darauf wartete, ganz von ihm in Besitz genommen zu werden. »Ja …«

»Du bist jetzt bereit für mich – und ich für dich, Arabella. Ich kann es kaum erwarten, dich zu besitzen und tief in dich zu dringen. Hier, siehst du, wie sehr ich dich begehre, meine Süße?« Entblößt kniete Lucien in der Dunkelheit über ihr, sein düsteres Aussehen ließ ihn wie ein Wesen aus uralten Sagen, halb Mensch, halb

Tier, erscheinen, sein biegsamer Körper, so schlank und doch kräftig muskulös, sein kühnes Geschlechtsteil so prall und hart vor Erregung, daß sie aus Furcht und in der Erwartung, bald würde er ein Teil von ihr sein, erzitterte. »Komm, faß mich an! Streichle mich …«

Mit seinen starken Armen faßte er unter ihren Rücken und half ihr auf, so daß sie Knie an Knie voreinander hockten. Ungestüm preßte er seine Lippen erneut auf ihren Mund, drang mit seiner Zunge ein, faßte mit der einen Hand in ihr Haar, um den Kuß zu vertiefen, griff mit der anderen nach ihrer Hand und zeigte ihr, wie sie seinen prallen Schaft umfassen sollte. Er brachte ihr die Bewegung bei, und als Arabella es allein machte, stöhnte er lustvoll auf, streifte mit seinen Lippen ihre Wange und ihre Schläfe, barg sein Gesicht in ihrem Haar, an ihrem Hals und sog tief den süßen Duft nach Sonnenschein, Eukalyptus und Moschus ein, der von ihr ausging. Nie zuvor hatte er eine Frau gehabt, die so leidenschaftlich war wie sie, nie hätte er gedacht, jemals eine solche zu finden, und er flüsterte es ihr heiser ins Ohr, während sein Atem ihre erhitzte Haut streifte. Auch andere Dinge, die sie schockierten und gleichzeitig erregten, flüsterte er ihr zu, brachte ihr Blut zum Rauschen und beugte sich erneut über ihre Brüste, saugte an den Spitzen, während er mit der Hand die lieblichen, vollen Falten ihrer Weiblichkeit teilte, die jetzt erbebten und sich ihm wie von selbst öffneten. Wie Honig lief es zwischen ihren Schenkeln, als er erneut mit seinen Fingern in ihre weiche, dunkle Grotte drang, seinen Daumen kreisen ließ und den in ihrer feuchten, zarten Spalte verborgenen Kern rieb, um die Flammen ihres schlummernden Verlangens nach ihm zu schüren.

Mehr noch als von dem starken Wein, den sie vorhin getrunken hatte, fühlte sie sich von Lucien berauscht. Das dunkle Haar seiner Brust war wie Seide auf ihrer Haut und auf ihren Lippen, die sie zuerst inbrünstig gegen seinen Hals preßte, dann auf seinen Oberkörper. Sie spürte es an ihrer Zunge, als sie den erdigen Schweiß wegleckte, der auf seiner bronzefarbenen Haut schimmerte, und schmeckte das Salz. Sie genoß dieses Gefühl, seinen kräftigen, muskulösen Körper zu betasten, seine an manchen

Stellen wie Elfenbein glatte Haut, die an anderen wiederum wie Horn verhärtet war, wo alte Narben sie verunstalteten. Gern hätte sie gewußt, wo er sie herhatte, aber das wollte er ihr nicht erzählen, sondern erstickte ihre Fragen mit seinen Lippen, drang mit der Zunge in ihren Mund, ahmte mit ihr die süße und zugleich qualvolle Bewegung seiner Finger nach, die er ständig aufs neue in ihren Schoß schob, um sie zu erregen, während sie ihn erkundete und überall dort berührte, wo sie nur konnte.

»Küß mich, Arabella. Nimm mich in den Mund«, drängte er heiser und schob ihren Kopf sacht tiefer, damit sie verstand, was er meinte, was er sich wünschte.

Da sie fürchtete, ihn zu verärgern oder zu enttäuschen, beugte sie sich, wenn auch zögernd, zu seiner Männlichkeit hinunter, küßte ihre feuchtglänzende Spitze, drückte ihre Lippen darauf und öffnete ihren Mund für ihn. Sie ließ ihre Zunge vorschnellen und ahmte dieselben kühnen Zärtlichkeiten nach, mit denen er sie vorhin bis zum Höhepunkt gebracht hatte, leckte und streichelte ihn, ehe sie ihn schließlich in den Mund nahm, wie er von ihr verlangt hatte, und an ihm saugte und ihn mit der Zunge umkreiste, wie er es mit ihren Brüsten getan hatte, und sie spürte dabei instinktiv, daß sie ihn damit an den Rand des Wahnsinns trieb, und erlebte die Macht und das Glücksgefühl, daß sie, trotz aller Unwissenheit und Unsicherheit, dazu fähig war.

»O Gott, Arabella«, stöhnte Lucien keuchend und stieß mit seinen Fingern tiefer in sie, beschleunigte und verstärkte seine Bewegungen, so daß ihr Verlangen noch stieg. »Meine süße, schöne Unschuldige, du hast keine Ahnung ... was du damit bei mir erzeugst, wie verdammt ... gut sich das anfühlt. O Gott, ich kann es nicht ... mehr aushalten. Ich kann nicht ...«

Rauh faßte er mit beiden Händen in ihr Haar, riß ihren Kopf beiseite, drückte sie rasch auf die Decken und schwang sich über sie. Weil er das notwendige Geschick und die Geduld besessen hatte, sie gut vorzubereiten, war Arabella heiß, feucht und weit geöffnet für ihn, spürte sogar kaum den kurzen Schmerz der Vereinigung, als er mit einem einzigen kraftvollen Stoß in sie eindrang, bei dem sie sich ungestüm aufbäumte und ihm unwissentlich das tiefere Eindringen erleichterte, das ihr den Atem nahm, sie zum Keuchen brachte und unter ihm erschauern ließ. Sie hatte nicht gewußt, daß es so sein würde, so ein vollkommenes Ausfüllen, das nach einer gleichstarken Hingabe verlangte, erschreckend und aufregend zugleich für sie. Sie war jetzt sein, gehörte zu ihm, wie sie nie zu einem anderen Mann mehr gehören konnte. Als hätte Lucien ihre Gedanken erahnt, flüsterte er leise und bewegt:

»Du bist jetzt mein, Arabella ... mein allein ... für immer mein. Denn nach der heutigen Nacht, gleichgültig, was auch geschieht, werde ich dich nie wieder gehen lassen, hörst du? Ich schwöre es!«

Anschließend blieb er eine geraume Weile reglos über ihr liegen und küßte sie innig, um ihr Zeit zu geben, sich an das Gefühl zu gewöhnen, wie restlos er sie ausfüllte und dehnte, obwohl er seine gesamte Kraft aufbieten mußte, um sich zu beherrschen, damit er sie erneut zum Höhepunkt bringen konnte. Dann begann er sich schließlich zu bewegen, vor und zurück, in einem Rhythmus, so uralt wie die Zeit, so primitiv wie das Trommeln, das mittlerweile in der Nacht verstummt war und dennoch noch immer in seinen Ohren widerhallte, ihm wie durchs Blut pochte, als er in sie tauchte, mit beiden Händen ihre Hüften umfaßte, sie fest an sich zog, sie leicht anhob, um jedem kühnen, kraftvollen Stoß so begegnen zu können, daß er gleichzeitig mit seinem Körper ihren Hügel und den pulsierenden Kern ihrer Weiblichkeit massierte und ihre Leidenschaft bis zu fiebriger Höhe steigerte. Von den feuchten Decken stieg der Geruch ihrer Vereinigung auf, stark und lieblich, trieb sie an, peitsche sie zu wahnsinniger Begier und Lust. Arabella warf wild den Kopf hin und her, umklammerte ihn wollüstig, grub ihre Nägel in seinen breiten Rücken, während Lucien immer und immer wieder in sie stieß, stärker und schneller, bis sie blindlings mit ihm in den Abgrund atemloser Verzückung stürzte, um gleich darauf gepackt und zu den Sternen emporgetragen zu werden. Dort wand und ringelte sich die Regenbogenschlange, verschluckte sie mit ihrem riesigen, weitaufgerissenen Maul und entführte sie an einen dunklen, vibrierenden

Ort, wo die Zeit ihren Ursprung hatte, die Traumzeit, aus der unaufhörlich Tausende Melodien in einen unendlichen Raum entschweben, ihn mit so strahlendem Licht und herrlichen Farben erfüllten, daß Arabella verwundert aufschrie und ihre Macht und Schönheit nur keuchend bestaunen konnte. Lucien barg seinen Kopf an ihrer Schulter, sein Atem ging schwer und streifte heiß ihre Haut. Irgendwo, weit entfernt von ihrem Unterschlupf, so schien es ihr, fühlte sie, wie er sie fast schmerzlich umklammerte, seine Nägel sich in ihre Haut gruben und die Intensität der Explosion, die in ihr aufgeflammt war, steigerten. Dann schrie auch er auf, und ein mächtiger, unbändiger Schauer ließ seinen ganzen Körper erzittern, während er sich in sie ergoß.

Beglückt und erschöpft lag Arabella unter ihm, zu schwach und ermattet von dem, was zwischen ihnen geschehen war, ihr Körper fast kraftlos, obwohl ihr Herz noch viel zu rasch und heftig klopfte, so wie Luciens, was sie deutlich fühlen konnte, bis er sich langsam von ihr löste und sich auf die eine Seite neben ihr gleiten ließ, sich mit einem Ellenbogen abstützte und sie in der Dämmerung musterte, dem stillen Nachhall ihres Liebesspiels. Sie sah genauso aus, wie er es sich immer ausgemalt hatte, nackt und schweißglänzend, die Augen vor Leidenschaft und Befriedigung leicht geschlossen, die Lippen entspannt. Bewegt nahm er sie in seine Arme, drückte ihren Kopf an sich, hielt sie fest umfangen, küßte und streichelte sie zärtlich, während sie allmählich in die Realität zurückkehrten.

Halbwegs rechnete er damit, daß sie weinen würde, aber ihr Verstand war noch zu sehr umnebelt von dem Wein und den Gefühlen, die sie erlebt hatte, um das volle Ausmaß dessen zu begreifen, was sie getan hatte. Selbst wenn es nicht so wäre, spielt das jetzt keine Rolle mehr, dachte er. Wie er sie gleich zu Anfang gewarnt hatte, gab es für sie jetzt kein Zurück. Ehemaliger Sträfling oder nicht, er hatte sie besessen. Sie war jetzt sein, eine Frau wie keine andere, die er je gekannt hatte, die er formen und führen konnte, wie er wollte, mit der er machen konnte, was er sich wünschte, die er nehmen konnte, wie und wann es ihm gefiel, der er Dinge beibringen konnte, die sie niemals in den Armen eines anderen Mannes erfahren hätte – und am Ende würde sie froh sein, daß es so war, daß sie ihm nicht nur ihre Jungfräulichkeit geschenkt hatte, sondern auch ihr Herz. In seinem tiefsten Innern, wenn er ganz ehrlich zu sich selbst war, mußte Lucien sich eingestehen, daß er die ganze Zeit versucht hatte, sie irgendwie zu bekommen. Daß er vielleicht sogar ihren verletzlichen Zustand ausgenutzt hatte und daß sie ihn und sich dafür am kommenden Morgen hassen mochte, kümmerte ihn nicht länger. Mit der Zeit würde sie darüber hinwegkommen. Leidenschaft war berauschender als jeder Wein, stärker als jede Droge – und er hatte sie bei ihr entfacht, würde sie weiterhin nähren und befriedigen, bis sie so stark an ihn gebunden war, daß ihre Verbindung einfach auf ewig halten mußte. Er würde sie an keinen anderen Mann verlieren, nicht so, wie er Verity, seine Frau, verloren hatte.

»Arabella, du hast mich unendlich glücklich gemacht«, gestand er ihr in der Stille.

»Habe ich das, Lucien? Habe ich das wirklich?« Sie schaute scheu zu ihm auf, und Hitze stieg ihr in die Wangen, als sie an all die Dinge dachte, die sie beide gemacht hatten und die Arabella sich ebensowenig in ihren wildesten Träumen hätte vorstellen können wie die herrlichen Gefühle, die er bei ihr wachgerufen hatte. Er hatte sie schön genannt ... und gesagt, sie würde für immer zu ihm gehören. Dafür hatte sie es gewagt, ihre Welt zu verlassen und seine zu betreten, unfähig, länger zu leugnen, daß etwas Dunkles, Wildes, Erdverbundenes in ihr selbst ihn wollte, gleichgültig, was es sie kosten mochte. Aber während sie so in seinen Armen lag, spürte Arabella tief in ihrem Herzen, daß, was auch immer geschehen mochte, es keinen Platz auf Erden gab, wo sie lieber wäre. »Ich hatte zuerst Angst, daß ich dir kein Vergnügen schenken könnte.«

»Glaub mir, du hast mich reichlich beschenkt, mein Liebling – mehr als jede andere Frau, die ich je gekannt habe. Und jetzt möchte ich gern, daß du es noch mal machst.« Er schob sie auf den Rücken, glitt entschlossen über sie, verschloß ihr begehrlich den Mund und schob seine Zunge sehnsüchtig zwischen ihre Lippen. »Öffne deine Beine für mich, Arabella«, verlangte er leise, liebkoste ihre Brüste und ließ seine Hände über ihren Bauch hinuntergleiten.

Bei seinen Küssen erschauerte sie und spürte die Leidenschaft mit seinen Zärtlichkeiten erneut in sich aufwallen, so daß sie tat, was er wollte. Ihr stockte der Atem, als sie die warme, nun schon vertraute Feuchtigkeit zwischen ihren Schenkeln fühlte. Er merkte es ebenfalls, als er sie berührte, kurz und sacht streichelte, was nur ein Vorgeschmack dessen war, was noch kommen würde, wie sie heute abend erfahren hatte. Zufriedenheit umspielte seine Lippen.

»Ja, meine Liebste … das ist es, was ich mir von dir wünsche … und das … und dies …«

Arabella wußte nicht mehr, wo sie endete und wo Lucien begann. Sie waren wie ein Wesen, es gab keine Barriere mehr zwischen ihnen, als sie sich mit Lippen, Zungen und Händen liebkosten, bis er sich hinkniete und sie auf seine muskulösen Schenkel hob, um tief in sie zu dringen, sie zurückbog, seine Lippen auf ihre vorgewölbten Brüste preßte, ihre schlanken Hüften umfaßte und ihr half, den Rhythmus zu finden, so daß sie auf ihm ritt. Ihr schweres, kastanienbraunes Haar umhüllte sie wie lange, seidene Bänder, wie die Fäden eines Liebesknotens, der sie für immer miteinander verband, als ihr entzückter leiser Schrei der Hingabe die Stille der Nacht durchschnitt, rasch von seinem gefolgt.

Und von oben, durch den heulenden Wind von den fruchtbaren Zweigen gelöst, segelten vereinzelt zarte, wohlriechende Blütenblätter durch die Zweige des Unterschlupfs herab und fielen unbeachtet auf den Boden, wo die Liebenden schliefen und träumten und sich, als sie aufwachten, erneut auf dem exotischen purpurroten Blütenteppich vereinten.

ZWEITES BUCH

Fesseln der Vergangenheit

8. KAPITEL

Der purpurrot blühende Baum

Kolonie von New South Wales, Australien, 1856

Als Arabella am kommenden Morgen aufwachte, merkte sie allmählich, daß ihr Kopf furchtbar schmerzte, daß Lucien neben ihr auf den Decken lag und sie beide vollkommen nackt waren.

Das alles wurde ihr nicht auf einmal bewußt. Zuerst spürte sie nur das warme, milde morgendliche Sonnenlicht, das durch die Zweige, aus denen das Dach ihres Unterschlupfs gefertigt war, hereinschien und auf ihre geschlossenen Lider fiel. Im selben Moment wunderte sie sich, daß Lucien sie noch nicht zum Frühstück geweckt hatte. Als sie sich dehnte und streckte, spürte sie, daß es in ihrem Kopf wie wahnsinnig pochte, so als hätte sie eine Pumpe der *Heather Rose* darin und diese liefe auf vollen Touren. Ihr Mund war so ausgetrocknet wie die abgezogene Haut eines der Tiere, die Lucien in den vergangenen Wochen erlegt hatte, und ihr Magen brannte, als wäre sie schwerkrank. Als sie ihre Augen langsam öffnete, fühlte sie sich geblendet von der Sonne, und alles um sie herum schien sich irrsinnig schnell zu drehen. Ihr wurde furchtbar übel, und sie schloß rasch wieder die Augen. Wenn sie nur ganz still liegenblieb, mußte sie sich vielleicht nicht übergeben. Nach einer unangenehmen Weile jedoch wurde ihr klar, wie hell die Sonne schien und wie weit fortgeschritten der Morgen demnach schon sein mußte. Leichte Besorgnis erfaßte sie bei der Erkenntnis, daß Lucien sie nicht so lange hätte schlafen lassen sollen. Irgend etwas mußte ihm zugestoßen sein! Ein fürchterlicher Schreck durchfuhr sie, und sofort riß sie die Augen weit auf, doch als sie versuchte, sich aufzurichten, stöhnte sie schwach. Alles drehte sich, kaum daß sie den Kopf von den Decken hob. Sie konnte nicht aufstehen. Eine schwere Last drückte sie auf den Boden.

Vorsichtig drehte Arabella ihren wie wild pochenden Kopf ein wenig herum und sah, daß die Last Lucien war, der über ihr lag und ein Bein intim zwischen ihre Schenkel geschoben hatte, während er einen Arm um sie gelegt hielt und mit der Hand ihre Brust umfaßte. Im ersten Moment war sie so benommen, daß sie glaubte, sie wäre nicht wirklich wach oder bei Bewußtsein, sondern befände sich im Delirium und träumte wieder. Dann fiel ihr jedoch plötzlich ein, was sich am Abend zuvor zugetragen hatte ... der Besuch der Aborigines, der starke Wein, das rhythmische Trommeln, die berauschenden Tänze, die unwirkliche Atmosphäre, das hemmungslose Liebesspiel – ein entsetzter und ungläubiger Aufschrei entfuhr ihr. Willentlich hatte sie sich Lucien Sinclair hingegeben – hatte sich ihm in einem unbeherrschten, leidenschaftlichen Moment der Trunkenheit und Begierde hingegeben! ... Um Himmels willen, was habe ich nur getan? fragte sie sich bestürzt. Sie war in dem Sinne erzogen worden, daß sie ihre Gefühle stets unter Kontrolle zu halten hatte, ihnen nie freien Lauf lassen und sich nicht von ihnen treiben lassen durfte. Jetzt war sie in Ungnade gefallen, hatte ihre ganze Erziehung für eine einzige vergängliche Nacht in Lust und Sünde über Bord geworfen. Doch ihre Liebe zu Lucien, der Gedanke, daß er sie sicher heiraten würde, hätte Arabellas Gewissen beruhigt und ihr die Panik genommen, hätte sie nicht plötzlich zu ihrer größten Bestürzung auf seinem bloßen gebräunten Rücken die Narben erspäht, die sie letzte Nacht in der Dunkelheit des Unterschlupfs nur gefühlt hatte. Jetzt, als sie darauf starrte, erkannte sie schockiert, daß sie von Peitschenhieben stammten – die er nicht nur einmal erhalten hatte, sondern viele, viele Male. Aber auf seiner Schulter prangte das Entsetzlichste von allem: ein tiefes, dunkles Brandmal, das ihn als Mörder abstempelte.

Um Gottes willen, dachte sie fassungslos und so verstört, daß sie die ungeheure Wirkung im ersten Moment nicht zu begreifen vermochte: Sie hatte mit einem verurteilten Verbrecher geschlafen – einen Mörder geliebt! – und ihm ihre Unschuld geschenkt!

Als wäre durch diese entsetzliche Erkenntnis bei ihr eine Erinnerung geweckt worden, fiel ihr in dem Moment ein, was Harry

Palliser ihr an Bord der *Heather Rose* so hitzig erzählt hatte: *Dieser Teufel Lucien Sinclair ... ein blutdürstiger, widerlicher Emporkömmling ... ein ehemaliger Sträfling ... wird eines Tages ein neues Verbrechen, einen neuen Mord begehen ...*

Dieser Teufel Lucien Sinclair. Immer und immer wieder hallten Arabella diese Worte im Ohr. Und jetzt begriff sie auch, warum ihr sein Name, als Lucien ihn ihr genannt hatte, irgendwie bekannt vorgekommen war.

Ich bin ein Teufel, jawohl – das will ich nicht leugnen ... Das hatte Lucien ihr selbst gesagt, als sie nach dem Schiffsunglück ihr Bewußtsein wiedererlangt hatte. In dem Moment hatte er zugegeben, was er war. Sie hatte nur bis jetzt nicht verstanden, wäre nie auf den Gedanken gekommen, daß er ein ehemaliger Sträfling sein könnte, obwohl sie selbstverständlich wußte, daß Australien in erster Linie ein Land der Strafkolonien war. Ihrer Vorstellung nach waren Sträflinge gewalttätige, bestialische Männer, furchtbar grob und dumm, denen schon nach außen hin zivilisiertes Verhalten fehlte, jegliche Grundlage an Bildung – doch nichts von alledem traf auf Lucien zu. Sie hatte ihn bloß für einen rauhbeinigen Mann gehalten und noch nicht mal die schreckliche Wahrheit geahnt, als er nach dem Kampf mit dem Krokodil sein Hemd nicht hatte ausziehen wollen, damit sie seine Wunden besser versorgen konnte, denn sonst hätte sie die Narben gesehen, das Brandmal ...

Sie mußte weg von hier, mußte flüchten, ehe er wach wurde! Man konnte schließlich nicht wissen, was er ihr antun mochte, so allein, wie sie hier draußen waren, und so nah bei Brisbane. Er hatte bereits einen Mord begangen, und wenn er sie vielleicht auch nicht umbringen würde, so hatte er – ohne das Testament ihres Vaters zu kennen – zweifellos ihre Schwäche gestern abend ausgenutzt, um sie zu verführen, damit sie, kompromittiert, wie sie war, keine andere Wahl hatte, als ihn zu heiraten, so daß er ihr Vermögen an sich reißen konnte! Sicherlich war ihm ein williges Opfer wesentlich lieber als ein unwilliges, besonders da sie nach der Entjungferung noch vor den Altar geschleppt werden mußte. Aber jetzt gab es für Arabella keinen Zweifel mehr, daß Lucien, hätte sie sich ihm nicht hingegeben, sie vergewaltigt und bestimmt Mittel und Wege gefunden hätte, um sie – zumindest in Gegenwart des anwesenden Pfarrers oder Friedensrichters – zum Schweigen zu veranlassen, damit niemand erfuhr, auf welche Art sie zur Heirat gezwungen worden war.

Überdeutlich spürte sie seine Hand auf ihrer Brust. Sicher würde es ihn, sobald er wach wurde und merkte, daß er sie nackt in den Armen hielt, erneut nach ihr gelüsten. Allein bei der Erinnerung daran wurde ihr schon schlecht, und sie fühlte sich zutiefst beschämt. Was sie alles miteinander getrieben hatten, vermochte sie jetzt gar nicht mehr zu glauben, aber bestimmt waren diese Dinge, so begierig und kriminell wie Lucien veranlagt war, unzüchtig und pervers, vermutete sie, und eine starke Übelkeit überkam sie. Schlimmer noch war jedoch im nachhinein die Erinnerung, wie sehr sie es genossen hatte, sich ihm lüstern hinzugeben. Alles, was er von ihr verlangt hatte, hatte sie mitgemacht und es auch noch freudig getan. Was für eine einfältige, törichte Närrin ich doch war! In schonungsloser Klarheit wurde Arabella bewußt, wozu sie sich da hatte verleiten lassen, und ihr schauderte vor Furcht, welche Konsequenzen ihr Handeln nach sich ziehen mochte. Wenn andere jemals etwas von der vergangenen Nacht erfahren würden, wäre sie Mittelpunkt eines Skandals und müßte in Schande leben. Die Türen der Gesellschaft würden ihr für immer verschlossen bleiben. Anständige Damen würden sie meiden, und kein Gentleman würde sie mehr heiraten wollen – obwohl es zweifellos genügend gäbe, die ihr andersgeartete Angebote machen würden. Gervase ... Gervase, sollte er jemals von der vergangenen Nacht erfahren, würde er sie für abstoßend ordinärer und minderwertiger halten als die billigste Prostituierte, die Hure eines Sträflings, und sie zu Recht verachten. Wenn auch Onkel Philip ihr Vormund war, so würde er sich, so streng wie er war, vielleicht weigern, sie in seinen Haushalt aufzunehmen, und sie umgehend in ein Kloster oder gar Schlimmeres stecken.

Sie durfte niemandem erzählen, was ihr widerfahren war, entschied Arabella und überlegte fieberhaft, was sie nun tun sollte. Irgendwie würde sie es schaffen, den kurzen Weg nach Brisbane allein und zu Fuß zurückzulegen. Dort mußte sie allen eine glaubhafte Lüge auftischen, wie es ihr gelungen war, sich immer an der Küste entlang nach Süden durchzuschlagen. Wahrscheinlich wußten die Behörden nicht so genau, wo die *Heather Rose* gesunken war, und selbst wenn sie informiert waren, konnten sie nicht beweisen, daß Arabella nach dem Unglück nicht meilenweit in dem Rettungsboot auf dem Meer herumgetrieben war, ehe sie ans Ufer geschwemmt worden war. Ja, auf die Art konnte sie sich schützen. Es mußte einfach gehen! Ganz behutsam löste sie sich aus Luciens Armen, um ihn nicht zu wecken, und erschrak, als er leise vor sich hinmurmelte und sich im Schlaf bewegte. Aber zu ihrer grenzenlosen Erleichterung wachte er nicht auf. Und schließlich gelang es ihr, sämtliche Kleidungsstücke an sich zu nehmen und damit den Unterschlupf zu verlassen.

Während sie sich anzog und in ihre Lederstiefel schlüpfte, stellte Arabella dankbar fest, daß die Aborigines verschwunden waren. Nur Mate bekam mit, wie sie aus dem Unterschlupf auftauchte, und da sie befürchtete, daß er zur Begrüßung krächzen könnte – er hatte inzwischen gelernt, »Hallo, Arabella« zu sagen –, brachte sie ihn vorsorglich mit einer Handvoll Erdnüsse zum Schweigen, über die er sich sogleich geschäftig hermachte. So konnte sie in aller Ruhe in das Laken, das sie aus dem Unterschlupf mitgebracht hatte, je einen von Luciens Kanistern und Feldkesseln einpacken sowie sich eine Tasse, eine Schüssel, einen Löffel, etwas Tee und ein paar Lebensmittel mitnehmen. Dann hob sie ihr Bündel auf die Arme und wollte sich zum Gehen wenden – doch der Anblick vor ihr hielt sie gefangen. Von den Zweigen des Jacarandabaums, die sich über dem Unterschlupf ausbreiteten, regneten purpurrote Blüten herab.

Hüte dich vor dem Tasmanischen Teufel und dem vom Mondlicht erhelltem Geflecht unter dem purpurrot blühenden Baum … Unweigerlich fielen Arabella die Worte der alten Zigeunerin ein. Am Abend zuvor hatte sie den Baum gar nicht bemerkt, vielleicht war er aber auch über Nacht aufgeblüht. Nur eines wußte sie in diesem Augenblick genau: Sie mußte Lucien entfliehen, ehe es zu spät war.

Fest preßte sie ihre Habseligkeiten an sich und lief davon.

9. KAPITEL

Sydney

Natürlich dauerte die Reise nach Brisbane für Arabella länger als ein oder zwei Tage, wie Lucien angegeben hatte, da sie zu Fuß unterwegs war und sich jedesmal, wenn sie ein ungewöhnliches Geräusch hörte, versteckte. Befürchtete sie doch, daß er ihr folgte und sie suchte. Da er sich in der Wildnis so gut auskannte, lebte sie in ständiger Angst, er könnte sie leicht finden, handgreiflich werden und sie zwingen, bei ihm zu bleiben – oder gar Schlimmeres. Aber nicht nur deshalb schlich sie durch die Wälder längs der Küste, sondern auch, weil sie sich vor den wilden Tieren fürchtete, besonders vor den Krokodilen, da sie nicht wußte, wie weit sich ihr Revier erstreckte.

Dennoch hatte Arabella viel bei Lucien gelernt, und diese Kenntnisse nutzte sie jetzt, um zu überleben. Wild konnte sie nicht jagen – und sie ärgerte sich, daß sie sich nicht Luciens Revolver eingesteckt hatte. Denn damit hätte sie wenigstens aus unmittelbarer Nähe kleine Tiere erlegen und sich obendrein besser schützen können. Es gab jedoch andere Nahrungsmittel in Hülle und Fülle: Kohlpalmen, Seemandeln und viele Früchte, wie Kokosnüsse, Pandanus, Pflaumen und Feigen. Darüber war sie sehr froh, denn sie hätte es nicht fertiggebracht, sich von den grünen Ameisen, Motten, Raupen und fußlangen Ooliwürmern zu ernähren, die von den Eingeborenen häufig gegessen wurden und die Lucien selbst gelegentlich verspeist hatte. Da sie es nicht wagte, abends ein Feuer zu machen, weil Lucien sonst den Rauch erspäht hätte, stieg sie auf einen Baum, den sie leicht erklettern konnte, und setzte sich in das Geäst, so unbequem das auch war. Meistens döste sie nur ein wenig, richtig schlafen konnte sie nicht.

Eines Tages dann erreichte Arabella schließlich ihr Ziel. Zuerst glaubte sie irrtümlicherweise, sie wäre auf ein Dorf der Aborigines gestoßen, denn Brisbane war eine unansehnliche, abstoßende Stadt und bestand hauptsächlich aus ein paar hölzernen *Umpees* und zerfurchten Feldwegen. Ursprünglich war es eine Sträflingssiedlung gewesen, und obwohl in dem geschäftigen Hafen bereits viele Einwanderer wohnten, die mit Hilfe von staatlichen Unterstützungen hierhergeholt worden waren, fehlten dem Stadtbild repräsentative Gebäude. Ungläubig sah Arabella sich in der primitiven, rückständigen Stadt um und war schlichtweg entsetzt. Dafür hatte sie jetzt eine so weite Reise auf sich genommen! Dann sah sie jedoch Männer in der Uniform des New South Wales Corps und war sicher, daß sie tatsächlich in Brisbane war – oder zumindest doch an einem Ort, wo sie sofortige Hilfe erwarten konnte. Sie schluchzte vor Erleichterung und stolperte auf die ersten häßlichen Hütten zu.

Kurze Zeit später saß sie schon in einer dieser Bauten und erzählte ihre wildbewegte Geschichte, teils Halbwahrheiten und teils Notlügen, die sie sich ausgedacht hatte, um ihre augenblickliche unglückliche Situation hinreichend zu erklären. Ihre Angaben rissen Captain Richard Bonniface aus seiner üblichen Niedergeschlagenheit, die durch die Arbeitsbedingungen verursacht wurde, denen er sich täglich ausgesetzt sah. Kaum hatte der Captain erfahren, daß sie niemand anders war als das totgeglaubte Mündel von Colonel Philip Wyndham, Kommandeur des New South Wales Corps, nahm er die Sache sofort in die Hand.

Bis sich eine andere, passendere Unterkunft für Arabella fand, durfte sie vorübergehend sein *Umpee* benutzen, und schon bald darauf sank sie äußerst dankbar in eine Badewanne mit dampfend warmem Wasser. Mit der groben Seife, die man ihr gab, wusch sie sich gründlich, so als könnte sie nicht nur den Schmutz und Schweiß der vergangenen Wochen, sondern auch sämtliche Spuren wegwaschen, die Lucien hinterlassen haben mochte, als er von ihr Besitz ergriffen hatte. Jedesmal wenn sie daran dachte, kam es ihr so vor, als wäre auch das nur in einem ihrer Fieberträume geschehen, als hätte sie es nicht wirklich erlebt, obwohl sie trotz allem in ihrem tiefen Innern die volle, bestürzende Wahrheit kannte.

Zum ersten Mal in ihrem Leben war sie sich der sexuellen Merkmale ihres Körpers auffallend bewußt, nahm ihre vollen, runden Brüste wahr, den weichen, flaumigen Hügel zwischen ihren Schenkeln, wo sie jetzt noch leicht spüren konnte, wie tief Lucien in sie eingedrungen war. Irgendwie hatte Arabella damit gerechnet, daß ihr Körper sich äußerlich verändern würde und Lucien irgendein sichtbares Mal bei ihr hinterlassen hätte, so wie das Mal auf seiner Schulter, aber bis auf ein paar schwache, verblaßte blaue Flecken, die von seinem kräftigen Griff stammten, konnte sie nichts entdecken. Darüber war sie froh. Niemand sah ihr die entsetzliche Schande an oder wäre auf den Gedanken gekommen, daß sie – was noch viel schlimmer war – einem ehemaligen Sträfling willig ihre Unschuld geschenkt hatte. Die einzige Furcht, die sie jetzt im nachhinein befiel, war, daß Lucien ein Kind mit ihr gezeugt haben könnte.

Bei dem Gedanken begann Arabella trotz des warmen Badewassers zu frieren, denn sie hatte keine Ahnung, was sie in dem Fall machen sollte, was dann aus ihr werden würde. Ihr schauderte, als sie sich an die Geschichten erinnerte, die sie mitbekommen hatte. Manche Frauen, die sich in solchen Umständen befanden und verzweifelt versuchten, den unleugbaren Beweis ihrer Schmach loszuwerden, hatten alles mögliche dafür riskiert, sogar den Tod, nur um den ungewollten Fötus abzutreiben. Fast jeden Tag, so schien es, brachten die Londoner Zeitungen, die ihr Vater regelmäßig erhielt, den einen oder anderen Bericht über eine dieser armen, unglückseligen Frauen, die von ihrem Liebhaber verlassen worden waren und in einer der schäbigeren Straßen der Stadt tot aufgefunden wurden, weil sie das Opfer eines schmutzigen Kurpfuschers geworden waren, der sich als Arzt ausgegeben hatte. Ausgestoßen aus der Gesellschaft würde Arabella sicherlich, aber zumindest wäre sie, sobald sie alt genug war, nicht vollkommen mittellos. Angesichts der düsteren Zukunft, die ihr möglicherweise drohte, war dieser Gedanke jedoch nur ein schwacher Trost, und sie vermochte kaum, den erneuten kalten Schauer zu unterdrücken, der ihr über den Rücken rann.

Hastig spülte sie ihr Haar aus, stieg aus der Wanne und trocknete sich rasch mit den Handtüchern ab, mit denen man sie versorgt hatte. Captain Bonniface hatte sich an die weibliche Bevölkerung der Stadt gewandt und ihnen berichtet, daß Arabella wie durch ein Wunder überlebt hatte, jetzt aber in Not war. Als die Frauen das erfuhren, hatten sie ihr sofort ein paar Kleidungsstücke zukommen lassen. Nachdem Arabella das Hemd und die Biedermeierhose angezogen hatte, mühte sie sich, das Korsett anzulegen, das sich ebenfalls unter der Garderobe befand, und die Schnüre festzuzurren. Da sie lange keins mehr hatte tragen müssen, fiel ihr auf, wie sehr es ihre Taille einengte und wie stark es ihr die Luft abschnürte. Zum ersten Mal erschien ihr das steife Teil wie das reinste Folterwerkzeug, und am liebsten hätte sie es sofort wieder abgelegt, so wie die Stäbe ihr ins Fleisch schnitten, doch sie rang sich durch und streifte die Strümpfe über, stieg in den Reifrock und die Krinoline, griff nach dem Kleid, das ein wenig zu groß war, und schlüpfte in ein Paar Marokkoslipper, die furchtbar drückten. Als sie schließlich fertig war, schwitzte sie schrecklich und merkte gar nicht mehr, daß sie gerade gebadet hatte. Ihr war so heiß in der beengenden Kleidung, daß sie glaubte, sie müßte jeden Moment in Ohnmacht fallen. Es fiel ihr geradezu schwer, sich nicht alles vom Leib zu reißen und rasch wieder die einfachen Sachen anzuziehen, an die sie sich gewöhnt hatte.

Daß die Bequemlichkeit dieser schlichten Kleidungsstücke nicht das einzige war, das ihr genommen wurde, mußte Arabella kurz darauf feststellen, als Captain Bonniface keine Pflicht scheute, ihr unter der weiblichen Bevölkerung eine Anstandsdame zu besorgen. Miss Bodkins war eine Jungfer um die Vierzig, die ihren Bruder, einen Missionar, nach Australien begleitet hatte, um den Aborigines das Wort Gottes zu verkünden. Daß sie diese Aufgabe nur teilweise erfüllt hatte, betrachtete sie als Kreuz ihres Lebens, das sie mit der Leidensmiene einer Märtyrerin trug – so wie sie Arabellas Gegenwart in der kleinen Hütte ertrug, in der kaum Platz für zwei Personen war, viel weniger noch für drei. Obwohl Arabella behauptete, es würde ihr nichts ausmachen, auf dem harten Boden zu schlafen, bestand Miss Bodkins energisch darauf, ihr das schmale, schwere Bett zu überlassen, weil Arabella ihrer Ansicht nach eine richtige Nachtruhe weitaus dringender nötig hätte. Ebensowenig ließ Miss Bodkins es zu, daß Arabella allein an Bord des Postschiffes ging, das regelmäßig zwischen Sydney und Brisbane verkehrte. Selbst auf dem letzten Stück der langwierigen Reise blieb Arabella Miss Bodkins' lästige Gegenwart nicht erspart. Zwangsläufig mußte sie eine winzige Kabine mit der Missionarin teilen, sich ständig ihre Klagen über das schwere Los anhören, das sie im Sinne Gottes willig ertrug, und morgens wie abends mit Miss Bodkins beten, um Gott für ihre wunderbare Rettung zu danken und ihn zu bitten, er möge ihr ausreichend Kraft schenken, damit sie das Leben in Australien, wo das Heidentum vorherrschte und es zuwenig Annehmlichkeiten für die Menschen gab, ertragen konnte.

Einmal wurde es selbst Arabella zu bunt. Sie verlor die Beherrschung und fuhr Miss Bodkins etwas schärfer an als beabsichtigt. Demütig akzeptierte die Missionarin den Vorwurf, als wäre er berechtigt, und erklärte in leidendem Tonfall, daß sie natürlich viel zu rücksichtslos drauflosgeredet hätte, ohne zu bedenken, wie sehr doch Arabellas Nerven von dem schrecklichen Unglück strapaziert wären. So hatte Arabella am Ende ein schlechtes Gewissen und kam sich vor, als hätte sie Miss Bodkins unrecht getan, was diese sicher insgeheim beabsichtigt hatte. Wesentlich mehr jedoch beunruhigte Arabella, daß sie jetzt, wo sie ihre Jungfräulichkeit durch Lucien verloren hatte, eines Tages so werden könnte wie die Missionarin: eine ständig entrüstete, salbungsvolle alte Jungfer, die sich selbst unbeliebt machte, weil sie stets ihre Nase in die Angelegenheiten anderer Leute steckte. Kein Wunder, dachte Arabella niedergeschlagen, daß Miss Bodkins' Bruder ein so melancholischer, nervöser Mann ist, der seiner Schwester in allem ergeben zustimmt. Niemals wollte Arabella irgendwem so zur Last fallen. Nur allein die Vorstellung, sie könnte eines Tages so werden, brachte sie derart zur Verzweiflung, daß sie, wäre Captain Bonniface nicht mit an Bord gewesen, um – was er für seine Pflicht hielt – sie persönlich nach Sydney zu begleiten und sicher zu Onkel Philip zu bringen, geneigt gewesen wäre, sich über Bord zu stürzen und dem Meer zu überlassen, wie es beinahe ihr Schicksal gewesen wäre, dem sie nach dem Auflaufen der *Heather Rose* auf dem Korallenriff nur um Haaresbreite entronnen war.

Noch vor dem Ende der Reise zählte sie Captain Bonniface – Richard, wie sie ihn schon bald nannte – zu ihren Freunden. Wenn er auch nicht so fröhlich und offenherzig wie Harry Palliser war, so war er doch ebenso rücksichtsvoll ihr gegenüber und ganz der Gentleman, der sich überdies seiner Karriere verschrieben hatte. Mit ihm verbrachte Arabella die meiste Zeit an Bord des Postschiffes, das, nachdem es seine Ladung in Brisbane gelöscht hatte, nach Sydney zurückkehrte. Oft stand Richard mit ihr an der Reling, wie Harry es auf der *Heather Rose* getan hatte, und unterhielt sie mit Geschichten seiner Abenteuer in Australien. Sollte er den Verdacht hegen, daß ihre eigene Geschichte nicht ganz der Wahrheit entsprach, so war er zu wohlerzogen, um auch nur anzudeuten, daß eine Lady lügen könnte. Er kannte den Colonel wie auch Gervase persönlich und hatte die übrigen Mitglieder der Familie Wyndham flüchtig kennengelernt, als er dort zum Abendessen eingeladen gewesen war. Und wie auch Harry, so versicherte Richard ihr nachdrücklich, daß Arabella im Gegensatz zu dem erschreckend primitiven Stadtbild von Brisbane kulturell wie auch von den Annehmlichkeiten her es in Sydney wesentlich besser antreffen würde.

Das fand sie bald darauf bestätigt, als sie an den wuchtigen *Heads* von Port Jackson vorbeisegelte, während das Postschiff landeinwärts auf die Bucht von Sydney zusteuerte, um dort im glitzerndblauen Wasser des Hafens anzulegen. Unterwegs wies Richard auf ein paar der örtlichen Sehenswürdigkeiten hin – einschließlich eines vielbesuchten Aussichtsortes, der seltsamerweise als *Mrs. Macquaries Sessel* bekannt war.

»Elizabeth Macquarie war die Frau des Gouverneurs Lachlan Macquarie, der weitgehend für den Aufbau Sydneys verantwortlich war«, erklärte Richard Arabella, während sie warteten, bis das Schiff am Kai vertäut war und die Gangway ausgelegt wurde.

»Er hatte eine großartige, weit in die Zukunft gehende Vorstellung von dieser Stadt, die das Imperial Office in London leider nicht teilte und ihm daher weder die nötigen Mittel noch die dafür nötigen Arbeitskräfte zur Verfügung stellen wollte. Dennoch ließ er sich nicht davon abhalten, seinen Traum zu verwirklichen, heuerte einen ehemaligen Sträfling namens Frances Greenway an, der Architekt gewesen war, ehe man ihn verschifft und ins Gefängnis geworfen hatte, und ließ ihn die eleganten Gebäude entwerfen, die sie in Sydney sehen werden – unter anderem Hyde Park Barracks, Parliament House, die State Library und das Sydney Hospital –, und bezahlte sie von dem Gewinn aus dem Rumhandel. Um auch verewigt zu werden, bestellte sich Mrs. Macquarie ihren Sessel, der aus dem Felsen des Vorgebirges am Ende des Domain, des Privatparks des Gouverneurs, gehauen wurde. Dort saß sie oft und hielt Ausschau nach dem Hafen. Wenn Sie ins Government House eingeladen werden, was bestimmt der Fall sein wird, da Sie Colonel Wyndhams Mündel sind, müssen sie fragen, Arabella, ob Sie den Sessel mal sehen dürfen. Der Ausblick ist einfach herrlich. Die Besucherinnen sind immer hellauf begeistert, und einige von ihnen haben dort bereits Landschaftsaquarelle gemalt.«

»Das werde ich machen. Es klingt vortrefflich«, erwiderte Arabella und ließ ihren Blick über die Stadt schweifen. »Schon von hier aus sehe ich, daß Sydney zum Glück wirklich viel zivilisierter ist als Brisbane.«

Das war tatsächlich der Fall. Denn am Fuß der majestätischen Blauen Berge lag, von sanftgeschwungenen grünen Hügeln und langen lohfarbenen Stränden umgeben, Sydney in all seiner viktorianischen Pracht und Herrlichkeit. Auf der rechten Seite, längs schmaler, gewundener Kopfsteinpflasterstraßen und Gassen, schmiegten sich die überfüllten Häuser und Kneipen des Stadtviertels *The Rocks* eng aneinander. Gelegentlich führte von einer der Gassen eine steile Treppe bis in die Berge hinauf. Von Strafgefangenen erbaute Lagerhäuser drängten sich auf den Kais, die wie langgestreckte Finger weit in den Hafen hinausreichten. Auf der linken Seite thronte das imposante Government House,

Wohnsitz des Gouverneurs, an den weitläufige, mit blühenden Blumen gefüllte Parks grenzten, die sich vom Circular Quay längs der Macquarie Street bis ins Herz der Stadt erstreckten. Die Geräusche im Hafen Sydneys glichen auf seltsam vertraute Weise denen in Scarborough, so daß es Arabella erschien, als wäre sie heimgekehrt. Richard winkte rasch eine vorbeifahrende Droschke herbei, damit sie nicht lange an der Anlegestelle warten mußten, half den beiden Damen hinein und nannte dem Fahrer die Adresse.

»Colonel Wyndhams Besitz liegt an der Südküste von Port Jackson, nicht weit von South Head entfernt, wo sich auch viele andere Familien angesiedelt haben, die Sie bei Gesellschaften kennenlernen werden«, berichtete er Arabella auf der holprigen Fahrt über das Kopfsteinpflaster. »Natürlich unterhalten die Wyndhams auch ein Stadthaus in Sydney, wo ich Sie jetzt hinbegleite. Bestimmt freuen Sie sich schon darauf, sie wiederzusehen.«

»Ja, sicher«, erwiderte Arabella etwas stockend und erkannte plötzlich, daß sie davon gar nicht mehr so überzeugt war wie vor dem schrecklichen Unglück der *Heather Rose*.

Jetzt, wo ihr endgültig dieser Augenblick kurz bevorstand, befielen sie arge Zweifel. Unwillkürlich dachte sie an Lucien Sinclair und die wahnsinnig leidenschaftliche Nacht, die sie miteinander verbracht hatten. Zu ihrer grenzenlosen Erleichterung würde sie kein Kind von ihm bekommen. Aber sie hielt es für ziemlich wahrscheinlich, daß Onkel Philip sie wesentlich ausführlicher nach ihren Erlebnissen im Anschluß an das furchtbare Unglück befragen würde, als Richard es getan hatte. Und obwohl ihre angeborene Ehrlichkeit ihr gebot, alles offen darzulegen, schreckte Arabella instinktiv davor zurück. Zu groß war ihre Furcht, der Colonel würde sie, wenn er die volle Wahrheit erfuhr, nicht mehr in seinem Haus dulden. Um sie zu zwingen, in ein Kloster einzutreten, würde er ihr womöglich sogar ihr Vermögen vorenthalten. Und dann konnte sie nicht einmal mehr nach Darracott Hall zurückkehren, woran sie gar nicht erst denken wollte. Jetzt, nachdem sie Zeit gehabt hatte, wieder zur Vernunft zu kommen, war ihr, als hätte sie ein ebenso furchtbares Verbrechen begangen wie Lucien. Aber während sie das Ausmaß dessen, was sie getan hatte, innerlich beunruhigte, ängstigte sie sich weitaus mehr, jemand könnte herausfinden, was wirklich passiert war, und sie die Folgen spüren lassen. Als sie geglaubt hatte, Lucien stünde nur gesellschaftlich unter ihr, war sie gewillt gewesen, seine Frau zu werden und sogar die geringfügige Mißachtung zu ertragen, die eine solche Verbindung auch in einem Land mit sich gebracht hätte, in dem die Grenzen zwischen den Klassen längst nicht mehr so streng waren. So tapfer Arabella auch war, als Sträflingshure jedoch wollte sie sich nicht beschimpfen lassen und von ihrer Ersatzfamilie wie auch Freunden verstoßen werden. Und schon gar nicht für eine lieblose Ehe mit einem Mann, der sie zweifellos kompromittiert hatte, um ihr Vermögen in seine gierigen Hände zu bekommen.

Nicht einmal hatte Lucien gesagt, daß er sie liebte. Er hatte immer nur behauptet, er begehre sie. Damit hatte er sie irgendwie am schlimmsten verletzt, gleichgültig, wie häufig sie sich ins Gedächtnis rief, daß er ein gemeiner Mörder, ein hartgesottener ehemaliger Sträfling, ein durchtriebener Verführer, ein gieriger Mitgiftjäger und weiß der Himmel, was sonst noch war. Er kannte weder Moral noch Skrupel. Sie mußte ihn aus ihrem Herzen verstoßen und aus ihrem Gedächtnis verbannen und konnte nur hoffen, daß sie ihm nie wieder begegnen würde. Niemals durfte er erfahren, wo sie sich in Sydney aufhielt, sonst würde er sie aufsuchen und ihr drohen, sie bloßzustellen, sollte sie nicht auf jedwede seiner Forderungen eingehen.

Arabellas Phantasie ging mit ihr durch, und sie war so sehr mit ihren Überlegungen beschäftigt, daß sie während der Fahrt kaum etwas von Sydney, den Gebäuden und Parkanlagen sah, auf die Richard sie aufmerksam machte, während die Droschke sich durch den Verkehr der Stadt schlängelte und schließlich vor einem hübschen mehrstöckigen Stadthaus aus grauem Stein hielt, dessen Säulengänge auf der ersten und zweiten Etage mit aufwendigen schmiedeeisernen Verzierungen versehen waren. Weiße Holzjalousien hingen vor den Türen und den schmalen

Flügelfenstern. Das Grundstück war mit einem Zaun eingefriedet, der aus einer niedrigen Mauer und eingelassenen schmiedeeisernen spitzen Stäben bestand. Den Garten zierten Blumenbeete und schmucke Bäume – von denen einer zu Arabellas Bestürzung ein Jacarandabaum war. Vom Tor aus führte ein Steinweg zu einer kurzen Treppe, die direkt vor der massiven Haustür mit dem polierten Messingklopfer endete.

»Ah ... wir sind da«, erklärte Richard, half den beiden Damen aus dem Fahrzeug und bezahlte den Fahrer. »Wie Sie selbst sehen können, ist das hier weit von den bescheidenen *Umpees* entfernt – worüber sie sicher restlos glücklich sind, Arabella –, und wie froh müssen Sie nach Ihrer Tortur jetzt sein, daß Sie endlich zu Hause sind!«

»Ja ... ja.« Sie nickte beklommen, glättete verlegen ihren zerknitterten Rock und schob sich eine Strähne, die sich aus ihrem Knoten gelöst hatte, hinters Ohr. Plötzlich wurde ihr überdeutlich bewußt, daß das Kleid viel zu groß war, die Schuhe zu klein und ihre Haut tief gebräunt von der Sonne. »Ich wünschte nur, ich wäre wenigstens einigermaßen annehmbar gekleidet. Wenn ich daran denke, daß ich mein ganzes Gepäck verloren habe ...«

»Wie John Wesley mal bemerkte, kommt Sauberkeit gleich nach Gottesfürchtigkeit, meine liebe Arabella«, bemerkte Miss Bodkins munter. »Alles übrige ist Eitelkeit und verdient keinerlei Beachtung. Wenn Sie auch nicht nach dem neuesten Modeschrei gekleidet sind, so sehen Sie doch sauber und ordentlich aus. Demütigerweise müssen wir dafür und für Ihre wundersame Rettung dankbar sein.«

Da Miss Bodkins mit ihrem grauen Kleid aus grober schwarzer Baumwolle weitaus schlichter gekleidet war als Arabella jemals zuvor, erschienen ihr die Worte der Missionarin nur als ein schwacher Trost. Und nachdem Richard geklopft hatte und sie von einem Dienstboten eingelassen worden waren, fühlte Arabella sich beim Anblick der atemberaubend schönen jungen Frau, die anmutig die winkelförmige Treppe in die Eingangshalle heruntergelaufen kam, erst recht entmutigt. Ihre blonden Locken waren kunstvoll aufgesteckt, und sie trug ein schwarzes, modisch geschnittenes Trauerkleid, das trotz allem wie eine der luftigsten Kreationen wirkte. Nie zuvor war Chrissie ihr mehr wie eine Prinzessin aus einem der Kindermärchen erschienen als in diesem Moment.

Zuerst erkannte sie Arabella nicht einmal. Aber dann, als sie die Hälfte der Stufen hinter sich hatte, verhielt die zierliche junge Frau ihren Schritt, riß die blauen Augen weit auf, formte ein erschrockenes stummes und ungläubiges O mit dem rosigen Mund und faßte sich mit zarter weißer Hand an den schlanken Hals. Dann, mit einem glücklichen und erstaunten Aufschrei »Arabella! O Arabella! Bist du es wirklich?« stürmte sie die restlichen Stufen hinunter und umarmte Arabella aufs herzlichste. Eine Wolke von Lilien und Rosenduft umhüllte sie.

»Chrissie, o Chrissie ... ja, ja, ich bin's!« Nur schwer brachte Arabella die Worte über die Lippen. Sie war so bewegt, daß sie kaum schlucken konnte, und Freudentränen, die sie nicht länger zurückhalten konnte, rannen ihr über die Wangen, als sie ihre beste Freundin, Christine Wyndham, an sich drückte. All die Schicksalsprüfungen, die sie seit dem Tod ihres Vaters und der Abreise von Darracott Hall hatte bestehen müssen, zogen in diesem glücklichen Augenblick der Wiedersehensfreude an ihrem geistigen Auge vorbei. Schließlich aber wurde sie durch Richards höfliches Räuspern wieder in die Gegenwart zurückgeholt und an ihre guten Manieren erinnert sowie daran, daß es Zeugen dieser rührseligen Szene gab. Zitternd wischte sie sich die Tränen weg und stellte ihrer Freundin die Reisebegleiter vor. »Chrissie, an Captain Richard Bonniface wirst du dich sicher erinnern. Er hat schon bei euch zu Abend gegessen. Und das ist Miss Bodkins. Sie ist Missionarin in Brisbane und war so nett, mich in den vergangenen Wochen als Anstandsdame zu begleiten.«

Chrissie zog ein umhäkeltes weißes Spitzentaschentuch aus der Scherpe um ihrer Taille, betupfte sich zart ihre feuchten Augen, reichte zuerst Miss Bodkins und dann, wesentlich länger, Richard ihre Hand. Absichtlich scheu schaute sie zu ihm auf, ihre dichten blonden Wimpern flatterten dabei wie die Flügel eines Schmetterlings, und ein Grübchen erschien auf ihrer rosigen Wange.

»Captain, wie nett, Sie wiederzusehen – und auch noch unter

solch glücklichen Umständen. Denn sicher gebührt Ihnen unser Dank, daß unsere liebe Arabella wieder bei uns ist, nicht wahr? Oh, laßt uns nicht länger hier stehen bleiben! Kommt alle mit in den Salon, bitte!« Aufgeregt zog sie Arabella mit sich zu den Doppeltüren des Salons hinüber und riß diese auf. Der Dienstbote hatte bereits eine verblüffte und ungläubige Mrs. Henriette Wyndham, Chrissies Mutter, und eine nicht minder erstaunte, aber ruhigere Norah Wyndham, Chrissies ältere Schwester, von Arabellas vollkommen unerwarteter Ankunft verständigt. »Mama, sieh mal, wer hier ist! Unsere liebste Arabella, wundersamerweise aus dem Reich der Toten zurückgekehrt. Dem Himmel sei Dank, wir können endlich unsere schrecklichen schwarzen Sachen weghängen und uns wieder auf Gesellschaften sehen lassen!«

Ob es nun an der letzten, vollkommen respektlosen Bemerkung lag oder an Arabellas Auftauchen, daß Henriette so aus der Fassung geriet, wußte hinterher niemand mehr. Jedenfalls war die Wirkung derart, daß Tante Hennie, wie Arabella sie immer genannt hatte, prompt auf dem Sofa in Ohnmacht fiel. Die nächsten Minuten herrschte das reinste Chaos. Norah befahl Chrissie, nach den Dienstboten zu läuten, und wies diese dann an, sofort Wasser und Riechsalz zu bringen, damit Tante Hennie wieder zu Bewußtsein kam und auch die Gäste sich erfrischen konnten. Norah selbst, nachdem sie aufgestanden war und Arabella rasch zur Begrüßung auf beide Wangen geküßt hatte, kümmerte sich um Tante Hennie, klopfte ihr die Sofakissen auf und bemühte sich, ihre noch bewußtlose Mutter bequemer zu lagern, während Miss Bodkins, die natürlich nicht zurückstehen wollte, sofort ihr Riechfläschchen zückte und Tante Hennie damit kräftig unter der Nase herumfuchtelte.

»Oje, die arme Frau! Der Schock, Miss Darracott wiederzusehen, war einfach zu viel für sie, fürchte ich«, jammerte Miss Bodkins dramatisch. »Sie war zu überwältigt. Man kann leicht erkennen, daß Mrs. Wyndhams Verfassung nicht die beste ist. Aber andererseits ist das nicht sehr verwunderlich. So manche zierliche Engländerin ist in diesen gottverlassenen Kolonien mehr als kränklich geworden, was natürlich auch an der schier unerträglichen Hitze liegt – obwohl das natürlich eine Last ist, die ich gern auf mich genommen habe, um den unaufgeklärten Aborigines das Wort Gottes zu verkünden. Bedauerlicherweise wissen sie ja nichts von unserem Herrn Jesus Christus. Wir müssen beten, daß es nicht dem Herzen Ihrer Mutter geschadet hat, Miss Wyndham.«

»Machen Sie sich deshalb keine Sorgen, Miss Bodkins«, erklärte Norah gelassen. »Mama neigt zu diesen Ohnmachtsanfällen. Da, sehen Sie? Sie kommt schon zu sich. Ja, setz dich hin, Mama! Das war keine Einbildung, Arabella ist tatsächlich da, wohlbehalten und gesund. Captain Bonniface – du erinnerst dich an ihn, nicht wahr, Mama … der nette Offizier, den Papa schon mal zum Abendessen mitgebracht hatte, ja? – hat sie sicher nach Hause gebracht. Richard, wenn es Ihnen nichts ausmacht, glaube ich, würde ein kleines Glas Sherry …«

»Nein, lieber Brandy, Richard – nur aus medizinischen Gründen natürlich«, meldete sich Tante Hennie leise, als der Captain zu dem nahe gelegenen Tisch hinüberschritt, auf dem eine Reihe verschiedener Kristallkaraffen und Gläser standen. »Oh, ich kann es noch kaum fassen! Arabella … Arabella … das Kind meiner liebsten Victoria … lebt – da haben sie uns benachrichtigt, du wärst tot, wärst ertrunken, als die *Heather Rose* verunglückte. Man sollte doch wirklich glauben, daß die Behörden sich bemühen würden, solche Nachrichten richtigzustellen, um den Leuten keinen unnötigen Kummer zu bereiten – aber das werde ich dem Colonel mal sagen!« Tante Hennie war sichtlich erbost darüber, welches Leid man ihr damit angetan hatte. Doch nachdem sie einen Schluck von dem Brandy getrunken hatte, den Richard ihr eingeschenkt und gebracht hatte, erholte sie sich zusehends und bat Arabella: »Komm her, mein Kind. Setz dich zu mir und laß dich ansehen. Du meine Güte! Du bist ja so dunkel wie ein braunes Dienstmädchen! Und das Kleid … die Schuhe …«

»Sicher hat Arabella ihr ganzes Gepäck bei dem Unglück verloren, Mama«, bemerkte Norah sofort.

»Ja, ich fürchte, das ist leider der Fall, Tante Hennie«, bestätigte Arabella. »Ich habe nichts mehr, bis auf das, was ich anhabe – und nicht mal das hätte ich, wenn Miss Bodkins und ein paar andere Frauen in Brisbane nicht so nett gewesen wären, mir etwas zu überlassen. Weißt du, von dort aus haben sie und Richard mich bis nach Sydney begleitet.«

Danach fuhr Arabella mit ihrer halb wahren, halb erlogenen Geschichte fort, die sie bereits dem Captain erzählt hatte, wie sie in dem Rettungsboot meilenweit übers Wasser getrieben worden war, sich nur von dem knappen Vorrat ernährt hatte, ehe sie schließlich an den Strand geschwemmt worden war, sich dann zu Fuß nach Brisbane aufgemacht hatte und unterwegs von Bananen und anderen Früchten, die sie entdeckt hatte, ernähren konnte. Als sie mit ihrer Geschichte geendet hatte, war Tante Hennie schlichtweg außer sich, während Norah ihr großen Respekt zollte und sie für ihren Mut und ihre Umsicht bewunderte. Chrissie fand alles wunderbar aufregend und beneidete Arabella um ihr Abenteuer und ihre romantische Rettung durch Richard – »Denn auch wenn er ein recht einfältiger Bursche ist, so sieht er doch schneidig aus in seiner Uniform!« flüsterte sie Arabella zu.

Kurz darauf erschien Colonel Wyndham persönlich. Er war umgehend verständigt und nach Hause gerufen worden, weil sich die Nachricht vom vorzeitigen Ableben seines Mündels zum Glück als falsch erwiesen hatte. Nun war Arabella gezwungen, erneut ihre Geschichte zu erzählen. Bei Onkel Philips strengem Blick stammelte und stockte sie diesmal jedoch so sehr, daß Norah sich schließlich einmischte und sie unterbrach.

»Aber Papa, siehst du denn nicht, wie erschöpft unsere arme Arabella ist? Wirklich, ich verstehe nicht, daß sie sich nach allem, was sie durchgemacht hat, noch auf den Beinen halten kann!«

Daraufhin begleiteten Norah, Tante Hennie und Chrissie sie nach oben, um sie auf ihr Zimmer zu bringen. Richard und Miss Bodkins hatten sich bis dahin schon verabschiedet, und da es zum Glück eine Missionsstation in Sydney gab, wollte Miss Bodkins bis zu ihrer Rückkehr nach Brisbane dort Quartier beziehen. Mit offenbar gewohnter Umsicht sorgte Norah dafür, daß Arabella sofort ein Bad gerichtet wurde, nach dem sie sich dankbar auf das mit einem Moskitonetz verhüllte Himmelbett in ihrem Zimmer sinken ließ. Zum ersten Mal, seit sie Darracott Hall verlassen hatte, schlief sie ein, kaum daß sie sich aufs Kissen gelegt hatte.

Als sie schließlich aufwachte, erfuhr sie, daß sie fast zwei Tage geschlafen hatte, völlig erschöpft von dem, was sie durchgemacht hatte. In der Zwischenzeit hatte Tante Hennie, sofort besorgt, daß sie derart lange schlief, darauf bestanden, den Arzt, Dr. Kendall Munroe, zu rufen. Aber nachdem er Arabella gründlich untersucht hatte, hatte er erklärt, sie leide nur an Erschöpfung, und geraten, sie nicht zu stören, sondern ausschlafen zu lassen.

Jetzt, als Arabella die Augen aufschlug, wußte sie zuerst gar nicht, wo sie war. Sie stellte nur verwundert fest, daß sie in einem richtigen Bett lag und in einem richtigen Haus war. Die Flügelfenster des Zimmers waren weit geöffnet, das Sonnenlicht fiel herein, und das feine Moskitonetz um ihr Himmelbett schaukelte schwach in der leichten Brise. Ja sicher, sie war in Sydney, in Wyndham House, fiel ihr in dem Moment ein. Sie stand auf und bemerkte, daß am Waschtisch frische Kleidung und saubere Handtücher hingen. In der Kanne war sogar Wasser, das sie sich in die Porzellanschüssel gießen konnte. Auf der Kommode fand sie eine Silberbürste mit passendem Kamm und Spiegel sowie eine runde Kristallschale mit Silberdeckel, gefüllt mit Haarnadeln, und ein Flakon Parfüm. Und im Schrank hingen Kleidungsstücke, die zwar nicht neu, aber jedenfalls modisch waren, und die dem Aussehen nach Arabella zu passen schienen. Sie konnte sich denken, daß sie von Norah waren, die ungefähr die gleiche Größe hatte wie sie.

Ein zaghaftes Klopfen an der Tür riß sie aus ihren Gedanken, und als Arabella öffnete, stand eine junge Frau vor ihr, die der Kleidung nach eines der Dienstmädchen des Haushaltes sein mußte.

»Oh, Miss, Gott sei Dank sind Sie endlich aufgewacht!« begrüßte die junge Frau sie aufgeregt. »Mrs. Wyndham war die ganze Zeit über so besorgt. Ich bin Tilly und soll Ihr persönliches Dienstmädchen werden, wenn Sie mich haben wollen. So eine Stelle hatte ich zuletzt in London ... bevor ich wegen Diebstahls verschifft wurde. Deshalb kenne ich mich mit Kleidern, Frisuren und so auch aus – und ich werde Ihnen nicht mal einen Pfennig stehlen, ich schwör's! Ich will nicht wieder in die Fabrik zurück. Ich hätte nie in meinem Leben was gestohlen, wenn mein kleiner Bruder nicht gewesen wäre ... Er war so krank und so – und dann spielte es keine Rolle mehr, weil er gestorben war, nachdem sie mich verhaftet hatten ... Ich werde auch fleißig sein, Miss, ich verspreche es. Bitte, sagen Sie ja, Miss! Sonst hat Mrs. Wyndham keinen Platz für mich, und ich habe Angst, daß ich in *The Rocks* lande! Das ist der schrecklichste und gefährlichste Stadtteil, und ich habe eine Lehre daraus gezogen! Wirklich!«

»Bestimmt haben Sie das, Tilly.« Arabella bemühte sich, beruhigend auf sie einzuwirken, nachdem sie den Kern dieses atemlosen Redeschwalls verstanden hatte. Obwohl sie schockiert war, daß Tante Hennie eine ehemalige Strafgefangene einstellen wollte, ließen sie Tillys offensichtlich große Furcht, ihre feuchten Augen und ihre Aufrichtigkeit nicht ganz unberührt. »Nun, wenn Sie so gut sein wollen und mir das grüne Kleid zurechtlegen, können wir gleich mal probieren, was sich mit meinen Haaren machen läßt.«

»O Miss, Sie haben ein goldenes Herz, wirklich! Danke, tausend Dank! Sie werden es nicht bereuen, ich schwör's!« rief Tilly, warf sich vor Arabella auf die Knie und schluchzte herzzerreißend vor grenzenloser Erleichterung und Dankbarkeit. »Entschuldigung ... Miss ... es tut mir leid«, stieß sie mit halberstickter Stimme hervor. »Aber Sie können sich nicht vorstellen ... nicht mal im Traum, wie es den Frauen im Gefängnis ergeht, die Hölle machen sie durch – Verzeihung, Miss. Ich hole ... hole Ihnen sofort das grüne Kleid, Miss.«

Zitternd wischte Tilly sich die Tränen weg und eilte zu dem offenen Schrank, während Arabella ihr verwirrt und betroffen zusah. Die große Furcht der jungen Frau war ihr nicht ganz verständlich. Auf der Fahrt von Brisbane nach Sydney an Bord des Postschiffes hatte Arabella, als sie an die Narben auf Luciens Rücken und das Brandmal auf seiner Schulter denken mußte, sich bei Richard danach erkundigt, wie die Strafgefangenen behandelt wurden. Und Richard hatte ihr versichert, daß nur die widerspenstigsten unter ihnen ausgepeitscht und gebrandmarkt wurden. Der Rest der Sträflinge, so hatte er behauptet, würde weitaus besser behandelt, als Verbrecher es verdient hätten. Viele von ihnen wären bei Siedlern untergebracht statt im Gefängnis, und andere erhielten ihre Entlassungsscheine wesentlich früher als üblich, wodurch sie auf Bewährung freikämen und während der restlichen Strafdauer eine Stelle in Haushalten, auf Farmen, bei Kaufleuten und so weiter antreten könnten und schon in Lohn stünden. So daß sie in Wirklichkeit der eigentlichen Bestrafung für das Verbrechen, das sie begangen hatten, entkämen. Tillys Worten und Verhalten nach scheint das aber anders zu sein, überlegte Arabella nüchtern. Nicht alle Strafgefangenen wurden offenbar so menschlich behandelt, wie Richard sie hatte glauben machen wollen. Betroffen über diesen Sachverhalt, erkundigte sie sich später deswegen bei Norah und wollte ihre Meinung dazu hören.

»Arabella, du mußt bedenken, daß es bis auf ein paar wenige Ausnahmen, wie hier in Sydney, das seinen Fortschritt allein der weisen Voraussicht des Gouverneurs Macquarie zu verdanken hat, in den meisten Teilen der Kolonien recht primitiv aussieht, in vielen Fällen sogar sämtliche Annehmlichkeiten fehlen, die man bei einer zivilisierten Gesellschaft erwartet. Außerdem gibt es wenig finanzielle Unterstützung aus dem Imperial Office in London, um die Städte und Gefängnisse zu verbessern. Dennoch bin ich überzeugt, daß der Gedanke, die Sträflinge würden schlecht behandelt, mehr ein Gerücht ist, das sie selbst in die Welt setzen und an dem sie festhalten. Sie beschweren sich ja ständig über ihr Los – als ob sie noch belohnt statt bestraft werden müßten für ihre scheußlichen Verbrechen! Nein, Richard hat bestimmt recht: Viele werden nicht nur, wie ich sagen würde, verzärtelt, sondern ihnen geht es oft besser als den anständigen Siedlern. Nun, die Frauenfabrik in Parramatta zum Beispiel, wo Tilly herkommt, ist ein hübsches, dreistöckiges Georgianisches Gebäude, das extra statt des überfüllten Heuschobers errichtet wurde, in dem die Frauen vorher gefangengehalten wurden – und das ist bestimmt weitaus besser als die *Umpees* aus Holz, mit denen viele arme Städter in Brisbane und anderswo vorliebnehmen müssen. Die Gefangenen werden dort ernährt und gekleidet, und weil es noch so wenig Arbeitskräfte in den Kolonien gibt, müssen viele der Deportierten nicht ihre volle Strafe absitzen, sondern bekommen meist schon früher ihre Entlassungsscheine. Jene Gefangenen, die etwas gefälscht oder unterschlagen haben, besitzen im allgemeinen noch ein gewisses Maß an Manieren, Erziehung und Bildung. Sie werden natürlich den Gewaltverbrechern, Raubmördern und Dieben vorgezogen und finden auch immer eine Stelle bei den Herrschaften. Man wünscht sich natürlich anständige, ehrbare Dienstboten, aber leider sind die nicht zu haben. Ich dachte jedoch, da Tilly schon mal eine Stelle als Dienstmädchen hatte, wäre sie besser dafür geeignet als die meisten. Sollte ich mich geirrt haben ...«

»Nein, nein«, wehrte Arabella hastig ab. Denn sie wollte weder Norah kränken, noch Tilly um die Stelle bringen. »Ich bin überzeugt, sie ist bestimmt die Richtige. Ich war ... nur neugierig, mehr nicht. Ich verstehe natürlich, daß Verbrechen bestraft werden müssen. Wenn diese Strafen jedoch nicht gerecht und menschenwürdig zugemessen werden, dann sind wir selbst nicht besser als diese Verbrecher.«

»Ja, da gebe ich dir recht.« Norah sagte das im Brustton der Überzeugung. »Auf ihre Stufe sollte man sich nicht herablassen. Andererseits dürfen wir auch nicht vergessen, Arabella, daß dir und mir manche Methoden vielleicht hart oder sogar grausam erscheinen, aber durchaus notwendig sind, um Disziplin und Ordnung zu schaffen. Selbst beim Militär wird ein Mann bei Ungehorsam ausgepeitscht. Willst du etwa dafür plädieren, daß ein Sträfling weniger streng behandelt wird als ein Offizier oder ein Gentleman unseres eigenen Standes?«

»Nein, nein ... natürlich nicht«, antwortete Arabella zögernd und betroffen, während sie versuchte, ihre verwirrten Gedanken und Gefühle zu ordnen. Irgendwie mochte sie es nicht akzeptieren, als sie sich an Luciens schreckliche Striemennarben erinnerte, die er kreuz und quer auf dem Rücken trug, daß überhaupt jemand, ob nun Offizier oder Sträfling, derart brutal ausgepeitscht wurde, gleichgültig, wie schwer sein Vergehen war.

»Also, da bin ich aber froh!« erklärte Norah nachdrücklich. »Denn ich muß dich warnen, Arabella: Papa hält gar nichts von den radikalen, unverschämten Ansichten der entlassenen Sträflinge, die selbst für den gemeinsten Verbrecher den gleichen Status fordern, den der Gouverneur hat! Wir gehören zum Landadel, wie fast jeder, der im New South Wales Corps dient. Ich hoffe doch sehr, daß du daran denkst, Arabella, wie auch daran, daß alles, was du hier sagst oder tust, in Sydney auf Papa und seine Position als Kommandeur des Corps zurückfällt.«

»Ja ... aber natürlich.« Innerlich schauderte Arabella bei diesem Gedanken. So hatte sie das vorher gar nicht betrachtet. Und jetzt, wo sie das wußte, wurde ihr noch deutlicher klar, daß nie jemand die Wahrheit erfahren durfte, was ihr nach dem Unglück der *Heather Rose* wirklich zugestoßen war, daß sie sich willig einem Sträfling, einem Mörder, hingegeben hatte. Sicher hätte sie sich denken können, daß, sollten diese Geschehnisse jemals ans Licht kommen, der Skandal nicht nur sie betreffen, sondern auch auf die Wyndhams abfärben würde. Selbstsüchtig, wie sie war, hatte sie sich nur um die Schande Sorgen gemacht, die über sie kommen würde.

Jetzt, obwohl sie schon bei dem Gedanken, daß sie sich Onkel Philips Zorn zuziehen könnte, den Mut verlor, hielt sie es für schlimmer, daß sie damit Tante Hennie, Norah und auch Chrissie verletzen würde, die sie alle drei so herzlich empfangen und mit offenen Armen aufgenommen hatten – und Gervase ... wie würde er verspottet und verhöhnt werden, wenn alle erfuhren, daß die Frau, die er einmal zu heiraten gehofft hatte, sich statt dessen Lucien Sinclair hingegeben hatte! Wie konnte sie überhaupt noch Gervase heiraten? Es lag Arabella nicht, ihn oder irgendeinen anderen Mann mit einer Lüge, die bestimmt in ihrer Hochzeitsnacht aufgedeckt werden würde, zu täuschen, nur damit er sie heiratete. Da sie sich zu allem Übel auch noch in Lucien verliebt hatte, sollte sie wohl bis an ihr Lebensende eine Jungfer bleiben, der ein Mann und Kinder versagt waren, denn wie die Verbrecher verdiente auch sie eine gerechte Strafe für ihr Vergehen.

Mehr als einmal war Arabella während der nächsten Tage versucht, wenigstens Onkel Philip die ganze Wahrheit zu gestehen. Aber zu ihrer Erleichterung und Bestürzung zugleich war er so sehr mit den Belangen des New South Wales Corps beschäftigt, daß er ihr kaum mehr Beachtung schenken konnte als seiner eigenen Familie, obgleich er sie eines Abends in sein Arbeitszimmer rufen ließ. Nicht etwa, um die Schilderung ihrer Erlebnisse zu überprüfen, sondern vielmehr, um ihr die verschiedenen rechtlichen Angelegenheiten zu erklären, die mit dem Letzten Willen ihres Vaters, der Verfügung über den Besitz sowie über ihr Vermögen, das für sie angelegt worden war, zusammenhingen. Während ihrer Unterhaltung setzte Onkel Philip auch eine Summe fest, die in Zukunft ihr monatliches Taschengeld sein würde.

»Natürlich werden noch andere Ausgaben hinzukommen, wie für deine Garderobe, die du nicht von deinem Taschengeld bezahlen sollst, Arabella. Das erledige ich selbstverständlich von der Summe, die in Tobias' Testament für deinen Lebensunterhalt bestimmt wurde – und die sehr großzügig bemessen ist, wie ich hinzufügen darf«, stellte der Colonel fest. »Während ich doch sehr hoffe, daß ich nicht mit verschwenderischen und vollkommen unnützen Ausgaben deinerseits rechnen muß, sollst du allerdings auch nicht auf das, was eine junge Frau deines Standes braucht, verzichten. Du kannst genauso weiterleben wie in Darracott Hall – mit der einzigen Änderung, daß wir hier in Sydney mehr Gesellschaften besuchen, als du es zu Hause gewohnt warst. Henriette und Norah wissen aber, was dafür gebraucht wird, und da du immer eine vernünftige junge Frau warst, denke ich, wirst du dich nach ihrem Urteil richten.«

»Ja, sicher, Onkel Philip.« Damit war die Unterredung beendet, wie Arabella sofort erkannte. Den Umschlag, der ihr Taschengeld enthielt, drückte sie fest an sich und erhob sich vom Stuhl. Als sie das Arbeitszimmer verlassen wollte, wandte sich der Colonel noch einmal an sie.

»Arabella, ich muß dir noch sagen, daß die Nachricht von Tobias' Tod mich sehr getroffen hat. Er war mein bester Freund, und ich vermisse ihn. Auch wenn mir klar ist, daß niemand ihn dir ersetzen kann, hoffe ich doch, du wirst dich bei uns in Sydney wohl fühlen und glücklich sein.« Die Stimme des Colonels klang schroff. Es lag ihm nicht, seine Gefühle zu zeigen. Das wußte Arabella, und deshalb berührten seine bewegten Worte sie um so mehr.

Tränen stiegen ihr in die Augen. Im allgemeinen gelang es nur Chrissie, den liebevollen, gütigen Vater, der sich hinter der strengen Offiziersfassade verbarg, bei dem Colonel hervorzulocken.

»Danke, Onkel Philip«, erwiderte Arabella leise. Dann hastete sie aus dem Arbeitszimmer. Sie wollte ihn nicht mit ihren Tränen bekümmern – und natürlich bedrückte sie jetzt mehr denn je der Gedanke, welchen Skandal sie über die Wyndhams bringen würde, sollte ihre Beziehung zu Lucien jemals bekannt werden.

Nach kurzer Zeit war es ihr zu einer lieben Angewohnheit geworden, abends in dem herrlichen Garten hinterm Haus spazierenzugehen, in dem es nach der Hitze des Tages mit Einbruch der Dämmerung erfrischend kühl wurde. Mitten im Garten befand sich ein Steinspringbrunnen, in dem das Wasser beruhigend plätscherte und in dessen tiefem, breitem Becken große Goldfische schwammen und Wasserlilien ruhig dahintertrieben. Ganz in der Nähe stand eine Steinbank, umgeben von weißen Bougainvillea, Hibiskus und Weinranken. Rosen und andere, exotischere Blumen zierten die Beete, ihre üppigen Düfte erfüllten lieblich die Abendluft, und in einer Ecke breitete ein Jacarandabaum weit seine herabhängenden Zweige aus. Arabella fühlte sich zu diesem schmucken Baum gleichermaßen hingezogen, wie von ihm abgestoßen. Für sie war er das Symbol ihrer Sünde. Jedesmal wenn sie ihn sah, erinnerte sie sich daran, wie sie nackt in Luciens starken Armen gelegen hatte, eine ungestüme Leidenschaft und wilde Zärtlichkeiten mit ihm geteilt hatte, wie ihre bittersüße Liebe für ihn erwacht war, die jetzt nur mehr einen schalen Nachgeschmack bei ihr hinterließ.

Dennoch setzte sie sich eines Abends unter den Baum, zu dem sie sich hingezogen fühlte wie eine Motte zum Licht, und nahm die purpurroten Blüten, die auf die Steinbank gefallen waren, in die Hände, drückte ihr Gesicht hinein, atmete den süßen Duft tief ein und fand, daß die zarten Blätter sich auf ihrer Haut so weich anfühlten wie Lucien.

Das ist heller Wahnsinn, sagte sie sich immer wieder – es ist verrückt und irrwitzig und dumm von mir, mich nach ihm zu sehnen und von ihm zu träumen! Er konnte ihr nichts als Kummer und Pein bringen. Dennoch fühlte sie sich ihm unter dem Baum nahe und vermochte nicht, sich von dort fernzuhalten. Und dann, ganz plötzlich, machte ihr Herz einen freudigen Satz, als sie ihn dort tatsächlich stehen sah – es war kein Traum. Er stand wirklich da. Sofort hielt sie auf dem schmalen Kopfsteinpflasterpfad inne, der sich durch den Garten schlängelte, und ein leiser Aufschrei entschlüpfte ihr. Bei dem Geräusch wandte er sich um und trat aus dem Schatten. Erst in dem Moment merkte sie, daß es nicht Lucien war, der unter dem Baum stand, sondern ein hochgewachsener, dunkelhaariger, gutaussehender Mann in der Uniform des New South Wales Corps. Sicher war das Gervase. Seit ihrer Ankunft war er, als Leutnant im Corps, dienstlich unterwegs gewesen, daher war sie ihm noch nicht begegnet. Jetzt, nachdem er sie bemerkt hatte, kam er langsam auf sie zu, streckte ihr beide Hände entgegen, während seine blaßblauen Augen strahlten und ein freundliches Lächeln um seine sinnlichen Lippen glitt, als er sie ansprach:

»Arabella ... meine allerliebste Arabella, endlich bist du erwachsen geworden!«

10. KAPITEL

Zwischenfall im Stadtteil The Rocks

Seit dem Tag, als Verity ihn mit dem verhaßten und gefürchteten *anderen* betrogen hatte, ging er in der Nacht auf Jagd – war zum Jäger schlechthin geworden, der nach seinem jüngsten Opfer Ausschau hält. Nur Menschen und Ratten brachten sich gegenseitig um, hatte er mal gehört, und er überlegte, ob das zutreffen mochte. Doch darüber brauchte er sich eigentlich keine Gedanken zu machen. Denn das spielte keine Rolle für ihn. Er war ja kein einfacher Mensch, sondern ein Herrscher der Dunkelheit, ein allmächtiger Gott, der das Leben eines menschlichen Wesens in der Hand zu halten und so leicht auszulöschen vermochte, wie er eine Kerze auspusten konnte. Wie Verity waren sie doch alle seine Opfer, jede einzelne von ihnen – unstete, flatterhafte Huren, die mit Versprechungen lockten, einem etwas vorlogen, einen hintergingen ... Die einzige Möglichkeit, sie zu retten, sie wieder rein zu machen, war, ihnen das treulose schwarze Herz aus der Brust zu schneiden. Er tat das gleichermaßen, um sie zu bestrafen, wie um sie zu retten, und achtete immer darauf, daß sie anschließend den Fährmann für die Überfahrt ins Reich der Toten entlohnen konnten, damit sie nicht für immer herumirren mußten und für alle Ewigkeit verloren waren. Doch sie alle sahen aus wie sie und trugen ihren Namen: *Verity* ...

Selbst der Wind schien das Wort zu flüstern, während er rasch und leise durch die schmale Kopfsteinpflasterstraße huschte, die sich durch das Viertel *The Rocks* schlängelte und dann eine kurze, steile Steintreppe hinauf zu den sanftgeschwungenen grünen Hügeln führte, die ursprünglich einmal sehr schön gewesen waren, die aber jetzt, seit der Ankunft der weißen Kolonialisten, verkommen und häßlich da lagen – eben genau das richtige

Jagdrevier für ein Geschöpf der Finsternis wie ihn. Er glich einer schwarzen Krähe, einer Aaskrähe, wie er so im Schatten daherschlich, mit seinem schwarzen Umhang, der ihn, hochgewachsen und dunkelhaarig wie er war, wie eine Hülle umwehte. Seine blassen Augen funkelten im Laternenlicht, das aus den Fenstern der halbzerfallenen Behausungen und billigen Kneipen fiel, die die Serpentinenstraßen säumten.

Niemand beachtete ihn – und wenn sie ihn ansahen, reichte ein Blick von ihm, und sie stoben davon wie Küchenschaben, die vor dem plötzlichen Licht flüchteten. Sein Blick war kalt und stählern wie die Doppelmündung eines Gewehrlaufes, und seine Augen blitzten wie zwei teuflische Flammen. Seine Schritte hallten leise auf dem Kopfsteinpflaster wider, wurden getragen von dem heulenden Wind und verhallten in beklemmender Stille, als er spürte, daß seine Beute vor ihm stehenblieb, sich ängstlich über die Schulter umschaute, ehe sie weiterhastete und schneller wurde, davonlief durch die Straßen, die Gassen und die Stufen hinauf.

Ja, lauf nur, Verity, lauf, dachte er ingrimmig und triumphierte, daß sie wie ein aufgescheuchtes Kaninchen vor ihm flüchtete. *Du wirst mir trotzdem nicht entkommen. Meine Jagd ist immer erfolgreich, immer, Verity. Denk daran …*

Tief sog er die Luft ein, und ein zynisches Lächeln umspielte seine Lippen. Ihre höllische Angst schlug ihm fast greifbar entgegen, er schmeckte sie förmlich auf der Zunge, hörte sie in ihrem keuchenden Atem, als sie weiterrannte; er fühlte sogar die Seitenstiche, deretwegen sie stehenblieb und sich fast krümmte. Heiß durchströmte sein Blut seine Lenden, Wärme breitete sich in seinem Körper aus. Macht … rein und unbändig, so urgewaltig, daß er fast erwartete, die Kraft wie Feuer aus seinen Fingerspitzen schießen zu sehen, wie es nur denen vergönnt war, die die dunklen Mächte und Zauberriten beherrschten. Er kannte sich im finstersten Geheimnis, der schwärzesten Magie überhaupt, aus: dem Tod – seinem Geruch, seinem Geschmack, seinem Klang, seinem Gefühl, das er verstand hervorzulocken. Er regierte über den Tod mit seinem Zepter, dem Malakkastock, der seine Silberklinge freigab, wann immer er sie zückte. Der Stock fiel polternd auf das

Kopfsteinpflaster – wie eine Warnung, hätte sie es nur gehört. Aber das konnte sie nicht, und er wußte das. Zu laut dröhnte ihr der eigene Herzschlag in den Ohren und übertönte alle anderen Geräusche, wie das wilde Trommeln der Aborigines.

Horch, Verity, hör nur! Dies ist der Klang der Macht …

Er packte sie von hinten, riß sie herum und stieß sie hart gegen eine Wand in der dunklen Gasse, in der er sie eingeholt hatte, und hielt ihr brutal den Mund zu, um jeglichen Angstschrei im Ansatz zu ersticken. Sie hatte die Augen weit aufgerissen und stierte ihn glasig an. Dort, wo er ihr die Spitze seines Messers an den Hals drückte, pochte ihr Puls wie wahnsinnig. Mit dieser Drohgeste hielt er sie still und machte sie gefügig, während er seine Hose öffnete. Seine aufgerichtete Männlichkeit zuckte in seiner Hand, ehe er ihre Röcke grob hochschob und gewaltsam in sie drang, sie immer und immer wieder aufspießte, ihren Hintern gegen die harte Mauer stemmte, sich an ihrer vollkommenen Hilflosigkeit ihm gegenüber, ihrem entsetzten, flehenden Blick, ihrem raschen, ängstlichen Atmen und ihren verzweifelten, stummen Schmerzensschreien weidete, während er sich rücksichtslos in sie bohrte. Als er fertig war, sprach er sie an.

»Das hat dir gefallen … nicht wahr, Mädchen? Weil du eine Hure bist, Verity. Du warst immer eine Hure und wirst immer eine bleiben. Das weißt du doch, nicht wahr?« Ihr entsetztes Nicken wartete er gar nicht ab, sondern fuhr leise und heiser fort, ohne sie wirklich länger wahrzunehmen, denn längst sah er eine andere vor sich. »Aber das spielt jetzt endgültig keine Rolle mehr. Ich habe jemanden gefunden, der deinen Platz einnimmt, meine Liebe. Sie heißt Arabella. Arabella … Arabella …«, flüsterte er unentwegt, während er mit dem Messer zustach, daß das Blut nur so spritzte.

»Sie hieß Rose O'Doul, Sir – aber die meisten Leute nannten sie Rum Rosie. Sie war eine Strafgefangene, ja, und wurde vor sieben Jahren für den üblichen geringfügigen Diebstahl deportiert. Sehr lange war sie noch nicht in der Stadt. Sie wurde erst aus der Fabrik entlassen … mal sehen … ach ja, vor drei Monaten«, sagte der Konstabler nach einem raschen Blick in die Papiere, die er in der Hand hielt. »Normalerweise hätte ich Sie nicht für den Mord an einer Prostituierten herrufen lassen, Sir, aber … na ja, der Arzt da drüben …« Er deutete zu Dr. Kendall Munroe hinüber, der sich über die Leiche beugte und sie untersuchte. »Er glaubt, daß wir es mit einem verrückten Strafgefangenen zu tun haben, der reihenweise Huren umbringt.«

»Das glaube ich in der Tat«, erklärte der Arzt und schaute die drei Männer ernst an, zu denen außer dem Konstabler noch Colonel Philip Wyndham und Captain Richard Bonniface gehörten. Letzterer war vor kurzem von Brisbane nach Sydney zurückbeordert worden, sozusagen als Belohnung dafür, daß er Arabella geholfen und sie nach Wyndham House gebracht hatte. »Ich kann natürlich noch nichts Endgültiges sagen, ehe ich mir die Leiche nicht näher angesehen habe. Dennoch habe ich das Gefühl, daß die arme Miss O'Doul mit demselben scharfen Gegenstand – einer Art Stilett, nehme ich an – ermordet wurde wie die arme Sally Wheeler und mindestens noch drei weitere Opfer, die es während der vergangenen vier oder fünf Jahre hier gab. Auch liegen die Pfennigstücke auf den Augen des Opfers, und die Leiche ist mit demselben Umhang bedeckt, wie die anderen es waren, was meine Theorie bestärkt. Denn ich halte es für höchst unwahrscheinlich, daß wir es mit mehr als einem Mörder zu tun haben, der diese Kleinigkeiten beachtet – es sei denn natürlich, daß sich gleich eine ganze Bande darauf spezialisiert hat, Nutten umzubringen.«

»Aber wirklich, Kendall!« wehrte der Colonel ungläubig ab. »Diese ordinären Kreaturen werden – ziemlich – häufig ermordet aufgefunden …«

»Ja … zu Tode geprügelt, erwürgt oder erstochen – aber nicht so wie diese hier, Colonel, aufgeschlitzt und ausgenommen wie eine Weihnachtsgans, zum Donnerwetter!« schimpfte der Arzt ergrimmt. »Ich sage Ihnen, so etwas habe ich in meinem ganzen Berufsleben noch nicht gesehen und auch bisher nicht davon gehört, daß ein Mörder sich benimmt, als wäre sein Verbrechen eine Serie in einer Zeitschrift, von der ständig neue Fortsetzungen erscheinen müssen, damit das Publikum nicht das Interesse verliert. Nein, das ist die Tat eines Verrückten, zweifellos eines Strafgefangenen – daß ein Offizier oder ein Gentleman so tief sinken würde, kann ich mir nicht vorstellen. Selbst jemand, der aus einer Irrenanstalt entlaufen wäre, bringt so etwas nicht fertig, und auch kein Volltrunkener!«

»Es wäre wahrscheinlich nicht verkehrt, Sir, wenn wir unsere Berichte durchsehen würden, ob irgendeiner der Strafgefangenen, die in die Kolonien deportiert wurden, auf Bewährung freigelassen oder während der letzten fünf bis sieben Jahre vorzeitig entlassen worden ist und sich bereits in England eines ähnlichen Verbrechens schuldig gemacht hat«, schlug Richard respektvoll vor.

»Mörder werden im allgemeinen gehängt, Captain«, versetzte der Colonel trocken.

»Jawohl, Sir. Doch es gibt auch Ausnahmen, Sir. Lucien Sinclair ist das beste Beispiel dafür, wie man durch Beziehungen, Einfluß und Reichtum seine Strafe verringern kann. Es heißt, er wäre deportiert worden, weil er seine Frau ermordet hat. Ist es nicht so?«

»Ja, ich glaube schon ...«, gab der Colonel langsam und widerstrebend zu. Obwohl er sich nach außen dem Vorschlag gegenüber skeptisch zeigte, befiel ihn innerlich eine eiskalte Furcht, und so gab er nach. »Nun, vielleicht haben Sie recht, Captain. Es kann ja noch mehr Strafgefangene geben, die, obwohl sie einen Mord begangen haben, dem Galgen entkommen sind und in die Kolonien deportiert wurden. Leiten Sie eine entsprechende Untersuchung ein. Konstabler, sorgen Sie dafür, daß die Leiche der Frau ins Rum Hospital gebracht wird«, gab er dann Anweisung und meinte das Krankenhaus von Sydney, das seinen Spitznamen dem Handel verdankte, durch dessen Gewinne es aufgebaut werden konnte. »Kendall, Sie unterrichten mich über die Ergebnisse Ihrer Untersuchung, ja?«

»Selbstverständlich, Colonel. Ich kann Ihnen aber nicht versprechen, daß viel mehr dabei herauskommt, als ich Ihnen schon gesagt habe. Leider können wir mit Hilfe der modernen Medizin und Wissenschaft nicht alles klären – besonders nicht bei einer solch extremen Zerstückelung wie in diesem Fall ...« Betroffen warf er noch einen Blick zur Leiche hinüber und schüttelte verständnislos den Kopf über so viel rohe Gewalt, wie der Toten angetan worden war. »Allerdings bin ich überzeugt, daß wir eines Tages einen Mord praktisch rekonstruieren können, nur anhand dessen, was wir beim Opfer vorfinden.«

»Ach, gehen Sie doch, Doc!« Dieses Ansinnen erschien dem Konstabler einfach lächerlich. »Gleich machen Sie uns bestimmt weis, daß die Opfer wieder lebendig werden, sich aufrichten und uns alles erzählen!«

»In gewisser Weise werden Sie das tun, glaube ich«, behauptete der Arzt eigensinnig. Die Vorstellung brachte die anderen drei Männer jedoch nur zum Lachen.

»Darf ich bitten, Miss?« witzelte der Konstabler, an die Leiche gewandt, als sie jetzt von zwei Polizisten auf eine Tragbahre gehievt wurde. Da er natürlich keine Antwort erhielt, wandte er sich an die anderen: »Glauben Sie, ich habe etwas Verkehrtes gesagt? Sie kam mir ein wenig unbeweglich vor!«

Als die anderen daraufhin lachten, murmelte der Arzt mit finsterem Blick etwas über Galgenhumor, schloß seine schwarze Tasche und verabschiedete sich, um den Wagen mit der Leiche ins Sydney Hospital zu begleiten. Der Konstabler, dessen Schicht zu Ende war, eilte ihn die nächste Kneipe, wo man ihm sicherlich ein paar Gläser Rum für die aufregende Geschichte, die er zu erzählen hatte, spendieren würde. Der Colonel und Richard kehrten ins Hauptquartier des New South Wales Corps zurück, so daß kurz darauf von dem grauenhaften Mord nicht mehr übrigblieb als die dunkle Blutlache auf dem Kopfsteinpflaster.

11. KAPITEL

Unerwartetes Stelldichein

Entsetzen, ohnmächtiger Zorn und vor allem heftiges Verlangen überkamen Lucien, als er Arabella wiedersah, und es war derart mächtig, daß er sich gerade noch zurückhalten konnte, nicht quer durch den Ballsaal zu schreiten und sie vor allen Gästen, die sich in Coral Reef, dem Besitz der Howlands an der Südküste von Port Jackson, zusammengefunden hatten, gewaltsam mit sich zu zerren. Als er erkannte, daß sie in Begleitung von Gervase Wyndham gekommen war, fühlte er sich bis aufs Blut gereizt.

Arabella! Wie oft hatte er an sie denken müssen! Dabei war sie so treulos wie seine tote Frau, Verity ... Jetzt wußte er das, und trotzdem begehrte er sie nach wie vor so sehr, daß er sich kaum beherrschen konnte. Unentwegt hatte er von ihr geträumt, konnte sie einfach nicht vergessen. Sie liebte ihn, hatte sie ihm unter dem Jacarandabaum flüsternd gestanden. Offenbar jedoch war diese Liebe nicht stark genug, um am Morgen danach angesichts der schrecklichen Narben und des dunklen Brandmals, das er trug, noch standzuhalten. Bei dem Gedanken, daß er so dumm gewesen war und mehr von ihr erwartet hatte, spielte ein verächtliches Lächeln um seine Lippen. Sie konnte ja nicht anders sein als der Rest ihrer Sorte.

Und als er sie jetzt sah, erkannte er, daß sie zu ihnen gehörte. Die leichte Bräune, die sie unter Australiens heißer Sonne erlangt hatte, war fast verblaßt und ihre Haut so makellos hell, daß die schwache Bräune, die an ihrem schlanken Hals und den vollen Brustansätzen zurückgeblieben war, nur mehr an den Schimmer einer Perle erinnerte. Sie trug ein wunderschönes Ballkleid aus bernsteinfarbener Seide. Ihr kastanienbraunes, dichtes Haar hatte sie kunstvoll aufgesteckt, mit Seidenbändern und winzigen

Blumen geschmückt. Zwei lange Schillerlocken hingen ihr zu der einen Seite entzückend bis auf die bloße Schulter herab, auf die er, wie er sich erinnerte, heiß seine Lippen gepreßt hatte. Ein Fächer, ein Pompadour und Marokkoslipper vervollständigten ihr Ensemble.

Wirklich, sie war nicht schön, jedenfalls nicht in dem Sinne wie Christine Wyndham und manche andere Frauen, die hier auf dem Ball zu Gast waren. Dennoch besaß Arabella etwas Anziehendes, Faszinierendes, eine Sinnlichkeit, die ihr, wie Lucien erkannte, selbst nicht bewußt war. Ob es ihr nun paßte oder nicht, er hatte sie doch geprägt, stellte er ingrimmig triumphierend fest. Leicht würde es ihr nicht fallen, zu vergessen, wie sie nackt unter ihm gelegen hatte, das lange Haar gelöst und zerzaust, ihre Haut feucht von der Anstrengung ihres Liebesspiels, ihre Schenkel bereitwillig für ihn geöffnet. Allein schon bei der Erinnerung daran sog er deutlich hörbar die Luft ein, und seine Lenden verspannten sich vor Verlangen. Sie war sein, verdammt! Alles in ihm drängte danach, es ihr laut zuzurufen, es der ganzen Welt zu verkünden. Statt dessen stand er wie angewurzelt da, und ihm war zumute, als hätte ihn ihr plötzliches Auftauchen wie ein harter Schlag in die Magengrube getroffen. An seinem Kiefer zuckte gefährlich ein Muskel. Die Hand, mit der er das Glas Rumpunsch umfaßte, verkrampfte sich derart, daß es ihn nicht überrascht hätte, wäre das Kristall zersprungen. Er rechnete wirklich damit, daß ihm jeden Moment Scherben in die Hand schneiden würden, so wie Arabellas Flucht ihm ins Herz geschnitten hatte.

Er war erst sehr spät auf dem Ball eingetroffen und wäre beinahe nicht gekommen. Nur die Tatsache, daß Eugenia Howland eine der großen alten Gesellschaftsdamen von New South Wales war – so mächtig in ihrer gesellschaftlichen Stellung und in ihrer Position als führende Gastgeberin, daß sie es sich leisten konnte, so gehässig zu sein, sowohl den Landadel wie auch die entlassenen Sträflinge zu ihren Soirees zu bitten –, hatte ihn dazu bewogen, sich doch sehen zu lassen. Lucien amüsierte es sehr, wenn er den Landadel, der sich so viel besser dünkte, auf der einen Seite des Ballsaals versammelt fand und die ehemaligen Sträflinge auf der anderen, während Eugenia in ihrem Sessel genau mittendrin thronte und mit diebischer Boshaftigkeit die gemischte Gruppe beobachtete, die sie absichtlich so bunt zusammengewürfelt hatte. Daß sich die Wege der beiden Gruppen auf einem solchen Gesellschaftsereignis gelegentlich kreuzten, war unvermeidlich. So trafen sie sich an den langen Banketten, die mit weißen Tüchern gedeckt und mit ausgewählten Speisen und Getränken beladen waren; an den grünbezogenen Kartentischen, die im Empfangszimmer für diejenigen aufgestellt worden waren, die zu erschöpft waren, um zu tanzen, und wo Whist, Lu und Euchre alle Männer gleich machte; in dem rauchverhangenen Billardzimmer, wo sich das Klirren anstoßender Gläser mit dem klackenden Geräusch sich treffender Billardkugeln unaufhörlich vermischte; und auf der breiten Veranda, über die man durch die geöffneten Terrassentüren des Ballsaals in den Garten gelangte. Solche Begegnungen reichten vom kühlen Ignorieren des anderen bis hin zu hitzigen Debatten, die im allgemeinen politischer Natur waren und die manchmal, wenn die Gegner betrunken genug waren, in Faustkämpfe ausarteten, die Eugenia wie auch ihren Gästen amüsante Unterhaltung boten. Daß Arabella Lucien bis jetzt noch nicht entdeckt hatte, war nicht weiter verwunderlich. Sie bewegte sich nur in den Kreisen des Landadels – noch etwas, was Luciens Haß schürte.

Warum ihm das so viel ausmachte und warum sie ihm so viel bedeutete, wollte er gar nicht genauer wissen und seine Gefühle auch nicht näher erforschen. Daß sie von ihm weggelaufen war, hatte ihm viel nachhaltiger und wesentlich schmerzlicher verdeutlicht, als es Worte vermocht hätten, was sie am anderen Morgen wirklich gedacht hatte, nachdem sie aufgewacht war und entdeckt hatte, in wessen Armen sie lag. Er hatte noch am selben Tag versucht, ihr zu folgen, und hatte das Meer verflucht, das bereits ihre Fußspuren im Sand verwischt hatte. Trotz seiner Mühe hatte er sie verloren. Während er umgekehrt war und sie längs der Küste gesucht hatte, mußte sie inzwischen Brisbane erreicht haben. Das wußte er, denn nachdem er in Sydney angekommen war, hatte er durch die Gerüchte, die im Umlauf waren, erfahren, daß das Mündel von Colonel Philip Wyndham auf wundersame Weise überlebt hatte, von Captain Richard Bonniface »gerettet« und nach Sydney zu ihrem Vormund gebracht worden wäre. Für den letzten Teil dieser Neuigkeiten hatte Lucien nur ein spöttisches Lächeln übrig gehabt. Denn dem hatte er entnommen, daß Arabella weder von den Wochen, die sie mit ihm gemeinsam in der Wildnis verbracht hatte, noch von der stürmischen, leidenschaftlichen Nacht, die sie in seinen Armen gelegen und in der sie sich ihm so bereitwillig geschenkt hatte, ein Wort hatte verlauten lassen.

Nachdem er erfahren hatte, wo sie war, hätte er sie am liebsten aufgesucht, und sicherlich hätte er das auch getan, wenn ihm nicht klar gewesen wäre, daß ihm der Zutritt zu Wyndham House verweigert und die Tür vor der Nase zugeschlagen worden würde. Außerdem, welche Ausrede hätte er vorgeben sollen, warum er sie sprechen wollte, wo sie noch erst formell in die Gesellschaft von New South Wales eingeführt werden mußte und, soweit jeder wußte, nicht einmal mit ihm bekannt war? Hätte er sie zu dem Zeitpunkt offiziell besucht, wäre sie den unangenehmen Spekulationen anstößiger Vermutungen und übler Nachrede ausgesetzt gewesen, da sie so viele Wochen nach dem Schiffsunglück vermißt geblieben war. Ganz offensichtlich wollte Arabella nichts mit ihm zu tun haben, hatte Lucien verärgert daraus geschlossen und sich bemüht, sie zu vergessen.

Doch trotz allem war ihm das nicht gelungen. Er konnte sie einfach nicht vergessen. Und als er sie jetzt sah, wußte er, daß er nicht von ihr loskommen würde. Für ihn war sie wie eine Droge, von der er sich sein Leben lang nicht mehr befreien konnte. Als er schließlich beobachtete, wie sie sich möglichst unauffällig von denen davonstahl, die sie umgaben, und vom Ballsaal in den Garten lief, stellte er sofort sein Glas ab und folgte ihr wildentschlossen.

Arabella glaubte ersticken zu müssen, so eingeengt fühlte sie sich von den Menschen, die sie neugierig umringt hatten – die sie ausfragten, umschmeichelten und ihre Kommentare zu ihren Erzählungen abgaben. Ihr Kopf dröhnte förmlich von der Hitze, dem

Lärm, dem vielen Reden. Sie wünschte sich nichts mehr, als umgehend nach *Blue Trees*, dem Landgut der Wyndhams, zurückzukehren und sich auf ihr Zimmer zurückziehen zu können. Da das nicht möglich war, blieb ihr nur die Flucht in den Garten. Sie entschuldigte sich und gab vor, den Erfrischungsraum aufsuchen zu wollen, bahnte sich statt dessen einen Weg zur Veranda und war kurz darauf draußen. Aufatmend eilte sie die breiten Stufen hinunter und den schmalen Kopfsteinpflasterpfad entlang, der sich durch einen herrlich duftenden Garten schlängelte. Das silberne Licht des Vollmonds schimmerte wie Perlenglanz am tiefschwarzen Nachthimmel, und der gelbe Schein der Sturmlampen, die hier und da auf schlanken, schmiedeeisernen Ständern befestigt waren, erhellte ihr den Pfad, der sie tiefer in die Dunkelheit und weiter weg vom Haus zu einem Platz führte, wo sie so rasch niemand entdecken würde.

Schließlich setzte Arabella sich in einer abseits gelegenen Laube auf eine Steinbank und seufzte erleichtert. Heute abend war ihr formeller Eintritt in die Gesellschaft von New South Wales. Bisher hatten Tante Hennie und Norah darauf bestanden, daß sie zurückgezogen lebte, um das Gerede, das es gegeben hatte, erst einmal zur Ruhe kommen zu lassen und natürlich auch abzuwarten, bis ihre Haut wenigstens etwas von der Bräune verloren hatte, mit der man sonst nur die Frauen der niederen Klassen sah. Da sie es gewohnt war, sich viel an frischer Luft zu bewegen, fiel es ihr nicht leicht, sich im Stadthaus wie auch in *Blue Trees,* nachdem sie für den Sommer auf das Landgut übergesiedelt waren, ständig in den Räumen aufzuhalten und nur abends, wenn es bedeutend kühler war, einen Spaziergang durch den Garten zu machen.

Mehr und mehr hatte Arabella sich praktisch wie eine Gefangene gefühlt, und des öfteren hatte sie darüber nachgedacht, ob es für Lucien im Gefängnis so ähnlich gewesen sein mochte. Wenn sie sich so erinnerte, fiel ihr ein, wie naturverbunden er war. Die Gefangenschaft mußte eine Qual für ihn gewesen sein, vielleicht schlimmer noch als das Auspeitschen und das Gebrandmarktwerden, das er hatte erdulden müssen. Ihr wurde schwer ums Herz, wenn sie daran dachte, obwohl sie sich bemühte, jegliche Gefühle für ihn zu verdrängen.

Gervase hatte jenen Prozeß sowohl beschleunigt als auch verzögert. Geholfen hatte er ihr, weil es schmeichelhaft war, von einem so gutaussehenden Mann umworben zu werden; andererseits wurde sie durch seine Gegenwart immer wieder daran erinnert, daß sie nicht mehr unberührt war und daher auch nicht wert, seine Frau zu werden. Mehr als je zuvor hatte sie dieser Gedanke verfolgt, als sie allmählich erkennen mußte, daß Gervase wirklich beabsichtigte, die Vorstellung seiner Familie und den langgehegten Wunsch ihres Vaters zu erfüllen und sie zu heiraten.

Was soll ich nur machen? hatte Arabella sich immer wieder gefragt. Und ebensowenig hatte sie eine Antwort auf diese quälende Frage gefunden. Inzwischen war sie überzeugt, daß Onkel Philip, so eisern er an seiner Einstellung festhielt, sie tatsächlich davonjagen würde, sollte er jemals erfahren, daß sie sich mit Lucien Sinclair eingelassen hatte. Ebenso widerstrebte es ihr, Gervase glauben zu lassen, er würde eine wohlwollende Antwort auf sein Werben erhalten, wenn sie tief in ihrem Herzen spürte, daß sie ihn niemals heiraten konnte – noch irgendeinen anderen Mann. Das Ausmaß des Fehlers, den sie begangen hatte, war niederschmetternd. Sie hätte es sofort rückgängig gemacht, wäre das möglich gewesen. Doch so war sie unweigerlich dazu verurteilt, eine alte Jungfer zu werden und ein Leben zu führen, wie Norah und Miss Bodkins es sich ausgesucht hatten.

Glücklicherweise war es ihr für einen Augenblick gelungen, allem zu entkommen. Bis zu diesem Abend hatte sie gar nicht gewußt, was für ein ungeselliger Mensch sie geworden war, da sie jahrelang auf Darracott Hall nur mit ihrem Vater zusammengelebt hatte, dann auf ihrer monatelangen Reise von England nach Australien nur mit Harry Freundschaft geschlossen hatte und schließlich in der Wildnis wochenlang mit Lucien allein unterwegs gewesen war. So war sie es gar nicht mehr gewohnt, sich unter einer großen Gruppe Leute zu bewegen. Selbst das Zusammenleben mit den Wyndhams in ihrem Stadthaus war mitunter anstrengend gewesen, obwohl die Spannungen etwas nachgelassen hatten, seit sie für den Sommer auf den Landsitz gezogen waren. Hier hatte sie einfach mehr Platz und konnte sich gelegentlich leichter einmal zurückziehen.

Jetzt, zum ersten Mal an diesem Abend, spürte Arabella, wie die Spannung allmählich von ihr abfiel. Die kühle Brise, die vom Meer herüberwehte, war eine angenehme Erfrischung nach der drückenden Luft in dem überfüllten Ballsaal. Ebenso wohltuend war die Ruhe hier im Garten, in den die gedämpfte Unterhaltung, das Gelächter und die Musik nur wie aus weiter Ferne durch die offenen Terrassentüren herüberwehten. Über ihr hing der Vollmond niedrig am Himmel, seine Strahlen fielen durch die schaukelnden Zweige der Bäume, und die Sterne funkelten wie Diamanten auf schwarzem Samt. Der starke, süßliche Geruch der Gummibäume erfüllte die Luft und mischte sich mit dem wunderbaren Duft der Blumen. Blätter rauschten leise, während die Nachtvögel zwitscherten, das träge Zirpen der Grillen an ihr Ohr drang und in der Ferne die Wogen an den Strand schlugen.

Arabella schloß die Augen und konnte sich vorstellen, wieder in der Wildnis zu sein. Die Zweige über ihr waren nicht anders als das Dach des groben Unterschlupfs, den sie und Lucien sich bauten, wenn sie zur Nacht eine Rast einlegten. Das Leben war so einfach gewesen. Sie hatte keine Anstandsdame gebraucht, nur um einen Spaziergang zu machen. Es hatte keine Themen gegeben, über die sie nicht sprechen durfte. Niemanden hatte es gestört, wenn sie vergessen hatte, ihren Hut aufzusetzen. Plötzlich versprüte sie den irrsinnigen Wunsch, ihr Ballkleid, die Reifröcke und die Krinolinen samt dem verhaßten Korsett abzustreifen und bei Mondschein zu tanzen, wie die Aborigines es getan hatten, halbnackt, urtümlich und losgelöst von allen starren Benimmregeln – so anders als Eugenia Howlands Soiree, mit ihren gemächlichen Walzern und Polonaisen, ihren fröhlichen, aber so streng geordneten Quadrillen. Da wurde Arabella klar, daß sie trotz der Unbilden, die sie hatte hinnehmen müssen, mit Lucien auf eine seltsame Art glücklich gewesen war, so glücklich, wie sie zuvor oder seither nie mehr gewesen war. Zum ersten und einzigen Mal in ihrem Leben hatte sie sich wirklich richtig frei gefühlt.

Sie hatte zu niemandem außer Lucien gehört, dem sie sich freiwillig geschenkt hatte. Jetzt erkannte sie mit erschreckender Klarheit, daß sie in eine Gesellschaft zurückgekehrt war, in der die Frau schlichtweg eine Gefangene war und gehalten wurde, als säße sie hinter Gittern, angekettet ans Haus, der Besitz des Mannes, rechtlich zuerst an den Vater gebunden, dann an den Ehemann oder irgendeinen anderen männlichen Vormund, ohne Rechte und ohne Macht irgendwelcher Art. Sie hatte kein Wahlrecht und somit auch keinen Einfluß auf die Gesetze, die ihr Leben bestimmten. Nur selten kam es vor, daß einer Frau Grund und Boden gehörten, und war sie erst einmal verheiratet, ging ihr Vermögen automatisch in den Besitz ihres Mannes über. Dadurch war sie unweigerlich darauf angewiesen, was ein Mann ihr zukommen ließ. Sie konnte von ihrem Vater oder ihrem Vormund meistbietend verschachert, gekauft und verkauft werden an einen Mann, der der Familie Zuwachs an Macht und Reichtum bot oder aber Skandal und Schande ersparte. Eine Frau durfte geschlagen werden, konnte in ein Irrenhaus gesperrt oder von ihrem Mann vergewaltigt werden. Niemand würde Einspruch erheben. Denn es war das Los der Frau, daß sie dem Mann gehörte, so wie sein Haus, seine Kutsche und seine Samtsmokingjacke. Doch vor allem durfte sie niemals ihren Ruf verlieren – denn das war ihr einziger wirklicher Besitz.

Bei dem Gedanken fröstelte es Arabella. Ich sollte in den Ballsaal zurückkehren, sagte sie sich – denn wenn sie zu lange hier draußen in diesem herrlichen Garten blieb, zog sie damit unwillkürlich Tratsch und Kritik auf sich. Eine Frau konnte sich das nicht leisten. Sie mußte auf ihre Tugend und ihren guten Namen achtgeben. Ersteres hatte sie bereits verloren, sollte sie das letztere auch noch verlieren, wäre das weitaus entsetzlicher. Während sie jedoch noch im Mondlicht sitzenblieb, merkte sie, daß sie bereits zu lange gezögert hatte. Ihre Abwesenheit war aufgefallen, und Gervase kam sie bereits suchen. Doch dann trat der Mann, der in die Laube gekommen war, aus dem Schatten ins Mondlicht, und die Sturmlampen erhellten sein dunkles Gesicht. Arabella stockte der Atem.

»Lucien!« hauchte Arabella erschüttert. Sie konnte es nicht glauben, daß er es war, der vor ihr stand, daß er wirklich da war und nicht nur ein Bild ihrer Phantasie. Es war wie ein Traum und zugleich ein Alptraum, denn ihre Beine wollten ihr nicht gehorchen, obwohl ihre Vernunft ihr gebot zu fliehen. Sie nahm ihre Umgebung nur noch verschwommen wahr, was ihre Verwirrung noch verstärkte. Erschrocken faßte sie sich an den Hals. »Lucien!«

»Du hast Gervase erwartet.« Es war eine Feststellung, keine Frage – und offenbar ärgerte es ihn, denn auf einmal trat die Narbe in seinem Gesicht deutlich hervor. »Warst du ihm schon die ganze Zeit versprochen, Arabella? Bist du wirklich so wankelmütig, so treulos?« Er sprach leise, aber seine Stimme klang angespannt, so bewegt war er innerlich.

»Nein, nein … das nicht. Unsere Familien hatten nur gehofft, daß wir eines Tages heiraten würden, aber es gab keine feste Abmachung.« Sie war so verwundert, ihn wiederzusehen, daß sie kaum merkte, was sie da sagte. Sie spürte nur ihr Herz, das viel zu heftig und viel zu schnell schlug, und sah ihn vor sich stehen – hochgewachsen, dunkelhaarig, bedrohlich und viel zu nah.

So attraktiv und gefährlich gutaussehend hatte sie ihn gar nicht in Erinnerung. Verschwunden war der grobe Naturmensch. Statt seiner stand ein Mann vor ihr, der sich eindeutig in den feinsten Empfangszimmern zu bewegen wußte. Der maßgeschneiderte schwarze Seidenfrack betonte seine breiten Schultern und seine muskulösen Arme, die ihre Kraft, wie sie jetzt wußte, der harten Arbeit im Gefängnis verdankten. Wie viele Jahre mochte er dort verbracht haben? ging es ihr durch den Sinn, als ob das jetzt eine Rolle spielte. Das gerüschte Spitzenjabot seines glatten, weißen Hemdes fiel über seine breite Brust herab und reichte bis zu dem festen, flachen Bauch unter seiner teuren, schwarzgrau karierten Weste, die eine Uhrenkette aus Sterlingsilber mit Uhranhänger und Verschluß zierte. Seine schwarze seidene Hose umspannte seine kräftigen, muskulösen Schenkel und Waden in einer Art und Weise, die sie überdeutlich daran erinnerte, wie es sich angefühlt hatte, als er auf ihr gelegen hatte. Bei der Erinnenrung erschauerte Arabella so heftig, daß ihre Knie weich wurden. Sie hatte nicht damit gerechnet, welch überwältigende Wirkung er auf sie haben würde, wenn sie ihn wiedersähe. Nein, eigentlich hatte sie gar nicht damit gerechnet, ihn überhaupt jemals wiederzusehen, und deshalb war sie auf diesen Augenblick nicht vorbereitet gewesen. Niemals hätte sie vermutet, daß Lucien sich in Sydney in denselben Gesellschaftskreisen bewegen könnte wie sie, daß er, was auch immer in seiner Vergangenheit passiert war, so hoch hatte aufsteigen können. Diese Erkenntnis erschreckte sie zutiefst. Wie stand er zu dem, was ihr nach dem Schiffsunglück zugestoßen war? Was würde er mit der Wahrheit anfangen? Erst jetzt, da es zu spät war, überlegte sie, wie jede andere Frau, die sich dummerweise einem Mann hingegeben hatte, ob er es jemandem erzählen würde. Würde er das wohl tun? Sie brachte es jedoch nicht fertig, ihn zu fragen, ganz so, als könnte sie durch ihr Schweigen das Geschehene ungeschehen machen. Dennoch mußte sie fast ausschließlich daran denken.

Viel zu spät versuchte Arabella sich zusammenzureißen.

»Ich – ich muß in den Saal zurück.« Sie sprach leise, nervös und hoffte, sich in der Dunkelheit an ihm vorbeizwängen zu können, um ins Haus zurückzulaufen, das ihr jetzt wie ein Zufluchtsort erschien.

Aber ohne jegliche Vorwarnung griff Lucien nach ihr, zog sie so rauh an sich, daß sie entsetzt nach Luft schnappte und am ganzen Körper zitterte – obwohl sie sich zu ihrer tiefen Schande eingestehen mußte, daß es nicht nur Furcht war, die sie beschlich. Schatten fiel auf sein Gesicht. Sie vermochte nicht zu erkennen, was er dachte, als er sie anschaute, seinen Blick verlangend über ihre bebenden Lippen und den wildklopfenden Puls an ihrem Hals streifen ließ.

»Hast du wirklich geglaubt, ich würde dich einfach so davonkommen lassen, meine Süße?« Seine blaßgrauen Augen funkelten belustigt. Ein schwaches, spöttisches Lächeln glitt um seine Lippen, als er spürte, wie sie in seinen Armen erschauerte und sich fast hilflos an ihn lehnte. »Was mir gehört, behalte ich auch, Arabella – und ob es dir nun gefällt oder nicht, das betrifft auch dich. Hast du wirklich etwas anderes geglaubt?«

»Du hinterhältiger Schuft! Laß mich sofort los!« verlangte sie, und die plötzliche Furcht, er könnte ihr im Garten eine Szene machen, durch die sie mit ihm allein entdeckt werden würde, gab ihr Kraft und Mut. »Ich gehöre nicht dir! Unverzeihlicherweise hast du die Situation ausgenutzt, als ich – mich nicht wehren konnte –, und das weißt du genau! Du hast mich verführt, Lucien!«

»Mag sein. Aber laß uns nicht vergessen, daß du dich mehr als bereitwillig hast verführen lassen, Mädchen!«

Arabella erblaßte, als hätte er ihr eine Ohrfeige verpaßt, denn in ihrem tiefsten Innern wußte sie natürlich, daß er nichts als die Wahrheit sagte – eine Wahrheit, gegen die sie sich krampfhaft sträubte. Sie senkte ihren Blick, konnte ihm nicht länger in die Augen sehen und schluckte schwer.

»Das war, ehe ich – ehe ich –«

»Ehe du erfahren hast, daß ich ein ehemaliger Sträfling bin? Ein Mörder?«

Irgendwie, obwohl alles dagegen sprach und sie den Beweis dafür mit eigenen Augen gesehen hatte, vermochte Arabella in ihrem Herzen nicht zu glauben, daß er dieses Verbrechens wirklich schuldig war. Sie hatte es damals nicht glauben wollen. Aber jetzt, als er es so geradeheraus aussprach, wußte sie, es mußte ja die Wahrheit sein. Wie sie es geschafft hatte, es vor sich selbst zu verleugnen, konnte sie sich jetzt nicht mehr erklären, doch seine letzten Worte trafen sie wie ein schwerer Schlag. Einen Moment lang hatte sie das Gefühl zu ersticken. Im nächsten Moment wurden ihr eine Menge Einzelheiten auf einmal bewußt. Sie spürte Luciens Finger, die ihre Arme umfaßt hielten, fühlte seinen Atem auf ihrer Haut, nahm den Duft nach Tabak und Rum wahr, der ihn umhüllte, das Rascheln der Gummibäume, die niemals ihre saftigen Blätter verlieren, das Zirpen der Grillen, das Seufzen des Meeres, das immer wieder von neuem auf den Strand rollt, das ferne Jaulen eines Dingos, der den Mond anheult. Mörder. Das Wort hallte ihr in den Ohren wider, gleich einer Totenglocke. Sie fühlte sich schwach. Ihr wurde übel.

»Du hättest mir wenigstens die Chance geben können, es zu erklären, Arabella. Das warst du mir schuldig, finde ich.«

»Nein«, protestierte sie und wollte gar nicht erst hören, daß er vielleicht recht hatte. »Nein, was immer ich dir schuldig war, habe ich teuer bezahlt. Jetzt möchte ich nur mein Leben führen und will von dir frei sein, Lucien. Es gibt nichts zu sagen. Du brauchst mir nichts zu erklären. Du hast jemanden umgebracht, einen Mord begangen, und irgendwie hast du es geschafft, dem Galgen zu entkommen. Die ganze Zeit, die wir zusammen waren, hast du mir nichts davon erzählt, daß ...«

»Du wärst nicht bei mir geblieben, hätte ich das getan, oder? Du hättest Angst gehabt und wärst bei der ersten Möglichkeit davongelaufen und in der Wildnis umgekommen! Ich habe dich am Leben gehalten, Arabella. Sagt dir das denn gar nichts?«

»Nur daß du ... eine Frau brauchtest ... mich wolltest – oder, was wahrscheinlicher ist, mein Vermögen!«

»Dein Vermögen? Mein Gott, glaubst du etwa, das interessiert mich?« hielt Lucien ihr grob vor und schüttelte sie ein wenig, so daß sie zusammenzuckte. »Ich bin reich geworden in den Goldgruben von Ophir, meine Süße. Sonst dürfte ich mich heute abend wohl kaum hier blicken lassen, glaub mir das! Mit Geld kann man fast alles kaufen auf dieser Welt ... sogar ein ehemaliger Sträfling bekommt dafür den Zutritt zu den feineren Kreisen, vorausgesetzt, er hat genug – und das habe ich.«

»Aber Liebe, Lucien ... die kann man nicht kaufen«, erwiderte sie leise.

»Nein, das ist ein Geschenk, das einem gegeben wird – so wie du dich mir gegeben hast. Willst du wirklich behaupten, daß dir das, was wir miteinander geteilt haben, nichts bedeutet hat, Arabella? Das glaube ich nicht ... das will ich einfach nicht glauben! Ich habe die Leidenschaft bei dir geweckt, habe dir Vergnügen und Lust geschenkt, wie du es in den Armen eines anderen Mannes niemals erlebt hättest. Ich werde nicht zulassen, daß du das wegwirfst!« Die wilde Entschlossenheit, die sich auf seinem Gesicht abzeichnete, kannte sie nur zu gut. Doch jetzt hatte sie Angst davor.

»Was – was wirst du tun?« fragte sie, und ihre Stimme war kaum mehr als ein schwaches Flüstern.

»Ich will dich heiraten.« Die Worte schockierten ihn selbst fast genauso wie sie. Das hatte er gar nicht sagen wollen. Doch jetzt, wo er es ausgesprochen hatte, erkannte Lucien, daß er die Worte auf keinen Fall zurücknehmen wollte. Es war die Wahrheit. Er wollte Arabella zur Frau – wollte sie in Sinclair House und auf seinem Landbesitz, der noch keinen Namen hatte, aber vor allem wollte er sie wieder in seinem Bett, in seinen Armen haben.

»Nein ...«, Arabella schüttelte entsetzt den Kopf, fühlte sich jedoch seltsam angetan von dem Gedanken. Ehe sie erfahren hatte, was er war, hatte sie sich nichts mehr gewünscht, als das, was er ihr jetzt anbot. Doch wie hätte sie ihn jetzt heiraten können?« »Nein, ich ... ich kann dich nicht heiraten ...«

»Kannst du nicht ... oder willst du nicht?« erkundigte sich Lucien sarkastisch. Sein Stolz war verletzt. Zu oft hatte er ihre Ablehnung gespürt, um jetzt noch so leicht darüber hinweggehen zu können, und viel zu deutlich fühlte er ihre Nähe, wie er sie in dem Unterschlupf in der Nacht erlebt hatte und wonach er sich seither gesehnt hatte, auch wenn er versucht hatte, dieses Verlangen zu verdrängen. »Du warst wochenlang mit mir allein in der Wildnis. Du hast mit mir ein Bett geteilt, Mädchen! Wenn der Skandal an die Öffentlichkeit käme, glaube ich, wärst du froh, daß ich dich heiraten will, oder nicht?«

»Oh, ich hätte wissen müssen, daß du mir mit dieser Drohung kommst! Ich hätte es wissen müssen. Denn so ein Mann bist du, nicht wahr, Lucien? Ein gemeiner, verabscheuungswürdiger Verbrecher ...« Arabella versagte die Stimme. Sie schluchzte auf. Doch dann wischte sie sich bitter die Tränen weg und bemühte sich, ihre Haltung wiederzugewinnen. »Was war ich doch dumm, daß ich dir jemals vertraut habe, mich ... mich von dir umsorgen ließ! Aber jetzt wirst du merken, daß ich nicht mehr so leichtgläubig bin, das sage ich dir! Wenn du es wagst, das auszusprechen, dann werde ich dich der Lüge bezichtigen ... ja, der Lüge, hast du gehört? Ich werde sagen, daß du ein gemeiner Feigling bist und dieses Mittel gewählt hast, um meinen Vormund unmöglich zu machen – in ganz Sydney ist bekannt, wie sehr er auf seinen Stand hält, während du dich sicher zu den Strafgefangenen zählst, die um gleiche Rechte streiten. Deine Aussage wird gegen meine stehen, Lucien – und wem wird mehr geglaubt werden, einem verurteilten Mörder oder dem Mündel von Colonel Wyndham?« Die grausamen Worte, die Arabella ihm da entgegenschleuderte, kamen wie von selbst über ihre Lippen, ganz so, als wäre sie machtlos, sie zurückzuhalten. Und aus Angst wurde sie so erbarmungslos, wie sie ihm vorwarf zu sein. »Und jetzt laß mich los – sonst schreie ich ...«

»Das glaube ich nicht«, schnitt Lucien ihr wütend das Wort ab. Er wollte ihr genauso weh tun, wie sie ihm gerade weh getan hatte. Bisher hatte er nicht daran gedacht, jemals wieder zu heiraten. Daß er eigentlich damit gerechnet hatte, daß sie ihn abweisen würde, änderte nichts daran, wie sehr ihn ihre Zurückweisung schmerzte, besonders wenn er daran dachte, daß sie mit Gervase Wyndham gekommen war – der all das besaß, was er nicht hatte.

Haß und Eifersucht wallten in Lucien auf. Sein Blick verfinsterte sich. Ein leises, tiefes Schnauben entschlüpfte ihm, und ehe Arabella merkte, was er vorhatte, preßte Lucien sie schon an sich und verschloß ihr fest den Mund mit seinen Lippen – es war ein ungestümer Kuß, mit dem er sie bestrafen wollte, der ihr den Atem und den Verstand raubte, bis sie das Gefühl überwältigte, plötzlich den Boden unter den Füßen zu verlieren und in ein endloses schwarzes Nichts zu versinken. Ihr wurde schwindlig, und ihr Magen krampfte sich so zusammen, daß sie glaubte, ohnmächtig zu werden. Verzweifelt versuchte sie sich aus seinem Griff zu befreien. Aber mühelos verstärkte er seine Umarmung, so daß sie sich ihm nicht entziehen konnte, und faßte in ihr Haar, damit sie stillhalten mußte. Überdeutlich spürte sie jeden seiner starken Muskeln und erinnerte sich unwillkürlich daran, wie sie unter ihm gelegen hatte und er sie gestoßen hatte, bis sie das höchste Glücksgefühl erlebte. Auch jetzt schaffte er es wie zuvor, in ihr das urtümliche Verlangen zu entfachen, das zu einem verzehrenden Feuer anwuchs und ihren Körper durchflutete, während er sie küßte, mit seiner sinnlich erregenden Zunge über ihre Lippen strich, ehe er sie rauh teilte, um in ihren Mund einzudringen. So wild und tief er es vermochte, erkundete er die Süße, plünderte das warme Innere, bis Arabella leise stöhnte, sich ihm unbewußt entgegenbog, seinen Kuß sehnsüchtig zu erwidern begann und sich auf sein Zungenspiel einließ.

Lucien wurde weniger fordernd, obwohl er sich kaum zurückhalten konnte, ihre leidenschaftliche Reaktion voll auszukosten. Noch jetzt mußte er daran denken, wie verzweifelt er gewesen war, als er aufgewacht war und sie nicht gefunden hatte, wie irrsinnig, wie tief gekränkt und vor allem wie beraubt er sich gefühlt hatte. Dabei hatte er nicht gewollt, daß sie ihm etwas bedeutete. Doch das Höllische war, sie bedeutete ihm alles. Irgendwie hatte sie sich einen Platz in seinem Herzen erobert, so sehr er das auch gern geleugnet hätte. Er begehrte sie, und gleichgültig, was sie gesagt hatte, sie war sein.

Er drückte sie an sich, damit ihr seine Kraft bewußt wurde, streichelte ihren Rücken, massierte ihn, strich ihr über die Wirbelsäule und umfaßte schließlich ihre Hüften, preßte ihre Schenkel an sich, so daß sie den Beweis seiner Erregung spürte. Ihr leichtes Keuchen, als sie seine Männlichkeit gegen ihren Schoß drücken fühlte, erregte ihn noch mehr. Hitzig saugte er an ihrem Mund und biß ihr spielerisch in die Lippen, stieß mit der Zunge in sie, neckend, lockend, ehe er seine Lippen auf ihren Hals und auf ihre bloße Schulter preßte, bei deren Anblick ihn schon vorhin die Erinnerung gequält hatte. Sanft biß er in ihre Haut und bedeckte gleich darauf ihre Brustansätze mit vielen kleinen Küssen, bis sich ihre Brüste in seinen Händen entspannten, die Knospen aufrichteten und ein leises Aufstöhnen, das sie nicht länger zurückhalten konnte, an sein Ohr drang. Ich könnte sie hier auf der Stelle nehmen, dachte Lucien, ehe er merkte, daß ihr Tränen über die Wangen liefen und auf ihre Brüste fielen. Er schmeckte ihr Salz bittersüß auf seiner Zunge.

»Arabella …?« Sein Atem ging schwer. Er richtete sich auf, so daß er ihr ins Gesicht sehen konnte, strich mit seinen Daumen über die Spuren ihrer Tränen und wischte sie weg.

»Ich bin … Ich bin so verwirrt«, gestand sie ihm leise und biß sich auf die Unterlippe, um ein Aufschluchzen zu unterdrücken. Selbst jetzt noch, trotz allem, was sie über ihn wußte, hatte er irgendwie die Macht, sie zu erregen und ihr Herz an sich reißen, obwohl sie sich bemüht hatte, es aus seinem Griff zu befreien. Ihr Atem ging schwer und rasch. Ihr schwindelte, während sie krampfhaft versuchte, ihre wilden Sinne zu ordnen. Sicher wurde sie inzwischen vermißt. Kaum fiel ihr das ein, da hörte sie auch schon Gervase leicht verärgert und ungeduldig nach ihr rufen.

»Arabella! Arabella, wo bist du?«

»Ich muß ... ich muß gehen.« In panischer Angst, daß Gervase sie hier zusammen im Garten antreffen könnte, entwand sie sich wie gehetzt seinem Griff und hoffte inständig, daß er sie nicht länger bedrängen und nichts davon erzählen würde, was zwischen ihnen in der Wildnis passiert war. »Bitte, Lucien. Du mußt ... mußt mich loslassen.« Sie war blaß und schaute im fahlen Mondlicht flehentlich zu ihm auf. Ihre feuchten Lippen, die er eben so leidenschaftlich geküßt hatte, bebten unaufhörlich.

Nichts war geblieben von der Frau, die ihm trotz ihres schwachen Standes vorhin so kühn gedroht hatte. Dabei wäre es wirklich ein leichtes für ihn gewesen, sie einfach festzuhalten, damit Gervase sie zusammen fand. Einen Moment lang war Lucien fast versucht, das zu tun. Aber jetzt war weder der rechte Zeitpunkt noch der passende Ort dafür, wie ihm schließlich klar wurde. Arabella schaute ihn mit angstvoll geweiteten Augen an. Ihr Überlebensinstinkt war stark, das wußte er. Und sollte sie sich in eine Ecke gedrängt fühlen, würde sie kämpfen, würde vielleicht zu Lügen greifen, wie sie ihm vorhin so hitzig erklärt hatte, und sie gegen ihn vorbringen – und leider hatte sie in der Hinsicht recht: Wer würde ihm, einem ehemaligen Sträfling, mehr glauben als ihr, dem Mündel des Colonel?

»Sei auf der Hut, Mädchen! So einfach läßt sich das nicht beenden!« murmelte er finster und trat widerstrebend beiseite, um sie an sich vorbeizulassen. Sofort raffte sie ihre Röcke, stürmte aus der Laube und ließ ihn allein in der Dunkelheit zurück.

12. KAPITEL

Die Fahrt mit der Kutsche

Gervases Schritte hallten unheimlich auf dem Kopfsteinpflasterpfad des Gartens wider, als Arabella auf die Lichter, die längs der Veranda brannten, zuhastete. Nervös richtete sie ihr Haar und das Ballkleid, während sie auf ihn zuging. Sie hatte keinen Spiegel, um zu überprüfen, wie sie aussah, und konnte nur hoffen, daß Lucien ihre Kleidung nicht zu sehr durcheinandergebracht hatte. Ihr Herz jagte, und sie schmeckte die Angst bitter auf ihrer Zunge, wo sie sich mit dem vermischte, was noch von Luciens Kuß übrig war. Schuldgefühle und Scham stiegen in ihr auf, als sie daran dachte, wie sie eben jegliche Moral vergessen und ihn rückhaltlos geküßt hatte, wie sie seine Annäherung mit der gleichen Leidenschaft erwidert hatte, die er bei ihr in jener Nacht entfacht hatte, in der sie ihm in jeder Hinsicht vollkommen bereitwillig gefolgt war.

Vielleicht hatten die Tage, als sie mit hohem Fieber im Delirium gelegen hatte, irgendeinen Schaden in ihrem Gehirn hinterlassen, hatten sie verrückt oder, was wahrscheinlicher war, zügellos gemacht – so daß sie sich nicht besser dünken konnte als jene Hafenprostituierte, die erst vor kurzem in *The Rocks* ermordet aufgefunden worden war und von deren traurigem Schicksal Tilly ihr nur im Flüsterton berichtet hatte, immer noch dankbar, daß Arabella ihr ein ähnliches Los erspart hatte. Der brutale Mord war sicher die Tat eines Verrückten, eines irren ehemaligen Sträflings, glaubte Arabella und fröstelte, als sie an das Brandmal auf Luciens Schulter dachte. Doch sämtliche Furcht war angesichts seines Verlangens nach ihr wie verflogen. Unbewußt rieb sie sich die Lippen, als könnte sie damit das Gefühl, das er darauf hinterlassen hatte, loswerden.

»Arabella?« hallte erneut Gervases Stimme an ihr Ohr. »Ah, da bist du ja! Wo warst du denn? Du bist schon vor mehr als einer Viertelstunde verschwunden. Andere hatten deine Abwesenheit schon bemerkt, und ich muß dir sicherlich nicht erst sagen, meine Liebe, daß es unter den Umständen klüger wäre, wenn du mehr darauf achtest, was du tust – nicht daß ich dir irgendwelche Vorwürfe machen will, verstehst du? Aber ... nun ja, du mußt doch wissen, wie schnell man ins Gerede kommt, Arabella.«

»Ja, ja, das weiß ich schon. Es ... es tut mir auch leid, Gervase. Es war nur so ... so heiß und laut drinnen, und ich fürchte, ich habe eine schreckliche Migräne. Ich dachte, etwas frische Luft und die Stille ... aber es hat doch nichts geholfen. Würde ... würde es dir etwas ausmachen, mich nach Hause zu bringen?« Sie redete etwas hastig und merkte selbst, daß es wie ein Plappern war, aber sie konnte sich nicht zurückhalten und hoffte inständig, daß er ihr aufgeregtes Verhalten den Kopfschmerzen zuschreiben würde, die sie jetzt tatsächlich verspürte.

»Nein, natürlich nicht. Arme Arabella. Ich schätze, es war wirklich zuviel für dich. Mama hätte es besser wissen müssen und dich langsamer in die Gesellschaft einführen sollen. Aber andererseits werden Eugenia Howlands Einladungen hier in New South Wales praktisch wie ein königlicher Erlaß gewertet. Komm mit. Laß uns in den Saal gehen, damit wir uns entschuldigen können. Dann bringe ich dich in meiner Kutsche nach Hause.«

Seinem besorgten Tonfall nach schien Gervase nichts Ungewöhnliches aufzufallen. Dankbar nickte Arabella und ließ sich von ihm in den Ballsaal zurückführen, wo sie sich von Eugenia Howland, wie auch den übrigen Wyndhams, verabschiedeten, die getrennt von ihnen beiden angekommen waren und deshalb nicht mit ihnen zurückkehren mußten. Gleich darauf ordnete Gervase an, daß seine Kutsche vor dem Haupteingang vorfahren sollte, und half Arabella hinein. Er vergewisserte sich, daß sie es auf der Polsterbank bequem hatte, ehe er mit seinem Stock gegen das Dach klopfte, um dem Fahrer das Zeichen zur Abfahrt zu geben. Der Peitschenhieb des Fahrers erklang, mit einem Ruck rollte das Gefährt an und tauchte in die Nacht. Seine Räder knirschten auf den zerdrückten Muscheln, mit denen die gewundene Auffahrt von Coral Reef bedeckt war.

Obwohl Arabella die Augen geschlossen und sich gegen die Polsterbank zurückgelehnt hatte, berührte es sie peinlich, daß Gervase neben ihr saß und seinen Arm locker über ihre Schultern gelegt hatte. Seit ihrer Ankunft in Sydney hatte er sich so nett, so zuvorkommend zu ihr verhalten, daß sie geradezu ein schlechtes Gewissen bekam, als wäre sie ihm untreu geworden und hätte ihn mit Lucien betrogen. Eindeutig war Gervase bereit, sie zu heiraten, und bis jetzt hatte Arabella auch nichts getan, woran er hätte ablesen können, daß sie seinen Antrag nicht annehmen würde. Selbst jetzt, wo er sanft ihre Schläfen massierte, eine recht intime Geste, war sie nicht kühn genug, es ihm offen zu sagen – denn wie hätte sie ihre Ablehnung begründen sollen?

Er sah gut aus, war charmant, war Leutnant im New South Wales Corps und Erbe seines Vaters und hatte ihr keinen Anlaß gegeben, ihn nicht zu mögen. Was sollte sie ihm dann sagen? Etwa, daß sie noch nicht bereit war zu heiraten? Sie war fast zwanzig Jahre alt – nach den Maßstäben der meisten Leute schon sitzengeblieben, eine alte Jungfer. Eine solche Ausrede würde er ihr nicht abnehmen – aber ebensowenig konnte sie ihm die Wahrheit sagen. Deshalb schwieg sie und seufzte nur leise, als er ihre Schläfen massierte und sie sich langsam entspannte.

Arabella war hochprozentige Spirituosen nicht gewohnt – ihre Erfahrung mit dem starken Wein der Aborigines hatte sie das gelehrt –, und jetzt fiel ihr auf, daß sie von dem Rumpunsch, der bei der Soiree serviert worden war, besser nicht soviel hätte trinken sollen. Doch das Getränk hatte so trügerisch lieblich geschmeckt, und jedesmal, wenn ihr Glas leer war, wurde ihr nachgeschenkt. Auch war sie einen so langen, ermüdenden Abend nicht gewohnt. Durch Gervases Gefälligkeit, die Wirkung des Punschs und die späte Uhrzeit wurde sie müde und saß halbdösend neben ihm. Ihre sonst übliche höfliche, aber entschiedene Distanz, die sie ihm gegenüber wahrte, schwand leicht dahin.

»Fühlst du dich besser?« fragte er dicht neben ihrem Ohr.

»Ja … sehr«, murmelte sie.

Der glatte Stoff seiner Abendjacke fühlte sich weich an, die gekonnte Massage seiner Finger wirkte beruhigend und das rhythmische Drehen der Kutschenräder einschläfernd. Auch duftete Gervase schwach nach Rumpunsch, Tabak und Sandelholz, exotischen Gerüchen, die sie sofort an die Tropenwälder längs der nordöstlichen Küste von New South Wales und die Zeit erinnerten, die sie dort mit Lucien verbracht hatte.

Lucien. Unweigerlich, so schien es ihr, tauchte er in ihren Gedanken auf, obwohl sie sich so sehr bemüht hatte, ihn zu vergessen. Und unvermittelt war es sein Atem, den sie auf ihrer Wange spürte, sein starker Arm, der um ihre Schultern lag – und nicht Gervases –, als ob sie die beiden Männer irgendwie miteinander verwechselte oder vertauschte, obwohl sie sich von ihrer Persönlichkeit her kein bißchen ähnelten. Lucien war mehr wie ein Sturm – finster, rauh, barbarisch –, während Gervase genau das Gegenteil war – klar, sanft, zivilisiert. Man konnte die beiden einfach nicht miteinander vergleichen. Nur eine verrückte Frau würde nicht Gervase den Vorzug vor Lucien geben. Und Arabella konnte kaum anders, als sich selbst für verrückt zu halten, denn als Gervase einen sachten, zärtlichen Kuß auf ihr Haar hauchte, regten sich bei ihr keine tieferen Gefühle, sondern nur die Furcht, er könnte sein Ansinnen deutlich machen und sich ihr erklären.

»Arabella … Arabella …«, flüsterte er in ihr Haar. »Wir sind so selten allein, daß ich wenig Möglichkeit habe, dir zu sagen, was mich in den vergangenen Wochen bewegt hat. Aber du wirst sicherlich bemerkt haben, was ich empfinde. Seit dem Tag, als ich dich im Garten von Wyndham House sah, weiß ich, wie richtig es war, den Wunsch unserer Familien zu respektieren und zu warten, bis wir heiraten können. Jetzt bist du eine Frau … eine Frau, die man auf ein Podest erhebt, bewundert und vergöttert wie eine Statue aus reinstem, unberührtem Marmor, so kostbar, daß man sie nur vorsichtig … ganz vorsichtig … anfassen darf … und ich will dich heiraten.«

Seine Worte waren sicherlich schmeichelhaft, doch Arabella lief dabei eine Gänsehaut über den Rücken. Marmor war ein kaltes, totes Gestein, während sie sich als warmherziges, lebendiges Wesen betrachtete. Die Bilder, die Gervase bei ihr erzeugte, ließen sie frösteln. Sofort spürte sie, daß er nichts von der Hemmungslosigkeit, dem ungestümen Drang oder der Leidenschaft besaß, die sie bei Lucien kennengelernt hatte. Ohne daß sie es wollte, fiel ihr ein, wie sie in dem Schlamm des *Billabong* gestanden und Lucien sie stürmisch und lebenshungrig geküßt hatte. In ein solches Bild wollte Gervase nicht passen, und aus irgendeinem unerfindlichen Grund befiel sie eine eigenartige Beklemmung. Aber sie verdrängte dieses Gefühl und redete sich ein, daß es keine Rolle spielte, da sie Gervase jetzt sowieso nicht mehr heiraten konnte.

»Ich ... mag dich auch, Gervase. Aber ich ... ich brauche etwas mehr Zeit. Ich kenne dich ja erst ein paar Monate und ...«

»Liebe Arabella, du hast ein Leben lang Zeit, mich gut genug kennenzulernen. Aber ich will dich natürlich nicht bedrängen. Ich weiß, daß du ein schreckliches Erlebnis hinter dir hast und daß der heutige Abend deshalb auch nicht leicht für dich war. Ich habe bloß schon so lange gewartet, daß ich unsere Zukunft unbedingt regeln will, und ich weiß, daß besonders auch Vater das gern so sehen würde. Wie du heute abend gemerkt hast, bilden die Angehörigen des New South Wales Corps hier die Gesellschaft, so daß eine Frau der militärischen Karriere eines Mannes nur dienlich sein kann – und natürlich möchte ein Mann immer Erben haben, die den Familiennamen weitertragen und das übernehmen, wofür er so hart arbeitet. Und da du eine Frau bist, mußt du dich doch nach einem Mann und Kindern sehnen, Arabella.«

»Ja, das tue ich auch. Aber mir ist heute abend auch klargeworden, was für ein zurückgezogenes, einsames Leben ich gewohnt war zu führen, und ich muß mich erst auf die ganzen Änderungen hier einstellen. Da Papa so krank war, haben wir keine Gesellschaften mehr auf Darracott Hall gegeben, weißt du?«

»Trotzdem glaube ich, daß du deine Aufgaben erfolgreich bewältigen wirst. In der Hinsicht bist du mehr wie Norah. Sie ist eine vernünftige Frau, die nicht zur Wankelmütigkeit neigt wie Mama und Chrissie. Du tust gut daran, ihr nachzueifern, denn auch wenn sie nicht schön ist, so besitzt Norah doch andere hervorragende Eigenschaften, die eine kluge Frau pflegen sollte.«

Damit deutete er an, daß Arabella ebensowenig schön war. In der Hinsicht konnte sie ihm natürlich nicht widersprechen, weil sie wußte, daß er recht hatte. Daß Lucien sie jedoch für schön hielt, es sogar mehrmals ausgesprochen hatte, mußte sie schleunigst vergessen. Lucien hatte sicherlich gelogen und es nur gesagt, weil er wußte, daß sie das hören wollte. Gervase war zumindest ehrlich, ein Gentleman eben – obwohl ihr das in diesem Augenblick nur ein geringer Trost für ihre tiefbekümmerte Seele schien.

»Dennoch«, fuhr er fort, »hoffe ich nicht, daß du Norahs Beispiel folgen und gar nicht heiraten willst.«

Gervases Lippen waren ganz dicht vor ihrem Mund, als er das sagte, und Arabella merkte, daß er sie küssen wollte. Eine seltsame Neugier überkam sie. Konnte sie so nicht wenigstens herausfinden, ob es wirklich nur an Lucien lag, was sie in seinen Armen empfunden hatte? Da sie das genauer wissen wollte, hielt sie still, als Gervase ihr den Mund verschloß. Der Druck seiner Lippen war fest, wenn auch nicht übertrieben fest. Deutlich schmeckte sie den Rumpunsch, der auf Eugenia Howlands Soiree serviert worden war. Völlig ohne Hast, ohne Begier küßte Gervase sie, ganz so, als wollte er behutsam ihre Reaktion auskundschaften, ähnlich wie bei einem wissenschaftlichen Experiment, dachte Arabella enttäuscht und fühlte sich fast schon gekränkt.

Nach einer Weile schob er zaghaft seine Zunge vor, um ihren Mund zu erkunden. Das tat er nicht minder gemächlich, und ihr fiel ein, daß er sie vorhin mit einer Marmorstatue verglichen hatte. Benommen begriff sie, daß er sie genauso behandeln würde, wenn er mit ihr schliefe. So also hatte er das gemeint, als er gesagt hatte, sie dürfe nur ganz vorsichtig angefaßt werden.

Arabella wurde klar, daß er zu den Männern gehörte, die als Ehemann nicht im Traum daran dächten, sie völlig zu entkleiden, so wie Lucien es getan hatte. Sicher würde Gervase nur ihr Nachthemd anheben, um seine ehelichen Rechte zu fordern – und das allein mit dem Ziel, einen Nachkommen zu zeugen, wie man es ihr beigebracht hatte. Ihre Pflicht dabei war es, still und ergeben dazuliegen, während ihr Mann seine körperliche Lust befriedigte, wie sie es immer gehört hatte. Eine unangenehme Sache, die keiner

Frau Spaß machte, außer möglicherweise diesen niederen Geschöpfen, die es für das Geld eines Mannes taten.

Doch wenn sie ehrlich zu sich selbst war, mußte Arabella sich eingestehen, daß es ihr Spaß gemacht hatte, als sie in Luciens Armen gelegen hatte – und daß es ihm mindestens ebensoviel Freude bereitet hatte, ihr Glücksgefühle zu schenken, wie von ihr beschenkt zu werden. Und er hatte sich so verhalten, als ob es das natürlichste der Welt wäre, daß sie in seinen Armen Lust empfand.

Selbst jetzt, wenn sie daran dachte, wie er sie nackt in seinen Armen gehalten und an sich gedrückt hatte, verspannten sich ihre Brüste, sehnten sich nach seinen zärtlichen Händen. Verlangend richteten sich ihre Knospen auf, und sie spürte, wie es zwischen ihren Schenkeln feucht wurde. Sie stöhnte leise, schlang wie von selbst ihre Arme um Gervases Nacken und faßte mit den Fingern in sein Haar. Unbewußt schob sie ihre Zungenspitze vor und wollte sein Spiel erwidern. Doch während Lucien ihre Erwiderung begrüßt und leidenschaftlich darauf reagiert hätte, verspannte sich Gervase abrupt und entzog sich ihr kühl. Er hatte die Lippen verärgert aufeinandergepreßt und musterte sie mißtrauisch.

»Wo hast du das denn gelernt, Arabella?« erkundigte er sich kalt und in trügerisch ruhigem Ton. Seine blauen Augen funkelten stählern wie der wolkenlose Himmel über Australien, wenn die Sonne unbarmherzig brannte.

Einen Moment lang konnte sie ihn nur anstarren, entsetzt über die plötzliche Wandlung, die mit ihm vorgegangen war. Vom freundlichen, charmanten Verehrer war er zum steifen, bestürzend strengen Militäroffizier geworden, der offenbar bereit war, ein gnadenloses Verhör durchzuführen. Sie hatte gedacht, es würde ihm gefallen, wenn sie seinen Kuß erwiderte. Statt dessen hatte sie ihn schockiert und wohl beleidigt, wie sie erkennen mußte. Dann war es also tatsächlich wahr: Nur eine hemmungslose Frau oder eine Hure genoß das Liebesspiel mit einem Mann. Betroffen und zutiefst beschämt senkte Arabella ihren Blick.

»Arabella, ich habe dich etwas gefragt: Wo hast du das gelernt?«

»N-nirgends, Gervase«, log sie rasch, und ihre Stimme war kaum mehr als ein Flüstern. Nervös und verschüchtert erkannte sie, daß sie einen Fehler begangen und Kenntnisse gezeigt hatte, die sie nicht haben durfte. »Ich ... ich habe mich nur dem angepaßt, was du vorgemacht hast. Es ... es tut mir leid, wenn ich ... wenn ich etwas verkehrt gemacht habe.« Noch während sie das sagte, wurde ihr klar, daß Gervase ihr – obwohl ein Kuß kaum ein Grund dazu war – mehr das Gefühl gab, schlecht und verdorben zu sein, als Lucien, dem sie ihre Unschuld geschenkt hatte, es je getan hatte.

Doch zu ihrer Erleichterung schien ihr Bekenntnis Gervase umzustimmen.

»Meine Liebe ... natürlich bist du noch unschuldig und konntest es nicht besser wissen. Aber wenn du einen Mann so küßt, könnte das leicht ... ein falsches Licht auf dich werfen, Arabella. Man könnte dich für vorschnell und gewöhnlich, für wesentlich erfahrener in diesen Dingen halten, als eine Dame es sein sollte. Wie du dir denken kannst, wäre daher kein Mann begeistert, daß die Frau, die er ehelichen will, solche Eigenschaften besitzt.«

»Nein, sicher nicht«, antwortete Arabella tonlos und war jetzt noch überzeugter als zuvor, daß sie Gervase niemals heiraten konnte. Bestimmt wäre er außer sich, würde er erfahren, daß sie mit Lucien Sinclair das Schlaflager geteilt hatte. Jeder Gentleman würde so darauf reagieren.

Sie war froh, als sie endlich *Blue Trees* erreicht hatten. Kaum hatten sie das Haus betreten, schützte sie ihre Kopfschmerzen vor, um sich gleich von Gervase zu verabschieden und in ihr Gemach zurückzuziehen, wo sie sich trostlos in den Schlaf weinte. Sie hatte das Gefühl, als wäre bei ihr heute ein lebenswichtiger Funke, der einmal zur Flamme entfacht worden war, kaltblütig ausgelöscht worden.

13. KAPITEL

Chrissie

Noch Jahre später betrachtete Arabella den Abend der Soiree auf *Coral Reef* aus verschiedenen Gründen als einen Wendepunkt ihres Lebens. Denn auch ohne die Ereignisse vor jenem Abend wäre er wohl mit entscheidend gewesen für das, was danach folgte. Am kommenden Morgen war Chrissie regelrecht aus dem Häuschen und konnte mit dem Erlebnis, das sie auf dem Rückweg vom Howland-Gut gehabt hatte, nicht mehr zurückhalten.

Eine Bande Sträflinge hatte der Kutsche der Wyndhams aufgelauert, um die Insassen auszurauben. Solche Überfälle waren in den Kolonien keine Seltenheit. Viele Gefangene, ob auf Bewährung frei oder vorzeitig entlassen, waren nicht bereit, ein neues Leben anzufangen, sondern zogen es vor, weiterhin Verbrechen zu begehen, und schlossen sich zu gefährlichen Banden zusammen, um stärker zu sein und die Behörden an ihren Ermittlungen zu hindern. Meistens sprachen diese Männer fleißig dem Alkohol zu, ehe sie die Kutschen des Landadels, der reichen Händler und Farmer überfielen, oder sie beteiligten sich am Schmuggel. Manchmal plünderten sie abseits gelegene Farmen und brandschatzten die Umgebung.

»Du hättest sie sehen sollen, Arabella!« erklärte Chrissie aufgeregt und sprach von den Wegelagerern, während sie ihren Toast großzügig mit Marmelade bestrich. »Sie hatten schwarze Kapuzen über den Gesichtern, klar ... wie Henker! Und ich hatte solche Angst! Ich dachte, sie würden uns alle erschießen. Aber sie wollten nur unseren Schmuck und das Geld. Natürlich wollte Papa ihnen Widerstand leisten. Aber Richard« – Richard hatte Chrissie zum Ball begleitet – »sagte, es sei sinnlos, sich zu wehren. Das würde alles nur noch schlimmer machen – was ich von ihm für sehr armselig hielt, ehrlich. Stell dir nur vor, er hat praktisch von mir verlangt, daß ich diesen Schurken einfach Großmamas Perlen übergebe! Er hätte mir lieber seine Pistole leihen sollen, ich hätte diese Kerle eigenhändig erschossen! Aber das wollte er natürlich nicht – auch wenn ihm das wenig geholfen hat. Sie haben ihn einfach niedergeknüppelt – und wahrscheinlich hätten sie das mit Papa auch gemacht, wäre nicht Black Jack gewesen.«

»Black Jack« O'Flaherty war, wie Arabella wußte, der Pferdeknecht und Kutscher der Wyndhams. Vor sieben Jahren war der Ire wegen Raubüberfalls in die Kolonien verschifft worden, und weil er nun mal mit Pferden gut umgehen konnte, hatte er, nachdem er vorzeitig entlassen worden war, eine Stelle bei den Wyndhams gefunden. So rauh und unbekümmert er war, er sah gut aus und war obendrein derart charmant, daß man hätte annehmen können, er hätte die Liebenswürdigkeit mit Löffeln gegessen. Arabella war er jedoch zu aalglatt. Überdies hegte sie den Verdacht, daß er, auch wenn er so tat, als hätte er sich geändert, in Wirklichkeit derselbe Schurke geblieben war und gelegentlich bei der einen oder anderen verbrecherischen Aktivität kräftig mitmischte. Chrissie neigte dazu, bei seinen Schmeicheleien und seinem Getue zu erröten und zu lächeln, obwohl sie ihn natürlich für seine Anmaßung tadelte. Mehr als einmal jedoch hatte sie bereits Arabella gegenüber geäußert, es sei richtig bedauerlich, daß Black Jack nicht nur ein Pferdeknecht und Kutscher, sondern auch ein ehemaliger Sträfling sei – »denn er ist soviel aufregender als dieser Langweiler Richard!« hatte sie sich beschwert, und ein abweisend unverschämtes Schulterzucken begleitete jedesmal diese empörten Worte, da sich Captain Richard seit seiner Versetzung nach Sydney als beharrlicher, aber nicht nennenswert einfallsreicher Verehrer erwiesen hatte.

Chrissie hatte schon immer die Neigung, sich in Gefahren und Abenteuer zu stürzen, überlegte Arabella in solchen Augenblicken und erinnerte sich daran, daß es Chrissie gewesen war, die sich an jenem Tag auf dem Jahrmarkt von Scarborough zuerst in das Zelt der Zigeunerin gewagt hatte. Mehr als einmal hatte Arabella Richard den leisen Hinweis gegeben, daß ein bißchen Kühnheit, ein wenig Spontanität, ein Gedicht vielleicht und ein paar verstohlene Küsse im Mondschein ihm eher helfen würden, Chrissies eigenwilliges Herz zu erobern, als die trockenen Geschichten aus dem Militäralltag, die er ihr zu erzählen pflegte, und die ruhigen Spaziergänge, die er mit ihr durch den Garten machte.

Doch Arabellas wohlmeinende Hinweise wurden ignoriert, und sie hatte Richard nicht weiter bedrängt, als sie merkte, daß er auf ihren Versuch, sich in sein Privatleben einzumischen, ziemlich verlegen reagierte. Es war deutlich zu erkennen, daß er von Chrissie hingerissen war. Und ebenso deutlich trat zutage, daß Chrissie seine Freundlichkeit für langweilig hielt, seine Beharrlichkeit für schwerfällig. Und jetzt, als Chrissie so angeregt von dem gestrigen Vorfall erzählte, bei dem Richard feige und dümmlich abschnitt, während Black Jack ritterlich heldenhafte Ausmaße in ihren Schilderungen annahm, beschlich Arabella eine ungute Ahnung. Black Jack hatte es gewagt, angesichts der Bedrohung, die das verbrecherische Gesindel darstellte, seine Pistole zu ziehen, und mit ein paar lauten Schreckschüssen war es ihm gelungen, die Angreifer zu vertreiben.

»Stell dir nur mal vor, Arabella! Wäre Black Jack nicht so mutig gewesen, hätte man mich verschleppt und vergewaltigt!« In Chrissies Stimme schwang eine gewisse Erregung über diese Aussicht mit – als würde sie davon träumen, wie Black Jack sie rettete und anschließend liebte.

»Christine!« tadelte Norah, die sich zu ihnen an den Tisch gesetzt hatte, sie heftig. »Für eine Dame ist es nicht schicklich, an so etwas überhaupt zu denken, noch viel weniger, davon zu sprechen! Du kannst von Glück sagen, daß Papa heute morgen schon zum Hauptqartier des Corps mußte und daß Mama sich zu schlecht fühlt, um mit uns zu frühstücken, sonst wärst du jetzt für dein vorlautes Mundwerk gehörig bestraft worden!«

Chrissies Reaktion auf diese vollkommen berechtigte Feststellung war ziemlich kindisch. Sie streckte Norah einfach die Zunge heraus.

»Du bist ja nur neidisch, weil keiner der Männer dich hätte verschleppen wollen, Norah!« entgegnete sie verärgert. »Du bist schlimmer als ein Missionar mit deinem ständigen Genörgel an anderen, was nun sittsam ist und was nicht. Mit dir macht doch nichts mehr Spaß. Überhaupt, wenn du entführt worden wärst, hätten diese Verbrecher uns Geld gegeben, damit wir dich abholen. Sie wären ja erleichtert gewesen, dich endlich wieder los zu sein! Ich prophezeie dir, wenn du nicht liebenswürdiger wirst, bekommst du niemals einen Mann ab, weil sich kein richtiger Mann für den Rest seines Lebens von so einer eingebildeten Wichtigtuerin wie dir herumkommandieren lassen will – und das ist nun mal die ungeschminkte Wahrheit!«

Norah saß im ersten Moment vollkommen reglos da, wurde kreidebleich und preßte schockiert die Lippen aufeinander, als hätte ihr jemand eine schallende Ohrfeige versetzt. Dann, nach einer Weile, antwortete sie leise:

»Ich schätze, es ist dir nie aufgefallen, Chrissie, daß die Verantwortung für unseren Haushalt mit den Jahren wie von selbst mehr und mehr auf meine Schultern fiel, weil Mama gesundheitlich nicht die Stärkste ist und Papa sich überwiegend um die Angelegenheiten des Militärs kümmern muß. Ich habe mir das nicht ausgesucht, das kannst du mir glauben, aber ich beschwere mich auch nicht. Genau wie Arabella ihren Vater gepflegt hat, betrachte ich es als Liebesdienst, mich um Mama und Papa zu kümmern – wie auch um dich, Chrissie. Ich weiß, daß du es im Grunde deines Herzens nicht wirklich böse gemeint hast. Doch ich fürchte, daß dein Egoismus und dein mangelndes Feingefühl, von deinem verrückten und ungestümen Abenteuersinn ganz zu schweigen, dir eines Tages zum Verhängnis werden werden. Du tätest gut daran, würdest du deine dummen Phantastereien endlich einmal ablegen und dir ernsthaft Gedanken machen, ob du nicht mit jemandem wie Richard, der mehr für dich übrig hat, als du erkennst, denke ich, und der eine nüchterne, festigende Wirkung auf dich ausüben würde, deine Zukunft gründen solltest. Und jetzt entschuldigt mich bitte, ich habe noch eine Menge zu tun.«

Daraufhin stand Norah auf und verließ den Frühstücksraum.

Ein seltsam bedrückendes Schweigen breitete sich aus, und Chrissie besaß wenigstens soviel Anstand, daß sie beschämt dreinblickte.

»Ich sollte wohl Mitleid mit ihr haben«, gab Chrissie schließlich zu. »Ich weiß, es war nicht alles leicht für sie. Aber ... o Arabella! Findest du nicht auch, daß es noch mehr im Leben geben muß als nur zu heiraten und Kinder zu bekommen – oder irgendwann so zu werden wie Norah? Ich meine ... das kommt mir alles so ... so zahm und langweilig vor! Überleg nur mal, wie dein Leben sein wird, wenn du Gervase heiratest. Tag für Tag die gleichen Haushaltsarbeiten und Pläne, immer irgendwelche Gesellschaften, bei denen du Abend für Abend die gleichen Leute siehst, immer derselbe Mann, der abends seine ehelichen Rechte von dir fordert – und nichts davon macht dir wirklich Spaß! So gesehen könnte eine Frau doch auch eine ... eine Porzellanpuppe sein, ohne Verstand, ohne Gefühle. Manchmal kommt es mir so vor, als müßte ich verrückt werden, wenn ich nur daran denke! Ich komme mir vor wie diese armen Vögel in diesen Goldkäfigen, die die Händler auf dem Markt feilbieten, und ich sehne mich danach, wenigstens einmal in meinem Leben diesem Eingesperrtsein zu entkommen ... Was hattest du doch für ein Glück, Arabella, daß du wenigstens erfahren durftest, wie das ist, auch wenn es für dich furchtbar schrecklich gewesen sein muß, was du nach dem Schiffsunglück durchgemacht hast.«

»Ja, ich ... ich schätze schon«, pflichtete Arabella ihr nachdenklich bei. »Ich muß zugeben, daß es in mancher Hinsicht ... nicht leicht war, sich wieder an die zivilisierte Gesellschaft zu gewöhnen, wesentlich schwerer eigentlich, als ich gedacht hätte – und, ja, eine gewisse Freiheit habe ich dabei verloren, und das bedaure ich schon.«

»Dann verstehst du mich wenigstens! Ich mußte es doch. Aber Norah wird das nie begreifen. Sie will, daß ich Richard heirate.«

»Wäre das wirklich so schrecklich, Chrissie? Er ist ein netter und guter Mensch, und er liebt dich.«

»Ja, ich weiß ... aber ich würde dann vom Haushalt meines Vaters in den Haushalt meines Mannes gehen, ohne irgendwie jemals etwas vom Leben erfahren zu haben, Arabella! Dazu bin ich einfach noch nicht bereit. Ich hoffe die ganze Zeit, daß das Schicksal mir etwas anderes beschert, so wie dir, und daß irgend etwas Außergewöhnliches und Wunderbares plötzlich mein Leben verändert. Sonst, fürchte ich, werde ich eines Tages wie Mama enden. Sie ist nicht wirklich krank, weißt du – zumindest nicht so, wie jeder annimmt. Sie trinkt. So entkommt sie allem, habe ich immer das Gefühl. Und seit wir in den Kolonien sind, ist es schlimmer geworden. Hier dreht sich alles nur um den Rumhandel ... Um Himmels willen, Arabella, sieh mal, wie spät es ist!« rief Chrissie plötzlich aus und schaute auf die mit Goldbronze verzierte Uhr, die über dem Kaminsims tickte. »Wir sollten heute morgen zur Schneiderin fahren. Ich habe mich so über den Streit mit Norah aufgeregt, daß ich es fast vergessen hätte. Komm, wir sputen uns lieber, damit wir uns nicht zu sehr verspäten.«

Zusammen hasteten sie aus dem Frühstücksraum und saßen kurz darauf, nachdem Chrissie sich in fliegender Hast und Eile zweimal umgezogen hatte, gemütlich in der Kutsche der Wyndhams, die polternd über die Straßen nach Sydney rollte. Chrissie verbrachte die meiste Zeit der Fahrt damit, sich mit ihrer Zofe Peg und Tilly zu unterhalten und die Einkaufslisten durchzugehen, die ihnen von Tante Hennie, Norah und der Köchin mitgegeben worden waren.

Mehr als eine gelegentliche Zwischenbemerkung brauchte Arabella nicht zu machen, und darüber war sie froh. Durch den Streit im Frühstücksraum, so unangenehm er auch gewesen war, hatte sie in gewisser Weise neue Einsichten gewonnen, und sie war froh, daß sie die Gelegenheit bekam, noch mal darüber nachzudenken. Denn erst jetzt erkannte sie, daß sie sich in den Wochen, die sie nach dem Schiffsunglück mit Lucien verbracht hatte, nicht nur körperlich verändert hatte, sondern tatsächlich, wie Chrissie vorhin behauptete, etwas erfahren hatte, was den meisten Frauen ihres Standes im Leben verwehrt blieb.

Wie immer man es betrachten mochte, das Leben mit Lucien war aufregend gewesen. In der Zeit hatte sie Erfahrungen gesammelt, nach denen Chrissie sich offenbar sehnte. Vielleicht träumte sogar Norah davon, so etwas zu erleben, und hatte ihre Wünsche nur ihrer Pflicht wegen unterdrückt. Was Arabella ebenfalls tun mußte. Lucien würde sie nicht heiraten, und Gervase konnte sie nicht ehelichen. Noch ein Jahr mußte sie in New South Wales ausharren, dann war sie volljährig. In der Zeit mußte sie sich so umsichtig wie möglich verhalten, damit sie keine Schande über die Wyndhams brachte. Und anschließend konnte sie nach England, nach Darracott Hall, zurückkehren, wo sie dann ein geruhsames Leben führen würde, zwar als alte Jungfer, aber eben nicht so wie Norah oder Miss Bodkins.

Arabella hatte immer das Landleben geliebt. Dafür würde sie sich mit ganzem Herzen einsetzen und das weiter aufbauen, was ihr Vater geschaffen hatte, entschied sie in diesem Augenblick und war erstaunt, wie leicht die Lösung für ihr Problem eigentlich gewesen war. Merkwürdig, warum war ihr das nicht schon früher eingefallen? Es mochte nicht die Zukunft sein, die sie sich einmal erträumt hatte, aber diese Aussicht war doch weitaus besser als die, vor der sie sich gefürchtet hatte.

Was Gervase betraf ... nun, er hatte ihr selbst das Stichwort gegeben, wie sie auf seine Frage antworten konnte, sollte er noch einmal von Heirat sprechen. Da er sie mit Norah verglichen hatte, brauchte Arabella nur zu sagen, daß sie sich entschieden hätte, nicht zu heiraten, sondern ihr Leben dem Andenken ihres Vaters und seiner Wunschvorstellung von Darracott Hall zu widmen. Natürlich würde Gervase gekränkt und verärgert sein. Doch mit der Zeit würde er sie vergessen und weder die Pein noch die Kränkung ertragen müssen, die ihm zweifellos nicht erspart geblieben wäre, hätte er herausgefunden, daß sie ihn mit Lucien betrogen hatte.

Bei Lucien wollte Arabella heute ihre Schuld begleichen. In einem Umschlag ihres Pompadours trug sie sein Honorar von £ 100 bei sich, das sie von ihrem Taschengeld zusammengespart hatte. Schon zu Hause hatte sie die Angelegenheit mit Tilly, die ihr treu ergeben war, besprochen. Tilly hatte geschworen, kein Sterbenswörtchen über ihren Auftrag verlauten zu lassen, und sich bereit erklärt, den Umschlag in der Zeit zum Sinclair House zu bringen, in der Arabella und Chrissie bei der Schneiderin waren. Dort mußte Arabella eine letzte Anprobe für die restlichen Kleider ihrer neuen Garderobe machen, von denen einige, wie das Ballkleid, das sie am Abend zuvor getragen hatte, schon fertig und in *Blue Trees* abgeliefert worden waren.

Nachdem sie nun endlich ihre Entscheidung getroffen hatte, empfand Arabella eine innere Ruhe und Ausgeglichenheit, wie sie sie seit dem Tod ihres Vaters nicht mehr verspürt hatte. Es war ein Fehler gewesen, sich in Lucien zu verlieben und mit ihm das Lager zu teilen, aber sie würde dafür büßen, indem sie nie heiratete. Ein Jahr konnte sie hier wohl ertragen, und dann würde sie nach Hause zurückkehren, wo sie in ihren Erinnerungen schwelgen konnte und ihre Abenteuer beendet wären. So jedenfalls glaubte sie bis zum selben Abend, als Tilly in ihr Zimmer kam.

»Miss Arabella …?« fragte die Zofe vorsichtig, nachdem sie geklopft hatte. Sie öffnete die Tür spaltbreit und spähte in den Raum.

»Ja, Tilly, komm nur herein. Du störst nicht, falls du das befürchtest.« Arabella legte das Buch, in dem sie gelesen hatte, beiseite. »Was gibt es denn?«

»Also, vorhin war keine Gelegenheit, Miss, aber … die Nachricht, die ich heute abgeben sollte, ja? Beim Sinclair House …«

»Ja?«

»Ich weiß, daß Sie nicht damit gerechnet haben, aber hier ist eine Antwort, Miss.« Tilly griff in die Tasche ihrer Schürze und holte einen eierschalenfarbenen Umschlag heraus.

»Eine Antwort!« rief Arabella leicht entsetzt, sprang von ihrem Bett und spürte, wie ihr Herz zu rasen begann. »Laß mal sehen!« Ihre Hände zitterten, als sie die Nachricht von Tilly entgegennahm, das Siegel aufbrach und den Umschlag aufriß. Sie war so verblüfft, daß sie die kühnen Worte, die in schwarzer Tinte auf dem Papier prangten, gleich zweimal lesen mußte:

Du glaubst, daß die Angelegenheit zwischen uns beiden mit der Bezahlung meines Honorars erledigt ist. Aber da irrst Du Dich gewaltig, Mädchen.

Im Anschluß daran hatte Arabella das Gefühl, Lucien überall zu sehen. Ihr kam es so vor, als verfolge er sie auf Schritt und Tritt, bliebe ihr auf den Fersen wie ein Dingo, um sie daran zu erinnern, daß er ihre Spur gewittert hatte und ihrer Fährte nachging. Sie lebte in ständiger Angst und Panik. Und wenn sie daran dachte, daß sie sich dummerweise diesen Dämon, diesen tasmanischen Teufel, selbst auf den Hals geholt hatte, wurde ihr speiübel!

Sie konnte es nicht begreifen, daß er sie immer noch begehrte – doch was sollte er sonst von ihr wollen? Ihr Vermögen, hatte sie mal gedacht. Aber jetzt, nach einer wahrhaft endlosen Reihe von Partys, Gesellschaften und Soirees, wußte sie längst, daß er an dem Abend im Garten auf Coral Reef die Wahrheit gesagt hatte. Er hatte tatsächlich ein Vermögen in den Goldfeldern von Ophir gemacht. Und wie er so richtig behauptet hatte, konnte er sich damit Zutritt in viele Häuser erkaufen, wo er sonst nicht mal den Fuß hätte über die Schwelle setzen dürfen.

Selbst die hinter vorgehaltener Hand geflüsterten Gerüchte, die über ihn im Umlauf waren, daß er daheim in England seine Frau ermordet hätte und jetzt wahrscheinlich junge Frauen im Stadtteil *The Rocks* umbrachte, schienen seine berüchtigte Bekanntheit, das unleugbar Geheimnisvolle, das ihn umgab, und seine verführerisch bedrohliche Anziehungskraft nur zu steigern. Obwohl er vom New South Wales Corps wegen der Mordfälle verhört worden war, hatte man Lucien nicht verhaftet, da nur der Verdacht gegen ihn bestand, es aber keinen stichhaltigen Beweis gab.

Die ehemaligen Strafgefangenen hielten ihn natürlich für unschuldig und behaupteten, daß die widerwärtigen Gerüchte nur der Versuch des Landadels wären, seinen Ruf und seinen Charakter zu verunglimpfen, weil er es geschafft hatte, nach seiner Freilassung aus dem Gefängnis zu solchem Reichtum zu gelangen. Der Landadel hingegen hielt ihn selbstverständlich für schuldig. Und doch redeten sie unter sich darüber, daß er zu klug und, was wichtiger war, zu reich sei, um jemals für seine Verbrechen vor Gericht gestellt zu werden. Und im übrigen war ihnen klar, daß er auf jeden Fall einflußreiche Verbindungen besitzen mußte, sonst hätte er in England nicht dem Galgen entkommen können.

Lucien selbst gab nie einen Kommentar zu dieser Angelegenheit ab, und es gab nur wenige, die es wagten, ihn offen irgendeiner Tat zu beschuldigen. Jeder wußte, daß er ein guter Schütze war und selbst aus fünfzig Meter Entfernung noch die Augen auf einer Karte traf. Ich bin wahrscheinlich der einzige Mensch in ganz Australien, dachte Arabella, dem gegenüber er jemals das Verbrechen erwähnt hat, für das er deportiert wurde. Von den übrigen Morden sprach er nicht, und lange Zeit fragte sie ihn auch nicht danach, weil sie sich vor der Antwort fürchtete. Denn ihr würde er eine Antwort geben, das fühlte sie.

Er war verrückt nach ihr.

Offenbar hatte ihn der Wahnsinn, der sie in der Nacht unter dem Jacarandabaum geritten hatte, ebenfalls mächtig gepackt. Allein war sie bei keinem der gesellschaftlichen Ereignisse sicher, die sie besuchte. Wie mit den sprichwörtlichen Argusaugen verfolgte Lucien unermüdlich jede ihrer Bewegungen. Stahl sie sich davon oder war sie unbegleitet, dann tauchte er sofort an ihrer Seite auf, bedrängte sie ständig aufs neue und verlangte nachdrücklich, daß sie ihn heiraten solle.

»Früher oder später wirst du meine Frau, Arabella«, behauptete er mehrmals. »Warum willst du uns beiden nicht eine Menge Kummer ersparen und endlich nachgeben? Daß du dich weigerst, mich zu heiraten, ist nicht nur ärgerlich, sondern auch dumm. Du bist schon mein, und ich kann es absolut nicht leiden, dich überall, wo ich hinkomme, an Gervases Arm zu sehen. Lieber Himmel, da du dich mir hingegeben hast, bist du sicher zu anständig, ihn oder irgendeinen anderen Mann zu heiraten. Deshalb kannst du ja nur noch mich nehmen oder allein bleiben, Mädchen!«

»Dann werde ich eben allein bleiben, Lucien! Und jetzt laß mich los, bitte!«

Sie hatte gelernt, daß es keinen Sinn hatte, sich gegen ihn zu wehren. Er hielt sie einfach so lange in den Armen, wie er wollte, küßte sie stürmisch und so leidenschaftlich, daß es schon beängstigend war, ließ seine Hände besitzergreifend über ihren Körper gleiten, ganz wie es ihm gefiel, so als würde sie tatsächlich schon ihm gehören, und er hätte das Recht, mit ihr zu machen, was er wollte. Ein paarmal hätte er sie sogar nehmen können, denn gleichgültig, wie sehr sie sich auch gegen die Gefühle sträubte, die er bei ihr weckte, ihr Wille und ihr Verstand ließen sie im Stich, sobald er sie berührte. Sie wurde schwach, wenn er sie in den Armen hielt, und sehnte sich mit allen Fasern ihres Körpers nach Erfüllung. Wie Lucien sich noch zurückhalten konnte, war Arabella fast unbegreiflich, obwohl sie befürchtete, daß es nur mehr eine Frage der Zeit sei, wann er seine Selbstbeherrschung verlieren und etwas vollkommen Unüberlegtes tun würde. Sie wußte, daß sie mit einem Feuer spielte, dessen Flammen bereits gefährlich hochschlugen. Dennoch fühlte sie sich machtlos, diesem Treiben Einhalt zu gebieten. Lucien gab nicht auf, und sie wagte es nicht, irgend jemandem etwas von ihrer Beziehung zu ihm zu erzählen, um derlei Begegnungen in Zukunft zu unterbinden.

Arabella war so sehr mit ihrem eigenen Dilemma beschäftigt, daß sie nichts von den anderen heimlichen Liebesverhältnissen merkte, die um sie herum hinter der ruhigen Fassade des Wyndhamschen Besitzes geknüpft wurden, bis sie eines Morgens aufwachte und feststellte, daß sich der gesamte Haushalt in Aufruhr befand. Mitten in der Nacht hatte Chrissie eine Tasche gepackt und war mit Black Jack O'Flaherty davongelaufen.

»Ich fühle mich mitschuldig«, gestand sie leise den anderen, die im Empfangszimmer versammelt waren, während sie langsam das Blatt auffaltete, das Chrissie mit einer Notiz hinterlassen hatte. »Ich … ich hätte an gewissen Äußerungen … und so wie sie mich angesehen hat, erkennen müssen, daß so etwas Ähnliches passieren würde. Aber ich hätte mir einfach nicht träumen lassen, daß sie … tatsächlich einen solch drastischen Schritt wagen würde.«

»Nein, das konntest du auch gar nicht, Arabella«, stimmte Norah ihr ruhig zu, während sie abwechselnd das Taschentuch in ihrer Hand zerknüllte und wieder locker ließ, das einzige äußere Zeichen ihrer Nervosität und Betroffenheit. »... genausowenig wie ich oder irgendeine andere anständige Dame unseres Standes. Nur der Gedanke, daß eine wohlerzogene, gebildete Frau so tief herabsteigen und sich mit einem gemeinen Verbrecher einlassen könnte ... meine Güte, das ist einfach unvorstellbar! So etwas tut doch niemand. Daß Chrissie so etwas Entsetzliches, Beschämendes und Egoistisches machen konnte, ohne daran zu denken, welchen Skandal und was für eine Schande sie damit über uns alle ...« Norah brach ab, sichtlich verärgert, enttäuscht und zutiefst gekränkt.

In dem angespannten Schweigen, das sich daraufhin im Empfangszimmer ausbreitetete, hörte man Tante Hennie bemitleidenswert schluchzen, und Arabellas Herz klopfte so laut, daß sie schon überzeugt war, auch die anderen mußten es hören. Schreckliche Schuldgefühle lasteten auf ihr – nicht nur, weil sie so mit ihren eigenen Problemen beschäftigt gewesen war, daß sie keine Ahnung gehabt hatte, was Chrissie trieb, und es nicht geschafft hatte, es zu verhindern, sondern weil sie auch wußte, daß sie im Grunde genommen nicht besser war als Chrissie. Eher noch schlimmer – denn zumindest hatte Chrissie nicht versucht, ihre Familie zu hintergehen, indem sie ihr Verhältnis mit Black Jack O'Flaherty geheimhielt, sondern war ganz kühn mit ihm durchgebrannt und bekannte sich offen dazu. In dem Augenblick kam Arabella sich furchtbar schäbig und feige vor. Sie verspürte das dringende Bedürfnis, aufzuspringen und offen die Schuld, die sie mit ihrem verschwiegenen Verhältnis zu Lucien auf sich geladen hatte, einzugestehen. Sie biß sich fest auf die Unterlippe, um die Worte der Schande und Reue zu unterdrücken, die ihr über die Lippen purzeln wollten.

»Ich habe angeordnet, daß die Kutsche vors Portal gefahren wird, Vater«, erklärte Gervase, als er zu ihnen ins Empfangszimmer kam, und zog sich gerade seine schwarzen Lederhandschuhe an. »Sie haben zwar ein paar Stunden Vorsprung, doch sie sind im Dunkeln losgefahren. Möglicherweise sind sie nicht besonders weit gekommen, und wir können sie einholen, wenn wir uns beeilen. Falls Black Jack sie noch nicht kompromittiert hat, können wir Chrissie nach Hause holen und jegliche Hochzeitszeremonie annullieren lassen, falls eine solche stattgefunden haben sollte. Chrissie ist immerhin noch nicht volljährig und kann ohne deine Zustimmung keine rechtsgültige Ehe eingehen, Vater. So könnten wir die ganze Angelegenheit noch vertuschen, ehe jemand etwas davon erfährt.«

»Nein ... glaub mir: Black Jack wird sie inzwischen in seinem Bett gehabt haben, um genau das zu verhindern, Gervase«, erwiderte der Colonel langsam und schüttelte benommen den Kopf, wie ein Mann, der einen erstaunlich heftigen Schlag hatte einstecken müssen. »Er war von Anfang an ein gerissener, listiger Schurke, und ich bezweifle keine Sekunde, daß er glaubt, wenn er uns vor vollendete Tatsachen stellt, müssen wir das einfach schlucken. Ich bin überzeugt, er denkt, so könnte er nicht nur Chrissies Mitgift an sich reißen, sondern auch noch ein Stadthaus in Sydney und eine hübsche Summe für ihren Lebensunterhalt von mir verlangen. Er wird jedoch bald erfahren, daß ich aus einem anderen Holz geschnitzt bin. Nein ... schick die Kutsche zurück in den Stall, Gervase! Chrissie hat sich diese Suppe eingebrockt, jetzt soll sie sie auch bis zur bitteren Neige auslöffeln. Von diesem Augenblick an ist sie nicht länger meine Tochter! Ich will ihren Namen nicht mehr in diesem Haus hören! Ist das klar? Hat mich jeder verstanden?«

Bei diesen ernsten, unnachgiebigen Worten erhob sich der Colonel, schritt abrupt zu dem Tisch hinüber, auf dem die Familienbibel lag, öffnete das Buch und schlug die Seite mit den Namenseintragungen auf. Dann griff er nach einem Federhalter und strich kaltherzig und unerbittlich Chrissies Namen samt Geburtsdatum durch. Das wütende Kratzen seiner Feder schien sogar Tante Hennies verzweifeltes Aufschluchzen zu übertönen. Starr vor Entsetzen konnte Arabella das Geschehen von ihrem Platz aus nur stumm mitansehen. Seine harten Worte und seine herzlose Geste erschütterten sie bis ins tiefste Innere. Chrissie war Onkel Philips Lieblingskind gewesen, und doch brachte er es fertig, so zu tun, als wäre sie nicht mehr da, als hätte sie nie zur Familie

Wyndham gehört. Wieviel kaltschnäuziger würde er sich wohl ihrer, Arabellas, entledigen, sollte er jemals von ihrer Beziehung zu Lucien erfahren? Sie konnte keinerlei Milde erwarten. Zum Glück hatte sie niemandem jemals etwas von dem erzählt, was in den Wochen nach dem Schiffsunglück und auf ihrer Reise nach Brisbane passiert war! Auch fiel ihr auf, daß Gervases Gesicht nicht minder streng und unnachgiebig wirkte als das seines Vaters. Eindeutig verurteilte er Chrissie ebenso unbarmherzig und gnadenlos. Hätte Arabella nur im geringsten daran gedacht, ihn zu heiraten, wäre sie in diesem Moment eines Besseren belehrt worden. Selbst Norah zeigte sich versteinert – obwohl Arabella glaubte, in ihren Augen einen Schimmer von Trauer und Bedauern glimmen zu sehen. Nur Tante Hennie war sichtlich bekümmert und gebrochen. Schließlich stand Arabella auf.

»Komm, Tante Hennie«, drängte sie leise. »Ich fürchte, das war einfach zuviel für dich. Ich bringe dich nach oben und helfe dir ins Bett.«

Sofort umklammerte Tante Hennie dankbar Arabellas Hand und nickte. Unaufhaltsam strömten ihr die Tränen über die welken Wangen. So blaß und schmerzverzerrt war ihr Gesicht, daß sie in wenigen Minuten um zwanzig Jahre gealtert schien. Wortlos führte Arabella die ältere Frau aus dem Empfangszimmer und bemühte sich, nicht zusammenzuzucken, als sie hörte, wie Onkel Philip das vergilbte Papier mit Sand bestreute, um die Tinte zu trocknen, ehe er mit einem dumpfen Knall die Bibel zuklappte und unwiderruflich das entsetzliche Schicksal der naiven Chrissie besiegelte.

Oben in Tante Hennies Schlafkammer half Arabella ihr, sich zu entkleiden und das Nachthemd überzuziehen. Dann, nachdem sie die ältere Frau zu Bett gebracht und zugedeckt hatte, schenkte sie ihr ein Glas Brandy aus der Kristallkaraffe ein, die auf einem Silbertablett auf der Kommode stand.

»Laß mir die Flasche da, Arabella!« Tante Hennie deutete auf ihr Nachttischchen, während sie die Augen schloß, das Glas mit zitternder Hand an die Lippen führte, einen kräftigen Schluck des milden Likörs zu sich nahm und anschließend tief seufzte.

»Sicher, Tante Hennie«, erwiderte Arabella leise.

»Immer so ein liebenswertes Kind«, murmelte Tante Hennie. Ihre Lippen bebten, und erneut rannen ihr Tränen über die Wangen – aber Arabella wußte nicht, ob die Frau sie oder Chrissie meinte, obwohl sie vermutete, daß das letztere der Fall war. »So ein liebes, liebes Kind ...«

Da sie Tante Hennie in ihrer Trauer nicht weiter stören wollte und das Gefühl hatte, als ob sie alles getan hätte, was sie im Moment hatte tun können, so wenig es eigentlich auch gewesen war, schlich Arabella auf Zehenspitzen aus dem Zimmer und zog die Tür leise hinter sich zu.

Anschließend sah sie Tante Hennie nie wieder nüchtern – weder unmittelbar nach dem Vorfall noch in den langen Wochen, die darauf folgten –, bis eines Morgens, nach einem recht bedrückenden Weihnachtsfest und einem nicht minder schwermütigen Neujahrstag, Chrissies grausam verstümmelte Leiche in *The Rocks* aufgefunden wurde.

DRITTES BUCH

Ein ewig trautes Nest
Zuflucht

14. KAPITEL

Unterm blauen Gummibaum

Blue Trees, Kolonie von New South Wales, Australien, 1857

»Er hat sie verkauft, Miss. Als er gemerkt hat, daß er nicht einen Pfennig von ihrem Vater bekommt, hat Black Jack die arme Miss Chrissie nach *The Rocks* geschleppt und sie als Hure verkauft, das hat er getan!« Restlos außer sich berichtete Tilly Arabella die schreckliche Geschichte. »Er hat die ganze Zeit nur getrunken und sie regelmäßig verprügelt, bis sie Angst hatte, sich gegen ihn zu wehren, Miss, und er hat sie in der scheußlichen Wohnung, in der sie gehaust haben, eingesperrt, so daß sie nicht weglaufen oder irgendwo Hilfe finden konnte. Und die ganze Zeit hat er sie an die Männer verkauft, die sie wollten, Miss. Aber dann, vor ein paar Nächten, wurde Black Jack in einer der dunklen Gassen überfallen, und dadurch konnte Miss Chrissie entkommen. Aber *The Rocks* ist keine Gegend für eine Frau, die allein unterwegs ist. Und da ist es dann passiert, Miss. Dieser gräßliche Mörder hat sie vergewaltigt und zerschnitten wie all die anderen armen Mädchen.«

»Wieso? Wieso weißt du das alles, Tilly?« erkundigte sich Arabella zögernd und ungläubig. Sie war kreidebleich vor Entsetzen. »Niemand hat uns hier auf *Blue Trees* benachrichtigt, daß Chrissie tot ist.«

»Das wird auch niemand tun, Miss. Aber es gibt da welche, die wissen, was in *The Rocks* passiert, glauben Sie mir. Und jetzt, wo Black Jack verschwunden ist, haben sie keine Angst auszupacken. Aber der Konstabler, der sie gefunden hat, hat sofort den Colonel benachrichtigt, und der Colonel ist in *The Rocks* gewesen, zusammen mit dem netten Captain Bonniface, um sie zu identifizieren. Konstabler MacGregor hat gesagt, so was hätte er in seinem

Leben noch nicht gesehen, Miss. Dem Captain war so schlecht, als er die arme Miss Chrissie so zugerichtet gesehen hat. Er wäre fast ohnmächtig geworden und hat sich übergeben müssen, der arme Mann. Aber der Colonel ... der Colonel, Miss, er hat so frostig, wie man sich nur vorstellen kann, erklärt, Miss Chrissie wäre nicht seine Tochter – und als Doc Munroe gefragt hat, was mit der Leiche geschehen solle, wenn die Untersuchung beendet sei, hat der Colonel gesagt, Miss Chrissie solle in ein Armengrab kommen!«

»Nein ... o nein, Tilly!« schrie Arabella erschrocken auf. »Das ... das kann doch nicht wahr sein! Ich ... ich kann es einfach nicht fassen, daß Onkel Philip so grausam sein kann!«

»Nun, bei Gott, es ist die Wahrheit, Miss – ich schwör's! Ich weiß es von Joe, einem der Kutscher, der es von Konstabler MacGregor persönlich im Cock's Crow gehört hat, das ist eine der Kneipen in *The Rocks.* Und heute morgen vor dem Frühstück hat der Colonel alle Dienstboten in sein Büro gerufen und gesagt, er wäre sicher, daß manche von uns schon gehört hätten, was mit Miss Chrissie passiert wäre, und daß wir keinem von der Familie ein Sterbenswörtchen davon sagen dürften, sonst würden wir ohne Empfehlungsschreiben entlassen werden, oder aber er würde sogar dafür sorgen, daß unsere Entlassungsscheine rückgängig gemacht würden, damit wir wieder ins Gefängnis kämen. Aber ich konnte es Ihnen trotzdem nicht verschweigen, Miss. Ich hätte es einfach nicht fertiggebracht, weil ich doch weiß, daß Sie sich solche Sorgen um die arme Miss Chrissie gemacht haben und sie Ihre beste Freundin war und so. O Miss! Es tut mir so leid für Sie und für Miss Chrissie. Es ist so schwer zu glauben, daß sie tot ist, ich weiß. Sie war doch noch so jung und lebenshungrig.«

»Ja ... es ... es kommt mir auch mehr wie ein böser Alptraum vor – nicht daß ich an deinen Worten zweifle, Tilly. Bloß ... bloß ... o Tilly! Ich möchte jetzt lieber allein sein, bitte.«

»Sicher, Miss. Ich verstehe das. Und wenn Sie etwas brauchen, Miss ...«

»Dann läute ich nach dir. Danke, Tilly.«

Mit einem respektvollen Knicks zog sich das Dienstmädchen

aus der Schlafkammer zurück, schloß leise die Tür hinter sich und ließ Arabella allein. Eine geraume Weile saß sie einfach wie betäubt da und vermochte nicht zu begreifen, was sie soeben erfahren hatte. Das kann doch nicht wirklich passiert sein, dachte sie betroffen. Unmöglich, es konnte nicht wahr sein, daß Chrissie zu solch einem widerwärtigen Leben gezwungen worden war und jetzt schon tot sein sollte. So lange sie zurückdenken konnte, war Chrissie immer dagewesen – schön, eigensinnig, voller Ungeduld, aber eben ihre beste Freundin, liebenswürdig und liebenswert, die ihr so nahegestanden hatte wie eine Schwester.

»Meine Güte, Chrissie, warum hast du das nur getan?« flüsterte Arabella, und Tränen brannten ihr in den Augen. »Warum bist du nur mit Black Jack O'Flaherty durchgebrannt?« In ihrem Herzen kannte sie die Antwort: Chrissie hatte mehr sein wollen als nur eine Porzellanpuppe. Sie hatte sich an einen Mann gewandt, von dem sie sich erhofft hatte, daß er ihr die Freiheit bieten würde – und statt dessen hatte er sie in vier Wände gesperrt, wo es ihr noch viel schlechter ergangen war, als sie es sich jemals hätte vorstellen können.

Wie konnte so etwas nur passieren? fragte sich Arabella und wischte sich ärgerlich die Tränen weg, die jetzt, nachdem sie einmal liefen, nicht mehr aufhören wollten. Wie konnte ein Mann ungestraft davonkommen, wenn er eine Frau verführte, schlug, einsperrte und obendrein noch als Hure verkaufte? Wie konnte ein Mann ungestraft davonkommen, wenn er eine Frau vergewaltigte und ermordete? Das war nicht richtig. Es gab doch Gesetze. Sicher, es gab Gesetze ... Aber dann mußte Arabella an Luciens vernarbten Rücken denken, an seine gebrandmarkte Schulter und an Tillys Angst vor der Fabrik und *The Rocks* und an Onkel Philip, der die Existenz seiner Tochter verleugnet und ihren Namen aus der Familienbibel gestrichen hatte, sie zu dem entsetzlichen Leben und einem Armengrab auf einem Tonfeld verdammt hatte. Und Arabella erkannte, daß die Gerechtigkeit des Gesetzes wohl nur für die reichen, adligen Gentlemen galt, über die Lucien an jenem Tag in den tropischen Wäldern so verächtlich gesprochen hatte.

Lucien. Wenn man den schrecklichen Gerüchten über ihn glauben durfte, dann müßte er es gewesen sein, der Chrissie vergewaltigt und ermordet hatte! Nein! Trotz des Mals auf seinem Körper, das sie mit ihren eigenen Augen gesehen hatte, und trotz der Dinge, die er ihr über seine Vergangenheit erzählt hatte, wehrte sich Arabella innerlich gegen die Vorstellung, daß er dieses Verbrechens schuldig sein sollte. Andererseits war es irrational und wahnsinnig von ihr zu glauben, er wäre unschuldig. Doch das Herz war, wie sie und auch Chrissie wohl erfahren hatten, ein dummes, zerbrechliches Ding, das Recht nicht von Unrecht unterscheiden konnte. Und so weinte Arabella trostlos vor sich hin und läutete dann schließlich nach Tilly.

»Tilly«, erkundigte sich Arabella, nachdem das Dienstmädchen eingetreten war, »gibt es unter den männlichen Dienstboten jemanden, dem du vertrauen würdest, daß er den Mund hält, jemanden, der dich, ohne Fragen zu stellen, zu Mr. Sinclairs Gut bringt, damit du dort eine Nachricht abgeben kannst?«

»Das wäre Declan, Miss, Declan O'Neill, er hat Black Jacks Stelle bekommen. Er und ich ... wir treffen uns schon mal, gehen miteinander, wissen Sie. Er mochte Black Jack noch nie, also wenn es etwas mit der armen Miss Chrissie zu tun haben sollte, bin ich sicher, würde er das machen.«

»Gut. Dann will ich, daß du Mr. Sinclair diese Nachricht übergibst.« Arabella wischte den letzten Sand weg, den sie benutzt hatte, um die Tinte auf dem Brief zu trocknen, den sie geschrieben hatte und jetzt in einen Umschlag schob. »Du mußt sie ihm selbst geben, Tilly, niemand anderem – und warte eine Antwort ab. Hast du verstanden?«

»Ja, Miss.«

»Vielen Dank, Tilly. Ich werde nie vergessen, was du alles für mich getan hast, das verspreche ich dir.«

Er kam auf einem großen, schwarzen Pferd dahergeritten, ganz so, wie Arabella es in ihrem Traum gesehen hatte, jenem Alptraum, der sie am Abend vor ihrer Abreise nach Australien geweckt hatte. Und im ersten Moment, als er so hoch zu Roß auf sie zugaloppierte, glaubte Arabella seltsamerweise, daß sie träumte. Denn seine Gestalt flimmerte wie eine Fata Morgana in der Hitze, die von der leicht hügeligen, blaugrünen Landschaft aufstieg. Nicht zum ersten Mal hatte Arabella dieses dumpfe Gefühl, daß sie gleich aufwachen und sich in ihrem Bett in Darracott Hall wiederfinden würde und überrascht feststellen mußte, daß sie, ähnlich wie Dornröschen, hundert Jahre geschlafen hatte, krank und im Fieber, gefangen in der Traumzeit der Aborigines, in einem endlosen, furchtbaren Wahn, während die Welt sich weiterbewegt hatte und die Zeit fortgeschritten war. Wie in Zeitlupe schien er sich ihr zu nähern. Die sehnigen Muskeln seines Hengstes bewegten sich kraftvoll, arbeiteten mächtig, während die Hufe rhythmisch auf den von der Sonne ausgetrockneten, harten Boden donnerten – ein teuflisch anmutendes Pferd mit seinem teuflisch wirkenden Reiter. Aber dann hatte er sie erreicht, zügelte sein Tier und blieb neben ihrer Stute stehen. Da wurde Arabella klar, daß sie hellwach war, und daß Lucien viel zu lebendig und energiegeladen war, um nur eine Erscheinung ihrer allzu regen Phantasie zu sein.

»Du siehst furchtbar aus«, bemerkte er leise und musterte ihr blasses Gesicht, die vom Weinen rotumränderten Augen und die dunklen Ringe darunter. »Und doch bist du für mich immer noch wunderschön. Mir kommt es schon so vor, als wäre ich verrückt. Es gibt so viele Frauen auf der Welt, und ich verstehe einfach nicht, warum ausgerechnet du mich so anziehst, mich süchtig machst wie eine Droge. Aber es ist so. Hast du dich entschieden, mich endlich zu heiraten, Arabella?«

»Nein.«

Falls sie ihn mit der unwirschen Antwort kränkte, so merkte sie es nicht. Denn er senkte sofort seinen Blick, damit sie seine Gedanken nicht erraten konnte. Ein zynisches Lächeln spielte um seine Lippen.

»Dafür, daß du so eine vernünftige Frau bist, benimmst du dich reichlich dumm, weißt du, aber das habe ich dir schon mal gesagt. Ich werde dich bekommen, Mädchen – so oder so. Mach dir nichts vor, ich schaffe das. Aber das werden wir ja noch sehen. Du hast meine Neugier geweckt: Wenn du mich nicht heiraten willst, warum hast du dann nach mir geschickt?«

»Weil ich Hilfe brauche und … ich … ich kenne niemanden, an den ich mich wenden könnte.«

Er schwieg und bewegte sich nicht mal, so daß Arabella schon befürchtete, er würde gar nichts darauf erwidern, sondern einfach schweigend davonreiten und sie in ihrer Verzweiflung allein zurücklassen. Doch dann gab er ihr zu ihrer Erleichterung eine Antwort.

»Eins muß ich dir ja lassen, Arabella: Du bist reichlich anmaßend – zuerst lehnst du es ab, mich zu heiraten, und dann erwartest du tatsächlich von mir, daß ich dir einen Gefallen tue. Im Gegensatz zu dir jedoch bin ich bereit, dich zuerst anzuhören, ehe ich ablehne. Soll ich dir nicht beim Absteigen behilflich sein, dann können wir ein Stück spazierengehen, während du mir sagst, was du möchtest?«

Sie dachte zuerst, daß er sie verspotten wollte. Doch er sprach seltsam freundlich mit ihr, und als er ihr aus dem Sattel half, legten sich seine Hände überraschend sanft um ihre Taille. Er band die Pferde an einen der Gummibäume. Dann nahm er Arabella bei der Hand und führte sie langsam über die wilde Wiese, die sich in dem leicht hügeligen, bewaldeten Gebiet erstreckte. Hier und da blieb er stehen, da sie in ihrer Aufregung die eine oder andere Blume pflückte, bis sie einen Strauß in Händen hielt, der in der Hitze rasch dahinwelkte.

Eigenartigerweise drängte Lucien sie nicht, endlich zur Sache zu kommen, sondern schien zufrieden, neben ihr herzuschlendern, während sie an den Blüten herumzupfte, einigen die Blätter ausriß, andere fallen ließ, und sich schließlich unter einen der blauen Gummibäume setzte, nach denen der Gutsbesitz der Wyndhams, *Blue Trees,* benannt war, die Blumen in ihren Schoß sinken ließ und an der blassen, aufgesprungenen Rinde des Baumes herumpolkte. Lucien streckte sich neben ihr auf dem Boden aus, verschränkte seine Arme hinterm Kopf, musterte sie abschätzend und lächelte amüsiert. Doch sie hätte schwören können, daß sie in seinen hellgrauen Augen Zärtlichkeit und Besorgnis entdeckte, was ihr den Mut gab, ihm endlich zu sagen, was sie bewegte.

»Es geht … um Chrissie … Christine Wyndham … deshalb brauche ich deine Hilfe.«

»Ja, das dachte ich mir«, erwiderte er und wurde plötzlich ernst. »Bitte, glaub mir, es hat mir sehr leid getan, als ich von ihrem Tod erfuhr, Arabella. Ich weiß, sie war deine beste Freundin. Deshalb habe ich sie auch geschätzt.«

»Sie ist ermordet worden, Lucien – *ermordet!* –, und ich darf noch nicht mal wissen, daß sie tot ist! Nachdem sie mit Black Jack O'Flaherty durchgebrannt ist – das war unser Pferdeknecht –, war Onkel Philip so außer sich, daß er – er ihren Namen aus der Familienbibel gestrichen und uns allen verboten hat, jemals wieder ihren Namen zu erwähnen. Ich habe … ich habe gehofft … ich würde etwas von ihr hören, vielleicht einen Brief bekommen oder eine kleine Nachricht – aber nichts dergleichen ist passiert. Ich wußte ja nicht, wo sie war, sonst hätte ich ihr geschrieben, um mich zu erkundigen, ob es ihr gutgeht. Am Anfang habe ich geglaubt, Onkel Philip hätte vielleicht sämtliche Briefe an sich genommen, falls sie mir welche geschickt hätte. Doch jetzt habe ich erfahren, daß Black Jack sie praktisch gefangen – gefangen! – gehalten hat und sie mir gar nicht schreiben konnte. Es ist entsetzlich, Lucien, für mich ist es so, als hätte ich versagt, ihr zu helfen, als sie mich am meisten brauchte. Sie war wie eine Schwester für mich. Doch das schlimmste ist, daß Onkel Philip Dr. Munroe gesagt hat, sobald er mit der … der Autopsie fertig ist, kann er sie in einem Armengrab beisetzen lassen!«

»Schsch! Nicht doch, mein Schatz«, murmelte Lucien, richtete sich auf, nahm Arabella tröstend in seine Arme und strich ihr beruhigend übers Haar, als sie gequält aufschluchzte. »Nicht doch, ich weiß, wie sehr das schmerzt, aber du machst dich nur krank damit. Schsch! Sag mir, wie ich dir helfen kann. Was soll ich für dich tun?«

»Ich … ich will nicht, daß Chrissie in einem – einem Tonfeld begraben wird, Lucien! Ich … ich möchte, daß du ihre Leiche verlangst und dafür sorgst, … daß sie ein ordentliches Begräbnis bekommt. Ich würde das selbst tun, aber Onkel Philip … hat die Vollmacht über mein Vermögen, weißt du, und wenn er seine Tochter … sein eigen Fleisch und Blut so kaltherzig von sich stoßen konnte, würde er bestimmt nicht zögern, mit mir genauso zu verfahren, sollte ich etwas gegen seinen Willen unternehmen. Sicher, ich … ich erwarte nicht, daß du die Kosten für das Begräbnis trägst. Dafür werde ich aufkommen.«

»Grundgütiger Gott! Glaubst du wirklich, daß mich das kümmert? Das Geld ist nicht wichtig. Aber hast du überhaupt daran gedacht, wie … merkwürdig meine Forderung betrachtet werden wird, wenn ich Chrissies Leiche verlange, um sie zu begraben? Du willst mir doch nicht sagen, daß du von den Gerüchten, die über mich verbreitet werden, nichts gehört hast, und davon, daß ich bereits das zweite Mal verhört worden bin wegen dieser Morde. Hältst du mich wirklich für unschuldig an Chrissies Mord – oder ist das ganze nur ein raffinierter Plan, den du ausgeheckt hast, um mich auf irgendeine Art zu einem Geständnis zu zwingen?«

»Nein … ich meine, ich weiß es nicht … ich weiß nicht mehr, was ich glauben soll, Lucien. Aus welchem Grund auch immer, du … du mußt deine … deine Frau umgebracht haben, denke ich, sonst wärst du wohl wegen dieses Verbrechens nicht für schuldig befunden, verschifft und zu vierzehn Jahren harter Arbeit verurteilt worden. Aber alles andere … ich … ich kann mir einfach nicht vorstellen, daß du zu so etwas fähig bist. Oder … oder Lucien? Hast du … hast du etwa Chrissie und diese anderen armen Frauen umgebracht?«

»Was willst du mit der Frage erreichen, Arabella? Du mußt doch wissen, wenn ich das getan hätte, würde ich es wohl kaum zugeben – besonders nicht gegenüber dem Mündel des Kommandeurs vom Rum Corps! Und wenn ich dir ehrlich sage – weil es tatsächlich so ist –, daß ich noch nie eine Frau umgebracht habe, auch nicht meine eigene bemitleidenswerte Frau, wirst du dann nicht trotzdem irgendwo tief in deinem Herzen an mir zweifeln? Verdammt, Arabella!« schimpfte er heiser. »Eins muß ich dir lassen: An Mut hat es dir noch nie gemangelt! Es gibt Männer, die wären nicht so kühn gewesen, das zu wagen, was du heute getan hast. Aber um Himmels willen, wenn du mich tatsächlich dieser Tat verdächtigen würdest, wärst du ein großes Risiko eingegangen, indem du dich heute nachmittag allein mit mir hier triffst und mir solche Fragen stellst, findest du nicht?«

»Ich bin nicht allein, Lucien, das ist dir doch wohl klar. Declan, der Pferdeknecht der Wyndhams, ist bei mir.« Sie deutete zu dem jungen Iren hinüber, der in respektvoller Entfernung darauf wartete, daß sie ihr Rendezvous beendeten.

»Sei nicht albern, meine Süße!« zischte Lucien, jetzt offenbar ziemlich wütend. »Von hier aus könnte ich ihn locker zwischen den Augen treffen, ehe er wüßte, wie ihm geschieht – und dann wärst du mir vollkommen hilflos ausgeliefert! Das ist ein gefährliches Spiel, auf das du dich da eingelassen hast, Arabella. Sag mal, bin ich der einzige Verdächtige auf deiner Liste – oder gibt es noch andere, die du auch in dieser Weise befragt hast?« Er schüttelte sie etwas grob, so daß sie zurückwich, erschrocken nach Luft schnappte und große Augen bekam. »So antworte mir schon, verdammt!«

»Nein ... nein, ich habe sonst mit niemandem darüber gesprochen.«

»Gott, Gott sei Dank! Jetzt hör mir zu, aber hör gut zu: Du hast dich hier auf etwas eingelassen, wovon du gar keine Ahnung hast ... etwas, wodurch du ebenso leicht umgebracht werden kannst, wenn du weiterhin versuchst, etwas Genaueres herauszufinden – und das werde ich nicht zulassen! Ich werde dafür sorgen, daß Chrissie ein ordentliches Begräbnis bekommt, da das dein Wunsch ist. Aber als Gegenleistung dafür mußt du mir versprechen, daß du nach *Blue Trees* zurückkehren und die ganze Angelegenheit vergessen wirst, ist das klar?«

»Nein. Bitte versteh, daß ich das nicht versprechen kann, niemals versprechen werde, Lucien! Chrissie hatte nicht verdient, was ihr angetan wurde. Keine dieser armen Frauen hatte es verdient! Und nach dem, was Til – was ich gehört habe, kann ich einfach nicht glauben, daß in dieser Angelegenheit der Gerechtigkeit Genüge getan wird. Niemanden in New South Wales scheint der Mord an einer ... einer Frau, die auf der Straße lebte, zu interessieren, und genau das war Chrissie auch – das hat sie auch am Ende gemacht. Statt sich über ihr Schicksal aufzuregen, hat Onkel Philip sich nur bemüht, möglichst jeglichen Skandal zu vermeiden! Wenn ich mich nicht für Chrissies Schicksal interessiere, wird es niemand anders tun. Ich will ... will, daß du mich mit nach *The Rocks* nimmst, Lucien. Ich will selbst sehen, wie es dort zugeht und wo sie umgekommen ist. Ich muß das einfach tun, damit ich begreifen kann, wie so etwas möglich ist, wie so etwas ungesühnt bleiben kann. Und wenn du mich nicht dorthin mitnimmst, wenn du mir nicht hilfst, werde ich weitersuchen, bis ich jemanden finde, der dazu bereit ist, das schwöre ich dir!« drohte sie, doch sie schnappte erschrocken nach Luft bei dem finsteren Blick, der sie unvermittelt traf.

»Ja, du bist starrsinnig genug, das tatsächlich zu tun, auch wenn ich dich gewarnt habe, dich nicht in Dinge einzumischen, von denen du nichts verstehst. Also gut, Mädchen. Da du mich nicht in deine Welt aufnimmst, werde ich dich in meine hinabziehen. Aber überleg es dir gut ... wirklich gut, ob es das ist, was du willst, Arabella, denn ich warne dich: Was jetzt auf dich zukommen wird, damit hast du nicht gerechnet, und hinterher gibt es für dich kein Zurück mehr. Verstehst du?«

»Du sprichst in Rätseln, Lucien. Aber wenn du glaubst, du könntest mich damit abschrecken, so irrst du dich. Das und noch mehr bin ich Chrissie schuldig für das, was sie mir bedeutet hat – und es ist eine Schuld, die ich bezahlen will, gleichgültig, was es kostet!«

»Gleichgültig, was es kostet«, wiederholte er leise. »Das waren deine Worte, Arabella. Merk sie dir gut, denn dazu hast du allen Grund, glaub mir.«

Aber selbst seine Warnung konnte sie nicht umstimmen. Und danach mußten sie sich nur noch einigen, wo und wie sie sich in Sydney treffen würden, damit Lucien Arabella nach *The Rocks* begleiten konnte. Vielleicht weil Declan sie aus der Entfernung diskret im Auge behielt, versuchte Lucien nicht, sie zum Abschied zu küssen, sondern half ihr nur in den Sattel. Dabei leuchteten seine Augen so seltsam triumphierend auf, daß sie sich ein wenig beunruhigt fühlte und sich doch Sorgen machte, ob es nicht ein gewaltiger Fehler gewesen war, ihm zu vertrauen. Andererseits war es wirklich so, daß sie niemand anderen hätte um Hilfe bitten können. Denn nicht mal Captain Richard, das spürte sie, obwohl er Chrissie geliebt hatte und über den Mord an ihr entsetzt war, würde es wagen, sich den Befehlen des Colonel, seines Kommandeurs, zu widersetzen. Richard hatte sich mit Leib und Seele seiner militärischen Laufbahn verschrieben, und danach handelte er auch. Er würde seine Pflicht tun, gleichgültig, was ihn persönlich bewegte. Und Gervase hatte Chrissie ebenso den Rücken gekehrt wie Onkel Philip. Nein, außer Lucien kannte sie niemanden, den sie hätte um Hilfe bitten können. Doch bei dem rätselhaften Lächeln, das er ihr schenkte, als er die Zügel losließ und von ihrer Stute zurücktrat, kroch Arabella trotz der heißen Sommersonne am strahlendblauen Himmel unwillkürlich ein kalter Angstschauer über den Rücken. Als sie davonritt, spürte sie förmlich seinen Blick auf ihrer Haut, und das, was er vorhin gesagt hatte, hallte ihr in den Ohren wider:

»Mir kommt es schon so vor, als wäre ich verrückt«, hatte er bei der Begrüßung als erstes gesagt.

Hatte sie nicht genau dasselbe von sich gedacht? Daß sie unter den Umständen vielleicht zusammen in einem Meer von Wahnsinn ertrinken mochten, war ein erschreckender Gedanke, über den Arabella lieber nicht weiter nachdenken wollte.

15. KAPITEL

Zwischenfall im Stadtteil The Rocks

Für Arabella war es ein leichtes gewesen, Onkel Philip zu überreden, daß er sie noch ein paar Tage nach Sydney zurückgehen ließ. Auch wenn sie nicht offiziell um Chrissie trauerten, so hatten die Wyndhams sich doch vom Gesellschaftsleben weitgehend zurückgezogen, bis der Skandal um Chrissies Mord in Vergessenheit geriet, und vorgeschoben, daß Tante Hennie ernsthaft krank sei, obwohl sie in Wirklichkeit die meiste Zeit nur vom Brandy und Rum betrunken war. Trotz Onkel Philips Bemühungen, die Nachricht von ihr fernzuhalten, bezweifelte Arabella nicht, daß Tante Hennie dennoch vom Tod ihrer Tochter erfahren hatte. Die vielen Male, wenn Arabella nach ihr sah, bemerkte sie, daß Tante Hennies Augen rotumrändert waren vom vielen Weinen, und einmal bekam sie mit, wie die ältere Frau hastig ein goldumrahmtes Miniaturporträt von Chrissie unter ihr Kissen schob.

Daß die ganze Familie Chrissies Leben und Tod leugnete, erzürnte und betrübte Arabella zutiefst. Zumindest hatte sie, als ihr Vater starb, sie ihn aufgebahrt sah und sich um sein Begräbnis kümmern mußte, eine Art Endgültigkeit, einen Abschluß erlebt. Aber da ihr diese Bestätigung bei Chrissies Tod vorenthalten worden war, fiel es ihr schwer, überhaupt zu glauben, daß Chrissie wirklich nicht mehr da sein sollte. Manchmal kam es Arabella so vor, als wäre Chrissie nur verreist und müßte irgendwann in nächster Zeit nach Hause zurückkehren. Sie ertappte sich dabei, wie sie darauf wartete, daß Chrissie jeden Moment die Treppe herunterkäme, daß ihr helles Lachen aus irgendeinem Raum schallte oder sie eine Melodie auf dem Klavier spielte. Arabella glaubte, Onkel Philip müsse es ähnlich ergehen, so sehr er seine Gefühle für seine jüngste Tochter auch leugnete und sein Herz gegen sie verhärtet hatte. Denn als Arabella ihm ihren Wunsch vortrug, ein paar Tage im Stadthaus in Sydney verbringen zu wollen, pflichtete er ihr sofort bei, daß sie ruhig abreisen solle.

»Ich schätze, auf *Blue Trees* ist es zur Zeit nicht besondes erheiternd für dich, Arabella«, sagte Onkel Philip, als sie ihm eines Abends in seinem Arbeitszimmer ihre Bitte vortrug, »da Henriette zu krank ist, um dir etwas Unterhaltung zu bieten oder dich auf Gesellschaften zu begleiten, und Gervase mit seinen eigenen Angelegenheiten sowie denen des Corps so beschäftigt ist, daß er sich auch nicht um dich kümmern kann. Norah macht das natürlich nichts aus. Sie ist das gewohnt, das Jungferndasein, und außerdem ist sie mit der Haushaltsführung beschäftigt. Aber für eine junge, aufgeschlossene Frau wie dich, Arabella, ist es sicher zu still und langweilig, besonders nachdem du auf den vielen Soirees warst, was? Nun, bleib auf jeden Fall so lange in Sydney, wie du möchtest. Wahrscheinlich siehst du Gervase dort auch viel öfter, was euch sicher beiden entgegenkommt. Ich weiß, daß er sich schon Sorgen gemacht hat, weil er nicht soviel Zeit hat, sich um dich zu kümmern, wie er möchte. Aber ich habe ihm gesagt, du hättest Verständnis dafür, und die Frau eines Soldaten – die du, wie Gervase und ich hoffen, bald sein wirst – muß sowieso lernen, sich an die lange Abwesenheit ihres Mannes zu gewöhnen. Der Dienst geht immer vor, weißt du?«

»Ja, sicher, Onkel Philip – und – und ... danke. Die Abwechslung wird mir guttun. Die Frau des Gouverneurs hat mir eine Einladung ins *Government House* geschickt, die ich natürlich unbedingt wahrnehmen will. Außerdem möchte ich gern das *Domain* und *Mrs. Macquaries Chair* besichtigen. Vielleicht kann ich dort ein Aquarell von der Landschaft oder dem Meer anfertigen. Dafür muß ich mir allerdings neue Aquarellfarben besorgen, weil meine mit der *Heather Rose* verlorengegangen sind. In Sydney werde ich sicherlich welche bekommen.«

»Ja, ich glaube schon, daß du dort einige Geschäfte finden wirst, die derlei Artikel führen. Und da ich das Stadthaus häufig benutze, wenn es im Hauptquartier mal spät wird, sind ausreichend Dienstboten vorhanden, und es wäre bestimmt nicht unschicklich, wenn du dich ohne Henriette oder Norah dort aufhältst. Du nimmst doch sicher deine Zofe – wie heißt sie noch? Tilly? – mit, denke ich.«

»Ja, Onkel Philip.«

»Dann kann Declan euch morgen früh in die Stadt fahren.«

Mit einem erleichterten Seufzer bedankte Arabella sich bei ihrem Vormund und flüchtete aus seinem Arbeitszimmer. Draußen im Flur lehnte sie sich gegen die Wand. Noch jetzt zitterte sie am ganzen Körper vor Entsetzen. Nie in ihrem Leben hatte sie jemanden gehaßt oder verachtet. Aber zum ersten Mal hatte sie eben solche Gefühle Onkel Philip gegenüber empfunden, und es hatte sie ihre ganze Willenskraft gekostet, sich zurückzuhalten und ihn nicht körperlich anzugreifen. Am liebsten hätte sie ihn gepackt, rücksichtslos geschüttelt und angeschrien, daß Chrissie seine Tochter gewesen sei und etwas Besseres verdient hätte, als verstoßen und in einem Armengrab verscharrt zu werden. Arabella hätte gern eine Antwort von ihm verlangt, warum er nicht alles tat, was in seiner Macht stand, den Schuldigen zu finden, der Chrissie auf dem Gewissen hatte, und ihn vor Gericht zu bringen. Aber natürlich hatte sie ingrimmig den Mund gehalten.

Einerseits fühlte sie sich in ihrem Zorn beflügelt, und andererseits beschlich sie ein schlechtes Gewissen, weil sie Onkel Philip so leicht hatte täuschen und hintergehen können. Sie kam sich vor wie eine Spinne, die ein immer raffinierteres Lügennetz webt, was Arabella von Natur aus eigentlich widerstrebte. Sie schämte sich für den Betrug, aber sie erkannte natürlich, daß sie bei den unglaublich starren Vorstellungen ihres Vormunds von Schicklichkeit mit der Wahrheit nichts hätte ausrichten können.

Da sie nicht wußte, wie lange sie in Sydney bleiben mußte, um Chrissies Mörder aufzuspüren, packte Arabella ihre neuen Koffer und nahm auch eins von Norahs Trauerkleidern mit, das sie getragen hatte, als sie geglaubt hatte, Arabella sei umgekommen. Außerdem wählte sie zu dem Kleid auch einen von Norahs schwarzen Hüten mit Schleier aus. Beides wollte sie nicht nur im Gedenken an Chrissie tragen, entschied Arabella, sondern auch benutzen, um unerkannt zu bleiben, wenn Lucien sie nach *The Rocks* begleitete. Daß ihr Plan etwas voreilig sein könnte, sie sich damit in eine unübersehbare Gefahr stürzte und womöglich ganz und gar Luciens Wohlwollen ausgeliefert sein mochte, waren Überlegungen, von denen Arabella nichts wissen wollte. Wenn sie lange darüber nachdachte, würde ihre Vernunft Oberhand über ihre Gefühle gewinnen, und sie würde den Mut verlieren, den Plan auszuführen. So weit wollte sie es auf keinen Fall kommen lassen. Hätte Lucien nicht für sich behalten, daß sie so viele Wochen mit ihm in den tropischen Wäldern verbracht hatte, wäre ihr vielleicht das gleiche grausame Schicksal wie Chrissie widerfahren. Als Ausgestoßene hätte sie für sich selbst sorgen müssen, und das in einer Welt, die Frauen gegenüber so herzlos war, wie es Arabella, von ihrem Vater behütet und geliebt, nie geahnt hätte. Trotz aller Moral und Schicklichkeit begehrte sie gegen diese Grausamkeit auf, und eine innere Stimme meldete sich, die sie weder ignorieren konnte noch würde.

»Hier ist die Liste, Tilly«, erklärte Arabella, als sie aus der Kutsche der Wyndhams stieg. »Da ich nicht weiß, wie lange ich brauchen werde, hetz dich mit den Besorgungen nicht ab, nimm dir ruhig soviel Zeit, wie du brauchst. Ich habe euch von der Köchin einen Picknickkorb einpacken lassen. Vielleicht möchtest du mit Declan im Hyde Park einen Imbiß einnehmen.«

»Sie sind immer so nett, Miss. Darüber freuen wir uns sehr. Oh, Miss, sind sie auch wirklich vorsichtig genug, ja?« Angstvoll und besorgt schaute Tilly zu der Kutsche hinüber, die ganz in der Nähe bereits auf Arabella wartete. »Ich weiß, wie sehr Sie die arme Miss Chrissie geliebt haben. Aber sie ist tot, und nichts, was Sie tun, wird sie jemals wieder zum Leben erwecken. Bestimmt würde sie nicht wollen, daß Sie sich ihretwegen in Gefahr begeben, jetzt, wo sie nicht mehr da ist, Miss. Sie haben keine Ahnung – wirklich keine Ahnung! –, was für ein schreckliches Viertel *The Rocks* ist! Und Mr. Sinclair! Nun, Miss, Sie müssen doch wissen, daß er seine Frau umgebracht hat – und vielleicht auch Miss Chrissie und die anderen armen Frauen. Es paßt mir gar nicht, daß Sie einfach so mit ihm mitgehen. Ich habe Angst um Sie, und das ist bei Gott die Wahrheit, Miss!«

»Es wird mir nichts passieren, Tilly ... ganz bestimmt nicht. Die kleine Pistole, die Declan mir gegeben hat, habe ich in meinem Pompadour. Hab keine Angst, ich weiß, wie man damit umgeht. Auch wenn es schon eine Zeitlang her ist, daß ich mit einer Pistole geschossen habe, so weiß ich doch, wie sie funktioniert. Zwar bin ich keine Expertin, aber aus der Nähe kann ich mein Ziel doch kaum verfehlen, oder?«

»Nein, das glaube ich nicht.« Trotz dieser Antwort blieb das Dienstmädchen skeptisch und besorgt, was man ihr nicht nur ansah, sondern auch anhörte. Sie schien überzeugt, daß eine Pistole bei diesem Teufel Lucien Sinclair nutzlos sei.

»Nun fahr schon«, verlangte Arabella und bemühte sich, ihre Nervosität zu verbergen. »Ich brauche unbedingt die Aquarellfarben, wenn ich von Mrs. Macquaries Chair aus ein Bild malen will, das ich Onkel Philip später zeigen kann. Ich treffe euch im Park, sobald ich kann.«

»Ja, Miss.«

Nachdem das Mädchen abgefahren war, schritt Arabella zu Lucien hinüber, der das Verdeck seiner Kutsche hochgeklappt hatte, zum einen, um vor der Sonne geschützt zu sein, und zum anderen, um zu verhindern, daß vorübergehende Leute sie neugierig musterten und herauszufinden versuchten, wer sie war. Damit niemand sie erkannte, trug Arabella den schwarzen Hut mit dem Schleier, den sie sich aus Norahs Schrank genommen hatte, und natürlich das Trauerkleid. So war sie ziemlich zuversichtlich, daß niemand merken würde, wer Lucien da begleitete. Sollten dennoch irgendwelche Gerüchte aufkommen, hatte sie Tilly und Declan bei sich, die ihr ein Alibi verschaffen würden. Mehr konnte Arabella unter den Umständen nicht tun.

»Da du hier bist, nehme ich an, du willst dir tatsächlich unbedingt *The Rocks* ansehen, so verrückt das auch ist«, begrüßte Lucien sie, als sie näherkam.

»Ja, das will ich. Hast du etwa geglaubt, ich würde das nicht mehr wollen?«

»Nein ... ich habe fest darauf gebaut, Mädchen.« Ehe sie über diese rätselhafte Feststellung nachdenken konnte, half er ihr in den Sitz. »Ab, hinein mit dir.« Dann kletterte er neben sie, griff nach den Zügeln und schnalzte mit der Zunge, um die Pferde, zwei einfache braune Wallache, in Trab zu bringen. »Dieses Fahrzeug und die Pferde habe ich gemietet. Ich hielt das für sicherer«, erklärte er, als sie sich einen Weg durch den Verkehr bahnten. »Meine eigene Kutsche und meine beiden Grauen sind zu bekannt in Sydney.«

»Und wohl auch in *The Rocks?*«

»Ich bin gelegentlich dort gewesen, ja – aber nur, um zu spielen, Arabella. So seltsam es vielleicht auch scheinen mag, ich habe kein Interesse an einer anderen Frau gehabt, seit ich dich in jener Nacht hatte. Und wie ich dir schon gestern sagte, ist es ebensowenig meine Art, Flittchen zu verfolgen, zu vergewaltigen und umzubringen.«

»Du – du solltest nicht so mit mir reden, Lucien. Ich – ich möchte nicht an jene Nacht erinnert werden ... und Gentlemen sprechen in Gegenwart einer Dame nicht über ... über diese Frauen.«

»Ich dachte, wir hätten uns vor Monaten schon darauf geeinigt, daß ich kein Gentleman bin ... und deshalb, ob es dir nun paßt oder nicht, meine Süße, werde ich reden, wie es mir gefällt. Und im Gegensatz zu deinen feinen *Gentlemen* fand ich es nicht richtig, einer Frau alles zu ersparen. Diese falschverstandene Rücksichtnahme führt unweigerlich zu Unkenntnis und Unterdrückung, was sich im allgemeinen in Frigidität, Trunksucht, Eigensinn oder übertriebener Sittsamkeit niederschlägt – und sich, wie zumindest in deinem Fall, mit einer schrecklichen Neugier paart. Frauen sind nicht dazu bestimmt, wie Porzellanpuppen auf ein Podest gestellt zu werden, meine Süße.«

»Ebensowenig sind wir dazu bestimmt, als Bettvorleger benutzt zu werden!«

»Nein ... aber das habe ich auch gar nicht behauptet, oder? Es gibt eine Menge Dinge, die ich gern mit dir tun würde, Arabella – aber du kannst sicher sein, daß ich dich nicht vor mein Bett legen würde!«

Seine hintergründige Anspielung wie auch sein sehnsüchtig forschender Blick trieben ihr sofort die Röte in die Wangen. Er war entschlossen, so schien es, sie an die Nacht zu erinnern, die sie in seinen Armen verbracht hatte.

»Ich möchte nicht weiter über dieses Thema reden«, wehrte sie steif ab und erntete ein leises, amüsiertes Lachen für ihre Mühe. »Offenbar macht es dir wohl Spaß, mich zu verspotten.«

»Nein ... ich will nur deine tugendhafte Fassade niederreißen, hinter der du dich so unbedingt verstecken willst. Ich weiß jedenfalls, daß es, was mich betrifft, nur eine Fassade ist. Meine liebe Arabella, hat man dir nie beigebracht, daß es keinen Sinn hat, das Scheunentor zuzumachen, wenn das Pferd schon davongelaufen ist? Du kannst von Glück sagen, daß ich nicht der Schurke bin, für den du mich hältst, sonst hätte es passieren können, daß du das Schicksal dieser armen Frauen da hättest teilen müssen.«

Inzwischen hatten sie den *Circular Quay* erreicht, und Lucien hielt mit der Kutsche an einem Platz, der zwar noch weit genug entfernt war, von dem aus Arabella aber einen ungehinderten Ausblick auf die langen, hölzernen Kais hatte, die weit in den Hafen reichten. Von einem Schiff, das an einem der Kais angelegt hatte, strömten gerade die Passagiere zusammen mit der Mannschaft von Bord. Und während Arabella dort hinüberschaute, liefen schlampig gekleidete Frauen auf sie zu, um die Männer gleich unsittlich anzusprechen.

»Das sind jene, die als Hafenfrauen bezeichnet werden«, erläuterte Lucien. »Viele von ihnen waren irgendwann einmal Strafgefangene in einer der Frauenfabriken, die es in Parramatta, Brisbane und sonstwo gibt. Zu der Zeit, als New South Wales noch Leute von den Transportschiffen annahm und nicht nur solche, die aus anderen Gefängnissen hierhergebracht wurden, hättest du auch noch sehen können, wie sie die weiblichen Sträflinge an den Anlegestellen zusammengetrieben haben, wo die Gentlemen und Offiziere des Rum Corps bereits darauf warteten, sich eine von ihnen als Gespielin auszusuchen. Natürlich griffen sie zu den jüngsten und schönsten. Aber es gab noch andere gemeine Kerle darunter, die versprachen, einen Entlassungsschein zu besorgen, wenn der Gefangene ihnen sein ganzes Hab und Gut überließ – von den Zuhältern, Taschendieben und all dem anderen schäbigen Volk ganz zu schweigen. Die Passagiere und Mannschaftsmitglieder, die so dumm sind und auf das Angebot der Hafenfrauen eingehen, wachen morgen früh in irgendeiner Gosse auf, um ihre Brieftaschen und ihren Schmuck erleichtert. Und wenn sie ganz viel Glück haben, können sie froh sein, daß sie sich nicht irgendeine ansteckende Krankheit zugezogen haben.«

»Aber ... wenn diese Praktiken doch allgemein bekannt sind, warum schalten sich dann nicht die Behörden ein und unternehmen etwas, um das zu verhindern?« Arabella war ehrlich entsetzt und verwirrt.

»Meine liebe, unschuldige Arabella«, erwiderte Lucien sarkastisch und amüsiert, »ist dir wirklich nicht klar, daß jeder, angefangen von deinem ›Onkel Philip‹ – wie du ihn nennst, durch die Reihen der Offiziere und der Konstabler bis hinunter zu den ärmsten und gemeinsten Schurken in den Straßen und Gassen von *The Rocks* so oder so einen Anteil an dieser Beute hat? Gier ist der Grund, warum solche Praktiken und solche Gegenden wie *The Rocks* geduldet werden, Arabella. Gier und Vorurteil, Lust und Sucht, Ehrgeiz und Korruption haben diese Zustände bewirkt. Wenn wir jemals an die Macht kommen, wir ehemaligen Strafgefangenen, werden wir das unterbinden, werden Gesetze erlassen, nach denen alle gleichermaßen gerecht behandelt werden müssen, damit die entlassenen Strafgefangenen dieselben Rechte haben wie der Landadel. Deshalb verschmähen und verspotten sie uns. Sie können es nicht ertragen, daß Leute wie ich trotz ihrer Herkunft aufsteigen und es zu etwas bringen. Ich bin eine Bedrohung für sie, verstehst du ... eine sehr, sehr große sogar. Hast du jetzt genug gesehen? Kann ich weiterfahren?«

»Meinetwegen ja.«

Er brachte sie nach *The Rocks*, und Arabella wußte, daß sie bis an ihr Lebensende nicht vergessen würde, was sie dort zu sehen bekam. Das waren Anblicke, die sie sich niemals hätte vorstellen können, so behütet, wie sie aufgewachsen war. Bisher hatte sie das Elend der Ausgestoßenen nicht kennengelernt, die sich in den gewundenen Kopfsteinpflasterstraßen, den verkommenen Gassen und den schmutzigen Gossen von *The Rocks* herumtrieben. Sie hatte nicht geahnt, daß es Gegenden gab, wo die Menschen in Wohnungen zusammengepfercht lebten wie Ratten in einem Käfig, und daß sie sich ebenso grausam zueinander verhielten. Sie sah Zuhälter und Prostituierte, Rumhändler und Betrunkene, Spieler und menschliche Wracks. Aber am schlechtesten ging es den Kindern ... Die meisten von ihnen waren wohl Vollwaisen, wie Lucien ihr berichtete, sie wurden mißhandelt und mißbraucht, waren obdachlos, bar jeder Hoffnung auf irgendeine Zukunft, einige regelrecht hinterlistig und für ihr Alter schon viel zu abgebrüht. Mädchen, die kaum älter schienen als zwölf oder dreizehn, boten sich offen auf der Straße an.

Mehr als einmal mußte Lucien seine Peitsche knallen lassen, um Bettler zu vertreiben, die sich der Kutsche näherten. »Viele von denen sind keine Bettler, sondern Halsabschneider und Diebe, Arabella«, erklärte er, als sie zusammenzuckte und protestierte. »Glaub mir, sie würden uns nur für den Inhalt meiner Taschen und deines Pompadours erstechen – und würdest du ihnen, nur aus Mitleid, Geld zuwerfen, würde gleich der ganze Mob über uns herfallen.«

Entsetzt starrte sie auf die schäbigen, schmutzigen, verkommenen Behausungen und dachte mit Schrecken daran, daß Chrissie wahrscheinlich in solch einer Unterkunft von Black Jack O'Flaherty gefangengehalten, geschlagen und zum Huren gezwungen worden war. Kein Wunder, daß Black Jack in einer solchen Gegend ungestraft mit dem davongekommen war, was er Chrissie angetan hatte. In der schmalen Gasse, in der sie gestorben war, nachdem sie brutal vergewaltigt und niedergestochen worden war, lag überall verstreut der Müll, in dem es von Innereiabfällen und Ratten nur so wimmelte. Unfähig, ihren Ekel noch länger zu beherrschen, hob Arabella rasch den Schleier an und erbrach sich über die Seite der Kutsche.

Hinterher fühlte sie sich mehr als schwach und bebte am ganzen Körper. Es war ihr peinlich, daß sie sich im Beisein eines Mannes, im Beisein Luciens, übergeben hatte. Doch als er sie in die Arme nahm und ihr zärtlich mit seinem Taschentuch das verschwitzte Gesicht und den Mund abwischte, erinnerte sie sich daran, wie er sich in den tropischen Wäldern um sie gekümmert hatte, und da hatte er sie in einem viel schlimmeren Zustand gesehen. Er faßte in seine Jacke, holte einen silbernen Flachmann mit Rum heraus, entstöpselte ihn und setzte ihn ihr an die Lippen, so daß sie davon trinken mußte. Anschließend lehnte sie sich kraftlos auf dem Polstersitz der Kutsche zurück und machte die Augen zu.

»Ich habe genug gesehen … mehr als genug. Bring mich nach Hause, Lucien … bitte«, flüsterte sie.

Mit einem leisen Kommando und einem Ruck der Zügel manövrierte er die Kutsche rasch durch die gewundenen Gassen, um *The Rocks* hinter sich zu lassen und Sydneys Geschäftsstraßen zu erreichen.

»Chrissie hat ein ordentliches christliches Begräbnis bekommen, Arabella, wie ich es dir versprochen habe. Ich habe mein Wort gehalten und mir ihre Leiche von Dr. Munroe übergeben lassen, nachdem er mit seiner Obduktion fertig war, und sie auf meinem Besitz zur letzten Ruhe gebettet.«

»Vielen Dank dafür, Lucien. Das war … sehr liebenswürdig von dir.«

»Meine … Liebenswürdigkeit, wie du es nennst, hat einen Preis. Deshalb bedanke dich jetzt noch nicht bei mir, Arabella – denn ich glaube, daß du das im nachhinein, wenn dieser Tag vorüber ist, gar nicht mehr willst. Verstehst du, ich fürchte, daß du den Preis, den ich für meine gute Tat verlange, gar nicht bezahlen möchtest.« Sein Tonfall, während er das sagte, klang grimmig. Und als sie, erschrocken durch seine Worte, die Augen öffnete, bemerkte sie, daß er ein finsteres Gesicht machte und irgendwelche Gefühle ihn beherrschten, die sie nicht zu deuten vermochte.

»Wieso? Was – was meinst du damit? Wo fährst du hin? Du bist am Hyde Park vorbeigefahren, wo ich Tilly treffen soll!« Plötzlich beunruhigt, richtete Arabella sich kerzengerade auf und erkundigte sich fast schrill: »Was hast du dir dabei gedacht, Lucien?«

»Ich finde, das ist recht offensichtlich. Ich entführe dich, Mädchen.«

Hätte er ihr eine Ohrfeige verpaßt, wäre sie nicht verblüffter gewesen.

»Das – das meinst du doch nicht ernst.«

»Sei gewiß, daß ich in meinem Leben nie etwas ernster gemeint habe.« Er ließ ihr einen Moment Zeit, die Tragweite seiner Worte zu begreifen. Dann fuhr er fort: »Du mußt zugeben, Arabella, daß ich mehr als geduldig war. Um deinen Ruf zu schützen, habe ich niemandem etwas von den vielen Wochen erzählt, die du nach dem Schiffsunglück mit mir allein verbracht hast. Ebenso habe ich die Tatsache verschwiegen, daß du mit mir das Lager geteilt hast. Ich habe zugesehen, wie du dich auf all den Partys, Gesellschaften und Soirees amüsierst, zu denen ich dich hätte führen müssen und nicht etwa Gervase Wyndham – der es nicht mal verdient, als Mensch bezeichnet zu werden, geschweige als Offizier oder Gentleman! Ich hatte gehofft, daß du irgendwann von allein zur Besinnung kommen und dich an mich wenden würdest. Aber als ich merkte, daß das wohl kaum je passieren würde, und da du dich einer großen Gefahr aussetzt, indem du darauf beharrst, entgegen meinem guten Rat dich außerdem in die Angelegenheit von Chrissies Mord einzumischen, hast du mir keine andere Wahl gelassen, als dich zu entführen, Arabella. Denn du bist *mein* – und wie ich dir schon mal gesagt habe, was *mein* ist, behalte ich auch.«

»Was willst du damit sagen? Was hast du mit mir vor?« fragte sie erschrocken und mochte nicht glauben, daß ihr tatsächlich so etwas Ungeheuerliches widerfuhr.

In Luciens Augen funkelten Besitzgier und Verlangen, als er sie eingehend betrachtete. Ein spöttisches Lächeln spielte um seine Lippen.

»Tu nicht so ahnungslos, meine Süße«, erklärte er leise. »Du weißt ganz genau, was ich mit dir vorhabe.«

Scham erfüllte sie bei seinen Worten, und die Röte stieg ihr in die Wangen. Ihr Herz begann so heftig und laut zu klopfen, daß sie glaubte, er müsse es hören. Der Puls unten an ihrem schlanken Hals hämmerte wie verrückt, angstvoll umklammerte sie den Pompadour, den sie auf ihrem Schoß hielt, und fühlte zu ihrer Beruhigung Declans Pistole. Ihre Gedanken überschlugen sich fast, so wie die Räder der Kutsche, die sie rasch aus Sydney herausbrachte – an ein Ziel, wo es sicher keine Hilfe für sie gab, wo sie Lucien nicht mehr entkommen konnte.

»Du hoffst doch nicht etwa, mit meiner Entführung so einfach davonzukommen, um mich als deine – als deine Mätresse zu halten, Lucien?« Arabella zwang sich, vollkommen ruhig zu sprechen, auch wenn ihre Finger bebten, als sie versuchte, die Schnüre ihres Pompadours zu lösen.

»Als Mätresse? Ich dachte, du würdest mich besser kennen. Als ob ich mich jemals damit zufriedengeben würde, Arabella – oder dich mit einem solchen Vorschlag beleidigen würde. Nein, ich will dich, wie ich dir schon mal gesagt habe, heiraten. Ehe der Tag zur Neige geht, wirst du meine Frau sein, und die Verfolgungsjagd hat ein Ende. Ich habe dich gewarnt – nicht wahr? –, daß meine Jagd immer erfolgreich ist, daß ich dich, da du mich nicht in deine Welt lassen wolltest, in meine hinabziehen würde, daß du mehr bekommen würdest, als du erwartest, weil du mir nicht zuhören wolltest, und daß es hinterher für dich kein Zurück mehr geben wird. Und hast du nicht gesagt, du wolltest deine Schuld gegenüber Chrissie begleichen, gleichgültig, was es kostet? *Gleichgültig, was es kostet«,* wiederholte er nachdrücklich. »Erinnerst du dich an deine Worte, Mädchen? Ich habe dich gewarnt, sie nicht zu vergessen. Nun, der Preis ist folgender: die Heirat mit mir!«

»Du bist verrückt! Du kannst mich nicht dazu zwingen, Lucien!«

»Nein? Arabella, wann begreifst du eigentlich, daß ich mir vollkommen rücksichtslos nehme, was ich haben will? Du wirst mich heiraten, und du wirst dem Friedensrichter nicht sagen, daß ich dich vor den Altar genötigt habe, sonst werde ich die Wyndhams gesellschaftlich und finanziell ruinieren. In meinem Besitz, weißt du, befinden sich nämlich Schuldscheine im Wert von mehreren tausend Pfund, alle auf Gervases Namen ausgeschrieben. Spielschulden, meine Liebe, die ich nach und nach, ganz systematisch, aufgekauft habe, seit ich weiß, daß du das Mündel des Colonel bist und Gervase heiraten willst. Wenn du nicht tust, was ich will, meine Süße, werde ich diese Schulden eintreiben. Die Gesamtsumme ist so schwindelerregend, daß Gervase – der auf seine Erbschaft gebaut und auf Kredit gespielt hat – sie sicherlich nicht aufbringen kann. Der Colonel wird dafür geradestehen müssen – und das zu einem Preis, den er nur schwer, wenn überhaupt, aufbringen kann, ohne bankrott zu gehen. Und als Resultat wären die Wyndhams auch gesellschaftlich ruiniert, da eine der Voraussetzungen für eine Aufnahme in die vornehmen Kreise großer Reichtum ist, oder zumindest in Zukunft zu erwartender großer Reichtum. So kurz nach Chrissies Ausreißerei, Hurerei und Ermordung wäre das ein furchtbarer Skandal, den die Wyndhams nicht so einfach vertuschen könnten und worauf sie sich als Ausgestoßene, als Geächtete, wiederfinden würden.«

Bei seinen letzten Worten schwang eine so grimmige Genugtuung in Luciens Stimme mit, daß Arabella sie nicht überhören konnte.

»Warum willst du die Wyndhams unbedingt ruinieren?« erkundigte sie sich.

»Ich habe meine Gründe. Jedenfalls brauchst du zur Zeit nicht mehr darüber zu wissen, als daß sie sehr triftig sind. Denk ja nicht, daß ich nur bluffe, Arabella, weil das nicht der Fall ist. Wenn du mich nicht heiratest, werde ich genau das tun, was ich angekündigt habe.«

»Nein, das wirst du nicht – weil ich das nicht zulasse, Lucien.« Sie zog die Pistole aus ihrer Tasche und hielt den Lauf auf ihn gerichtet, während sie krampfhaft versuchte, nicht zu sehr dabei zu zittern. »Zumindest Tante Hennie und Norah haben das nicht verdient. Halt an! Sofort, oder ich erschieße dich!«

Nach einem flüchtigen Seitenblick auf die kleine Pistole mit dem Silberlauf, den sie so verzweifelt umklammert hielt, lenkte Lucien gehorsam die Pferde auf offener Straße an den Rand. Bestürzt stellte Arabella fest, daß sie in ihrer Aufregung nicht einmal darauf geachtet hatte, in welche Richtung sie gefahren waren, seit sie die Stadt verlassen hatten. Sie hatte keine Ahnung, wo sie war, außer daß sie Sydney hinter sich gelassen hatten und daß sie mit Lucien vollkommen allein war. Natürlich konnte er sie, wie sie zu gut wußte, leicht überwältigen, wenn es ihm irgendwie gelang, ihr die Waffe abzunehmen.

»Zeig mir die Schuldscheine!« verlangte sie weitaus zuversichtlicher, als sie sich tatsächlich fühlte. »Und mach das ganz vorsichtig, Lucien. Keine hastigen Bewegungen. Du hast mir zwar das Schießen beigebracht, aber mit dieser Pistole hier bin ich nicht vertraut, und ich weiß nicht, ob sie einen lockeren Abzugshahn hat.«

»So? Und wo, wenn ich fragen darf, hast du sie her?« Langsam faßte er in die Innentasche seiner Jacke, zog ein dickes Bündel Schuldscheine heraus, auf denen, wie Arabella deutlich erkennen konnte, in schwarzer Tinte Gervases Name stand. Wie Lucien angegeben hatte, beliefen sich Gervases Schulden auf mehrere tausend Pfund.

»Declan, der Pferdeknecht der Wyndhams, hat sie mir geliehen, für alle Fälle. Jetzt steck das Bündel in meinen Pompadour« – mit ihrer freien Hand hielt sie Lucien ihre Handtasche hin – »und dann steig aus. Mach schon, Lucien! Zwing mich nicht, auf dich zu schießen!«

Zu Arabellas Entsetzen steckte Lucien die Schuldscheine zurück in seine Jackentasche, statt sie ihr zu geben, und lehnte sich gemütlich gegen den Polstersitz der Kutsche zurück.

»Nein ... ich fürchte, dann mußt du mich eben erschießen, Mädchen – falls du das kannst. Aber ich glaube, das schaffst du nicht. Du hast einmal gesagt, du liebst mich, Arabella, und ich glaube, das ist immer noch der Fall. So einfach ist das nicht, einem Menschen das Leben zu nehmen. Ich weiß das. Nein. Sieh mich nicht so an! Ich habe dir doch gesagt, daß ich meine Frau nicht ermordet habe. Und Chrissie auch nicht. Es war ein Mann im Gefängnis, den ich umgebracht habe, sonst hätte er mich getötet. Aber es ist wesentlich schwerer, jemanden umzubringen, den man liebt; jemanden, der ein Teil von einem selbst ist, so wie ich von dir, Arabella. Hier, sieh mal, ich helfe dir auch.«

Einen nach dem anderen öffnete er aufreizend langsam die Knöpfe seines feinen weißen Hemdes und entblößte seine breite, muskulöse, leicht behaarte Brust, bei deren Anblick sie sofort daran denken mußte, wie eng angeschmiegt sie in seinen Armen gelegen hatte. »Jetzt brauchst du nur noch den Lauf auf mein Herz zu richten, den Hahn zu spannen und den Abzug durchzudrücken, dann bin ich tot. Du kannst die Schuldscheine an dich nehmen, mich aus der Kutsche stoßen und nach Sydney zurückfahren, ohne daß jemand merkt, wie es zu meinem Tod kam. Und da ich nur ein ehemaliger Sträfling bin, glaube ich nicht, daß sich die Behörden allzu große Mühe geben werden, meinen Mord aufzuklären, falls sie sich überhaupt damit befassen.«

»Verdammt, Lucien!« fluchte Arabella leise, als er nach einer geraumen Weile einfach seine Hand ausstreckte und ihr behutsam die Waffe abnahm. Heiße Tränen der Wut und der Enttäuschung über sich selbst brannten in ihren Augen. Sie hatte es wirklich nicht fertiggebracht, genau wie er gesagt hatte. Er kannte sie doch zu gut. »Fahr zur Hölle!«

»Glaub mir, meine Süße, da bin ich schon gewesen.« Er steckte die Pistole in seine Jackentasche. Dann, nachdem er die langen Bänder geöffnet hatte, zog er ihr den Hut aus, faßte unter ihr Kinn und hob ihr tränenüberströmtes Gesicht, so daß sie ihn ansehen mußte. »Eines mußt du verstehen, Arabella: Ich bestehe nicht nur auf unserer Heirat, weil ich dich will, auch wenn das mit ein Grund ist. Vielmehr will ich, daß du zu deinem eigenen Schutz meine Frau wirst, obwohl du es im Moment wahrscheinlich nicht glauben wirst. Ich weiß, daß du jetzt Angst hast ... nein, versuch nicht, es zu leugnen. Ich sehe es in deinem Gesicht. Aber du brauchst keine Angst zu haben. Ich bin nicht wie Black Jack O'Flaherty. Trotz aller Parallelen werde ich dich nicht mißhandeln, wie er es mit Chrissie getan hat. Ich werde gut zu dir sein, das schwöre ich dir! Und mit der Zeit wirst du noch begreifen, daß die Heirat mit mir wirklich nur zu deinem Besten war.«

»Wieso soll ich dir das glauben?«

»Wieso solltest du es nicht?« fragte er heiser, ehe er ihr mit seinen Lippen den Mund verschloß und sie hungrig küßte und damit – als sie aufgab, da es keinen Sinn hatte, sich gegen ihn zu wehren – endgültig ihr Schicksal besiegelte.

16. KAPITEL

Das Brautnest

Die Erinnerung an die nächsten Stunden blieben für Arabella bis an ihr Lebensende leicht neblig und verschwommen. Sie konnte nur Bilder vor sich sehen, die, wie durch ein dunkles Glas gefiltert, nie ganz klar erschienen, sondern trüb und schattig, so wie der Tag selbst wurde, als die Dämmerung heraufzog.

Da Lucien ihre Angst und ihren Zorn fühlte, bemühte er sich, sie in ein Gespräch zu ziehen, während er die Pferde wieder auf die offene Straße lenkte. Obwohl sie merkte, daß ihr Schweigen ihn erzürnte, weigerte sich Arabella trotzig, auch nur ein Wort zu erwidern. Schließlich gab er es auf und versank ebenfalls in ein frostiges Schweigen. Sie hatte gehofft, daß er zur Besinnung kommen und von seinem verrückten Vorhaben ablassen würde, sobald er ihren Unwillen, ihn zu heiraten, spürte. Aber als sie sein entschlossen vorgeschobenes Kinn sah, wußte sie, daß er sich längst entschieden hatte und nicht nachgeben würde. Lucien wollte sie unbedingt heiraten, und sie hatte keine Möglichkeit, sich ihm zu entziehen. Sie konnte schlecht aus der fahrenden Kutsche springen, und selbst wenn sie es irgendwie geschafft hätte, ihm zu entkommen, so besaß er immer noch diese schrecklichen Schuldscheine.

Ich hätte ihn erschießen sollen, als ich die Chance dazu hatte! dachte Arabella in glühender Verzweiflung. Wie hatte sie nur so dumm und vor allem so feige sein können, nicht den Abzug durchzudrücken? Es war ihre einzige Gelegenheit gewesen, ihm zu entkommen, und sie hatte sie törichterweise vertan. Wer weiß, vielleicht hatte sie damit sogar ihr Todesurteil besiegelt. Immerhin wußte sie nur von Lucien selbst, daß er nicht des Mordes schuldig war – und gaben nicht alle Verbrecher vor, unschuldig zu sein?

Was sollte sie machen, wenn er in Wirklichkeit gar nicht mit ihr zum Haus des Friedensrichters fuhr, sondern irgendwohin, wo er sie vergewaltigen und umbringen würde?

Arabellas lebhafte Phantasie ging mit ihr durch. Dabei sagte ihr der Verstand, daß es in den Tropenwäldern mehr als genügend und günstigere Gelegenheiten dazu gegeben hätte, hätte er das wirklich vorgehabt. Doch statt ihr irgend etwas anzutun, hatte Lucien ihr das Leben gerettet. Warum hätte er sie ausgerechnet jetzt umbringen sollen – es sei denn, er wäre schlichtweg wahnsinnig?

Bei dem Gedanken kamen erneut Zweifel in ihr auf. Verstohlen spähte sie zu ihm hinüber und musterte ihn eingehend, wie er da neben ihr auf dem Sitz der Kutsche saß. Er sah ausgesprochen gut aus, wirkte draufgängerisch, kraftvoll, arrogant und anmaßend, gleichzeitig aber auch animalisch anziehend und gefährlich. Wahnsinnig kam er ihr jedoch nicht vor – aber andererseits, ehe sie nicht das Brandmal auf seiner Schulter gesehen hatte, wäre sie auch nicht auf den Gedanken gekommen, er sei ein ehemaliger Sträfling. Offenbar besaß sie keine ausreichende Menschenkenntnis, um den Charakter eines Mannes zu beurteilen. Auf mein Gefühl kann ich mich jedenfalls in dieser Hinsicht nicht verlassen, dachte sie entmutigt.

Die Dämmerung senkte sich herab, und ein silbrig schimmernder Mond stieg über den raschelnden Gummibäumen auf, verwandelte ihre blassen, knorrigen Zweige in gespenstische Arme, die bedrohlich nach Arabella zu greifen schienen, als sie mit der Kutsche daran vorbeifuhren. Unwillkürlich fühlte sie sich an den Traum erinnert, den Alptraum, der sie am Abend vor ihrer Abreise nach Australien aus dem Schlaf geschreckt hatte. Schaurig knarrten die Zweige im Wind, ihre süßlich duftenden Blätter rauschten. Trotz aller beklemmenden Bedenken wich Arabella mehr vom Rand der Sitzbank weg und rückte näher an Lucien heran. Es geschah nicht selten, daß die Äste der Gummibäume unvorhersehbar vom Stamm abbrachen und auf ahnungslos vorübergehende Leute fielen. Deshalb wurden diese Bäume oft auch als »Witwenmacher« bezeichnet. Auf keinen Fall jedoch wollte Arabella von solch einem herabfallenden Ast getroffen werden, obwohl das vielleicht ein weniger gräßliches Schicksal gewesen wäre als das, was sie an Luciens Seite erwartete.

Vor sich konnte sie jetzt ein Haus erkennen, und als Lucien die Kutsche auf die Einfahrt zusteuerte, nahm sie an, daß der Besitz dem Friedensrichter gehörte, von dem er vorhin gesprochen hatte. Falls Lucien die Wahrheit gesagt hatte – und sicherlich hatte sie keinen Grund, ihm das nicht zu glauben –, würde sie schon bald seine Frau sein. Er würde sie dem Gesetz nach, das, wie sie inzwischen begriffen hatte, einer Frau wenig Schutz bot, besitzen, als wäre sie eine Sklavin. Unwillkürlich ballte sie ihre Hände so stark zu Fäusten, daß ihre Nägel sich schmerzhaft in die Handflächen gruben.

»Lucien ... bitte«, flüsterte sie flehentlich. »Noch ist es nicht zu spät, diesem Wahnsinn ein Ende zu bereiten. Gib mir die Schuldscheine und laß mich gehen! Bitte.«

»Nein, Arabella.« Er schüttelte abweisend den Kopf, während er die Kutsche mit knirschenden Rädern vor dem Haus zum Stehen brachte und die Bremse zog. »Das werde ich auf keinen Fall tun. Mir wäre es lieber, die Dinge stünden anders zwischen uns, aber wenn das die einzige Möglichkeit ist, um dich zu bekommen, dann muß ich es eben so hinnehmen. Denk dran: Kein Wort dem Friedensrichter gegenüber, warum du zugestimmt hast, mich zu heiraten, sonst müssen die Wyndhams dafür büßen. Verstanden?«

Stumm und beklommen nickte sie, ließ sich angstvoll und innerlich widerstrebend von der Kutsche herunterhelfen und zum Haus führen. Drinnen erkannte sie sofort, daß Lucien nicht einem plötzlichen Einfall nachgegangen war, sondern vielmehr einen wohldurchdachten Plan entworfen hatte. Denn er besaß eine amtliche Eheerlaubnis, und der Friedensrichter erwartete sie bereits. Seine Frau und seine Schwester dienten als Trauzeugen.

Die Hochzeitszeremonie glich kein bißchen dem Bild, das Arabella sich in ihren mädchenhaften Tagträumen früher einmal ausgemalt hatte. Lucien und sie standen nebeneinander im Empfangsraum des Friedensrichters. Die Trauung an sich war schlicht und kurz, ohne Hochzeitsmesse. Und gleich darauf schon streifte Lucien ihr einen schweren Goldreif über den Finger, dann küßte er sie besitzergreifend, um das Versprechen zu besiegeln, das sie sich gegeben hatten – seine Stimme hatte fest und sicher geklungen, ihre schwach und zittrig. Sie vermochte nicht zu glauben, daß es alles nicht nur ein bedrückender Traum sein sollte, sondern tatsächlich Wirklichkeit war. Während der ganzen Zeit ging ihr immer wieder, eintönig wie eine Litanei, ein alter Spruch durch den Sinn: *Laß in Schwarz dich trauen, und schon bald wirst du es bedauern.*

Ihr war furchtbar unwohl bei dem ungebetenen Gedanken, daß dies derselbe Friedensrichter sein mochte, der die unglückselige Trauung zwischen Chrissie und Black Jack O'Flaherty vollzogen hatte, daß die beiden möglicherweise auch hier in diesem Raum gestanden hatten, Chrissie aufgeregt, voller Hoffnungen und Träume, und Black Jack in Gedanken nur bei der Summe, die er von Onkel Philip zu erpressen gedachte – und dann später außer sich vor Zorn, als er erfahren mußte, daß er keinen Pfennig bekommen würde.

Selbst als die Zeremonie vorüber war, fiel es Arabella noch immer schwer zu begreifen, daß sie jetzt wirklich mit Lucien verheiratet war. Innerlich war sie einfach zu aufgebracht über die ganze fragwürdige Angelegenheit. Irgendwie fühlte sie sich erniedrigt, als ob sie das Opfer eines Verbrechens geworden wäre – oder selbst ein Verbrechen begangen hätte und jetzt dafür gefangen war. Aber natürlich war es Gervases Vergehen, für das sie büßen mußte. Bei dem Gedanken fiel ihr wieder ein, was die alte Zigeunerin ihr an jenem Tag auf dem Jahrmarkt von Scarborough vorhergesagt hatte, und unwillkürlich fror Arabella.

Der Goldreif an meinem Finger ist wie eine Fessel, und jetzt bin ich gefangen, dachte sie bekümmert, während sie blicklos daraufstarrte. Ihre Hand zitterte, als sie ihren Namen unter die Heiratsurkunde setzte, direkt neben Luciens kühne schwarze Unterschrift. Dann bezahlte er den Friedensrichter – die Summe, die Lucien ihm gab, enthielt bestimmt eine ordentliche Zulage als Bestechung, dessen war Arabella sich sicher, da sie vom Alter her rechtlich nicht ohne Zustimmung ihres Vormundes heiraten durfte. Wenn sie allerdings daran dachte, wie kalt Onkel Philip sich von seiner eigenen Tochter abgewandt hatte, hegte sie nicht die geringste Hoffnung, daß er etwas unternehmen würde, um ihre Ehe zu annullieren. Ebenso bezweifelte sie, daß Gervase Einspruch erheben würde.

Und dann überlegte sie flüchtig, wie lange Tilly und Declan wohl im Hyde Park auf sie gewartet und nach ihr gesucht haben mochten, ehe sie Onkel Philip verständigt hatten, und ob in *Blue Trees* mittlerweile große Aufregung über ihr Verschwinden herrschte. Zu Anfang würden die Wyndhams sicherlich annehmen, daß sie von Lucien entführt worden sei, aber sie konnten natürlich nicht ahnen, daß er es in der Absicht getan hatte, sie zu heiraten, statt sie zu vergewaltigen und Lösegeld zu fordern. Sicherlich würden sie entsetzt und vollkommen außer sich sein, sobald sie erfuhren, was wirklich passiert war. Und weil Lucien, aus welchem unerfindlichen Grund auch immer, die Wyndhams haßte und sie ruiniert sehen wollte, würde er ihnen vielleicht nicht mal umgehend mitteilen, was er mit Arabella gemacht hatte.

Draußen half Lucien Arabella wortlos in die Kutsche und kletterte zu ihr auf den Sitz. Seine blaßgrauen Augen funkelten triumphierend und zufrieden, als er sie anschaute, bevor er sie mit einem halbunterdrückten Aufstöhnen an sich riß, stürmisch küßte und so heftig an sich drückte, daß es keine Zweifel gab, wie endgültig und für immer sie nun zu ihm gehörte, daß er sie nehmen konnte, wann und wie es ihm gefiel. Sogar hier auf dem Sitz der Kutsche konnte er ihr einfach die Röcke hochschieben, und sie wäre ihm hilflos ausgeliefert. Bei dem Gedanken schauderte ihr, und sie versuchte halbherzig, sich seinem eisernen Griff zu entziehen. Aber das ließ er gar nicht zu, preßte sie sofort noch fester an sich und zwang sie, ihre Lippen zu öffnen, um kühn mit seiner Zunge in ihren Mund zu dringen und die geheimsten Stellen zu erforschen, bis Arabella sich, trotz allem, keuchend und stöhnend an ihn schmiegte.

Daß er selbst jetzt noch diese seltsame Macht über sie besaß und ihr das Gefühl verlieh, sie sei wie Wachs in seinen Händen, so wie sie innerlich dahinschmolz, beschämte sie zutiefst. Dennoch reagierte sie auf seine Zärtlichkeiten, als würde ihr Körper nicht mehr vom Verstand gesteuert. Wie eine Verdurstende in der Wüste öffnete sie ihren Mund, nahm leidenschaftlich auf, was er zu geben hatte, während er ihre Zunge immer wieder aufs neue mit seiner umschlang.

Unvermittelt faßte er in ihr dichtes Haar, zog ungeduldig die Nadeln aus ihrem Knoten und löste die schweren Strähnen, die in langen, wüsten Locken bis über ihre Schultern herabfielen. Schon spürte sie seine Finger an ihrem schlanken Hals. Rasch und geschickt knöpfte er den Kragen ihres schwarzen Kleides auf und öffnete das Oberteil, um ihre vollen Brustansätze zu entblößen, die durch das Korsett stark hervorgewölbt waren. Seine Lippen brannten förmlich auf ihrer Haut, als er ihren Hals mit heißen Küssen bedeckte und seine Hand unter ihre Kleidung schob, um eine ihrer knospenden Brüste zu umfassen und mit dem Daumen ihre rasch fester werdenden Spitzen zu umkreisen. Er stöhnte auf und preßte sein Gesicht zwischen die vollen, reifen Wölbungen. Sein Arm streifte glühendheiß ihre Haut.

»Grundgütiger Gott ... ich kann mich gerade noch beherrschen, dich nicht hier und jetzt auf dem Sitz zu nehmen!« seufzte er mit belegter Stimme und sprach damit den Gedanken aus, der ihr vorhin schon durch den Sinn gegangen war.

»Bitte, Lucien, tu das nicht!« bat sie leise und klammerte sich verzweifelt an seinen letzten Rest Vernunft.

»Du brauchst keine Angst zu haben.« Auch wenn es ihm offenbar sehr schwerfiel, riß er sich keuchend von ihr los. »Heute ist unsere Hochzeitsnacht – und eine Braut hat etwas Besseres verdient, als daß der Mann in einer Kutsche über sie herstürzt wie über eine billige Nutte. Ich habe einen Platz für uns vorbereitet, wo wir ungestört sind. Aber ich wollte vorher einfach einen Vorgeschmack auf das haben, was du mir so lange vorzuenthalten versucht hast, Arabella – und was ich heute nacht voll auskosten werde. Nein, verhüll dich nicht vor mir«, befahl er ihr, als sie, verwirrt von den begehrlichen Blicken, mit denen er sie musterte, mit zitternden Fingern begann, ihr Kleid zuzuknöpfen. Da sie es dennoch wagte, sich seinem Willen zu widersetzen, faßte er rasch nach ihren Händen und hielt sie davon ab. »Wollen wir eins von Anfang an klarstellen, Mädchen«, erklärte er betont ruhig und leise, dafür aber um so nachdrücklicher »Du wirst in mir einen sehr fürsorglichen und großzügigen Ehemann haben ... vorausgesetzt, du erkennst mich als den Herrn und Gebieter in meinem Haus an. Ich erwarte, daß du mir gehorchst, so wie du es gerade eben versprochen hast. Haben wir uns verstanden?«

»J-j-ja, Lucien.«

»Gut, dann werden wir wunderbar miteinander auskommen.«

Er ließ ihre Handgelenke los, küßte sie erneut heftig und innig, schob seine Zunge noch einmal zwischen ihre Lippen und faßte wieder in ihr dichtes Haar, ehe er sich schließlich widerstrebend von ihr löste und nach den Zügeln griff. Langsam steuerte er die Kutsche den Weg hinunter, der sich wie ein glänzendes Band im silbernen Mondlicht vor ihnen dahinschlängelte. Arabella spürte überdeutlich Luciens Nähe in der Kutsche, fühlte durch den Stoff ihrer Kleidung, wie er seinen muskulösen Schenkel gegen ihr Bein preßte, wie das Verlangen seine Augen verdunkelte und wie ein zufriedenes Lächeln um seine Lippen glitt, wenn er sie anschaute. Daß sie nicht nur Angst empfand, sondern im stillen sogar eine gewisse Vorfreude bei dem Gedanken, daß er sie lieben würde, entsetzte und beschämte sie. Ärgerlich verfluchte sie ihr verräterisches Herz, das ihrem Willen und ihrer Vernunft spottete. Denn eigentlich dürfte sie nichts als Haß und Verachtung für Lucien übrig haben. Wenn sie jedoch ganz ehrlich zu sich selbst war, mußte sie sich eingestehen, daß sie keins von beidem verspürte, so unverständlich und verwirrend das auch sein mochte. Was für eine Närrin sie war, daß sie ihn trotzdem mochte. Was für eine Närrin sie war, daß sie ihn trotz allem nach wie vor noch liebte. Und doch konnte sie nichts daran ändern.

Ihr Herz klopfte schneller, sobald er in ihrer Nähe war. Am liebsten hätte sie ihre Hand ausgestreckt und ihm das lange, schwarze Haar, das ihm der Wind ins Gesicht blies, zurückgestrichen. Sie dachte daran, wie er sie geküßt, gestreichelt und langsam ausgezogen hatte, um sie zu lieben, und sie konnte nicht verhindern, daß es bei dieser Vorstellung zwischen ihren Schenkeln plötzlich heiß und feucht wurde. Röte stieg ihr in die Wangen, doch sie hoffte, daß Lucien das in der Dunkelheit nicht bemerkte, obwohl sie instinktiv spürte, daß er sehr wohl wahrnahm, was in ihr vorging. Er hätte jede andere Frau haben können, doch ausgerechnet sie hatte er ausgewählt. Sie wußte nicht, warum, ihr war nur klar, daß sich ihr Leben von dem Moment an grundlegend verändert hatte, als sie nach dem Schiffsunglück aus dem Delirium zu sich gekommen war und ihn über sich gebeugt gesehen hatte, den Teufel, den tasmanischen Teufel, vor dem die alte Zigeunerin auf dem Jahrmarkt von Scarborough sie gewarnt hatte, auf der Hut zu sein. Bei der Erinnerung erschauerte Arabella.

»Ist dir kalt?« erkundigte sich Lucien mitfühlend und bestätigte ihr damit, daß er tatsächlich jeden ihrer Gedanken, jede ihrer Empfindungen, jede noch so kleinste Regung mitbekam. Nichts konnte sie vor ihm verbergen, so gut kannte er sie und wußte auf Anhieb, was sie bewegte. Die leiseste Hoffnung, daß sie ihm doch noch irgendwie entkommen konnte, schwand dahin.

»Nein, es war ... nur ein leichtes Frösteln, mehr nicht.«

»Ich bin kein Unhold, Arabella, und ich tue dir bestimmt nicht weh.«

»Du hast mich gezwungen, dich zu heiraten ...«

»Nur, weil ich dich auf keine andere Art bekommen konnte. Aber darüber wollen wir uns nicht streiten. Mit der Zeit, wenn du mich besser kennst, wirst du feststellen, daß ich immer die Wahrheit gesagt habe ... und warum sollte ich das auch nicht tun? Wie ich dir schon mal gesagt habe, bist du mein, meine Süße. Du bist mein seit der Nacht unter dem Jacarandabaum, wie du heute nacht erfahren wirst.« Er bog von der Straße in eine gewundene Einfahrt und hielt schließlich vor einem kleinen, gemütlichen Blockhaus.

»Wo sind wir? Was ist denn das?« fragte sie neugieirig.

»Dies ist das Haus, das ich mir gebaut habe, als ich wieder frei war. Es steht auf dem Grundstück, das heute zu meinem Besitz gehört. Ich wollte ein paar Tage mit dir allein sein, damit du dich wieder an mich gewöhnst und daran, daß wir verheiratet sind, ehe du dich gezwungenermaßen mit meinem Haushalt und den Dienstboten auseinandersetzen mußt, wie natürlich auch mit den Gerüchten, die bestimmt umgehen werden, sobald die Leute erfahren, daß wir durchgebrannt sind, um zu heiraten. So ist es sicher leichter für dich.«

»Danke«, sagte Arabella spontan, als er ihr aus der Kutsche half. »Mit so ... soviel Freundlichkeit und Rücksichtnahme habe ich nicht gerechnet.«

»Du bist meine Frau, Arabella.« Es machte Lucien hörbar Spaß, diese Worte zu wiederholen. »Wie oft muß ich dir noch versichern, daß ich nicht wie Black Jack O'Flaherty bin und auch nicht beabsichtige, dich zu mißhandeln, wie er es mit Chrissie gemacht hat? Habe ich dir in all den Wochen, in denen wir allein waren und ich die Gelegenheit dazu gehabt hätte – wohlgemerkt, ohne daß mich jemand dafür hätte zur Rechenschaft ziehen können –, jemals ein Leid zugefügt?«

»Nein«, gestand sie ihm nach kurzer Überlegung betroffen.

»Warum hegst du dann auch nur die geringste Befürchtung, daß ich das jetzt tun werde? Komm mit.« Ohne Umschweife hob Lucien sie auf seine starken Arme und trug sie, nachdem er die Haustür geöffnet hatte, über die Schwelle in seine Hütte.

Drinnen war es dunkel, und so nahm Arabella als erstes nur den süßen, exotischen Duft wahr, der ihr entgegenwehte und der ihr einen Moment lang das Gefühl gab, wieder in den tropischen Wäldern zu sein. Lucien stellte sie ungefähr in der Mitte des Raumes wieder auf die Füße und flüsterte ihr ins Ohr: »Mach die Augen zu!«

»Warum?« Sie erschrak, wie heiser und leise ihre eigene Stimme klang.

»Weil ich dich darum gebeten habe. Tu es einfach mir zuliebe. Hast du sie zu?«

»Ja.«

Sie stand im Dunkeln da, die Augen geschlossen, atmete die reichhaltigen Düfte ein, die sie umgaben, und ihr Herz klopfte wie verrückt. Sie hörte, daß Lucien sich in der Hütte bewegte, und der Helligkeit nach zu urteilen, die plötzlich auf ihre Augenlider fiel, mußte er die Öllampen angezündet haben. Dann, ohne etwas zu sagen, hob er ihr langes, offenes Haar an, schob es über ihre Schulter nach vorn, um ihren Nacken zu entblößen. Sein warmer Atem streifte kurz ihre Haut, bevor er seine Lippen auf diese Stelle preßte. Ein so heftiges Prickeln rann durch ihren Körper, daß ihre Brustspitzen sich wie von selbst aufrichteten und ihre Beine wegsinken wollten, als hätte sie plötzlich keinen Boden mehr unter den Füßen. Zärtlich strich er mit seinen Händen über ihre Schultern, umfaßte ihre Brüste, ohne ihr das Kleid auszuziehen, streichelte sacht ihre festen Knospen, so daß er sie zusätzlich durch die Berührung mit dem Stoff erregte und Arabella ein Aufstöhnen entlockte. Sie spürte, wie seine Lippen über ihren Hals glitten und seine Hände ihre Taille umspannten.

»Jetzt mach die Augen auf«, verlangte er leise.

Sie hob die Lider. Ihre Augen wurden groß, und ihr Mund formte ein freudiges, erstauntes O. Einen Raum wie diesen hatte sie noch nie zuvor gesehen. Er erschien ihr wie aus einem Märchen, einem geheimen Zaubergarten entliehen. Überall standen Blumen. In Schalen und Töpfen zierten sie den Sims über dem gemauerten offenen Kamin, in dem ein kleines Feuer knisterte, den Eßtisch, den Nachttisch neben dem Himmelbett und selbst den Holzfußboden. Jede Ecke und Nische des Hauses war mit Blumen ausgefüllt. Bougainvillea, Hibiskus und Purpurwinde schlängelten sich um die rauhen Holzpfosten des mit einem Moskitonetz behangenen Bettes. Jacaranda- und Eukalyptuszweige waren mit den Leisten des Baldachins verwoben. Dunkelrote Rosenblütenblätter lagen auf den frischen weißen Leinenlaken des Bettes. In einer großen, gehämmerten Kupferbadewanne neben dem Kamin schwammen Wasserlilien. Wo nicht Blumen und Zweige Platz gefunden hatten, flackerten Öllampen und Kerzen, deren Schatten feengleich über die Wände huschten. Auf der Anrichte in der Kochnische des schlichten Raumes standen eisbeladene Tabletts und Schalen mit Fleisch, Käse, Obst, Gemüse, Brot und Schokolade. In einem eisgefüllten Kübel lag eine Flasche Champagner. Inmitten eines Gesteckes herabhängender Fliederblüten glitzerten die bereitgestellten Kristallgläser. Tränen traten Arabella in die Augen, als ihr klar wurde, mit wieviel Mühe und Sorgfalt Lucien dieses Liebesnest für ihre Hochzeitsnacht vorbereitet hatte.

Verwundert drehte sie sich zu ihm um und schaute zu ihm auf, noch ein wenig ungläubig, daß er das alles für sie getan haben sollte. Sein Gesicht schien merkwürdig sanft in dem schwachen Licht, und ehe er seinen Blick vor ihr verbergen konnte, entdeckte sie überrascht dieses eigenartig entzückte, forschende Leuchten in seinen Augen, das sie schon ein- oder zweimal zuvor bemerkt hatte. Da erkannte sie, daß er sie auf seine eigene Art gern hatte, obwohl er nie gesagt hatte, daß er sie liebte. Sie spürte, wie er sich vor Erwartung verspannte, sogar ein wenig bebte, wie ein aufgeregtes Pferd vor einem Rennen etwa, dachte sie verwundert. Offenbar war es ihm sehr wichtig, sie zu beglücken, und jetzt wartete er gebannt auf ihre Reaktion.

»Das ist einfach hinreißend, Lucien«, hauchte sie und deutete auf all das, was sie umgab. »... das Schönste, was ich je gesehen habe. Niemand hat bisher so etwas Herrliches für mich getan.«

»Das freut mich«, murmelte er, küßte sie und zeichnete mit seiner Zunge genüßlich die Umrisse ihrer Lippen nach, ehe er in ihren warmen Mund drang und ihn ausgiebig erforschte, mehrmals mit der Zunge hineinstieß, wieder über ihre Lippen strich und sie lockte, auf dieses Zungenspiel einzugehen.

Der Kuß war so innig, so ungeheuer erregend, daß Arabella nicht widerstehen konnte, sich eng an Lucien zu drängen und seinen Kuß mit wachsender Leidenschaft zu erwidern, während Lucien seine Lippen besitzergreifender auf ihren Mund preßte. Eben noch hatte er mit beiden Händen in ihr Haar gefaßt, um ihren Kopf stillzuhalten, doch jetzt streichelte er ihr Gesicht, ließ seine Hände tiefer gleiten, über ihren Hals zu ihren Brüsten hinunter, wo er begann, die Knöpfe des Oberteils zu öffnen. Ein leises Aufstöhnen entfuhr ihr, als er ihre Wangen, ihre Schläfen und ihr Haar küßte. Sie erschauerte und merkte, wie er ihr das Kleid von den Schultern streifen wollte. Da faßte sie nach seinen Handgelenken, schüttelte in stummer Bitte den Kopf und hielt ihren Blick gesenkt, unfähig, ihm in die Augen zu sehen.

»Arabella.« Er drückte kleine Küsse auf ihre Braue, ihre Lider und die Mundwinkel. »Arabella, wehr dich nicht, bitte. Du bist mein ... meine Frau, und ich werde dich nehmen. Aber ich möchte uns nicht die Nacht verderben, indem ich dich dazu zwinge, daß du dich mir hingibst.« Er sagte das sehr leise und gefühlvoll, dabei war jedoch die stählerne Entschlossenheit, die als Unterton in seiner Stimme mitschwang, nicht zu überhören. Auf jeden Fall würde er tun, was er so gelassen angedroht hatte. Jetzt hatte er das Recht dazu. Er war ihr Ehemann.

Ihr Ehemann. Sie schaute auf den Goldreif an ihrer linken Hand, sichtbarer Beweis, daß sie tatsächlich verheiratet waren, und sie es nicht nur geträumt hatte. Natürlich wollte er auch die Ehe vollziehen, ob ihr das nun recht war oder nicht. Abgesehen von der Tatsache, daß er sie begehrte, würde er damit verhindern, daß die Ehe annulliert werden konnte. Allzu deutlich erinnerte Arabella sich an Onkel Philips Behauptung, daß Black Jack bestimmt keine Zeit verloren hatte, Chrissie aus genau diesem Grund zu entjungfern. Falls eine noch minderjährige Braut nicht mehr keusch war, würde ihr Vormund bestimmt nicht protestieren, daß sie ohne seine Einwilligung geheiratet hatte, sondern lieber, wenn auch im nachhinein, zustimmen.

»Es ist doch nicht so, als hätten wir es nicht schon miteinander gemacht, Arabella«, sagte Lucien und holte sie in die Gegenwart zurück. Seine Erinnerung daran, wie er sie unter dem Jacarandabaum geliebt hatte, brachte sie in Verlegenheit.

Sicher, damit hatte er recht, und es war wirklich unsinnig, sich gegen ihn zu wehren. Etwas zögerlich ließ sie seine Handgelenke los, wandte aber nichts weiter dagegen ein, daß er ihr das Kleid, Reifen und Krinoline, Schuhe und Strümpfe auszog. Ihr Korsett erwies sich als größeres Hindernis, und schließlich riß er die Schnüre ungeduldig und mit einem kraftvollen Ruck ab, so daß es aufsprang. Unabsichtlich atmete Arabella erleichtert auf.

»Ich habe mich nicht daran gewöhnen können, es wieder zu tragen«, erklärte sie, als er das widerspenstige Kleidungsstück beiseite warf. »Manchmal bekomme ich fast gar keine Luft. Es ist so eng und bei der Hitze kaum auszuhalten.«

»Dann trag doch keins mehr. Mich wird das auf jeden Fall nicht stören. Im Gegenteil, mir ist es lieber, wenn du es ausläßt. Außerdem bist du so schlank, daß du gar keins brauchst, meine Süße.« Wie recht er damit hatte, bewies er ihr sofort, indem er mit beiden Händen ihre biegsame Taille umspannte. »Sieh nur«, sagte er und wechselte einen raschen Blick mit ihr, ehe er ihre Brüste umfaßte und streichelte, so daß sich ihre Knospen unter dem hauchdünnen Batist ihres Unterhemdes abzeichneten. Begehrlich umkreiste er die rosigen Spitzen mit seinen Daumen, bis eine Woge der Erregung sie durchflutete, und küßte sie erneut innig. Dann löste er sich schweratmend von ihr und meinte: »Ich muß noch die Pferde ausspannen, versorgen und in den Stall bringen. Während ich das mache, dachte ich, möchtest du vielleicht gern ein Bad nehmen. Es ist kein Ofen hier, aber ich kann einen Kessel übers Feuer hängen. Was du brauchst, findest du auf der Kommode oder in den Schubladen. Der Abend hat gerade erst begonnen, wir haben noch viel Zeit füreinander, und bis ich soweit bin, wirst du dich genausosehr danach sehnen wie ich, das schwöre ich dir.«

Nach dem Versprechen ließ Lucien sie allein und leicht benommen in der Hütte zurück. Ihre Brüste spannten sich und schienen schwer vor Sehnsucht. Auch innerlich fühlte sie sich entflammt. Sie war sich ihrer Erregung bewußt und vermutete, daß Lucien sie mit Absicht so bestürmte und quälte. Sie konnte sich nicht vorstellen, wie sie es aushalten sollte, wenn er so weitermachte. Sicher würde sie halbwahnsinnig vor Verlangen. Das war wohl auch seine Absicht, überlegte sie und unterdrückte entschieden ein verzweifeltes, leidenschaftliches Aufstöhnen. In seinen Armen fühlte sie sich willenlos und ließ sich von ihm leiten und führen, ganz wie es ihm beliebte. Jederzeit würde sie genauso auf ihn reagieren, gleichgültig, was Lucien war oder was er getan hatte, sie begehrte ihn tatsächlich ebensosehr wie er sie.

Arabella trat an die Kommode und entdeckte auch hier den Beweis, wie gründlich er sich alles überlegt hatte, damit es ihr an nichts mangelte. Ein silbern verzierter Spiegel mit Bürste und Kamm lag obenauf. Daneben fand sie Schildpattkämme und

Haarnadeln, Parfüm, einen Korb mit Seifen sowie einen Stapel frischer Handtücher und Waschlappen. In den Schubladen fand sie Frisierumhänge und Morgenröcke, Unterhemden, Unterhosen und Strümpfe, alles neue Sachen, die er zweifellos extra für sie hatte anfertigen lassen. Bisher hatte sie selten so herrlichen Batist und Baumwollstoff oder so wunderbare Seide gesehen, so fein verarbeitet, bestickt und verziert.

Nachdenklich und gerührt faßte sie ihr Haar im Nacken zusammen und steckte es mit einem der Kämme auf dem Kopf fest. Dann nahm sie sich die Badesachen und legte sie auf den kleinen Hocker neben der Wanne. Mittlerweile hatte der Kessel lange genug über dem Feuer gehangen. Sie nahm ihn herunter und goß das dampfendheiße Wasser in die bereits zur Hälfte gefüllte Badewanne. Nachdem sie sich die restlichen Sachen ausgezogen hatte, stieg sie hinein.

Arabella entstöpselte einen Flakon Parfüm und ließ ein paar Tropfen in das Badewasser fallen. Der süßliche Duft belebte ihre Sinne, als sie nach dem Waschlappen und der Seife griff, um sich einzuschäumen. Dabei fiel ihr Blick auf die Wasserlilien, die in der Wanne schwammen, und sie konnte sich des Gefühls nicht erwehren, daß sie von absoluter Dekadenz und Sinnlichkeit umgeben war. Fast hätte sie glauben können, sie badete in einem paradiesischen Teich, umgeben von den vielen Pflanzen und Blumen, den flackernden Flammen der Öllampen und Kerzen, die in der Dunkelheit funkelten wie Sterne.

Ehe sie mit Baden fertig war, kehrte Lucien zurück. Und sie sah, daß auch er sich gewaschen hatte, wahrscheinlich draußen an einer Pumpe. Wasser lief ihm aus den Haaren in Rinnsalen über das dunkle Gesicht und erinnerte sie daran, wie er an jenem Tag am *Billabong* ausgesehen hatte, als der Regen auf ihn herniedergeprasselt war. Seine Jacke und seine Weste hatte er schon ausgezogen und das Hemd so weit aufgeknöpft, daß seine breite, feinbehaarte Brust zu sehen war. So lehnte er barfuß eine Weile im Türrahmen und schaute ihr zu, ehe er zuversichtlich durch den Raum schritt und seine Kleidungsstücke samt den Stiefeln in eine Ecke warf. Da Arabella sich lebhaft ihrer Nacktheit und seines lüsternen Blickes bewußt war, hielt sie die Hand mit dem Waschlappen vor den Busen, so daß ihre Unterarme ihre Brüste verdeckten.

Ob sie ahnt, wie sie auf mich wirkt? fragte sich Lucien. Ein paar lange Locken hatten sich aus ihrem dichten, vollen Haar, das sie mit einem Kamm hochgesteckt hatte, gelöst und hingen ihr jetzt aufreizend bis über die bloßen Schultern herab, an den Enden feucht vom Wasser. Rinnsale liefen über ihre helle Haut, die in dem gedämpften Licht schimmerte wie eine Perle. Der Ansatz ihrer Brüste ragte aus dem Wasser, und die Blütenblätter der Lilien streiften zart ihre Haut, so wie er es jetzt am liebsten sofort mit beiden Händen getan hätte. Für ihn war sie wie Eva im Garten Eden, lockte ihn mit ihren großen Augen, die wie goldene Äpfel glänzten. Nie zuvor war sie ihm schöner erschienen als in diesem Augenblick, mit ihren dichten, dunklen Wimpern, die sie scheu senkte, während sie sichtlich schwer schluckte und ihre grazilen Hände leicht zitterten. Der Waschlappen, den sie auf ihre Brust preßte, hob und senkte sich mit jedem raschen, flachen Atemzug, den sie machte. Bei diesem Anblick stockte selbst Lucien der Atem. Seine Lenden verspannten sich vor Verlangen. Er nahm eines der Handtücher von der Kommode und ging damit zu ihr hinüber.

»Komm!« forderte er sie leise auf und hielt ihr die Hand hin.

Nach einem spannungsgeladenen Moment stand Arabella zögernd auf und stieg aus der Wanne. Sie erschauerte, als Lucien ihr das Handtuch umlegte, damit unerträglich langsam ihre bloße Haut trocknete, während er sie sehnsüchtig und zärtlich auf den Hals und die Brüste küßte, mit dem Stoff so lange über ihre Brustspitzen rieb, bis sie sich verhärteten und vorstanden wie zwei reife Kirschen. Ebenso bedachtsam strich Lucien mit seinen Lippen über ihren Hals und drückte viele kleine Küsse auf ihre Haut bis hinunter zu ihren Brüsten, ehe er sich zuerst über die eine Knospe beugte und dann über die andere, sie nacheinander in den Mund nahm, daran saugte und sie mit der Zunge lange und ausgiebig umkreiste. Ein Prickeln ging von ihnen aus, das sich in ihrem Körper ausbreitete, und Arabella stöhnte, als Lucien sich tiefer bückte und ihren Bauch liebkoste.

Er kniete sich vor sie hin, trocknete ihr die Füße ab, streichelte mit seinen Händen ihre Beine und die Innenseiten ihrer Schenkel, die bereits feucht waren. Eine wilde Sehnsucht hatte sie gepackt und harrte ungeduldig der Erfüllung. Doch Lucien faßte sie noch immer nicht an, sondern tupfte liebevoll ihren Po ab, beugte sich vor und küßte zärtlich ihre Schenkel, zuerst außen, dann innen, so daß sie erschauerte, ihre Knie weich wurden und ihr leise, unverständlich flehende Laute entschlüpften.

Erst danach schob er seine Hände zwischen ihre Schenkel, strich mit den Daumen sacht über die brennenden, empfindsamen Ränder und teilte behutsam die feucht schimmernden Lippen ihrer Weiblichkeit. Er preßte seinen Mund auf ihren duftenden Hügel, ließ seine Zunge vorschnellen, um kurz ihren angespannten Kern zu streifen – ein rasches, sachtes Streicheln, das für sie die reinste Qual war, sie zwang, hörbar deutlich einzuatmen, und sie taumeln ließ. Sie faßte in sein seidiges schwarzes Haar und klammerte sich an ihm fest, während er sie mit seiner Zunge liebkoste.

Und als Arabella schon glaubte, sie könnte es nicht länger ertragen, würde verrückt werden von der qualvollen Leere, die gefüllt werden wollte, schob er zwei Finger tief in sie. Zuerst stockte ihr fast der Atem, dann jedoch keuchte sie heftig, während Lucien mit seinen Fingern immer wilder in sie stieß und sie dabei leckte. Hätte er mit der anderen Hand nicht ihre Hüfte umfaßt und sie an sich gedrückt, hätte sie sich nicht mehr länger auf ihren Beinen halten können. Innerhalb von Momenten erfaßte sie ein Beben wie jenes, das er in der Nacht unter dem Jacarandabaum bei ihr erzeugt hatte, und verstärkte sich, bis es fast unerträglich wurde, während Arabella sich wollüstig gegen seine Lippen drängte und von einem heftigen Höhepunkt überrascht wurde.

Lucien hielt sie einen Moment lang umfangen, richtete sich dann auf, küßte sie auf den Bauch und die Brüste und fand schließlich ihre Lippen, teilte sie und suchte ihre Zunge zu umschlingen. Er zog den Kamm aus ihrem Haar, und sie spürte, wie es schwer herabfiel. Lucien küßte sie auf die empfindsame Stelle an der Schulter, trat hinter sie und lockerte ihre dichten Strähnen, bis sie Arabella wie ein Samtumhang umhüllten.

»Sieh mal, Arabella«, murmelte er heiser an ihrem Ohr. »Sieh mal dort ... und sag mir, daß du nicht zu mir gehörst ... daß du mich nicht willst ...«

Als Arabella die Augen öffnete, sah sie im Spiegel der Kommode, wie sie nackt in Luciens Armen dastand. Aber sie erkannte sich kaum wieder. Diese benommene, verführerische Frau, das war doch sicherlich nicht sie! Ihr langes, offenes Haar war feucht und zerzaust, umrahmte ein zartes Gesicht, das von seinem Liebesspiel glühte. Unter den dunklen Rändern ihrer dichten Wimpern schimmerten leidenschaftlich ihre goldbraunen Augen. Ihr kirschroter Mund war feucht von seinen Küssen und selbst jetzt noch leicht geöffnet, als wartete sie noch auf mehr. Als wäre das, was sie soeben erlebt hatte, nur ein Vorspiel für das gewesen, was nun folgen mußte. Ihr graziöser Hals war entblößt, und ihr Kopf ruhte beglückt an seiner Schulter. Hell wie Abendnebel schimmerte ihre zarte Haut in dem gedämpften Licht, und die Schatten der flackernden Öllampen und Kerzen huschten über ihre vollen Brüste, deren Spitzen so dunkelrosa waren wie die Rosenblütenblätter, die über dem Bett ausgestreut lagen. Die weichen Locken zwischen ihren Schenkeln waren feucht. So hingebungsvoll wollüstig, wie ich mich fühle, sehe ich auch aus, dachte Arabella verblüfft. Sie hätte sich von dem verwirrenden Bild rasch abgewandt, doch Lucien, der sein Hemd abgestreift hatte, umschlang sie fester mit seinen Armen, und der faszinierende Anblick seiner dunkelbraunen Haut neben ihrer blassen bannte sie.

»Sieh hin«, verlangte er mit belegter Stimme.

Langsam strich er mit der Kuppe seines Daumens über ihre Unterlippe, ließ seine Finger zärtlich ihren Hals hinuntergleiten und umfaßte besitzergreifend ihre Brust, spielte mit der Spitze, bis sie sich erneut zusammenzog, aufrichtete und fest wurde. Arabella wollte nicht zusehen, doch irgendwie war sie so gebannt von diesen erotisierenden Bildern im Spiegel, daß sie sich nicht davon losreißen konnte. Er nahm ihr Ohrläppchen zwischen seine Zähne, biß sanft hinein und erzeugte eine Woge der Erregung, die durch ihren Körper rann, während seine Hand noch tiefer glitt, über ihren Bauch hinunter zu ihrem Hügel. Seine Augen leuchteten triumphierend, als er fühlte, wie sie warm und feucht wurde, kaum daß er sie berührte. Tief steckte er zwei seiner Finger in ihre weiche Grotte.

»Kein anderer Mann wird dich je so zu Gesicht bekommen, je so anfassen, Arabella«, murmelte er und verlieh seinen Worten mit den Bewegungen seiner Hand Nachdruck, entflammte sie erneut und brachte sie zum Schmelzen, so daß sie sich wie verrückt danach sehnte, erneut die Explosion zu erleben, die, wie sie jetzt wußte, die Befriedigung brachte. Diesmal jedoch ließ er ihre Sehnsucht unerfüllt und zog seine Finger absichtlich wieder zurück.

»Nein ...« Zu ihrer Schande vermochte sie nicht zu verhindern, daß dieser leise, bestürzte Aufschrei ihren Lippen entschlüpfte. »Nein ... bitte ...«

»Bitte was, Arabella?« erkundigte er sich heiser, küßte ihre Schulter und ließ sie durch seine Antwort wissen, was er von ihr zu hören wünschte.

»Bitte ... ich ... ich will ... dich, Lucien.« War das tatsächlich meine Stimme, habe ich das gesagt? fragte sie sich benommen. Irgendwie erschien es Arabella plötzlich so, als wäre sie zwei Personen. Die eine schaute noch in den Spiegel, konnte sich nicht von dem faszinierenden Bild lösen, das sich ihr bot, und die andere sah, wie sie mit einem Mal von Lucien hochgehoben und zum Himmelbett hinübergetragen wurde.

Sacht legte er Arabella mitten auf die Rosenblütenblätter, küßte sie und liebkoste sie kurz, bevor er sich von ihr löste, aufrichtete und verlangend auf sie hinunterschaute, während er nach seinem Gürtel griff, ihn öffnete und seine Hose samt der Unterwäsche abstreifte und beiseite warf. Nackt, wie er war, kam er zu ihr. In dem schwachen Licht der flackernden Kerzen und Öllampen wirkte er finster, halb Mensch, halb Tier wie schon in dem Unterschlupf unterm Jacarandabaum, als er über ihr kniete, seine kühne Lanze hart und prall vor Leidenschaft.

»Öffne deine Beine für mich, Arabella.«

Wie im Taumel tat sie, was er so leise, aber drängend forderte, so als hätte sie weder einen Verstand noch einen eigenen Willen.

Selbst die Scham und Verlegenheit, die sie empfand, weil sie sich ihm so darbot, waren nichts im Vergleich zu dem brennenden Verlangen, zu der heftigen Sehnsucht, die sie dazu trieb. Er faßte mit seinen Händen unter ihre Knie, hob ihre Beine an und spreizte sie noch weiter. Dann drängte er sich an sie, rieb sich an ihren feuchten Falten, die bebten und sich wie von selbst für ihn öffneten. Wieder und wieder streichelte er den winzigen Wonnepunkt, ließ seine männliche Kraft über sie gleiten, bis sie sich unter ihm wand und ihm entgegenbäumte, halbwahnsinnig vor Verlangen.

Erst dann drang er in sie, so hart, rasch und tief, daß ihr der Atem stockte und sie laut aufschrie. Sie umklammerte seinen Rücken, nahm ihn in sich auf, stemmte sich gegen ihn und ließ sich von ihm mitreißen auf einer Woge stürmischer Empfindungen, die ständig stärker und heftiger wurden, so wie seine Stöße. Sie kam sich vor wie im tosenden Meer. Die Woge spülte sie landeinwärts, verfing sich an Korallenriffen für eine flüchtige Ewigkeit, stieg noch höher, erreichte ihren Gipfel, kippte vornüber, stürzte auf Felsen und Treibgut herab und rollte dann sacht auf dem Regenbogenstrand aus. Als Arabella unter ihm lag, konnte sie sein Gesicht an ihrer Schulter fühlen, seinen warmen Atem auf ihrer Haut spüren, während er sich mit einem Aufstöhnen in sie ergoß. Dann sank er auf sie, drückte sie mit seinem ganzen Gewicht in die Matratze, ein Gewicht, das ihr inzwischen vertraut war und – ja, Arabella konnte es nicht länger leugnen – das sie sehr liebte.

Es war ein Teil von ihr. Selbst ihre Herzen schlugen jetzt noch im gleichen Rhythmus, und seine Lippen lagen auf ihren, so daß auch ihr Atem eins war. Erst nach einer geraumen Weile stemmte er sich hoch, küßte und streichelte sie, ehe er sich von ihr löste. Er ließ sich neben sie fallen, zog sie in seine starken Arme und drückte ihren Kopf an seine Brust. Er war wunderbar warm, und sie fühlte sich glücklich, einfach so in seinen Armen zu liegen, schläfrig und matt.

»Ich muß wirklich verrückt sein – oder schlicht liederlich.« Ihre Stimme war kaum mehr als ein Flüstern. Selbstvergessen spielte sie mit seinem feinen, seidigen Brusthaar.

»Nein, du bist bloß eine von Natur aus leidenschaftliche Frau, meine Süße.«

»Es ist aber nicht richtig, daß ich solche ... solche Freude an diesen Dingen habe, die du da mit mir machst, Lucien. Das ist beschämend, unanständig ...«

»Nein, ist es nicht. Nichts ist falsch, was zwischen Liebenden geschieht und wenn sie es beide wollen – und das ist etwas, das allen Frauen beigebracht werden sollte. Wenn es so wäre, würde es weniger kalte, leere Betten und weniger untreue Männer auf der Welt geben. Aber davor brauchst du keine Angst zu haben, Arabella. Du bist eine Frau, wie ich sie mir immer gewünscht habe. Ich habe kein Verlangen und kein Bedürfnis nach irgendeiner anderen und werde es auch nie bekommen, das schwöre ich dir.« Er hielt inne und erkundigte sich dann: »Hast du Hunger?« konnte sich aber ein Lächeln nicht verbeißen, als sie errötete. »Auf Essen, meine ich ... obwohl ich auf das andere auch einen Appetit habe, der nicht so rasch zu stillen ist. Das wirst du schon bald merken. Aber ich könnte mir vorstellen, daß du heute noch nichts gegessen hast, oder?«

»Ja, das stimmt.«

Lucien stand auf und schritt so nackt, wie er war, durch den Raum. Offenbar störte es ihn nicht, daß er nichts anhatte. An der Anrichte in der Küchennische füllte er einen Teller mit den Leckerbissen, die auf den Tabletts lagen. Aus halbgeschlossenen Augen musterte Arabella ihn verstohlen und bestaunte die kräftigen, sehnigen Partien seines Körpers, das Muskelspiel auf seinem Rücken, in seinen Beinen und Armen, das bei jeder Bewegung sichtbar wurde und sie, ohne daß sie es wollte, an ein Raubtier erinnerte. Und hatte sie nicht ebenso animalisch auf ihn reagiert? Aber ihm gefiel das sehr, und er zeigte sich gar nicht schockiert und gekränkt über ihre entfesselte Leidenschaft, so wie Gervase allein auf die Erwiderung seines Kusses reagiert hatte. Wie seltsam, daß sie sich ausgerechnet von Gervase, einem Gentleman, erniedrigt und herabgesetzt gefühlt hatte. Er hatte keine Leidenschaft von ihr gewollt und erwartet, nur eine pflichtschuldige Unterwürfigkeit.

Jetzt, als Arabella über Luciens Worte von vorhin nachdachte, wurde ihr klar, daß Gervase, hätte sie ihn geheiratet, bestimmt ein untreuer Ehemann gewesen wäre, der sie im Geiste auf ein Podest gehoben und sein Vergnügen deshalb woanders gesucht hätte, zweifellos bei diesen Frauen, die sie in *The Rocks* gesehen hatte. Wie viele Nächte hätte sie wohl allein, unberührt, ungeliebt in einem kalten, leeren Bett gelegen und wäre verwelkt wie eine Blume, der man Sonne und Regen nimmt?

Ein kalter Schauer lief ihr über den Rücken, als sie daran dachte, wie knapp sie diesem Schicksal entronnen war. Sie dachte an Onkel Philip und Tante Hennie, die getrennte Schlafzimmer hatten, und daran, wie oft Tante Hennie betrunken im Bett lag. Zum ersten Mal mutmaßte Arabella, daß Onkel Philip vielleicht nicht nur in der Stadt übernachtete, weil er viel zu tun hatte, sondern auch gelegentlich sein Vergnügen in *The Rocks* und bei den Huren dort suchte.

Abrupt richtete Arabella sich im Bett auf, zog das oberste Laken, das bis zum Fuße des Bettes aufgeschlagen gewesen war, über sich und klopfte die vielen Kissen hinter sich auf. Der süßliche, kräftige Duft der Rosenblütenblätter, die sie und Lucien zerdrückt hatten, stieg ihr in die Nase, vermischt mit dem moschusartigen Geruch ihrer vereinten Körper. Doch die Beschämung, die sie vorhin empfunden hatte, war verflogen. Selbst der Anblick der Narben und des Brandmals auf Luciens Rücken entsetzte sie nicht mehr so sehr wie zuvor. Sie vermochte einfach nicht zu glauben, daß jemand, der mit soviel Mühe und Sorgfalt ihr Brautnest vorbereitet und sie so unglaublich geduldig und unendlich zärtlich geliebt hatte, der Vergewaltigung und des Mordes fähig sein sollte.

»Lucien … diese … diese Frauen, die wir heute in *The Rocks* gesehen haben … macht es denen Spaß, was sie tun?« erkundigte sie sich, wenn auch zögernd. Aber länger vermochte sie ihre Neugier einfach nicht zu unterdrücken, und inzwischen wußte sie auch, daß sie mit ihm über alles sprechen konnte. Nichts würde ihn schockieren. Auch wäre er nicht brüskiert wegen ihrer undamenhaften Gedanken.

»Manchen vielleicht. Aber in Wirklichkeit, meine Süße, sind die meisten dieser armen Frauen nicht lüstern. Sie werden eher durch unglückliche Umstände in ein Leben getrieben, das für sie erniedrigend und höllisch ist. Weißt du, es besteht ein großer Unterschied zwischen dem, was wir beide miteinander erlebt haben, und dem, was zwischen Männern und Frauen für Geld abläuft oder auch nur der sexuellen Befriedigung wegen«, erwiderte er, als er zu ihr ins Bett zurückkehrte und den beladenen Teller hinstellte, um die Flasche Champagner zu öffnen und das helle Getränk in die Kristallgläser zu füllen, die vorhin zwischen den Fliederzweigen gestanden hatten.

»In … in welcher Hinsicht?«

»In vielerlei Hinsicht. Du hast *The Rocks* gesehen und auch, wie die Frauen dort leben. In der Zeit, die wir beide zusammen verbracht haben, würde eine dieser Hafenfrauen wahrscheinlich mit zwei oder drei verschiedenen Männern schlafen – manchmal sogar gleichzeitig. Und das Ganze würde sich nicht in einem solchen Nest abspielen, wie ich es hier in meiner Ein-Zimmer-Hütte für uns bereitet habe, sondern in irgendeinem engen Raum über einer dieser schmutzigen Rumkneipen auf einer dreckigen, verlausten Matratze, auf der wahrscheinlich nicht mal eine Decke oder ein Laken liegt. Die Männer sind meistens betrunken, eklig oder auch krank. Sie werden ausfallend, schlagen oder mißhandeln die Frauen in irgendeiner Weise, jedenfalls würde es sie nicht interessieren, ob die Frau willig oder bereit ist, genommen zu werden.«

»Bereit? Ich … ich verstehe nicht, was du meinst …«

»Das Küssen, das Streicheln und all das, Arabella … das erregt eine Frau, erzeugt die Sehnsucht bei ihr, den Mann in sich zu spüren, so daß sie sich für ihn öffnet, so wie du es für mich getan hast – und wieder tun wirst«, erklärte er und warf ihr einen triumphierend wissenden Blick zu, bei dem sie errötete. Wenn sie nur daran dachte, wie sehr sie ihn begehrt hatte, und jetzt sogar spürte, wie seine Nähe auf sie wirkte, erregte sie das erneut. »Aber stell dir vor, wenn ich dich statt dessen einfach gepackt und gewaltsam genommen hätte, schlimmer noch, vielleicht vorher geschlagen hätte. Wie hättest du dich dagegen wehren wollen? Im besten Fall würde dir der Akt keinen Spaß machen. Im schlimmsten jedoch wärst du körperlich verletzt, und wenn das oft genug geschieht, würdest du lernen, still, stumm und ergeben unter mir zu liegen, wie es den Frauen beigebracht wird und wie die meisten anderen Männer es von ihrer Ehefrau erwarten.«

»Du aber nicht.«

»Nein, aber ich bin auch nicht wie die meisten Männer.« Er hielt einen Moment inne und fuhr dann fort. »Meine Eltern waren glücklich miteinander und haben sich sehr geliebt. Und als ich alt genug war, um diese Dinge zu verstehen, wurde mir klar, daß es zum größten Teil daran lag, daß meine Mutter es gewagt hatte, sich gegen all das, was man ihr beigebracht hatte, zur Wehr zu setzen. Obwohl sie aus einer reichen, gebildeten Familie stammte, ist sie mit meinem Vater, einem einfachen Arbeiter, einem Knecht, der ihr bis auf seine Liebe wenig zu bieten hatte, durchgebrannt. Natürlich hat ihre Familie sie für diese unstandesgemäße Heirat enterbt und verstoßen, aber sie hat es nie bereut. Ich erinnere mich daran, daß meine Eltern sich oft geküßt, in die Arme genommen und an den Händen gehalten haben. Mein Vater hat meiner Mutter die Haare gebürstet. Sie hatte so schönes Haar wie du, Arabella. Und manchmal nachts hörte ich sie beide vor Glück schreien. Erst Jahre später verstand ich, warum.

Ich wollte dasselbe Glück in meiner Ehe haben. Aber meine erste Frau, Verity, war sehr jung, unerfahren und hatte Angst. Sie war furchtbar entsetzt über meinen Eifer, und nach den ersten wenigen Malen zeigte sich schon, daß wir beide zusammen keinen Spaß am Akt haben würden. Ich habe es nicht fertiggebracht, sie zu zwingen und mir ihre Heulerei anzuhören, also habe ich sie einfach in Ruhe gelassen.« Lucien hing seinen Erinnerungen nach und verstummte. Doch dann, nach einer Weile, fing er sich wieder und sagte munter: »Ich dachte, du hättest Hunger, Mädchen. Du hast kaum einen Bissen gegessen – und dabei sind die Erdbeeren von meinen eigenen Sträuchern, die Trauben von meinen eigenen Rebstöcken.«

Er fütterte sie und berichtete ihr dabei, daß alles, was sie auf dem Teller fand, von seinem Gut stammte, außer der Schokolade natürlich; das Fleisch von den Rindern, Schafen und Hühnern, die er hielt; der Käse, die Butter und die übrigen Milchprodukte aus seiner Molkerei; das Gemüse und Obst von seinen Feldern und aus seinem Garten. Sogar der Champagner kam aus seinem Weinkeller; der Zucker, in den sie die Erdbeeren und Trauben tunkten, von seinen Zuckerrohrfeldern; das Brot wurde aus dem Getreide seiner Kornfelder gebacken. Er brauchte nichts von anderen, sondern versorgte sich mit allem selbst. Arabella ahnte, daß diese wohlüberlegt aufgebaute Unabhängigkeit sicher mit seiner Vergangenheit zu tun hatte, und sehnte sich danach, noch mehr darüber zu erfahren.

Aber obwohl er von sich aus schon ein wenig über sich erzählt hatte, war sie klug genug, ihn nicht zu bedrängen oder auszufragen. Sie fühlte, daß Lucien die Annäherung an sie nicht leichtgefallen war, auch wenn er sie so sehr begehrte. Er hatte viele Jahre allein verbracht und verständlicherweise Abwehrmauern um sich errichtet, die sich nur mit der Zeit überwinden ließen. Wenn er tatsächlich, wie er behauptet hatte, am Mord seiner Frau unschuldig war, dann hatte er zu Unrecht im Gefängnis gesessen, war auf grausame Weise um vierzehn Jahre seines Lebens beraubt worden. Das machte seine Bitterkeit, sein Mißtrauen und seine anderen rauheren Verhaltensweisen verständlich, und sie konnte begreifen, daß er sie einfach entführt, zur Ehe gezwungen und von ihr verlangt hatte, ihm zu Willen zu sein. Obwohl er ihr damit eine Menge genommen hatte, hatte er ihr auch viel dafür gegeben. Als er sie daher erneut an sich zog, sträubte sie sich nicht, sondern sank willig in seine Arme.

Er liebte sie, bis die Kerzen in den Ständern verglommen, das Feuer im Herd verlosch und die Dämmerung am Horizont heraufzog. Es gab nichts, was er nicht mit ihr getan hätte, nichts, was er ihr nicht beigebracht hätte. Nie hätte sie sich träumen lassen, daß es solche wunderbaren Gefühle, solch ein überwältigendes Glück und solche Nähe zu einem anderen Menschen gäbe. Als es schließlich vorüber war und sie überglücklich in seinen Armen lag, wurde ihr bewußt, daß sie nie aufgehört hatte, ihn zu lieben.

Ob recht oder unrecht, er hatte ihr Herz erobert – jetzt und für immer.

»Ich liebe dich, Lucien«, flüsterte sie. Dann hob sie den Kopf und, da sie innerlich zu bewegt war, um noch etwas sagen zu können, preßte ihre Lippen auf das dunkle Brandmal an seiner Schulter, damit er verstand, was sie trotz allem für ihn fühlte.

»O Arabella … Arabella …« Seine Stimme klang rauh und heiser. Er drückte sie an sich, als würde er sie nie wieder loslassen wollen. »Ich habe mein ganzes Leben nach dir gesucht. Ich liebe dich auch, weißt du.«

Dann barg er sein Gesicht an ihrer Schulter, und sie drückte ihn liebevoll an sich, hielt ihn umfangen im grauen Morgenlicht, still, schweigend und mit brennendem Herzen, als seine Tränen ihre Haut benetzten.

17. KAPITEL

Erinnerungen

Volle drei Tage blieben sie in dem Blockhaus, gingen nirgends hin und bekamen niemanden zu Gesicht. Dann und wann stellte einer der Dienstboten ungesehen Körbe mit Essen und Trinken vor die Tür. Aber bis auf diese Alltäglichkeiten war es eher so, als wäre die Zeit stehengeblieben und es gäbe nur Arabella und Lucien auf der Welt. Ein solches Glück wie mit ihm zusammen hatte sie noch nie empfunden und konnte nicht mehr begreifen, daß sie sich einmal vor ihm gefürchtet, daß sie jemals an seiner Unschuld gezweifelt hatte. Sie wußte zwar auch jetzt noch nicht, wie oder warum er verurteilt und ins Gefängnis gekommen war, aber sie spürte, daß es zu Unrecht geschehen sein mußte.

»Erzählst du mir auch mehr über die Narben und das Brandmal?« fragte sie einmal, als sie zufrieden im Nachhall ihrer Leidenschaft nackt nebeneinander lagen. »Richard – Captain Bonniface – und Norah haben mir beide versichert, die Strafgefangenen würden gut behandelt, viele von ihnen bekämen im voraus ihren Entlassungsschein und müßten deshalb noch nicht mal einen Bruchteil ihrer Strafe verbüßen. Nur die uneinsichtigsten Gefangenen würden ausgepeitscht und gebrandmarkt. Aber jetzt, wo ich *The Rocks* gesehen habe und dich kenne, glaube ich, daß das nicht stimmt … daß Tilly, meine Zofe, aus gutem Grund Angst hatte, als sie zu mir kam … daß ihr grausam bestraft und grundlos ausgepeitscht wurdet, daß …« Arabella brach ab, als bei ihren Worten ein dunkler Schatten über Luciens Gesicht glitt, so als würde er sich plötzlich innerlich von ihr zurückziehen und verschließen.

Im ersten Moment schmerzte sie der Gedanke, denn sie wollte nicht wahrhaben, daß es trotz der Liebe, die er ihr gestanden hatte, noch Barrieren zwischen ihnen gab, Dinge, die er für sich behielt und die ihn oft finster und nachdenklich machen würden. Durch die schreckliche Vergangenheit hatte er nicht nur körperliche Narben davongetragen, sondern auch schwere seelische Wunden, die viel schlimmer waren und die niemand sehen konnte, die vielleicht nie richtig heilen würden, trotz allem Trost, den sie sich bemühte, ihm zu bieten. Dennoch spürte sie, sie mußte es versuchen, und jetzt, als er ihr nicht antwortete, sondern sich von ihr abwandte, wurde ihr schwer ums Herz. Er setzte sich hin, fuhr sich mit den Händen durch sein langes, zerzaustes Haar, griff nach seinem goldenen Zigarrenetui, das auf dem Nachttisch lag, zündete sich eine seiner dünnen schwarzen Stumpen an, sog kräftig daran und schenkte sich ein Glas Rum aus der Karaffe ein, die ebenfalls auf dem Nachttisch stand. In einem Zug leerte er das Glas und schluckte den brennenden Alkohol hinunter. Dann begann er zu erzählen, aber seine Stimme klang so tonlos, so ausdruckslos, daß seine Worte Arabella um so entsetzter und betroffener machten.

»Wir waren wie Sklaven in die Rümpfe der Transportschiffe gepfercht, waren mit so vielen auf engstem Raum, daß man kaum Luft bekam und kein bißchen Platz für sich hatte. Um die Plätze in den Kojen und Hängematten wurde gekämpft, denn wenn man keinen bekam, mußte man auf dem harten Boden schlafen. Selbst von dem schlechten Essen gab es nie genug, und auch das ungenießbare Wasser reichte nicht immer für alle. Sobald die Luken geschlossen waren, hatten wir weder frische Luft noch Licht. Öllampen und Kerzen waren verboten, sonst hätten wir ja ein Feuer an Bord entfachen können. Krankheiten waren bei uns an der Tagesordnung; die Wunden, die wir von den Eisenketten bekamen, entzündeten sich und eiterten in der Hitze. Maden nisteten sich in das faulende Fleisch, und nichts wurde jemals mit richtigen Medikamenten behandelt.

Denjenigen von uns, die es lebendig erreichten, erschien Van Diemen's Land wie ein Paradies. Es ist auch wirklich einer der wunderschönsten Orte auf der Erde, glaube ich. Daß ausgerechnet dort so etwas Häßliches wie Port Arthur Prison, das Gefängnis, in dem ich eingesperrt war, errichtet wurde, ist wohl eine der größten Ironien, einer der größten Frevel aller Zeiten. Es war die Hölle, ein streng durchorganisierter Polizeistaat, in neun Bezirke mit sieben verschiedenen Bestrafungsgraden eingeteilt. Port Arthur, Macquarie Harbor und Norfolk Island sind die schlimmsten Plätze, wo einer der Gefangenen hinkommen kann. Dort waren die Peitschen ungewöhnlich brutal. In Port Arthur wurden sie aus den härtesten Riemen gefertigt, besonders dick gedreht, zuerst in Salzwasser getunkt und dann an der Sonne getrocknet, so daß sie wie Drähte waren, und bekamen einundachtzig Knoten, die einem ins Fleisch schnitten.

Obwohl Charles O'Hara Booth, der Port Arthur leitete, als ich dort war, Einzelhaft der Peitsche vorzog, beliefen sich die körperlichen Züchtigungen, wenn er welche austeilen ließ, oft auf hundert Peitschenhiebe. Fluchtversuche – und ich habe mehr als einen unternommen – wurden ausschließlich so bestraft. Anschließend wurde man, außer es war gerade Mittagszeit oder Abend, zur Arbeit geschickt, den Rücken wie rohes Fleisch und mit Blut in den Schuhen. Ins Krankenhaus durfte man erst am folgenden Morgen – nicht daß es einem irgendwas gebracht hätte, dorthin zu gehen, denn da wurde einem nur von einem Sanitäter der Rücken abgewaschen und die Wunden mit einem ranzigen Schweinefett eingerieben. Danach, da man anschließend keine Kraft hatte, seine Arbeit im Kettenverband oder in den Minen zu verrichten, wurde man mit ziemlicher Wahrscheinlichkeit erneut wegen Nachlässigkeit ausgepeitscht.«

Ob er Arabellas schockiertes und erschüttertes Luftholen hörte oder bemerkte, daß ihr mittlerweile Tränen über die Wangen rannen, zeigte Lucien nicht. Er starrte blicklos in den Raum, und sie wußte, er befand sich in einer geistigen Hölle, wo seine Erinnerungen schwelten und eiterten wie das rohe, von Maden befallene Fleisch, von dem er vorhin gesprochen hatte.

»Die Einzelzellen waren gerade mal zwei Quadratmeter groß«, fuhr er in demselben dumpfen Tonfall fort. »Und stockfinster. Bis auf eine alte Matte, auf die man sich legen konnte, war nichts darin. Und nachts wird es sehr kalt auf Van Diemen's Land. Wenn man naß in diese Zellen kam, was man unweigerlich war, nachdem man vergebens versucht hatte, durch die Landenge von Eaglehawk Neck zu waten, der einzige Weg, um Van Diemen's Land zu Fuß zu verlassen, fror man sich halb zu Tode, weil man natürlich in einem solchen Fall keine trockenen Sachen bekam. Viele Wachposten standen am Neck, mit Hunden und Suchlichtern wurde das Ufer unter Kontrolle gehalten. An den Muschelschalen zerschnitt man sich die Füße, und die Beobachtungsposten hatten sich angewöhnt, am Strand Blut und Innereien auszuschütten, die sie von dem nur wenige Kilometer entfernten Schlachthof auf Forestier's Peninsula erhielten, um die Haie anzulocken. Die erwischten schließlich denjenigen, der den Wachen und Hunden entkommen war. Dann gab es noch Käfige, ähnlich wie Hundezwinger, in denen ein Mann angekettet werden konnte, mit einem Berg Steine davor, die er den Tag über zerhacken mußte. Und falls seine Eisenketten im Verhältnis zu seinem Verbrechen nicht schwer genug waren, bekam er noch das *Zehenholz,* einen kräftigen Holzbalken, der an seine Fußkette gehängt wurde und den er beim Gehen mit sich herumschleppte.

Noch schlimmer war es jedoch im Bergwerk von Norfolk Bay, wo man in den dunklen Stollen stundenlang Kohle hacken mußte und von einem erwartet wurde, daß mindestens dreißig Waggons pro Tag voll wurden. Dabei stand man die ganze Zeit in engen Schächten, die ständig drohten einzubrechen. Häufig lief auch Salzwasser hinein, da die tiefsten von ihnen etwa dreißig Meter unter dem Meeresspiegel liegen. Das Salz brennt fürchterlich in den Wunden, die man von den Fesseln bekommt – allerdings hilft es wenigstens, daß einem das offene Fleisch nicht fault.

Daß jemand gebrandmarkt wurde, kam nicht so häufig vor, aber die Gefängniswärter in Port Arthur waren die schlimmsten sadistischsten Hunde, die man sich vorstellen kann. Wenn sie einen haßten und sich genug mit Rum oder Wein betrunken hatten, suchten sie sich jemanden aus, den sie noch ein bißchen zusätzlich quälen konnten. Eines Abends kamen vier von ihnen zu mir. Einer von ihnen, Konstabler Hogg – Warzenschwein haben wir ihn genannt –, hatte ein Messer, und mir war klar, daß sie mich umbringen wollten oder gar Schlimmeres. Wir haben gekämpft ... davon habe ich diese hier ...« Er deutete auf die dünne Narbe auf seiner Wange. »Und irgendwie ist es mir während des Ringens gelungen, die Klinge in die Hand zu bekommen. Da habe ich das Warzenschwein erstochen. Hinterher haben mich die drei anderen gepackt und gebrandmarkt. Ich schätze jedoch, daß sie Angst hatten, einen Verweis zu bekommen, weil sie an der Sache beteiligt waren, und deshalb müssen sie die Leiche wohl später den Haien vorgeworfen haben. Denn es hat nie eine Klage gegen mich gegeben. Nicht mal eine Untersuchung hat stattgefunden.«

Lucien verstummte, inhalierte lang und tief an seinem Stumpen, ehe er ihn kräftig in einem Blechaschenbecher ausdrückte. Er schenkte sich noch ein zweites Glas Rum ein und leerte auch das in einem Zug. Dann erst wandte er sich Arabella zu.

»Jetzt weißt du alles«, sagte er leise, wischte ihr fast gedankenversunken die Tränen von den Wangen und strich ihr über die Lippen. »Nachdem ich meinen vorzeitigen Entlassungsschein erhalten hatte, folgte der Goldrausch. Ich setzte mich einfach über meine Bewährungsfrist hinweg und machte mich zum Ophirgebiet auf. Als ich dort ankam, war ich zum ersten Mal froh über die jahrelange, körperlich harte Arbeit.« Er streckte seine bloßen Arme aus, spannte seine kräftigen Muskeln an, so daß sie sehen konnte, wie sie sich unter seiner braunen Haut bewegten. »In wenigen Stunden konnte ich einen Schacht graben, für den die ›neuen Kameraden‹ Tage brauchten. Ich hatte viel Glück ... konnte die Behörden bestechen, damit sie nicht auf meiner Bewährungsfrist beharrten, die ich noch hätte einhalten müssen, kaufte mir das Grundstück und baute mir diese Hütte.

Ich dachte, das würde mir reichen – bis zu jenem Morgen, als ich dich am Strand fand, Arabella. Das Schicksal hatte dir übel mitgespielt ... und genau wie ich hast du schwer gekämpft, um zu überleben. Ich wollte dich gleich von dem Augenblick an, als ich dich gesehen hatte. Du warst weder eine Strafgefangene, die von hundert Männern benutzt worden war, noch eine von diesen Matronen, die bei jeder Berührung gleich erschrecken. Nein ... in dir steckten Leidenschaft und Feuer, Mädchen, gepaart mit einem klugen, wißbegierigen Verstand, einem Sinn fürs Praktische und einem gütigen, warmen Herz. Ein anderer Mann hätte diesen Geist unterdrückt, diesen Lebensfunken in dir erstickt. Das wollte und konnte ich nicht zulassen. Du warst für mich bestimmt, Arabella. Ich wußte das gleich – und du weißt es jetzt auch, nicht wahr?«

»Ja ... ja«, hauchte sie, als er sich plötzlich über sie legte, ihre Hände umfaßte und zu beiden Seiten ihres Kopfes festhielt, so daß sie sich ihm nicht entziehen konnte.

Begierig verschloß er ihr mit seinen Lippen den Mund, teilte ihn mit seiner Zunge, als sie sich für ihn öffnete und ihn tief in sich aufnahm, als könnte sie ihn ganz umschließen, in einen Kokon hüllen, vor der Welt und jeglichem weiteren Leid schützen. Wie im Fieber bog sie sich ihm entgegen, um seine heftigen, starken Stöße aufzufangen, denn sie spürte instinktiv, wie es ihm half, wenn auch nur für kurze Zeit, seine schrecklich qualvollen Erinnerungen zu verdrängen, wenn er sich in ihr verlor.

Diesmal nahm er sie wie ein wüster Sturm, riß sie mit und wirbelte sie durch die Luft. Sie erreichten ihren Höhepunkt rasch und schrien beide auf, dann erschauerten sie in der Stille, in der man nur noch das Schlagen ihrer Herzen hörte. Zärtlich und lächelnd schaute Lucien sie an, küßte sie, gab ihre Hände frei und löste sich von ihr. Er stützte sich auf einen Ellenbogen auf und strich mit seinen Fingern selbstvergessen über ihre Brüste, ihren Bauch, ihre Schenkel und die weichen feuchten Locken dazwischen. Nach einer Weile seufzte er und sagte zu ihr:

»So sehr ich das auch möchte, aber wir können nicht für immer hierbleiben, mein Schatz. Ich muß mich um mein Gut kümmern. Komm!« verlangte er, richtete sich widerstrebend auf und hielt ihr seine Hand hin. »Auch wenn ich es bedaure, aber es wird Zeit.«

»O Lucien, müssen wir ... wirklich schon gehen?«

»Findest du nicht, daß du jetzt mehr als genug bekommen hast?« Sein Blick und auch sein Lachen waren so anzüglich, daß sie errötete. »Außerdem will ich im Gegensatz zu anderen Ehemännern nicht, daß wir getrennte Schlafkammern haben. Mein Zimmer im Haupthaus ist groß genug für uns beide.«

»Tatsächlich? Was werden die Leute denn dazu sagen?«

»Offiziell werden sie sich den Mund zerreißen, sicher, und da wir durchgebrannt sind, werden sie wahrscheinlich auch Vermutungen anstellen, ob wir ein Siebenmonatskind bekommen. Im stillen jedoch werden sie uns um unser Glück beneiden.«

Ein Kind. Darüber hatte Arabella noch gar nicht nachgedacht. Unbewußt legte sie eine Hand auf ihren flachen Bauch und stellte sich vor, daß dort drinnen ein Kind wuchs, das Lucien gezeugt hatte.

»Ja, nach diesen drei Tagen ist es durchaus möglich, daß du ein Kind bekommst, meine Süße«, stellte er liebevoll fest, als hätte er ihre Gedanken erraten, und schaute ihr glücklich in die Augen.

»Und würdest du … dich darüber freuen?« fragte sie ein wenig scheu.

»Ja und ob. Ich würde mich riesig darüber freuen.«

Arabella schwieg einen Moment und dachte an Spitzenhäubchen und Wiegen. Dann riß sie sich aus ihren Gedanken, kniete sich hin und wagte ihre nächste Frage auszusprechen.

»Die Leute sagen, dein Gut hätte keinen Namen, Lucien. Stimmt das?«

»Eine Zeitlang war das so. Aber inzwischen habe ich ihm einen Namen gegeben. Allerdings wirst nur du verstehen, warum es so heißt, wie ich es getauft habe. Nämlich *Jacaranda*.«

Gerührt und erfreut richtete Arabella sich auf, schlang ihre Arme um seinen Nacken und küßte ihn stürmisch. Dann jedoch erschrak sie über ihre eigene Kühnheit und wollte sich ihm rasch entziehen. Aber er hielt sie fest, und sie sah ihm an, daß er nicht verärgert war.

»Und wirst du es mir selbst zeigen … das Haus und die Ländereien, meine ich?« fügte sie rasch hinzu, um ihre Verlegenheit zu verbergen. »Mir würde das gefallen … das heißt, natürlich nur, wenn du nicht zu beschäftigt bist.«

Ein leicht wehmütiges, halbwegs spöttisches Lächeln huschte um Luciens Lippen.

»Wie rasch du doch gelernt hast, mich mit deinem Charme zu umgarnen, Arabella, und wie lieb du um das bitten kannst, was du haben möchtest. Aber trotzdem gibt es noch ein paar Dinge, die ich dir beibringen muß. Davon abgesehen, werde ich immer dein Herr und Gebieter bleiben.«

»So, wirst du das, Lucien?« scherzte sie neckisch und schnappte gleich darauf erschrocken nach Luft, als er ihre Hüften umfaßte, sie einfach vom Bett hochstemmte, an seinem Körper herabgleiten ließ und mit seiner harten, steifen Männlichkeit füllte, die sich durch ihr stürmisches Küssen und Necken schon wieder aufgerichtet hatte. Er drehte sich mit ihr herum, drückte sie mit dem Rücken gegen den dicken, kräftigen Bettpfosten und hielt sie so fest, ohne sich in ihr zu bewegen.

»Na, was meinst du jetzt?« entgegnete er heiser und amüsiert auf ihre Frage. »Ich werde immer stärker sein als du, sonst würdest du mich auch nicht respektieren. Und jetzt zeige ich dir mal, wohin dein Betteln und Necken führt.«

Langsam, ohne seinen Blick von ihren Augen zu wenden, begann er, sich zu bewegen, drängte sich an sie, machte ihr seine Stärke bewußt, so mühelos, wie er sie festhielt, und zeigte ihr, welche Macht er besaß, sie zu erregen. Mit seinem Oberkörper streifte er ihre Brüste, massierte ihre Knospen, während jeder kühne, wilde Stoß fast qualvoll ihren angespannten, kleinen Wonnepunkt sacht streifte. Er rieb sich immer wieder schwach an ihr, bis sie sich verzweifelt nach Erlösung sehnte, sich an ihn klammerte, ihre Beine um seine Taille schlang und versuchte, ihn auf diese Weise tiefer in sich zu ziehen. Wie aus weiter Ferne hörte Arabella sich stöhnen, ihn heiser bedrängen, bis er sich schließlich heftiger an sie drängte, stärker in sie stieß und sie beide zu einem raschen Höhepunkt brachte.

Hinterher war sie so atemlos und zitterte so sehr am ganzen Körper, daß sie hingefallen wäre, hätte Lucien sie nicht festgehalten. Schließlich legte er sie sacht aufs Bett, entzog sich ihr, küßte sie auf die Lippen, die Brüste und legte besitzergreifend eine Hand auf ihren noch pochenden Hügel.

»Wasch dich und zieh dich an«, befahl er ihr. »Ehe alles, wofür ich so schwer gearbeitet habe, den Bach hinuntergeht oder wir beide vor Erschöpfung tot umfallen! Durch die zehn Jahre Gefängnis bin ich praktisch unersättlich, aber auch ich habe meine Grenzen, Mädchen – und ich glaube kaum, daß du noch mehr vertragen kannst, auch wenn ich vorsichtig war und darauf geachtet habe, daß du nicht zu wund wirst. Aber sicher ist es schlimmer, als ich es machen wollte.«

»Ja, ... aber nur ein bißchen«, gestand Arabella widerstrebend. Denn er war tatsächlich sehr behutsam gewesen, hatte sich Zeit genommen, sie richtig zu erregen, und gewartet, bis sie wirklich bereit war für ihn. Auch hatte er sie mehr als einmal mit einer lindernden Salbe eingerieben, damit sein Eindringen in sie leichter sein würde. Doch trotz des gelegentlichen Brennens hatte sie ihn genauso oft spüren wollen, wie er sie genommen hatte. »Aber das macht mir nichts.«

»Mag sein. Mir aber. Ich will dir nicht weh tun und muß dich in den nächsten Nächten weniger oft und sanfter nehmen, bis du nicht mehr so empfindlich bist und dich mehr daran gewöhnt hast, wie es ist, wenn ich dich ausfülle.« Nachdem er seine Hose angezogen hatte, setzte er einen Kessel aufs Feuer, um Wasser für ihr Badewasser heiß zu machen. Dann rollte er ein Bündel auseinander, das im Laufe des Tages von einem der ungesehenen Dienstboten gebracht und auf die Veranda gelegt worden war. »Hier sind frische Kleider für dich, und unter den Umständen, denke ich, wird Chrissie nichts dagegen haben, wenn du deine Trauerkleidung ablegst.«

Da erstarrte Arabella. Zum ersten Mal seit Tagen dachte sie an Chrissie. Sie sah Lucien an und schaute sich in dem Brautnest um, das er für sie vorbereitet hatte. So etwas Ähnliches mußte Chrissie auch erwartet haben, als sie mit Black Jack O'Flaherty davongelaufen war.

»Auf einmal ... habe ich ein schlechtes Gewissen, Lucien.« Tränen brannten Arabella in den Augen, als sie langsam aufstand und zu der Wanne hinüberging. »So glücklich zu sein ... wo sie in einem kalten Grab liegt.«

»Sie war deine Freundin, Arabella. Bestimmt würde sie dir nicht mißgönnen, daß du das gefunden hast, wonach auch sie sich gesehnt hat. Glaub mir, sie wäre froh gewesen, daß wenigstens einer von euch beiden diesem unglücklichen Haus entkommen konnte.«

»Woher willst du wissen, daß es ein unglückliches Haus war?«

»Glaub mir, ich weiß es. Der Colonel führt das Rum Corps mit eiserner Hand. Niemand nimmt an, daß er seinen Haushalt weniger streng beherrscht. Bei Mrs. Wyndham kann man die gleichen Symptome wie bei den Frauen vieler Offiziere und Gentlemen in New South Wales beobachten – und zwar die Symptome, die durch gewohnheitsmäßiges Trinken von Alkohol entstehen. Norah ist eine gehemmte, diktatorische alte Jungfer, und um seinen aufwendigen Lebensstil bezahlen zu können, bezieht Gervase ein zusätzliches Einkommen aus dem Rumschmuggel und unter anderem, wie ich stark vermute, für die Leitung einer Bande von ehemaligen Sträflingen, die zu tief ins Glas gucken.«

»Mein Gott, Lucien!« Arabella rang entsetzt nach Atem. »Sicher ... irrst du dich da! Was Gervase betrifft, meine ich. Und wenn das, was du sagst, tatsächlich stimmt, woher willst du ... so etwas wissen?«

»Meine Liebe, auch wenn ich mich sehr bemüht habe, die Redensarten, die im Gefängnis üblich waren, abzulegen – und an nichts anderem kann man einen ehemaligen Sträfling besser erkennen als an seiner Gefängnissprache, die übrigens auch seinen Aufstieg in der Gesellschaft verhindert –, so habe ich doch nichts davon vergessen und kann mich jederzeit mit den schlimmsten von ihnen unterhalten, wenn ich will. Auch hielt ich es nicht für klug, mich von all meinen früheren Gruppen abzusondern. Deshalb weiß ich eine Menge in New South Wales, wovon andere keine Ahnung haben. Leider war ich zu der Zeit, als Chrissie ihre Freiheit gesucht hat, in Melbourne, und ich bedaure das sehr. Hätte ich gewußt, daß sie mit dem Pferdeknecht der Wyndhams durchgebrannt war, hätte ich vielleicht etwas unternehmen können, um wenigstens das Schlimmste zu verhindern. Es tut mir aufrichtig leid, daß ich nicht rechtzeitig zurück war, um ihr das schreckliche Schicksal zu ersparen. Ich habe versucht, das wiedergutzumachen, indem ich mir ihre Leiche habe aushändigen lassen und ihr ein ordentliches Begräbnis gegeben habe. Du wirst sicherlich ihr Grab besuchen wollen, das kann ich mir gut denken. Aber bitte, wirf nicht das Glück, das wir beide gefunden haben, aus schlechtem Gewissen heraus weg, Arabella. Es würde nichts mehr ändern, außer uns beide betrüben.«

»Ja, du hast recht, sicher«, erwiderte sie nach kurzer Überlegung.

Arabella nahm den Kessel vom Feuer, füllte die Wanne, die Lucien gestern geleert hatte, während er von draußen kaltes Wasser holte, um es auf eine angenehme Badetemperatur zu bringen. Bald schon war sie fertig, so daß sie die Hütte verlassen konnten, obwohl Arabella bei dem Gedanken schwer ums Herz wurde. Hier war es genauso paradiesisch schön gewesen wie in den tropischen Wäldern. Doch von beiden Orten trug sie Erinnerungen im Herzen, als sie nach Luciens Hand griff.

Die gemietete Kutsche mit den Pferden hatten die Dienstboten dem Besitzer zurückgebracht, und er hatte, wie Lucien ihr erklärte, während sie sich zusammen auf den Weg machten, überlegt, daß es ihr vielleicht lieber wäre, zu Fuß zu gehen, da sie so gleich eine Gelegenheit hätte, etwas von dem Besitz zu sehen. Sie fühlte sich fröhlich und sorglos an seiner Seite, teils, weil sie so glücklich war, und teils, weil Lucien ihr beschädigtes Korsett nicht durch ein neues ersetzt hatte. Er hatte auch ihre Reifen und Krinolinen wegschaffen lassen. Das hellgrüne, mit Blumen verzierte Kleid aus Baumwollmusselin, das sie trug, war schlicht, ihre Unterröcke weich, ganz anders als die kratzenden Krinolinen. Arabella fühlte sich fast genauso frei wie in den tropischen Wäldern.

»Wenn ich es nicht besser wüßte, würde ich dich für ein Kind halten, meine Süße.« Ein amüsiertes Lächeln glitt über Luciens Gesicht, als er sie anschaute.

Sofort faßte sie mit einer Hand nach ihrem Haar. Sie hatte es offengelassen, wie er es gewollt hatte, und nur mit zwei Schildpattkämmen hinters Ohr zurückgesteckt. Außerdem war sie barfuß, trug Schuhe und Strümpfe in der Hand. Sie hatte es so sehr bedauert, daß sie schon die Hütte verlassen mußten, daß sie Lucien erlaubt hatte, sie anzuziehen, wie er sie gern sehen wollte.

Jetzt, im nachhinein, fiel ihr jedoch ein, daß sie wohl kaum wie die Frau des Hauses wirkte und schlecht vorbereitet war, seinen Dienstboten gegenüberzutreten. Aber Lucien lachte nur, als sie ihre Bedenken äußerte.

»Glaubst du wirklich, daß ich mir etwas daraus mache, was die Leute denken?« erkundigte er sich belustigt. »Dem einzigen Menschen, dem du gefallen mußt, das bin ich, Mädchen – und ich liebe dich so, wie du bist.«

Niemals würde Arabella diese Worte vergessen, denn genau in dem Moment kam das große Haus von *Jacaranda* in Sicht, und es war prachtvoller, als sie es für möglich gehalten hätte – ihr Zuhause.

18. KAPITEL

Jacaranda

Inmitten eines romantischen Wäldchens von Akazien und Gummibäumen lag *Jacarandas* herrliches dreigeschössiges Haus, aus weißen Ziegelsteinen erbaut, mit einem schwarzen Schieferdach und hohen Kaminen. Breite Holzveranden, tannengrün gestrichen, mit hohen schmalen Säulen, an denen Purpurwinde und Efeu hinaufwuchsen, umgaben das erste und zweite Stockwerk. Purpurwinde und Efeu umrankten auch die Leisten der weißen Ballustrade des oberen Balkons. Holzjalousien, passend zur Veranda gestrichen, zierten die hohen Türen, die von jedem Zimmer des Hauses auf die schattige Terrasse führten, wo die kühle Meeresbrise die Hitze der langen, heißen Sommer Australiens milderte. Hier und da waren weiße Holzstützen mit Bougainvillea und Hibiskus bewachsen, die aus grünen Kübeln an den Wänden emporkletterten. Eine gewundene Auffahrt, mit zerdrückten Muschelschalen bedeckt, die sich glitzernd von dem einladend grünen Rasen rundherum abhoben, führte zum Haus. Auf der Rückseite, in der Gartenanlage mit den serpentinenförmigen Plattenwegen, stand eine riesige, vornehme Laube mit aufwendigen Holzverzierungen und einer ebenso großen, reizenden Voliere, in der Mate, Luciens Kakadu, mit einer Reihe anderer einheimischer Vögel untergebracht war.

»Hallo, Arabella«, krächzte Mate, als er sie sah.

»Hallo, Mate, du hübscher Vogel«, erwiderte sie erfreut und trat dicht an die Voliere, bevor Lucien sie mit sich zum Haus zog.

Innen war das Haus genauso schön wie von außen. Die geräumigen Zimmer hatten hohe Decken, weißverputzte Wände und, in einem herrlichen Kontrast dazu, dunkle Parkettböden, die mit Aubusson-Teppichen bedeckt waren. Eine prachtvolle Treppe, die bis zur zweiten Etage hinaufführte, beherrschte die Mitte der riesigen Eingangshalle, zu deren rechter Seite der Salon und zu deren linker der Eßsaal lagen. Die Einrichtung war spärlich, aber erlesen, so daß alles eine großflächige, harmonische Eleganz und Anmut erhielt, die Arabella begeisterte. Ganz offensichtlich besaß Lucien einen ausgezeichneten Geschmack. Schon beim Hineingehen wandte sie sich ihm zu und strahlte übers ganze Gesicht.

»O Lucien, schöner ... hätte ich es mir nicht ausmalen können.«

»Es freut mich, daß es dir gefällt, meine Liebe.«

Er zog sie mit sich und stellte sie der Dienerschaft vor, die sich bereits in der Halle versammelt hatte und darauf wartete, sie begrüßen zu können. Zu ihrer großen Überraschung und Erleichterung befanden sich Tilly und Declan auch darunter. Lucien hatte zu Recht vermutet, daß der Colonel beide, das Dienstmädchen wie auch den Pferdeknecht, nach Arabellas Verschwinden ohne Empfehlungsschreiben entlassen würde, sobald er erfuhr, daß sie an Arabellas Treffen mit Lucien beteiligt gewesen waren. Deshalb hatte Lucien sich darum gekümmert, daß die beiden auf *Jacaranda* eingestellt wurden. Die angebotenen Positionen hatten Tilly und Declan natürlich sofort angenommen, als sie hörten, daß ihr neuer Arbeitgeber Arabella geheiratet hatte.

»Ich dachte, sicherlich wäre es für dich leichter, wenn du auch ein paar vertraute Gesichter um dich hast«, erklärte Lucien ihr, »und da mir schien, daß du Tilly ziemlich gut leiden mochtest ...«

»Ja, das ist der Fall«, bestätigte sie ihm und umarmte das Dienstmädchen, dem die Tränen in den Augen standen. »Ich ... ich bin richtig überwältigt von deiner Güte, Lucien. Ich weiß gar nicht, wie ich dir dafür danken soll.«

»Das zeige ich dir ... heute abend«, raunte er ihr zu.

Ein Blick von ihm genügte, und sie erschauerte, spürte, wie ihre Knie weich wurden und Sehnsucht sie erfaßte. Es ist fast so, als wäre er ein Zauberer, als hätte er mich in seinen dämonischen Bann geschlagen, dachte sie – eine Vorstellung, die sich in den kommenden Tagen noch verstärkte, als ihr neues Leben auf *Jacaranda* Gestalt annahm.

Arabella liebte das Gut. Ein wenig glich es Darracott Hall. Und jetzt, wo sie von Tante Hennies und Norahs Schutzherrschaft befreit war, nahm Arabella wie von selbst die führende Rolle im Haushalt ein, die sie einmal im Hause ihres Vaters innegehabt hatte, so daß es eine Menge gab, womit sie beschäftigt war. Von der Dienerschaft wurde sie in ihrer Arbeit bereitwillig unterstützt. Obwohl auch Lucien, wie alle anderen Gutsbesitzer, ehemalige Strafgefangene beschäftigte, verhielten sich seine Leute wesentlich respektvoller und waren fleißiger, als Arabella es in Wyndham House und auf *Blue Trees* erlebt hatte.

Da es in den Kolonien so schwer war, gute Arbeitskräfte zu bekommen, kam es gar nicht selten vor, daß die Dienstboten der Herrin eines Haushalts schroff entgegentraten und auch sonst wenig Respekt zeigten. Lucien jedoch duldete ein solches Betragen nicht. Er setzte allerdings auch nicht, wie viele andere, die Peitsche oder ähnlich grausame Bestrafungsmittel ein, die vom Gesetz her erlaubt waren. Doch einmal hatte er sich bis auf die Hose ausgezogen und einen recht aggressiven Kutscher mit bloßen Fäusten verprügelt. Daß Lucien selbst ein ehemaliger Sträfling war, wie man an seinen Narben und dem Brandmal erkennen konnte, und daß er die höchsten Löhne weit und breit zahlte, waren zwei weitere Gründe, warum die Dienerschaft sich willig zeigte.

Lucien selbst arbeitete jedoch auf *Jacaranda* am härtesten, stand schon um sechs Uhr morgens auf und begab sich manchmal erst in den frühen Morgenstunden zur Ruhe. Wenn er nicht mit Arabella zusammen über der Buchführung saß oder ihr bei irgendeiner ihrer Haushaltspflichten zur Hand ging, dann war er damit beschäftigt, sich um die Weiden, Weingärten und Felder zu kümmern und überall nach dem Rechten zu sehen, damit er über alles die Kontrolle behielt, was er so hart erarbeitet hatte. Von denen, die für ihn arbeiteten, verlangte er nicht mehr, als er selbst hätte bewältigen können. Darüber hinaus hatte er an niemanden irgendwelche Erwartungen, da er aus den Jahren im Gefängnis gelernt hatte, sich nur auf sich selbst zu verlassen. Was er an Bildung besaß, verdankte er seiner Mutter. Alles übrige hatte er durch die harte Schule des Lebens gelernt, durch die er gegangen war, und er hatte nie vergessen, was ihm beigebracht worden war. Er hatte das geschafft, wovor die Gesellschaft sich am meisten fürchtete: Er war aus eigener Kraft emporgekommen – und er war stolz darauf.

Je besser Arabella ihn kennenlernte, desto mehr erkannte sie, wie vielschichtig Lucien war. Seine Schwächen wie seine Arroganz, seine Anmaßung und sein hitziges Temperament wurden durch seine Intelligenz, sein Mitgefühl und seinen Sinn für Humor ausgeglichen. Doch so schwer er auch arbeitete, er verstand es ebenso, sich zu vergnügen.

Es gab Tage, da weckte er sie morgens, neckte und kitzelte sie, bis sie vor Lachen prustete und schreiend um Gnade flehte, worauf er sie dann liebte, oft mit einer unerwarteten Wildheit. Dann gab es Nachmittage, an denen er Arabella urplötzlich auf eine Spazierfahrt mitnahm, entweder zu einem Picknick unter den Gummibäumen oder nach Sydney, wo sie sich anderweitig amüsierten, oder aber zu dem Blockhaus, in dem sie die ersten Tage ihrer Ehe verbracht hatten. Dort nahm er sie dann absichtlich so langsam, daß sie schließlich, verzweifelt und halbwahnsinnig, um Erlösung bettelte, ehe er ihr alles schenkte. Es gab auch Nächte, in denen sie zusammensaßen und sich unterhielten. Dann erfuhr Arabella mehr über Luciens Gedanken und Gefühle, als er jemals einem anderen Menschen anvertraut hatte. Und sein Vertrauen berührte sie zutiefst.

Manchmal, wenn sie ihn ansah, wurde ihr warm ums Herz, so sehr liebte sie ihn. Sie strich mit dem Finger über die Narbe auf seiner Wange und über die zahlreichen auf seinem Rücken und betastete das Brandmal an seiner Schulter. In den weißen, buckligen Striemen und Bögen entdeckte sie nach und nach eine Schönheit, wie sie ihr zuvor nicht aufgefallen war, und sah in ihnen vor allem das sichtbare Zeugnis, wie stark sein Überlebenswille war. Daß er sie liebte, konnte sie nicht bezweifeln. Es stand ihm deutlich in den leuchtenden Augen geschrieben, wenn er sie anschaute. Und seine unbändige Leidenschaft, die mitunter erschreckend und aufregend zugleich war, erzeugte eine Glut in ihr, die sie innerlich in Flammen setzte. Manchmal machte es ihr geradezu angst, wenn sie spürte, wie sehr sie ihn liebte und wie glücklich sie war. Oft bekam sie das Gefühl, ihr Leben wäre zu schön, um wahr zu sein, und sie fürchtete, jeden Moment könnte ihr dieses Glück entrissen werden, so wie sie es schon einmal erlebt hatte, als so unerwartet das Unwetter über die *Heather Rose* hereingebrochen war.

Lucien jedoch lachte sie für ihre Furcht nur aus.

»Mein Gott, glaubst du wirklich, ich würde es zulassen, daß dir etwas passiert oder uns beiden? Den Tag wird es nie geben, Mädchen! Und jetzt zieh dieses hübsche, aber vollkommen unpraktische Kleid aus, sonst reiße ich es dir einfach herunter!«

Dennoch wollte Arabellas ungute Ahnung nicht weichen.

Zum Teil lag das an der Tatsache, daß Lucien sich ein paar Tage nach ihrer Rückkehr nach *Jacaranda* schließlich gnädigerweise herabgelassen hatte, Onkel Philip aufzusuchen. Irgendwie war es Lucien gelungen, ihren Vormund dazu zu überreden, daß er Arabellas Erbe freigab. Wie sie sich gut vorstellen konnte, hatte er das bestimmt nur erreicht, indem er Onkel Philip mit Gervases Schuldscheinen gedroht hatte, die Lucien in seinem Arbeitszimmer in einen Safe geschlossen hatte – »zur Sicherheit«, hatte er grimmig erklärt, als Arabella es gewagt hatte, ihn danach zu fragen.

»Aber ich habe doch getan, was du wolltest, Lucien«, hatte sie verwirrt und erschrocken protestiert. »Du hast bekommen, was du wolltest. Ich habe dich geheiratet. Es gibt keinen Grund mehr, die Wyndhams zu ruinieren. Bitte, händige Gervase die Scheine aus.«

»Den Teufel werde ich tun«, hatte er sie sofort angefahren und einen so erbosten Gesichtsausdruck bekommen, daß Arabella einen Schritt zurückgewichen war und all ihre Befürchtungen ihm gegenüber schlagartig wieder auftauchten. Als er sah, wie entsetzt sie ihn anschaute, dämpfte Lucien seine Stimme. »Du brauchst keine Angst zu haben, Arabella. Dir würde ich nie etwas antun. Das mußt du doch inzwischen wissen. Bitte, glaub mir, wenn ich dir sage, daß ich berechtigte Gründe dafür habe.«

»Na gut, Lucien«, hatte sie nach einiger Überlegung gesagt. Sie wollte nicht das Gefühl haben, daß sie ihm nicht vertrauen konnte, daß seine Liebesgeständnisse nur Lüge sein sollten.

Danach wäre Arabella vielleicht eher geneigt gewesen, ihm zu mißtrauen, hätte sie nicht überall um sich herum gesehen, daß Lucien besaß, was er brauchte, und auch nicht, wie sich herausstellte, auf ihr Erbe aus war. Denn nach der Überschreibung auf ihn hatte er ihr das gesamte Vermögen übergeben und extra ein Konto auf ihren Namen bei einer Bank in Sydney eingerichtet, über das sämtliche Fonds abgewickelt wurden.

»Damit wir uns richtig verstehen: Es ist dein Geld, meine Süße. Du kannst damit machen, was du willst. Ich brauche es nicht, und ich will auch nicht, daß die Leute mir nachsagen, ich hätte dich nur wegen deines Erbes geheiratet. Unter den Umständen wird so schon genug geredet, ohne daß wir noch Öl ins Feuer gießen«, erklärte er trocken. Denn obwohl die meisten Landadeligen noch auf ihren Sommergütern weilten und erst in Kürze in ihre Stadthäuser in Sydney zurückkehren würden, waren die Gerüchte über sie und Lucien längst im Umlauf. »Allerdings«, fuhr er fort, »verstehe ich etwas von den Geschäften, die hier in den Kolonien abgewickelt werden, während deine Erfahrungen sich auf Darracott Hall beschränken. Wenn es dir recht ist, gebe ich dir gern Ratschläge, welche finanziellen Investitionen du vielleicht vornehmen solltest. Es sind ein paar Anlagen dabei, die sowohl dein Vater wie auch der Colonel in den vergangenen Jahren für dich gemacht haben und die klugerweise bestehenbleiben sollten. Einige der Aktien allerdings sollten besser verkauft und der daraus erzielte Gewinn anderweitig eingesetzt werden.«

»Habe ich genug Geld, um mir ein Haus in der Stadt zu kaufen?« erkundigte sich Arabella nachdenklich.

Luciens Gesicht verfinsterte sich, und er hob fragend eine Braue.

»Aus welchem Grund, wenn ich fragen darf, Mädchen? Ich besitze bereits ein Haus in Sydney, wie du weißt. Machst du dir immer noch Gedanken wegen Gervases Schuldscheinen? Willst du mich etwa verlassen? Falls dir das vorschwebt, schlag es dir gleich aus dem Kopf. Das werde ich nie und nimmer zulassen.«

»Nein … nein, an so etwas hatte ich nicht gedacht. Wie kommst du nur darauf? Ich will ein Heim für … strafgefangene Frauen gründen, um ihnen zu helfen, damit sie nicht auf der Straße landen oder in solchen Vierteln wie *The Rocks*. Ich dachte, wenn die Frauen vielleicht angelernt werden, damit sie eine Stellung finden …« Als sie Luciens zynisches und zugleich mitleidiges Lächeln sah, brach sie befangen ab.

»Meine liebe Arabella, du kannst nicht die ganze Welt retten«, erklärte er amüsiert.

»Das vielleicht nicht. Aber ich kann zumindest versuchen, etwas zu verändern. Du als ehemaliger Sträfling müßtest das doch verstehen.« Sie hielt einen Moment inne und nahm allen Mut zusammen für das, was sie als nächstes sagen wollte. »Und vielleicht … vielleicht, wenn die Frauen zu mir kommen, erfahre ich etwas über Chrissie, über den Mord.«

»Arabella, ich dachte, wir hätten uns geeinigt, daß du die Sache mir überläßt.« Lucien wurde ernst, und Verärgerung wie auch Besorgnis waren ihm deutlich anzusehen.

»Ich weiß, aber ich möchte irgendwie mithelfen. Täglich besuche ich ihr Grab, und ich … ich kann es einfach nicht glauben, daß sie nicht mehr da ist, daß niemand sich für ihren Tod interessiert.«

»Das stimmt ja nicht. Ich ziehe schon Erkundigungen ein, nur, solche Sachen dauern ihre Zeit, und leider ist es wenig hilfreich, daß Black Jack schon einige Tage nach Chrissies Ermordung bei einer Rauferei in einer Rumkneipe erstochen wurde. Dennoch muß ich erneut darauf bestehen, daß du dich nicht in diese Angelegenheit einmischst. Nur unter der Bedingung werde ich dem Haus für strafgefangene Frauen zustimmen und mich nach einem passenden Besitz umsehen. Aber du mußt mir fest versprechen, Arabella, daß du es mir überläßt, den Mord an Chrissie auf meine Art aufzuklären.«

»Gut«, stimmte sie ihm schließlich zu. »Ich verspreche es.«

Sie standen auf dem Balkon vor ihrem Schlafzimmer. Silbern schimmerte der Mond am tiefschwarzen Firmament, sandte seine Strahlen durch die Zweige der Bäume und malte zarte Muster auf den Boden. Die Sterne glitzerten wie die Funken einer riesengroßen Feuersonne, die mitten in ihrer rasanten Drehung erstarren würde. Die säuselnde Brise war feucht vom Meer und vom nahe gelegenen Fluß. Ihr Geruch vermischte sich mit dem Duft der Gummibäume und der Purpurwinden, die die Leisten der Balustrade umrankten. Von unten aus dem Garten wehte ihnen das Parfüm der Bougainvillea und Hibiskuspflanzen entgegen, die sich an den Kletterstützen emporrankten, sowie der Rosen und anderer Blumen, die dort blühten, wie auch der Wohlgeruch schwerer, fruchtbarer Erde. Die Stille der Nacht wurde nur vom Gesang der Nachtvögel, dem Quaken der Frösche, dem Zirpen der Heuschrecken und Grillen sowie dem Heulen eines Dingos in der Ferne unterbrochen. Es herrschte eine friedliche Atmosphäre, doch plötzlich zuckte Arabella zusammen.

»Was hast du, meine Liebe? Ist dir kalt?« Lucien zog sie an sich und rieb mit beiden Händen über ihre bloßen Arme, um sie zu wärmen.

»Nein ... es ist bloß ... seit unserer Hochzeit habe ich an manchen Tagen das Gefühl, Lucien, als würde mich jemand ... na ja, beobachten.«

»Dich beobachten?« Luciens Ton wurde sogleich schärfer, sein Griff rauher, als er sie zu sich umdrehte. »Davon hast du bis jetzt noch kein Wort gesagt, Arabella! Warum nicht?«

»Weil ich zuerst gedacht habe, es wäre nur Einbildung, ich kam mir albern vor, so viel Wind um nichts zu machen ... um bloße Phantasien. Obwohl ich dann versucht habe, das zu vergessen, bin ich das Gefühl nicht losgeworden. Und jetzt eben ... war mir so merkwürdig, als wäre ein Paar Augen auf mich gerichtet, als würde uns jemand von da draußen beobachten, Lucien ... mich beobachten!«

»Geh sofort ins Schlafzimmer!« befahl er ihr leise. »Zieh die Gardine zu, schließ hinter dir ab und mach niemandem außer mir auf! Hast du verstanden?«

»Ja, aber ...«

»Keine Fragen, Arabella. Tu, was ich dir sage.«

Lucien wartete, bis sie sicher in ihrem Zimmer war, und er

hörte, daß sie die Terrassentüren abschloß, und sah, wie sie die durchsichtigen Vorhänge zuzog. Dann schlich er sich vom Balkon hinunter.

Vom Schlafzimmer aus beobachtete Arabella, wie sein Schatten an den Terrassentüren vorbeiglitt und dann in der Dunkelheit verschwand. Er war weg – aber in welche Gefahr er sich dabei begab, wußte sie nicht. Konnte es sein, daß sie sich nicht geirrt hatte und sich da draußen tatsächlich jemand herumtrieb? Aber wer – und warum? Plötzlich fiel ihr ein, daß Lucien gesagt hatte, wenn sie versuchen sollte, mehr über Chrissies Mord zu erfahren, würde sie sich auf etwas einlassen, wovon sie nichts verstünde, würde sie sich in Gefahr begeben. Zum ersten Mal vermutete Arabella, daß er in der Hinsicht wohl die Wahrheit gesagt hatte und sie damit nicht nur von *The Rocks* fernhalten wollte. Angst um Lucien befiel sie. Was wollte er machen, wenn ihm dort draußen jemand auflauerte, eine Gruppe entflohener Häftlinge oder ehemalige Sträflinge, die die Gegend unsicher machten? So stark und klug er auch war, Lucien war allein.

Obwohl nach der goldverzierten Uhr, die auf dem Kaminsims über dem Feuer tickte, nicht mehr als dreißig Minuten vergangen waren, kam es Arabella so vor, als wären Stunden verstrichen. Unruhig, wie ein Tier im Käfig, lief sie auf und ab und machte sich Sorgen um Lucien. Mehr als einmal trat sie an die Terrassentüren, war versucht, sie aufzuschließen, nach draußen zu gehen und nach ihm Ausschau zu halten. Nur der Gedanke, wie wütend er werden würde, sollte er merken, daß sie seinem Befehl nicht gehorcht hatte, hielt sie davon ab. Eine Seite der Gardine zog sie leicht zurück und spähte in die Dunkelheit, konnte aber nichts erkennen. Ebensowenig konnte sie etwas hören, als sie ihr Ohr an die Scheibe preßte. Das war vielleicht ein gutes Zeichen. Sicher hätte sie etwas gehört, wenn Lucien irgendwie in Schwierigkeiten gesteckt hätte. Ohne Kampf würde er sich sicherlich nicht ergeben.

Dann schließlich kehrte er zu ihrer Erleichterung zurück. Er stieg so leise auf den Balkon, daß Arabella ihn nicht kommen hörte und sich mächtig erschreckte, als plötzlich ein großer Schatten vor den Terrassentüren sichtbar war. Doch da klopfte Lucien schon gebieterisch an und befahl ihr, ihm zu öffnen. Erleichtert ließ sie ihn herein.

»Hast du jemanden gesehen?« fragte sie.

Er schüttelte den Kopf. »Nein, aber ich glaube, daß du recht hast und sich jemand hier herumtreibt. Es hat ein paar kleinere Probleme gegeben – ein paar Rinder und ein paar Schafe wurden gestohlen, die Ernte auf einigen Feldern niedergetrampelt und ein paar Geräte demoliert. Weißt du, diese Dinge sind nicht weiter ungewöhnlich. Jeden Farmer treffen solche Unglücke, besonders die kleineren werden häufig von Banden entkommener Sträflinge oder ehemaliger Gefangenen heimgesucht. Dennoch halte ich es für richtiger, ein paar zusätzliche Wachposten aufzustellen, die alles unter Beobachtung halten. Außerdem möchte ich nicht, daß du in nächster Zeit allein ausreitest, Arabella. Ich will nicht, daß dir etwas passiert. Dich zu verlieren, könnte ich nicht ertragen.«

Stürmisch verschloß er ihr den Mund mit seinen Lippen, hob sie auf die Arme und trug sie zu ihrem Bett, wo er sie in die Kissen legte und sie wie im Fieber an sich preßte, während er sie ins Paradies entführte, um ihr seine tiefe Liebe zu beweisen.

Ein paar Tage später wurden die Nebengebäude auf *Jacaranda* in Brand gesteckt. Das Gut hatte eine Größe von mehreren hundert Hektar, und trotz der zusätzlichen Wachen, die Lucien postiert hatte, waren einfach nicht genug Männer da, um den gesamten Besitz abzusichern. Mitten in der Nacht wurde der ganze Haushalt durch die Glocke alarmiert, die im allgemeinen die Helfer zum Essen rief. Einer der Wächter hatte die Flammen bemerkt und sofort Alarm geschlagen. Mit grimmiger Miene zog Lucien sich hastig an. Feuer war eine der gefürchtetsten Katastrophen in den Kolonien. Es konnte sich über Felder und Weiden, bis in die Savannen und Wälder ausdehnen und alles zerstören, so daß der Boden anschließend weder für Mensch noch Tier nutzbar war. Känguruhs, Wallabys, Koalabären, Rinder, Schafe ... sie alle flüchteten um ihr Leben vor den Feuersbrünsten, die die Natur so manches Mal mit einem Blitz entfachte, aber die ebensogut mit nur einem Streichholz von einem Menschen gelegt werden konnten. Ein kontrollierter Brand mochte für den Boden gut sein, das wußte Arabella, aber ein verheerendes Feuer war etwas völlig anderes.

Draußen übernahm Lucien sofort die Kontrolle, teilte gleich an alle Befehle aus und brachte Ordnung in das Chaos, das entstanden war, weil Männer und Frauen kreuz und quer mit Wasser zu den brennenden Gebäuden hinüberrannten. Die hastigen und recht unwirksamen Versuche, das Feuer einzudämmen, wurden so rasch in Bahnen gelenkt. Sie bildeten eine Kette zum Fluß hinunter, um die Wassereimer weiterzureichen, und hoben einen Graben um die Nebengebäude aus, damit sich das Feuer nicht weiter ausdehnen konnte.

Arabella gab ihre eigenen Befehle, die ebenso rasch befolgt wurden. Einige der Frauen schickte sie sofort ins Haus zurück, Medikamente und Verbandszeug für Verbrennungen, Schnitte oder Abschürfungen zu holen. Die übrigen Frauen sollten schon währenddessen Essen und Getränke für die Feuerbekämpfer vorbereiten.

Beißender, wabender Rauch und umherfliegende Kohlepartikel füllten die Luft, erschwerten die Sicht und das Atmen. Aber irgendwann gegen Morgengrauen war das Feuer endlich gelöscht. Als das verkohlte Holz der Nebengebäude nur noch knisterte und schwelte, schätzten Lucien und Arabella ihre Lage ein.

»Nun, es könnte schlimmer sein«, bemerkte er, als er sich den Schaden ansah. »Zumindest ist niemand ernsthaft verletzt worden – Gott sei Dank –, und wir haben nur ein paar der Nebengebäude vollkommen verloren. Die übrigen können wir reparieren. Ich habe schon einen der Männer nach Sydney geschickt, um Anzeige zu erstatten, auch wenn ich nicht damit rechne, daß es etwas nützt.«

»Dann glaubst du, daß es Brandstiftung war«, bemerkte Arabella.

»O ja. Daran besteht eigentlich kein Zweifel. Der Gestank nach Öl war unverkennbar, und außerdem haben wir ein paar leere Ölkanister gefunden.«

»Aber … wer würde so etwas machen – und warum?«

»Ich habe da so meinen Verdacht. Aber natürlich kann ich ohne Beweis recht wenig unternehmen, außer in Zukunft grundsätzlich besser aufzupassen. Komm, Arabella, du bist zum Umfallen müde und auch noch von oben bis unten mit Ruß verschmiert.«

»Du auch«, erwiderte sie mit einem müden Lächeln, war aber nur zu glücklich, sich von Lucien stützen zu lassen, und schlang ihren Arm um seine Taille, als er sie zum Haus zurückführte.

Ihre Muskeln schmerzten vom Heben der schweren Wassereimer, die sie in der Kette weitergereicht hatten, und sie hatte Schwielen an den Händen, die sie noch die nächsten Tage spüren würde. Ich hätte mir Handschuhe anziehen sollen, fiel ihr im nachhinein ein, aber als sie die Flammen gesehen hatte, war ihr einziger Gedanke gewesen, daß sie sich auf gar keinen Fall bis zu den Ställen und dem Haus ausbreiten durften. Sie hatte wie eine Verrückte dafür gekämpft, ihr Heim zu retten. Erst jetzt fiel ihr auf, wie sie aussah, in ihrem Nachthemd und dem Morgenmantel, der schwarz befleckt war vom Rauch und der Asche, und das Haar vollkommen zerzaust. Aber Lucien, entblößt bis zur Taille, sah nicht besser aus. Er war verschwitzt und rußig und hatte sich an manchen Stellen die Haut verbrannt, weil er einfach zu nah an die Flammen geraten war.

Sie ließ das Bad richten, das sie teilten. Gegenseitig seiften sie sich ab, wuschen sich und versorgten ihre Wunden. Nach dem Frühstück kehrten sie erschöpft ins Bett zurück, schliefen bis zum Mittag und liebten sich erst einmal, als sie aufwachten, ehe sie widerstrebend aufstanden und sich um die Arbeit kümmerten. Es dauerte ein paar Tage, bis der Schutt ausgekühlt war, dann wurde alles rasch weggeräumt, damit sie mit dem Wiederaufbau beginnen konnten. Captain Richard kam extra zu ihnen, um den Schaden zu begutachten. Anschließend saß er eine geraume Weile mit Lucien zusammen in dessen Büro. Aber was sie besprochen hatten, erwähnte Lucien nicht, sondern reichte Arabella nur die Post, die Richard ihnen freundlicherweise mitgebracht hatte.

Im Morgenzimmer schlitzte sie die Umschläge mit einem Brieföffner aus Sterlingsilber auf. Zu ihrer Enttäuschung war nichts von den Wyndhams darunter, obwohl sie sich natürlich gesagt hatte, es sei unrealistisch, auch nur einen Gruß zu erwarten. Onkel Philip hatte deutlich gezeigt, daß er sich von ihr genauso endgültig abgewandt hatte wie von Chrissie, und sicherlich stand nicht zu erwarten, daß seine Familie seinen Wünschen zuwiderhandeln würde. Immerhin war er jedoch der engste Freund ihres Vaters gewesen, und Arabella betrübte es sehr, daß sie sich durch ihre Heirat mit Lucien vollkommen von den Wyndhams entfremdet hatte. Sie und Lucien hatten allerdings einige Einladungen zu verschiedenen Partys, Gesellschaften und Soirees bekommen, unter anderem auch eine von Howland House in Sydney. Zumindest wurde sie gesellschaftlich nicht von allen gemieden, stellte Arabella ein wenig erleichtert fest – und natürlich gehörte Eugenia Howland zu denen, die ihr eine Einladung zukommen ließen. Zweifellos hatte sie auch die Wyndhams zu ihrer Soiree eingeladen in der Hoffnung, ein wenig Unruhe stiften zu können.

Das war tatsächlich der Fall, wie Arabella an dem betreffenden Abend sofort merkte. Kaum waren sie und Lucien vor Howland House aus ihrer Kutsche gestiegen und hatten den Empfang hinter sich gebracht, da entdeckte sie die Wyndhams auf der anderen Seite des Ballsaals. Tante Hennie wirkte verdächtig geistesabwesend, und das beunruhigte Arabella. Schon wollte sie zu ihnen hinübergehen und sich bei Norah nach Tante Hennies Befinden erkundigen, doch Lucien hielt sie zurück.

»Glaub mir, meine Liebe. Norah wird dich schneiden, und ich werde es nicht zulassen, daß meine Frau öffentlich beleidigt und erniedrigt wird. Bitte laß ihnen eine private Nachricht zukommen und erkundige dich so nach Mrs. Wyndhams Befinden, wenn du das unbedingt willst – auch wenn ich kaum glaube, daß du eine Antwort bekommen wirst. Aber sprich die Wyndhams nicht in der Öffentlichkeit an, besonders nicht hier. Eugenia Howland wäre es sicher mehr als recht, wenn Gervase und ich uns gegenseitig an die Gurgel gingen – und da Duellieren illegal ist, möchte ich nicht dazu gezwungen sein, etwas auszusprechen, das mit Pistolen im Morgengrauen endet. Ich habe zu hart gearbeitet für das, was ich habe, um zusehen zu müssen, wie es auf diese Art weggeworfen wird.«

»Natürlich hast du das! Entschuldige, Lucien. Ich habe nicht gründlich genug überlegt. Bis auf Gervase hatte ich nie einen ernsthaften Verehrer. Sicher, als mein Mann würdest du dich verpflichtet fühlen, meine Ehre zu verteidigen. Da ich nie das Gefühl hatte, zu den Frauen zu gehören, deretwegen Männer miteinander kämpfen würden, muß ich zugeben, gefällt mir die Vorstellung fast. Ist das schrecklich ungehörig von mir?«

»Nein – allerdings ist es sehr ungehörig von dir, mich nicht als ›ernsthaften Verehrer‹ zu betrachten!«

»Aber das warst du doch nicht, Lucien. Du hast dich nicht einmal wie ein richtiger Verehrer benommen!«

»So, habe ich das nicht?« Sein Blick glitt langsam und vielsagend über ihre Figur, so daß sie errötete. »Hmm. Du hast wohl nicht so ganz unrecht. Laß mal sehen, ob wir das beheben können. Komm!« Er streckte ihr seine Hand hin. »Darf ich bitten, Mrs. Sinclair?«

Daß sie restlos glücklich war, der Inbegriff der errötenden Braut schlechthin, das konnte niemand bezweifeln, fand Arabella. Auch wenn es sehr unhöflich sein mochte, Lucien nahm sämtliche Tänze für sich in Anspruch und warf einem Mann schon drohende Blicke zu, wenn er es wagte, sich ihr zu nähern. Er tanzte ausgezeichnet Walzer, hielt sie aber wesentlich enger an sich gedrückt, als es schicklich gewesen wäre, wäre er nicht ihr Ehemann. Die ganze Zeit über lächelte er sie strahlend an. Jeder konnte erkennen, daß es für ihn keine andere Frau als sie gab.

Sicherlich redeten die Leute über sie. Mehr als einmal fiel Arabella auf, daß sich viele Augenpaare gleichzeitig auf sie richteten, und es gab durchaus Frauen, die dabei ihren Fächer leicht anhoben und mit einer Freundin tuschelten. Es gab natürlich auch jene, vor allem eben die Landadeligen, die Arabella ignorierten, um ihr zu zeigen, daß sie in Ungnade gefallen und gesellschaftlich ruiniert war. Aber in den Reihen der ehemaligen Strafgefangenen wurde sie zum größten Teil herzlich begrüßt, abgesehen von ein paar offensichtlich recht eifersüchtigen, gehässigen Frauen. Und dabei fiel Arabella dann auf, daß Lucien in seinen eigenen Kreisen als äußerst begehrenswerter Junggeselle gegolten hatte. Doch er hatte sie ausgewählt – und wunderschön genannt. Bei dem Gedanken fühlte sie sich gerührt, und sofort traten ihr Tränen in die Augen, die sie nur schwer zurückhalten konnte. Warum hatte sie sich nur so sehr gegen ihn gewehrt und an seiner Liebe zu ihr gezweifelt? Dabei gab es keinen Ort auf der Welt, an dem sie lieber wäre, als in seinen Armen. Das wußte sie jetzt.

Sie bewegten sich, als wären sie wirklich wie geschaffen füreinander, stellte Arabella fest, während sie verträumt und leicht benommen von dem Rumpunsch mit Lucien im Schein Hunderter von Kerzen durch den Ballsaal schwebte. Das Licht der vielen Flammen brach sich in dem kristallenen, geschliffenen Zierat der Kronleuchter und wurde in sämtlichen Regenbogenfarben reflektiert. Da sie so sehr in Gedanken versunken war, protestierte sie nicht, als Lucien sie geschickt aus dem Ballsaal durch die offenen Terrassentüren auf die Veranda hinausführte. Erst als sie die herbstliche Nachtluft auf ihrer Haut spürte, fand sie erschrocken in die Wirklichkeit zurück und merkte, wo sie war. Lucien hatte die hellen Lichter des Ballsaals hinter sich gelassen.

Nebenbei fiel Arabella auf, daß hier und da auch andere Paare den Saal verlassen hatten, um frische Luft zu schnappen, aber alle blieben in der Nähe der Terrassentüren. Auf der Ostseite der Veranda standen eine Reihe Männer beisammen, die rauchten und sich lachend unterhielten, während der blaue Dunst ihrer Zigarren sie umhüllte. Irgendwie erschien ihr das alles weit weg, und sie achtete nicht sonderlich darauf. Wie in Trance tanzten sie und Lucien ihren Walzer über die vom Mondlicht erhellte Veranda auf die dunklere, verlassene Westseite zu. Kurz darauf verhallten die letzten Töne der Musik, und schon küßte Lucien sie leidenschaftlich, bis sie sich atemlos wehrte und behauptete, es könnte sie jemand sehen.

»Na und, was macht das schon? Schließlich ist es nicht so, als hätte ich nicht das Recht dazu«, murmelte er heiser.

»Ja, aber … trotzdem, Lucien! Was werden die Leute denken … was werden sie sagen?«

»Daß wir sehr verliebt sind … was doch die Wahrheit ist.«

»Ich weiß, aber … ich glaube, ich könnte jetzt noch ein Glas Rumpunsch vertragen.«

Er hob eine Braue.

»Sicher, ich kann mir gut vorstellen, daß du Durst hast«, erwiderte er und grinste. »Weißt du, wenn ich nicht wüßte, daß wir anschließend zusammen nach Hause fahren, meine Süße, würde ich mich jetzt nicht so einfach abspeisen lassen. Ich hätte nicht übel Lust, dich noch mit in den Garten zu zerren und in einer der abgelegenen Lauben zu vernaschen.«

»Lucien!«

»Nun, ich könnte es zumindest tun. Denk mal darüber nach, bis ich wiederkomme, Mädchen!« Seine Augen funkelten verlangend und schelmisch zugleich, als er sie mit einem vielsagenden Blick musterte. Dann wirbelte er auf dem Absatz herum und verschwand im Saal, um ihr den gewünschten Drink zu holen.

Arabella war froh, daß es einigermaßen dunkel war, denn noch immer wurde sie bei derart schamlosen Worten rot. Sicher würde er das nicht tun! Aber ihr wildklopfendes Herz sagte ihr, daß er dazu fähig wäre, und die Vorstellung allein schockierte und erregte sie zugleich. Ihr erster Eindruck von ihm war in der Tat richtig gewesen: Er war ein Teufel und ein Draufgänger – und würde es immer bleiben.

Während sie auf der Veranda wartete, lauschte sie der Musik, die zu ihr in die Nacht herauswehte, und zupfte in Gedanken versunken an den Hibiskusranken, die sich um die Balustrade wanden, pflückte sich eine Blüte und steckte sie sich hinters Ohr. Dann hob sie ihr Gesicht in die sachte Brise und dachte daran, wie herrlich es immer gewesen war, den Wind auf ihrer Haut und in ihrem Haar zu fühlen, wenn sie zu Pferd über Wiesen und Felder galoppierte. Wehmütig erinnerte sie sich an die Zeiten, als ihr Vater sie vor sich auf seinen großen Braunen gehoben hatte. Heute waren es nicht mehr die weiten, ausladenden Ländereien von Darracott Hall, über die sie ritt, sondern die von *Jacaranda,* und immer mit Lucien an ihrer Seite. Dennoch war das Gefühl gleichermaßen herrlich.

Seit sie nach Sinclair House in die Stadt umgesiedelt waren, vermißte Arabella die Ländereien, das morgendliche Ausreiten mit Lucien. Da sie das Leben auf Darracott Hall gewohnt gewesen war, liebte sie die ländliche Atmosphäre. Bis auf den Brand der Nebengebäude und ein paar andere kleinere Zwischenfälle war es dort friedlich gewesen, weit weg von Sydney und seinem Tratsch. Es hatte ihr gut gefallen, mit Lucien allein zu sein, wie ihr jetzt bewußt wurde. Partys, Gesellschaften und Soirees hatte sie nicht vermißt, so abwechslungsreich waren die Stunden, die Tage mit ihm. Das einzig Gute an der Rückkehr in die Stadt war, daß Lucien ein Haus gefunden hatte, in dem sie das Heim für strafgefangene Frauen eröffnen konnte. Morgen wollte er es mit ihr besichtigen. Sie freute sich richtig darauf, besonders da heute abend einige Frauen seiner Bekannten, nachdem sie von dem Projekt erfuhren, sich bereit erklärt hatten, ihr zu helfen. Besonders dankbar war sie für die Hilfe von Faith Langston und Theresa Durrell, die beide aus der Oberschicht stammten und daher die Frauen vortrefflich in Redekunst unterrichten konnten. Arabella hatte nicht vergessen, daß Lucien ihr erzählt hatte, wie hinderlich der Gefängnisjargon den ehemaligen Strafgefangenen beim gesellschaftlichen Aufstieg war. Natürlich mußte jemand als ehemaliger Sträfling auffallen, wenn er den Mund aufmachte und eine Suppe als »Fraß«, schlechtes Brot als »Scheuerbesen« bezeichnete. Lucien selbst hatte «vierzehn Jahre verschlafen«, wie er ihr einmal erklärt hatte, was bedeutete, daß er zu vierzehn Jahren Exil verurteilt worden war. Zwar hatte sie sich über die Ausdrucksweise amüsiert, aber gleichzeitig war ihr dadurch überdeutlich bewußt geworden, daß er viel zu lange unter Gefangenen gelebt hatte. Als er ihre Beklemmung bemerkte, hatte er nur gelacht, sie gepackt, aufs Bett geworfen und so getan, als wäre er ein entkommener Sträfling, der sie vergewaltigen wollte. Ihr Spiel war so wirklichkeitsnah gewesen, daß Arabella mindestens soviel Angst bekommen hatte, wie es ihr Spaß gemacht hatte.

Jetzt, als sie daran dachte, mußte sie unwillkürlich lächeln, und als sie im selben Moment Luciens Hände über ihre bloßen Schultern gleiten fühlte, wandte sie sich ihm freudig zu.

»Gervase!« schrie sie im nächsten Moment gepreßt.

»Du hast mich für Lucien gehalten.« Es war eine Feststellung, keine Frage. Ohne ihre Antwort abzuwarten, faßte er nach ihrem

Handgelenk, zerrte sie mit sich die Stufen hinunter in den Garten und schimpfte die ganze Zeit vor sich hin, als sie versuchte, sich von seinem Griff zu befreien.

»Was soll das? Laß mich los! Du tust mir weh.«

»Nicht so weh, wie du mir getan hast!« schnauzte er sie an und riß sie mit sich in eine abgelegene Laube. »Warum hast du das getan, Arabella? Warum hast du ihn geheiratet? Du warst mir versprochen – das weißt du doch –, und ich hatte mich dir erklärt, dir gesagt, ich wollte dich heiraten!«

Gervase redete erzürnt auf sie ein, gab ihr keine Chance, auch nur ein Wort zu erwidern, und machte ihr angst. Er hatte kein Recht, sie einfach mit sich in den Garten zu schleppen, sie hier festzuhalten. Arabella vermochte nicht zu fassen, wie er sich benahm. Bisher hatte sie ihn immer für einen Gentleman gehalten. Nie hätte sie erwartet, daß er sie so anfahren und derart grob behandeln würde.

»Wenn du mich nicht sofort losläßt, habe ich dir nichts zu sagen, Gervase.«

»Fein, ich habe dir um so mehr zu sagen – und du wirst mir zuhören, du dumme, kleine Närrin! Weißt du, warum er dich wollte? Weil du mir gehörtest, Arabella! Er wollte sich rächen! Ich habe ihm seine erste Frau, Verity, ausgespannt, verstehst du. Er ist ein Unmensch, und sie haßte ihn. Sie hatte Angst vor ihm. Wir waren verliebt und wollten zusammen weglaufen. Aber er hat uns in letzter Minute daran gehindert und sie umgebracht. Er hat sie umgebracht! Jawohl, das hat er getan! Aber das hat ihm nicht gereicht. Nein, er mußte sich unbedingt noch an mir rächen und hat dich mir deshalb weggenommen.«

»Nein!« rief Arabella schockiert und verstört. »Nein, du lügst! Ich glaube dir kein Wort!«

»Wirklich nicht – oder willst du mir nicht glauben? Mir ist aufgefallen, wie du ihn da drinnen im Ballsaal angesehen hast. Du bist in ihn verliebt! Oh, er muß dich meisterhaft umgarnt haben, dir geschmeichelt und dich glauben gemacht haben, daß es ihm um dich geht, daß er nur dich allein will – obwohl er die ganze Zeit nur auf Rache aus war und natürlich nach deinem Vermögen gestrebt hat. Mit dieser albernen Geschichte über Schuldscheine konntet ihr vielleicht Vater dazu bringen, daß er dir deine Erbschaft überschreibt. Aber ich kenne die Wahrheit, das sage ich dir! Und hör mir gut zu: Ich habe keine Spielschulden, Arabella.«

»Ich finde, du hast genug gesagt, Gervase! Jetzt laß meine Frau los.«

Lucien tauchte aus dem Schatten auf. Arabella hatte ihn nie zuvor so wütend, so ... mordlüstern gesehen. Seine Augen sprühten förmlich Feuer, und die Narbe auf seiner Wange hob sich auffallend weiß von seiner dunklen, finsteren Miene ab. Als Gervase sie nicht sofort freigab, machte Lucien einen Satz nach vorn, entriß sie ihm und verpaßte Gervase einen Faustschlag ins Gesicht. Gervases Lippe platzt auf, und er taumelte rückwärts.

»Mein Gott, wenn du sie jemals wieder anfaßt, bringe ich dich um!« Lucien spie die Worte förmlich aus.

Obwohl Gervase nicht minder aufgebracht schien, wischte er sich bloß vorsichtig das Blut aus den Mundwinkeln, wehrte sich aber nicht und ließ sich auch nicht herab, Lucien zu antworten, sondern sprach statt dessen Arabella an.

»Denk dran, was ich dir gesagt habe«, knurrte er dumpf. »Das war die Wahrheit!« Dann wirbelte er auf dem Absatz herum, verließ die Laube und streifte dabei rauh einen herausragenden Fliederzweig, von dem die Blätter zu Boden regneten.

»Ist alles in Ordnung?« erkundigte sich Lucien einen Moment später und brach das gespannte Schweigen, das sich nach Gervases Weggang zwischen ihnen ausgebreitet hatte.

Arabella rieb sich ihre Handgelenke, nickte aber mit weitaufgerissenen Augen.

»Ich nehme an, du bist nicht freiwillig mit Gervase in den Garten gegangen?« bemerkte er, als er die roten Flecken an ihren Armen sah, wo Gervase sie so hart angefaßt hatte.

»Nein, aber das müßtest du doch wissen«, antwortete sie leise.

»Ja, ich wußte, ich kann dir vertrauen.«

Damit gab er ihr zu verstehen, daß er hoffte, sie würde ihm ebenso vertrauen. Aber Gervases gemeine Beschuldigungen hatten winzige Zweifel bei Arabella geweckt. Wenn Gervase nun die Wahrheit sagte? Lucien war schließlich in England für den Mord an seiner Frau angeklagt und verurteilt worden. Er war in die Kolonien deportiert und mit vierzehn Jahren Zwangsarbeit bestraft worden. Sicherlich hatte er nicht lange gewartet, um Onkel Philip dazu zu bringen, daß er ihr Vermögen aushändigte – und konnte sie wirklich sicher sein, daß Lucien die Summen nicht veruntreute? Immerhin, da sie ihn liebte und ihm vertraute, hatte sie ihm die Verwaltung ihrer Fonds und Investitionen willig überlassen. Seit ihrer Heirat war sie von seiner Unschuld fest überzeugt. Hatte sie tatsächlich, blind wie die Liebe sie gemacht hatte, nur das gesehen, was sie sehen wollte? Ihm Eigenschaften zugeschrieben, die er nie besessen hatte? Hatte sie ihr Herz einem Mann geschenkt, einem Mörder, den es nur nach Rache und ihrem Vermögen statt nach ihr gelüstete?

»Wie lange ... wie lange hast du da gestanden und zugehört, Lucien?« fragte sie.

»Lange genug.« Zornig preßte er die Lippen aufeinander.

»Und stimmt das, was Gervase gesagt hat? Wolltest du ... mich wirklich nur aus Rache?«

»Rache? Würdest du das wirklich so nennen, Arabella?« schnaubte er, riß sie in seine Arme und preßte seine Lippen stürmisch auf ihren Mund. Er küßte sie, bis sie alles um sich herum vergaß und nur noch er für sie existierte.

19. KAPITEL

Zwischenfall im Stadtteil The Rocks

Er war eine riesige Fledermaus, die sich durch die Nacht schwang, auf der Suche nach einer ganz besonderen Beute. In *The Rocks* war sein Jagdrevier, sein persönlicher Tummelplatz. Es hätte für ihn gebaut sein können, mit den kurvenreichen Kopfsteinpflasterstraßen und den dunklen, schmalen Gassen, die sich zwischen den dicht aneinandergedrängten schäbigen Häusern und schmutzigen Rumkneipen, wo der Müll in den Gossen lag, hindurchwanden wie Schlangen in einem Nest. Wie eine Hülle umwehte ihn der schwarze Umhang in der salzhaltigen Brise, die vom Hafen herüberwehte. Das Klopfen des Malakkastocks begleitete seine Schritte. Es klang wie das Hämmern, wenn Nägel in einen Sargdeckel geschlagen werden. Klack, klack, klack. Es echote dumpf in dem Nebel, der vom Meer heraufzog, durch die Straßen und Gassen waberte und sich auf die tiefer liegenden Hafengebiete senkte. Er liebte den Nebel. Denn er war wie ein Leichentuch, das den stinkenden, verfaulenden Kadaver *The Rocks,* befallen von menschlichen Fliegen und Maden, einhüllte. Sie bedeuteten ihm nichts. Sie waren der Abfall der Gesellschaft, weit unter seiner Würde. Er wollte nur wenige retten – nicht die Massen – nur die Veritys und jetzt auch die Arabellas dieser Welt.

Wie ein Raubtier schlich er durch die Dunkelheit, verfolgte seine Beute. Bald war es soweit. Bald würde sie kommen – und dann konnte die Jagd beginnen. Sein Blut kam in Wallung bei dem Gedanken, Adrenalin durchströmte seinen kräftigen Körper. Er spannte die Muskeln an, die sich unter dem schwarzen Anzug, den er trug, verbargen. Er zitterte förmlich vor Aufregung. Seine Jagd war stets erfolgreich, und diese würde nicht anders verlaufen. *The Rocks* war wie ein Labyrinth. Aber wie eine Ratte kannte er jeden Weg, jede Abzweigung, die Straßen, die in Sydneys vornehmere Geschäftsgegend führten, so gut wie die Sackgassen, die vor einer Mauer endeten, eine Falle für seine Opfer. Gegen ihn würde auch sie so hilflos sein wie alle anderen. Sie würde ihm genausowenig entkommen. Sein Stock klackte. Die Münzen in seiner Tasche klimperten, die Pfennige, mit denen sie den Fährmann für die Überfahrt ins Reich der Toten bezahlen konnten. Er wollte nicht, daß sie ewige Verdammnis erlitten, für immer in der Hölle oder dem Fegefeuer schmoren mußten. Das wollte er nicht. Sie waren in Ungnade gefallen, ja ... aber sie waren einmal rein gewesen – so wie sie es wieder sein würden, wenn er sie gerettet hatte. Und so würde er auch sie retten.

Rettung. Die erlangte man nicht in den Wassern des Jordan, wie allgemein mißverständlicherweise angenommen wurde, sondern im strömenden Blut. Heiß, rot, süßlich rann es davon, wandelte Leben zu Tod, wie Staub zu Staub und Asche zu Asche. Blut in den Straßen, in den Gossen wurde zu Staub im Wind.

Von den heruntergekommenen Gebäuden fiel gelbes Licht in die Straßen, durch die er stapfte, spiegelte sich in den schmutzigen Pfützen der Gossen wider. In der Ferne zuckte ein Blitz, spaltete den Nachthimmel, und gleich darauf grollte der Donner wie das leise Knurren eines Dingos auf der Pirsch. An allem hing der Nebel, feucht, mit einem feinen Nieselregen gepaart, ein Vorbote aufkommenden Sturms, der sich im Osten über dem Meer zusammenbraute. Schon tauchten dichte, schwarze Wolkenmassen am Horizont auf, verdeckten den Mond und die Sterne, zogen westwärts, polternd und donnernd, wie die Räder einer Kutsche über Pflastersteine holpern. Nein, es war tatsächlich eine Kutsche.

Sie kam!

Rasch trat er in einen dunklen Hauseingang, beobachtete die Straße und wartete gespannt. Sein Herz hüpfte vor Freude, das Blut rauschte ihm erhebend durch die Adern. Die Zeit war gekommen. Sie war da. Die Kutsche hielt an, und nachdem der Kutscher die Bremse gezogen hatte, stieg er vom Bock und huschte wie eine Küchenschabe davon, ohne sich umzusehen. Ihr bleiches

Gesicht erschien angsterfüllt am Fenster. Sie rief ihm nach. Und dann öffnete sie langsam die Tür und stieg aus.

Arabella!

Die Jagd konnte beginnen.

Vielleicht brauche ich eine Brille, dachte Arabella, als die Zahlenreihen auf den Seiten ihrer Geschäftsbücher vor ihren Augen verschwammen. Schließlich seufzte sie schwer, gab auf und schickte sich drein, daß sie mit ihrer Arbeit heute abend nicht mehr fertig werden würde.

Müde schloß sie das Buch, lehnte sich auf ihrem Schreibtischsessel zurück und rieb sich kräftig die Augen. Aber wahrscheinlich lag es nicht an ihrer Sehkraft, sondern an ihrer Müdigkeit. Seit Lucien abgereist war, hatte sie mehrere Abende zu lange daran gearbeitet. Er hätte Geschäfte in Adelaide, hatte er vor seiner Abreise behauptet. Auch wenn er keinen Grund hatte, sie zu belügen, vermochte sie das dumpfe Gefühl nicht abzuschütteln, daß er ihr nicht die ganze Wahrheit gesagt hatte. Und das störte sie. Arabella wollte nicht schlecht über ihn denken. Dennoch konnte sie nicht leugnen, daß seit jenem Abend, als Gervase seine ungeheuerlichen Beschuldigungen im Garten von Howland House vorgebracht hatte, eine gewisse Spannung zwischen ihr und Lucien herrschte, selbst wenn sie sich liebten. Sie konnte einfach nicht vergessen, wie Lucien ausgesehen hatte, als er Gervase drohte, ihn umzubringen, sollte er sie jemals wieder anfassen. Obwohl sie nicht mal mit dem Gedanken spielte, war ihr dabei überdeutlich bewußt geworden, daß ihr Mann nicht der Typ war, der die Untreue seiner Frau leicht hinnähme.

Arabella hatte geglaubt, daß sie durch den Kauf des Hauses und die Einrichtung eines Heims für strafgefangene Frauen wieder zusammenkommen würden. Lucien hatte pflichtschuldigst die Gastgeberrolle bei der Einweihungsfeier von *Haven* – so hatte Arabella das Haus getauft – übernommen, aber danach hatte er sich wenig um das Projekt gekümmert und behauptet, es sei allein ihre Idee und sie solle in allem so verfahren, wie sie es für richtig hielt. Mit wahrer Besessenheit hatte sie sich in diese Aufgabe gestürzt und bekanntgegeben, wozu *Haven* dienen sollte. Zu Anfang hatte sie fast geglaubt, ihr Projekt würde mißlingen, da niemand kam. Eben jene Menschen, denen sie helfen wollte, waren der Einrichtung gegenüber zu mißtrauisch. Dann, eines Tages, tauchte eine junge Frau und ehemalige Strafgefangene namens Penny Thatcher an ihrer Tür auf und bat um Hilfe. Damit hatte die Arbeit in *Haven* richtig begonnen.

Inzwischen beherbergte das Haus sieben junge Frauen, die von der Redekunst bis zur feinsten Stickerei, von Tischmanieren bis zum Silberputzen alles erlernten, was sie als Zofen, Kammermädchen, Köchinnen und Küchenhilfen wissen und können mußten.

Bei jeder Frau, die zu ihnen gekommen war, hatte Arabella sich als erstes nach Chrissie erkundigt, aber zu ihrer Enttäuschung bisher nichts in Erfahrung bringen können. Dennoch hatte sie die Frauen gern aufgenommen und sich im stillen gewünscht, daß noch mehr von ihnen ihre natürliche Angst vor *Haven* überwinden und zu ihnen kommen würden. Ebenso wußte sie mittlerweile, daß viele Straftgefangene zwar ihre Entlassungsscheine schon bei ihrer Ankunft in den Kolonien ausgehändigt bekamen, aber daß die meisten der Gefangenen, selbst die, die auf Bewährung freigekommen waren und woanders untergebracht wurden als im Gefängnis, nicht gut behandelt wurden, sondern eher unaussprechliche Grausamkeiten erdulden mußten, wovon viele zu Arabellas Empörung und Zorn in den Kolonien gesetzlich erlaubt waren. Und vor denen, die es nicht waren, machten die Behörden die Augen zu. Luciens Geschichte war nur eine von vielen.

Arabella stand auf, griff nach ihrem Umhang und legte ihn sich um die Schultern. Dann löschte sie die Öllampen in ihrem kleinen Büro in *Haven.* Nachdem sie die Tür hinter sich zugemacht und abgeschlossen hatte, überquerte sie den Flur zu dem Empfangsraum, in dem Tilly noch saß und nähte.

»Es ist schon spät, und ich werde jetzt nach Hause fahren, Tilly«, sagte sie und unterdrückte ein Gähnen.

»Das wird aber auch Zeit, Mrs. Sinclair. Ich wollte schon gerade zu Ihnen kommen und vorschlagen, daß Sie endlich Schluß machen. Sie arbeiten viel zuviel, und außerdem hat es draußen angefangen zu nieseln. Ich fürchte, es wird ein Sturm heraufziehen, aber ich lasse gleich Ihre Kutsche vorfahren.« Tilly bemühte sich, jedes Wort klar und deutlich auszusprechen, damit man ihr nicht anhörte, wo sie herkam.

Kurz nachdem Lucien sie eingestellt hatte, hatten Tilly und Declan geheiratet. Später hatte Arabella sie in *Haven* einziehen lassen, damit ständig jemand im Haus war, nicht nur, um dort in ihrer Abwesenheit aufzupassen, sondern auch, um den jungen Frauen einen soliden, sicheren Halt zu bieten. Je mehr Tilly lernte und zur Persönlichkeit wurde, desto mehr erkannte Arabella, daß ihr Vertrauen in das ehemalige Dienstmädchen nicht unangebracht gewesen war.

Dank Tilly und Declan herrschte eine herzliche Atmosphäre im Haus. Ihre Liebe zueinander übertrug sich einfach auf andere, die mit ihnen zusammenkamen. So glücklich Arabella auch für die beiden war, wenn sie sie zusammen sah, so wurde sie unweigerlich an ihre Ehe mit Lucien erinnert, die einmal mit soviel Hoffnung begonnen hatte und jetzt seltsamerweise irgendwie auseinanderzubrechen schien. Fast kam es ihr so vor, als hätten sie sich entfremdet, und als sie daran dachte, daß sie jetzt in ein leeres Haus heimkehren und in ein leeres Bett gehen mußte, fiel es ihr schwer, die Tränen zurückzuhalten, die ihr plötzlich in die Augen sprangen.

»Gute Nacht, Tilly.«

»Gute Nacht, Mrs. Sinclair.«

Draußen fand Arabella ihre Kutsche bereits vor dem Portal und stellte fest, daß es tatsächlich, wie Tilly gesagt hatte, nieselte. Rasch bestieg Arabella das Gefährt, lehnte sich gegen die Polster zurück und schloß müde die Augen. Sie hörte, wie die Tür zufiel, merkte, wie die Kutsche schaukelte, als der Fahrer auf den Bock kletterte. Dann knallte die Peitsche, und mit einem Ruck rollte die Kutsche in die Nacht, ihr Tempo schneller als sonst. Die Straßen waren reichlich leer um diese späte Stunde, und zweifellos hoffte der Fahrer, sie noch vor dem Sturm bis nach Hause bringen zu können.

Ich muß eingenickt sein, dachte Arabella hinterher, denn sie erinnerte sich nicht mehr, wann ihr aufgefallen war, daß das Gefährt in die verkehrte Richtung fuhr. Statt nach Sinclair House wurde sie aus dem vornehmen Geschäftsviertel von Sydney nach *The Rocks* gebracht. Nachem sie zu ihrer Bestürzung gemerkt hatte, wohin die Fahrt ging, klopfte sie dem Kutscher und rief nach ihm. Doch er hielt nicht an, sondern brauste gnadenlos weiter, ja, er beschleunigte seine Geschwindigkeit sogar noch, so daß sie nicht mal das Fenster öffnen und ihm etwas sagen konnte. Zu ihrem Entsetzen bemerkte sie jetzt, daß der Mann, der auf dem Bock saß, nicht ihr Fahrer Ned war, sondern jemand völlig Unbekanntes, den sie weder in Sinclair House noch auf *Jacaranda* jemals gesehen hatte. Panik befiel sie, und sie schrie ihm etwas zu. Doch obwohl er sie hätte hören müssen, gab er vor, nichts verstanden zu haben, und schaute sich nicht mal nach ihr um.

Inzwischen raste die Kutsche in einem Tempo dahin, daß Arabella es nicht mal gewagt hätte, einfach abzuspringen. Hilflos konnte sie sich nur an den Innengriff klammern, damit sie nicht vom Sitz auf den Boden geschleudert wurde. Dabei überschlugen sich ihre Gedanken ebenso heftig, wie die Räder der Kutsche sich drehten, während sie gefährlich über die feuchten Straßen schlitterten. Ein Fremder hatte irgendwie den Platz ihres Fahrers eingenommen und jetzt – wurde sie schlichtweg entführt – aber von wem, und warum? Furcht befiel Arabella und schnürte ihr den Hals zu. Sie schrie so lange, bis sie fast heiser war, und merkte erst dann, wie zweifelhaft es war, daß sie jemand hören konnte bei dem lauten Hufgetrappel der Pferde und den ratternden Rädern auf dem Kopfsteinpflaster.

Schließlich, mit einer Plötzlichkeit, die Arabella noch unheimlicher war als die wüste, grauenvolle Fahrt durch die Stadt, unheimlicher noch als der Gedanke, daß sie entführt wurde, hielt die Kutsche ruckartig an. Sie hörte, wie der Fahrer vom Bock kletterte. Das Herz klopfte ihr bis zum Hals. Aber zu ihrem größten Schrecken und gleichzeitig zu ihrer Erleichterung öffnete er ihr nicht die Tür, sondern rannte, so schnell er konnte, davon. Seine Stiefel waren deutlich auf dem feuchten Gehweg zu hören, sein zerlumpter Mantel flatterte im Wind, während sie ihm bleich und betroffen vom Fenster aus hinterhersah. Sie rief ihm nach, bekam aber keine Antwort.

Alleingelassen in *The Rocks,* hockte Arabella in der Kutsche, die ideale Beute für einen Überfall.

Die Tür konnte leicht aufgerissen werden. Das Samtpolster wurde bestimmt als luxuriöser und bequemer betrachtet als die von Flöhen und Läusen befallenen Pritschen, die, wie Lucien ihr berichtet hatte, denen dienten, die in *The Rocks* lebten. Irgendein fremder, schmutziger Mann mochte einsteigen und sich ihr aufzwingen. Beklemmung überfiel Arabella. Sie mußte hier weg!

Ihr Puls raste, als sie vorsichtig die Tür aufmachte und, nachdem sie sich aufmerksam umgeschaut hatte, ausstieg. Sie hatte schon mal einen Zweispänner gefahren, und selbst wenn sie das noch nicht getan hätte, wäre ihr in diesem Augenblick der nackten Verzweiflung nichts anderes übriggeblieben, als mutig nach den Zügeln zu greifen. Aber allein schon bei dem fruchtlosen Versuch, auf den Bock zu klettern, wurde ihr klar, daß sie nicht passend gekleidet war. Mein Gott, warum hatte sie nicht auf Lucien gehört und auf die Reifröcke und ihr Korsett endgültig verzichtet? Er hielt die augenblickliche Frauenmode für albern. Mehr als einmal hatte er ihr geraten, vernünftige Kleider und Unterröcke zu tragen, statt sich etwas aufdiktieren zu lassen.

Zu Hause tat Arabella dies auch, aber wenn sie sich in der Öffentlichkeit sehen ließ, wollte sie doch nicht sämtliche Gepflogenheiten mißachten. Da ohnehin schon genug über sie hergezogen wurde – *Haven* galt nun mal bei einigen als Skandal –, wagte sie es nicht, sich so weit gegen die Sitten aufzulehnen, daß sie vollkommen aus der Gesellschaft ausgestoßen werden würde. Jetzt blieb ihr nichts anderes übrig, als die Reifröcke einfach auszuziehen.

Sie stieg in die Kutsche, aber ihre Hände zitterten so sehr, daß sie es kaum fertigbrachte, sich der lästigen Unterwäsche, die sie an der Flucht hinderte, zu entledigen. Nach einer, wie ihr erschien, halben Ewigkeit schaffte sie es endlich und wollte erneut auf den Bock klettern. Sie öffnete die Tür – und schrie entgeistert auf.

»Was tust du denn hier?«

Aber in ihrem Herzen wußte Arabella irgendwie plötzlich alles – und da sie es wußte, begann sie blindlings davonzulaufen.

Seine blassen Augen funkelten vor Aufregung im Licht der Blitze, die den Nachthimmel zerrissen und *The Rocks* erhellten. Für ihn war es so, als würden die mächtigen Naturgewalten von ihm ausgehen, von seinen Händen gesteuert werden, so wie er es sich immer vorgestellt hatte. Das Grollen des Donners war für ihn das Brüllen seiner Stimme, ein Schrei, der dem Teufel galt. Denn er war ein Gott! Er fühlte die unendliche Macht in sich aufsteigen – kühn, kraftvoll, pulsierend. Tief sog er die Luft durch die Nase ein. Seine Lippen verzerrte ein sarkastisches Lächeln. Es schien, als hätte er sein ganzes Leben auf diesen Moment gewartet. Jetzt wuchs er förmlich über sich hinaus, wurde zum Größten der Größten, dem besten Jäger, der die beste Beute verfolgte.

Ja, lauf, Verity, lauf nur, rief er ihr in Gedanken hinterher, als er ihr nachhastete und mit seinen langen, sehnigen Beinen den Abstand zwischen sich und seinem Opfer rasch verringerte. *Du wirst mir sowieso nicht entkommen. Meine Jagd ist immer erfolgreich. Immer, Verity. Vergiß das nicht …*

Wie oft hatte er ihr das gesagt, sie davor gewarnt? Aber sie hatte nie auf ihn gehört. Und so mußte er sie ständig aufs neue daran erinnern, immer und immer wieder, weil sie wie ein Kind war, das diese Lektion nicht begreifen konnte. Aber er würde es ihr beibringen.

Er roch förmlich ihre Angst, schmeckte sie auf der Zunge – die Zunge, die sich mit ihrer getroffen hatte, von ihr gekostet hatte. Wie von Honig … Ambrosia … Nektar. Berauschend war die Berührung gewesen. Er hörte sie keuchend nach Atem ringen, wußte, daß sie den Mund offen hatte, so wie sie ihn für seinen Kuß geöffnet hatte.

»Verity … süße Verity …«, rief er ihr laut zu, und seine Stimme klang heiser und belegt.

Als sie ihn hörte, blickte Arabella verzweifelt über die Schulter zurück. Er war verrückt. Absolut wahnsinnig. Alles, was er ihr erzählt hatte, war eine Lüge, eine haarsträubende Lüge. Wie hatte sie nur jemals etwas anderes annehmen können? Er würde sie umbringen, so wie er Verity und all die anderen armen Frauen, wie auch Chrissie, umgebracht hatte. O Gott!

Jetzt wußte Arabella ohne Zweifel, wie Chrissie sich an jenem furchtbaren Abend gefühlt haben mußte, als sie durch die dunklen, endlos verzweigten Straßen und Gassen von *The Rocks* gerannt war – wehrlos, verloren, ungläubig und zutiefst erschüttert. Da sie wußte, daß ihr Leben davon abhing, rannte Arabella unentwegt weiter, verfluchte im stillen den Nebel, der ihr häufig die Sicht nahm und das Kopfsteinpflaster so schlüpfrig machte, daß es für sie schwer war, nicht den Halt zu verlieren. Natürlich behinderten sie auch ihre Röcke, und die Seitenstiche erschwerten ihr das Atmen. Hier und da stolperte sie über den Unrat, der in den Straßen und Gassen herumlag. Einmal fiel sie hin, schrammte sich die Hände und die Knie auf. Aber mit einem Schmerzensschrei stemmte Arabella sich hoch und lief weiter.

Ihre Haut war kalt und feucht, nicht nur von dem Nieselregen, sondern vor Furcht. Sie würde sterben. Nicht einen Konstabler hatte sie bisher gesehen, und sie rechnete auch nicht damit, daß von einer der wenigen schäbigen, schwacherleuchteten Kneipen, die sie erspähte, Hilfe kommen würde. Eher war sie überzeugt, daß sie bei ihrer Kleidung und dem Schmuck, den sie trug, sich dort ebenso in Gefahr begeben würde, sollte sie dort um Hilfe bitten. Bis auf einen gelegentlich vorbeitorkelnden Betrunkenen waren die Straßen weitgehend verlassen. Sie versuchte sich zu merken, welchen Weg sie einschlug, und hoffte, zur Kutsche zurückzufinden, um fliehen zu können. Aber *The Rocks* war wie ein Labyrinth, und nach den ersten Abzweigungen in den engen, nebelerfüllten Straßen und Gassen hatte Arabella keine Ahnung mehr, wo sie war und wie weit sie gelaufen sein mochte. Der Nieselregen wurde allmählich stärker und rann ihr übers Gesicht. In dem grellen Licht der Blitze erschienen die heruntergekommenen Behausungen wie die Kulisse eines Alptraums, und der Mann, der ihr folgte, war wie der Teufel in Person. Das Klack, Klack seiner Schritte übertönte das Grollen des Donners.

Er holte sie ein, kam bedrohlich näher und näher. Schon

glaubte sie, seinen harschen, heißen Atem im Nacken zu spüren, als sie eine steile Treppe hinaufstolperte, dann an der nächsten Ecke abbog und eine dunkle, schmuddelige Gasse fand, durch die Wasser mit Müll und Abfällen aller Art lief. Sie stieß mit der Hüfte gegen eines der Holzfässer, hastete weiter, obwohl sie sich weh getan hatte, nahm den Schmerz nur dumpf wahr, wie auch das Geräusch eines Stocks, der auf das Kopfsteinpflaster fiel, bis sie vor sich eine Mauer aufragen sah. Da merkte sie, daß sie in eine Sackgasse geraten und ihrem Verfolger in die Falle gegangen war.

»Neiiiiin!« schrie Arabella gellend auf, als sie plötzlich gepackt, herumgewirbelt und gegen die Mauer geschleudert wurde. Im selben Moment blitzte eine silberne Klinge an ihrem Hals auf. »Nein!«

Sein finsteres, vertrautes Gesicht war zu einer mordlüsternen Grimasse verzerrt, als er hastig an ihren Röcken zog. In dem Moment wünschte sie sich nichts mehr, als zu sterben. Sie würde froh sein, sterben zu können, wenn er entweiht hatte, was sie einmal in Liebe getan hatten. Dann jedoch, urplötzlich, flammte ein Blitz auf, Donner brüllte, ein Schuß krachte, und überall war Blut, bedeckte ihr Gesicht, ihr Kleid und ihre Hände. Arabella schrie auf und brach hysterisch in Tränen aus, merkte erst gar nicht, daß es nicht ihr Blut war, daß das Messer zu Boden gefallen war und der Mann vor ihr langsam in die Knie sank, mit einer Miene, die deutlich besagte, daß ihn seine eigene Sterblichkeit mehr als überraschte. Im selben Moment tauchten helle Fackeln auf, und eine Reihe Männer stürmten aus dem Schatten. Arabella wurde so fest in die Arme genommen, daß sie kaum Luft bekam.

»Lucien! O Lucien!« schluchzte sie haltlos und lehnte sich an seine breite, tröstliche Brust. Noch konnte sie es nicht fassen, daß er tatsächlich da war, sie wirklich in den Armen hielt. »Wie bist du denn hierhergekommen? Ich dachte ... ich dachte, du bist in Adelaide. Mein Gott! Kannst du mir jemals ... jemals verzeihen, daß ich geglaubt habe, du könntest der Mörder sein? Ich habe mir immer gewünscht, daß du es nicht bist. Wirklich! Ich schwöre es!«

»Schsch. Ich weiß. Kannst du dir nicht denken, daß ich das weiß?«

»Verzeih mir. Bitte ... verzeih mir.«

»Ja, das tue ich doch. Beruhige dich, du bist in Sicherheit, Arabella. Du bist in Sicherheit, hast du gehört? Glaubst du wirklich, ich würde es jemals zulassen, daß dir ein Leid geschieht? Ich wußte, daß Gervase der Mörder war. Ich wußte es seit Jahren, aber mir fehlte der Beweis. Er hat Verity, Chrissie und all die anderen umgebracht. Er hätte auch dich umgebracht. Aber ich habe dich nicht aus den Augen gelassen. Du warst keinen Moment allein, meine Liebe. Ich war nicht verreist. Ich wollte nur alle in dem Glauben wiegen, ich wäre weg, weil ich wußte, daß er versuchen würde, dich zu verfolgen, da er dachte, ich würde wohl Probleme haben nachzuweisen, daß ich nicht nach Sydney zurückgekehrt wäre, um dich zu ermorden. Er war wahnsinnig, weißt du.«

»Ja, aber ... warum? Warum hat er Verity umgebracht, Lucien?«

»Weil sie es vorgezogen hatte, mit mir durchzubrennen, statt ihn zu heiraten. Hinterher muß Verity gemerkt haben, daß sie einen schrecklichen Fehler begangen hatte. Ich gehörte nicht in ihre Welt, verstehst du, war nur eine romantische Phantasie, die der Wirklichkeit nicht standhielt. Sie ... liebte schöne Dinge und Partys, vermißte es auch, nicht von vorn bis hinten bedient zu werden. Damals hatte ich noch kein Geld. Ich arbeitete bei ihrem Vater und habe natürlich, als ich sie heiratete, meinen Job verloren. Plötzlich war ich arm, das machte sie unglücklich. Sie fühlte sich auch einsam, weil ich alle möglichen Arbeiten annehmen mußte, damit wir zurechtkamen. Und da sie nicht wußte, wie sehr Gervase mich verachtete und gleichzeitig fürchtete, hat sie sich von ihm verführen lassen. Anschließend tötete er sie.«

»Aber warum haßt ... hat er dich so gehaßt, Lucien? Das verstehe ich nicht.«

»Er war mein Cousin, Arabella. Meine Mutter war die Schwester des Colonel. Sein ganzes Leben wurde ich Gervase wie eine Drohung vorgehalten, wenn er nicht tat, was der Colonel wollte. Stets erinnerte der Colonel ihn daran, daß es noch einen weiteren rechtmäßigen männlichen Erben in der Familie gab, dem er alles vermachen würde, sollte Gervase nicht spuren. Sicher, der Colonel hatte meine Mutter verstoßen und ihr keinen Cent zukommen lassen, da sie mit meinem Vater durchgebrannt war. Und bestimmt hat er nie beabsichtigt, mich zu seinem Erben zu machen, doch Gervase betrachtete mich dadurch als echte Bedrohung. Er lebte ständig in der Angst, daß er nicht die Erwartung seines Vaters erfüllen konnte, daß er abgelehnt werden würde. Als Verity mich ihm vorzog, sah er seine Chance, sie und auch mich zu bestrafen – und mich gleichzeitig für immer loszuwerden. Er hat Verity umgebracht und es so aussehen lassen, als wäre ich es gewesen. Nur die Furcht des Colonels vor dem Skandal, den ich hätte heraufbeschwören können, indem ich die Tatsache enthüllte, daß ich sein Neffe war, hat ihn veranlaßt, einzugreifen und mich vor dem Galgen zu retten.«

»Das ist ... ist ja furchtbar ... daß Gervase einen Mord begehen und ihn dir wohlüberlegt und absichtlich anlasten konnte! Wußte der Colonel, daß du unschuldig warst?«

»Ich könnte mir vorstellen, daß ihm gewisse Zweifel gekommen sind, besonders nachdem hier in Sydney Morde passierten, die ein ganz ähnliches Muster wie der an Verity aufwiesen.«

»Mein Gott ... Chrissie! Ihr eigener Bruder hat sie umgebracht!«

»Ja, für Gervase muß es gewesen sein, als würde sich die Geschichte wiederholen. Meine Mutter, Verity, Chrissie ... alle waren sie mit Männern durchgebrannt, die nicht ihrem eigenen Stand entsprachen ...«

»Wie ich.«

»Ja, wie du. Aber deshalb mußte ich dich zwingen, mich zu heiraten, Arabella. Hättest du Gervase gebeten, dir bei der Aufklärung von Chrissies Mord zu helfen, hätte er sicher Angst bekommen und dich umgebracht. Sobald du meine Frau warst, konnte ich dich wenigstens schützen. Er war es auch, der die Nebengebäude auf *Jacaranda* in Brand gesteckt hat. Wahrscheinlich hatte er sich darauf verlassen, daß er an dein Vermögen kommen konnte, um damit zusammen mit seinem Erbe seine Schulden zu begleichen. Als du dann mich geheiratet hast, hat ihn wohl die Verzweiflung gepackt, und er hat mich mehr denn je um meinen Reichtum beneidet. Deshalb hat er versucht, mich irgendwie zu treffen.«

Arabella fröstelte, als sie auf Gervases blutüberströmten Körper hinunterschaute, den die Konstabler gerade auf eine Bahre luden, um ihn abzutransportieren. Captain Richard war auch da und leitete die Untersuchung. Nach seiner langen Unterredung mit Lucien auf *Jacaranda* war er zwar nicht ganz von Luciens Unschuld überzeugt gewesen, hatte aber – da es auf diese Weise leichter war, Lucien im Auge zu behalten – dem Plan zugestimmt, Gervase als Mörder zu enttarnen. Dr. Munroe war ebenfalls anwesend und betrachtete aufmerksam Gervases Malakkastock. Das Messer, das Gervase dort herausgezogen hatte, sei mit Sicherheit die Mordwaffe, die bei Sally Wheeler, »Rum Rosie« O'Doul und Chrisine Wyndham wie auch einigen anderen Opfern benutzt worden war, erklärte er. Ein weiterer Beweis war der schwarze Umhang, den Gervase trug, wie auch die beiden Kupfermünzen, die er in seiner Tasche hatte.

»Diesmal wird Onkel Philip den Skandal nicht vertuschen können, Lucien, da Gervase tot ist, die Beweise gegen ihn sprechen und so viele Zeugen mitbekommen haben, daß er versucht hat, mich zu ermorden«, bemerkte Arabella, während sie sich um Fassung bemühte und ihre Tränen abwischte.

»Nein … aber die Zeugen habe ich gebraucht, damit meine Unschuld über jeden Zweifel erhaben ist. Jetzt bin ich frei von jeglichem Verdacht. Niemand kann mich mehr als Mörder abstempeln.« Er hielt inne, dachte zweifellos an die Vergangenheit, die schrecklichen Jahre, die er im Gefängnis verbracht hatte wegen eines Verbrechens, das er nie begangen hatte. »Komm, für uns gibt es hier nichts mehr zu tun. Laß mich dich nach Hause bringen, Arabella.«

Bei dem starken Regen flackerten die Fackeln unstet, doch Arabella hatte keine Angst mehr vor dem Unwetter. Eine ganz ähnliche Nacht hatte sie ursprünglich in Luciens starke, liebevolle Arme geführt. Und diesmal wusch der Regen das Blut vom Kopfsteinpflaster, wie auch Lucien von jeder Schuld reingewaschen wurde. Jetzt waren sie beide frei, konnten neu beginnen und sich endlich ohne Furcht und Zweifel lieben. Dicht aneinandergedrängt verließen sie die Gasse, und Arabella wußte, daß Lucien die gleichen Gedanken hegte wie sie. Denn so wie sie hielt er stolz den Kopf erhoben, ließ sich den Wind durch das lange Haar wehen und genoß beglückt den erfrischenden Regen, während sich deutlich Liebe und unbändige Freude auf seinem attraktiven Antlitz widerspiegelten.

EPILOG

Der Jacarandabaum

20. KAPITEL

In voller Blüte

Jacaranda, Kolonie von New South Wales, Australien, 1870
Manchmal, wenn sie hierherkam zu diesem stillen Hain mit den Gummibäumen und dem klaren Teich in der Nähe, schien es Arabella, als höre sie Chrissies helles Lachen im Säuseln des Windes, ihren leichten Schritt im wispernden Gras. Und Arabella erinnerte sich an jenen Tag auf dem Jahrmarkt von Scarborough, als sie und Chrissie es gewagt hatten, das Zelt der alten Zigeunerin zu betreten, die ihnen ihr Schicksal vorhergesagt hatte. Damals hatte Arabella die alte Vettel als abscheulich empfunden. Heute überlegte sie jedoch oft, ob die Frau nicht freundlicher gewesen war, als Arabella jemals geahnt hatte, ob sie nicht mehr gewußt hatte, als sie ihnen an dem Tag gesagt hatte, und eben deshalb Chrissie lieber etwas Schönes erzählt hatte, als die Wahrheit über ihr unglückseliges Schicksal auszusprechen. Arabella seufzte. Was immer wirklich damals der Fall gewesen sein mochte, heute spielte es keine Rolle mehr. Und wo auch immer sie jetzt sein mochte, Chrissie hatte ihren Frieden gefunden. In gewisser Weise lebte sie in ihrer Namensschwester weiter, Arabellas jüngstem Kind – der blonden, blauäugigen Christine, inzwischen fünf Jahre alt.

»Wenn ich meine Tochter ansehe, dann habe ich das Gefühl, dich als Kind wiederzusehen, Chrissie.« Arabella redete leise vor sich hin an dem Grab, das sie jede Woche pflegte, und klopfte sich die Hände ab, nachdem sie das Unkraut ausgerupft hatte. Dann legte sie ein Bukett frischer Blumen auf den grasbewachsenen Hügel. »Manchmal kommt es mir dann so vor, als wäre nur ich älter geworden, während für dich die Zeit irgendwie stehengeblieben ist, obwohl mir klar ist, daß nicht du es bist, die ich sehe, sondern Christine. Jedenfalls, eins weiß ich, du würdest sie liebhaben. Eines Tages, wenn sie älter ist, werde ich ihr alles über dich erzählen, meine Freundin.«

Sie blieb noch eine Weile an Chrissies Grab sitzen, dann stand sie auf, nahm den leeren Korb samt der Blumenschere mit und schlenderte auf das friedliche, weiße Haus zu, das noch genauso wunderschön anzusehen war wie damals, als sie es vor vielen Jahren zum ersten Mal erblickt hatte. Am Rand des weitläufigen grünen Rasens blieb sie lächelnd stehen und schaute zu, wie Lucien, ihre drei Söhne und Chrissie sich mit einem Spiel vergnügten, das wohl Krocket darstellen sollte, doch ganz offensichtlich keinerlei Regeln mehr gehorchte. Denn die Jungs versetzten geschäftig die Tore, um sie ihren sichtlich schrägen Schüssen anzupassen.

»Arabella, meine Süße!« rief Lucien, als er sie erspähte. »Warum stehst du nur da, statt mir zu Hilfe zu kommen? Siehst du denn nicht, daß ich an jeder Ecke übervorteilt und überflügelt werde?«

»Ja, mein Lieber. Doch ich habe Vertrauen zu dir, daß du trotzdem die Oberhand behältst.«

»Unverschämtes Weib!« tadelte er sie und grinste.

»Arroganter Mann!« entgegnete sie spontan und erwiderte frech sein Grinsen. »Wenn du keine Lust mehr hast, komm zu mir rüber. Ich bin da drüben.« Sie deutete zu dem Jacaranda, den sie im ersten Jahr ihrer Ehe gemeinsam mitten auf dem Rasen gepflanzt hatten und der inzwischen zu einem stämmigen, hohen Baum gediehen war, ein lebendes Symbol ihrer Liebe.

Eine alte hölzerne Schaukel, an deren kräftigen Seilen Efeu emporkletterte, hing von einem der tieferen starken Äste herab. Arabella setzte sich darauf und begann leicht hin und her zu schaukeln, atmete dabei tief das herrliche Aroma der purpurroten Blüten ein, die von den Zweigen zu Boden segelten und sie an die liebliche Nacht im Tropenwald erinnerten, als sie sich Lucien nicht nur das erste Mal hingegeben, sondern ihm auch für alle Zeit ihr Herz geschenkt hatte. Nicht einen Augenblick lang bereute sie das heute mehr. Hell auflachend vor Glück, ließ sie nach einiger Zeit zuversichtlich die Seile los und flog geradewegs in Luciens starke Arme. Er stand schon bereit, um sie mit liebevoll ausgestreckten Armen aufzufangen.